SCIENCE FICTION

Herausgegeben
von Wolfgang Jeschke

ASHTARU DER SCHRECKLICHE

Fantasy-Erzählungen

Ausgewählt und herausgegeben
von
Erhard Ringer und Hermann Urbanek

Mit einem Vorwort von Hermann Urbanek

Deutsche Erstveröffentlichung

WILHELM HEYNE VERLAG
MÜNCHEN

HEYNE-BUCH Nr. 06/3915
im Wilhelm Heyne Verlag, München

Aus dem Amerikanischen und Englischen übersetzt
von Eduard Lukschandl, Walter Praxl, Horst Pukallus,
Thomas Schlück, Lore Strassl und Michael Wittmann
Das Titelbild schuf Patrick Woodroffe
Die Illustrationen zeichnete Johann Peterka

Redaktion: Friedel Wahren
Copyright © der einzelnen Erzählungen siehe jeweils am
Ende des Textes
Copyright © 1982 der deutschen Übersetzungen by
Wilhelm Heyne Verlag GmbH & Co. KG, München
Printed in Germany 1982
Umschlaggestaltung: Atelier Heinrichs & Schütz, München
Satz: Schaber, Wels/Österreich
Druck und Bindung: Mohndruck, Graphische Betriebe GmbH, Gütersloh

ISBN 3-453-30833-6

Inhalt

INHALT

Vorwort

Die Fantasy, die ältere Schwester der modernen Science Fiction, erfreut sich in den letzten Jahren zunehmender Beliebtheit. Dieses Subgenre der phantastischen Literatur, dessen Wurzeln bis ins 18. Jahrhundert zurückzuverfolgen sind — von den Heldenepen und Dichtungen eines Vergil einmal abgesehen, die oft als Vorläufer der Fantasy herangezogen werden — hat in seiner Entwicklung von den klassischen Utopien eines William Morris und der Phantastik eines Lord Dunsany, um nur einige Beispiele zu erwähnen, bis hin zur modernen Massenware einen weiten Weg zurückgelegt, der nicht immer mit Höhepunkten gesegnet war.

Die erste Blütezeit erlebte die moderne Fantasy in den dreißiger Jahren im Zuge der Pulps, allen voran *Weird Tales* und *Unknown*, der wohl bedeutendsten und interessantesten ihrer Art. Sie wurde durch Autoren wie H. P. Lovecraft, Fritz Leiber und Robert E. Howard geprägt und stark beeinflußt. Dann jedoch wurde die Fantasy von der Science Fiction geradezu überrannt, in die Ecke gedrückt und in ihrem Mauerblümchendasein fast völlig vergessen. Erst Mitte der sechziger Jahre wandelte sich das Bild wieder zugunsten der Fantasy. Die Neuherausgabe von Robert E. Howards Conan-Saga bei Lancer Books leitete eine neue Blüte der Fantasy ein, die bis heute nicht nur — insbesondere durch die Verfilmung des Stoffs — zu immer neuen Höhen strebt. Dieses wiedererwachte Interesse an der Fantasy hatte auch zur Folge, daß sich nicht nur neue und unbekannte Autoren, sondern auch Schriftsteller, die sich bereits in der SF einen Namen gemacht hatten, mit diesem Metier beschäftigten — und daß alte, fast vergessene Fantasy-Klassiker eine grandiose Neugeburt erlebten, wie es bei der vorbildlichen *Adult Fantasy*-Reihe des Verlags Ballantine der Fall war und — wenn auch unter anderer Herausgeberschaft — immer noch ist. Heute ist die Anzahl der monatlichen Fantasy-Publikationen in Büchern, Taschenbüchern und Magazinen Legion und kaum mehr überschaubar.

In Deutschland begann die große Fantasy-Welle im Jahr 1970 mit der Veröffentlichung der Conan-Saga im Heyne-Verlag, der 1972 beginnend Fritz Leibers ›Schwerter‹-Zyklus um Fafhrd und den Grauen Mausling folgte. Pabel war der erste Verlag, der nachzog und nach dem wenig erfolgreichen Versuch, eine Fantasy-Heftserie auf dem Markt zu etablieren, Ende 1974 die Taschenbuchreihe *Terra Fantasy* startete, die es bei monatlich einem Titel auf 90 Bände brachte, dann aber eingestellt werden mußte. Anspruchsvollere Fantasy brachte die Cotta Verlagsgemeinschaft, Klett, die 1969/70 die erste deutsche Ausgabe des Kultromans »Herr der Ringe« in Buchform veröffentlicht hatte, ab 1975 in einem eigenen Fantasy-Programm in Buch und Paperback, »Hobbit-Presse« genannt. In den folgenden Jahren schlossen sich auch andere Taschenbuchverlage diesem Trend zur Fantasy an, und heute erscheinen monatlich zwischen 5 und 8 Taschenbücher, die der Fantasy zuzuordnen sind.

Die vorliegende Anthologie will mehrere Ziele erreichen: zum einen einen Überblick über die verschiedenen Thematiken geben, die in der Fantasy behandelt werden, wobei das Spektrum von der »Heroic Fantasy« bis zum modernen Märchen reicht, wobei auch in literarischer Hinsicht ein breiter Bogen vom reinen Abenteuer bis zu aussagekräftigen Texten gespannt wird. Nicht zuletzt will dieser Sammelband den Freunden der verschiedenen Fantasy-Serien und -Zyklen neue Abenteuer bekannter Protagonisten vorstellen, die sonst nur schwer ihren Weg zu uns gefunden hätten — so in den Geschichten zum ›Scorpio‹-Zyklus von Alan Burt Akers, zur ›Deryni‹-Saga von Katherine Kurtz, zur ›Chronik von Poseidonis‹ von Lyon Sprague de Camp. Und schließlich will sie mit zwei Geschichten junger deutscher Autoren beweisen, daß es auch in der Bundesrepublik begabte Fantasy-Autoren gibt, die im Augenblick jedoch kaum die Möglichkeit finden, ihre Werke einem breiteren Publikum vorzustellen.

Jetzt aber viel Spaß auf dem Streifzug durch die mannigfaltigen, abenteuerlichen und geheimnisumwitterten Welten der Fantasy!

Wien, im April 1982 *Hermann Urbanek*

Theodore Sturgeon

Der amerikanische SF- und Fantasy-Autor Theodore Sturgeon wurde am 26. Februar 1918 unter dem bürgerlichen Namen Edward Hamilton Waldo geboren. Später ermöglichte eine Adoption die legale Änderung seines Namens in Sturgeon. Seit dem Jahre 1939 ist er schriftstellerisch tätig, wobei er sich neben der SF auch der Fantasy und der Weird Fiction annimmt. Am bekanntesten wurde er wohl durch den Roman, mit dem ihm der endgültige Durchbruch gelang und der ihm auch den International Fantasy Award 1954 eintrug: *More Than Human* (dt. *Die neue Macht der Welt*), eine meisterliche Schilderung des ›Homo Gestalt‹, einer Weiterentwicklung des heutigen Menschen.

In der Kurzgeschichte »The Riddle of Ragnarok« variiert Sturgeon geschickt das Kernthema des nordischen Sagenzyklus, die Götterdämmerung, und kommt dabei zu verblüffenden neuen Erkenntnissen, was den Ausgang der letzten Entscheidungsschlacht zwischen Asen und Riesen betrifft.

Von Theodore Sturgeon erschienen folgende Titel in der Reihe HEYNE SCIENCE FICTION & FANTASY:

Das Milliardengehirn (06/3062)
Parallele X (06/3140)
Die neue Macht der Welt (06/3200)

THEODORE STURGEON

Das Rätsel Ragnaröks

Auch wenn die Ale in Strömen floß und der Met in die Köpfe stieg, auch wenn man Gesang und wildes Gelächter vernahm, so hatte dennoch die Freude ihr Antlitz abgewandt von Asgard. Waffen klirrten und Pfeile schnellten von Sehnen, sausten und splitterten. Saiten wurden gestimmt und gezupft, trotzige Reden geschwungen, und während der langen Nächte ergab man sich dem unirdischen Zauber der Asengöttinnen.

Da fand man die Helden aus dem Reich der Menschen, dort die Walküren mit ihren blendenden Flügeln — hier, in den fast ewigen Hallen feierten und fochten sie und fanden und genossen das, wozu das sterbliche Leben zu kurz ist, es zu gewähren.

Die Asen waren für die Freude geschaffen worden, und die Helden hatten sie verdient. Ihre Freude war der Kampf, und um zu kämpfen, lebten sie. Der Kampf, dem sie entgegensahen, war Ragnarök, und da würden sie gegen die Riesen kämpfen, dem Tode trotzen und ihn auch finden.

Wehklagen lag in den Winden, die um Asgard wehten, und sie schnitten wie Eis und waren bitter wie der Ale in den Trinkhörnern. Die Hoffnung lag in Banden im gefrorenen Boden, Mondsilber umfloß die Zinnen wie ein Leichentuch, und vor den Sternen schwebten Adler und kreischten vor Verzweiflung.

Die Helden, die eben erst nach Walhalla gekommen waren, hörten davon. Nach dem Ehrenmal oder nachdem sie sich in der Halle der Tapferen niedergelassen hatten, nachdem sie sich umgesehen und dieses kalte und mächtige Land ihr eigen genannt hatten — früher oder später fragten sie, und man erzählte ihnen dieses:

Im Frühling der Welt, als die Berge neu und die See noch nicht salzig war, als Yggdrasil, der Baum der Bäume, noch ein blühender Schößling war, stieg Odin, der Himmelsvater, der Sucher nach Weisheit, einen Brunnen hinab, wo Mimir der Weise lebte. Um einen schrecklichen Preis — eines seiner Augen war nur ein kleiner Teil davon — erkaufte er sich unvorstellbare Weisheit.

Odin lernte die Runen und erfuhr, wie er den Riesen den skaldischen Met nehmen konnte, der den zum Dichter macht, der von ihm kostet. Er lernte die Gewohnheiten der Tiere und die

Künste der Halblinge, Geschöpfe, die unaussprechlichen Verbindungen zwischen Riesen und Elfen entsprungen waren. Doch von all dem Gehörten war das Schrecklichste und Schwerste der Untergang von Asgard — die Gewißheit vom Sieg der Riesen am Tage Ragnaröks.

Danach weihte Odin sein Leben dem Trachten, jenen Tag hinauszuzögern. Niemals lachte er wieder, und nur seine stille Gemahlin Frigga wußte um seine Qualen und brütete und weinte darob, wenn sie Fäden von Gold spann. Bei den Festen führte Odin den Vorsitz, doch aß er selbst nicht — zwei große Wölfe, die zu seinen Füßen lagerten, machten sich seinen Anteil zu eigen. Und obwohl er dem Treiben stets beiwohnte, schien er niemals gänzlich daran teilzunehmen.

Die meiste Zeit verbrachte er in seiner goldenen Feste Gladheim, an einem Tisch sitzend und sinnend. Zur Gesellschaft hatte er seine Wölfe und zwei Raben: Hugin den Gedanken und Munin das Gedächtnis. Die beiden pflegten um die Welt zu fliegen und mit Neuigkeiten und Kunde von allen Geschehnissen zurückzukehren. Und manchmal schritt Odin in seinem grauen Wams und dem leuchtend blauen Umhang die Wehrgänge ab und ließ seinen Blick forschend über den Himmel schweifen.

Hin und wieder geschah es, daß er Tyr, den Kriegsgott, oder Thor, den Mächtigsten von allen, rief und ihnen dies oder jenes gebot, von dessen Nutzen nur er wissen konnte. Es waren Mittel, Asgard zu stärken und Ragnarök hinauszuzögern — doch wozu? Wozu, wo Asgard dem Untergang geweiht war?

Daher kam es, daß alle Farben in Asgard einen Hauch von Trauer zeigten und daß man in jedem Laut in leises Klagen vernehmen konnte.

Eine solche Trauer war etwas Wundersames, aber das war nicht das einzige Wundersame in Asgard. Es bestand einst ein größeres Wunder als die Weisheit Odins oder die Stärke Thors — es war schöner sogar als Bifrost, die Regenbogenbrücke, als einziger Teil Asgards den Sterblichen sichtbar. Der Gott der Früchte der Erde, Freyr, waltete der Welt nie so gut. Und auch die Lieder Freyjas kündeten der Welt nicht so viel Ruhm wie Baldur, der junge Gott.

In dieser Atmosphäre von Furcht und Fremdartigkeit, von Macht und Mächten bewegte sich Baldur mit dem Vertrauen des Kindes in seinem geborgenen Heim. Seine Gabe war der Glanz — nicht der des Goldes oder des Stahls, sondern der des Sommermorgens, des reinen Haares, erster Liebe oder der eines neuen

Tones auf einer alten Laute. Er war das Gute und die Güte, und er wurde geliebt, wie niemand und nichts zuvor je geliebt wurde.

Baldur wurde von den Göttern und Helden gleichermaßen geliebt, gleichermaßen von den Riesen, Elfen und Halblingen, von den Tieren, den Felsen und selbst dem Himmel. Zu Baldurs Zeiten hieß es, daß nur er dem verlorenen Asgard das Leben erhalten konnte; allein ein solches Licht wie seines konnte den dunklen Schatten Ragnaröks aufhellen.

Er verbreitete sein Licht, wo immer er sich befand, und er ging überallhin. Nichts Böses war in ihm. Er wurde nicht nur in Asgard, sondern auch in Jötunheim willkommen geheißen, wo die Riesen herrschten. Selbst Hel, die über die Toten gebat, fand ein Lächeln für Baldur, und im schwärzesten Herz der Wildnis saßen die Bären wie Kätzchen, wenn er vorbeiwanderte.

Wie alle Dinge irgendwie eines Gleichgewichts bedürfen, und da einer der Asen sich frei in allen Reichen bewegen durfte, so gab es auch den Sohn eines Riesen, der in Walhalla und Gladheim trank und sang, wenn ihm der Sinn danach stand: Es war dies der lachende Teufel Loki. Seine Augen sahen mehr als die der Raben Odins, und sein Herz war eine Gruft, in der er Treue und Zuneigung vergraben und verlieren konnte.

Jedoch waren sein Geist und sein Witz so scharf, und sein Unfug war so heiter, daß er schon allein deswegen in Asgard geduldet worden wäre. Er hatte es aber gar nicht nötig, sich seinen Platz bei den Festen in Gladheim zu verdienen — war er doch mit Eiden verschworener Blutsbruder Odins aufgrund einer Hilfe, die er diesem im Frühling der Welt geleistet hatte, und konnte deswegen nicht herausgefordert werden.

Also streifte er unbekümmert umher, doch umgab ihn weder Freude noch etwas anderes Vorhersagbares — mit Ausnahme seiner Liebe zu Baldur, denn diese war so unvermeidlich wie die Sonne, der Frost oder eine andere Naturgewalt.

Da begab es sich eines unheimlichen Morgens, daß der schimmernde Baldur verwundert erwachte. Er fühlte etwas, was für ihn völlig fremdartig war. Er ging zu Frigga, seiner Mutter, und berichtete ihr davon, und sie hörte zu und befragte ihn und lauschte wieder, bis sie ihm erklären konnte, daß es Furcht war, was er empfand.

»Furcht, Mutter?« fragte er.

»Ja«, erwiderte sie, »eine Art Warnung, eine Ahnung von Gefahr.«

»Ich mag es nicht, Mutter.«

»Ich auch nicht. Ich werde sie bannen.«

Und also tat sie auch.

Was vorher und seither niemals getan worden war — Frigga tat es. Und zählte man die Zeit nicht anders in Asgard als sonstwo, so hätte sie es nie geschafft. Ganz Asgard durchstreifte sie und begab sich zu den Wanen, ihren Nachbarn. Sogar nach Jötunheim wanderte sie, und ihr hehres Ziel öffnete ihr wie ein Zauberschlüssel die Tore. Sie gelangte auch in die Welt der Menschen, in der sie — so geht die Kunde — in der Zeit zwischen Ernte und Frost ankam, so daß die Erde zur Erinnerung an sie bis zum heutigen Tage eine Zeitlang in Pracht erstrahlt, während danach die Blätter fallen und die Bäume in Erinnerung an das folgende Geschehen den Tod vortäuschen.

Und sie gelangte auch in Gegenden, wo weder Götter noch Menschen oder Riesen hausen: Orte, deren Namen besser nicht genannt werden.

Und zu jedem und allem, dem sie begegnete: zu Steinen und dem Himmel und allem, was dazwischen lebte; zu Wurzeln, wie tief sie auch hinabreichten; zu hoch aufragenden Blumen; zu Lebewesen mit warmem und kaltem Blut, zu allen mit Fängen, Federn oder Flossen, Händen oder Hufen; zu Wind und Eis und Meer — zu all diesen sprach sie und sagte:

»Ich bringe Kunde von Bösem. Das Undenkbare ist geschehen und Baldur von Furcht befallen. Gebt mir euer Versprechen, daß ihm von euch aus nie ein Weh geschehen soll! Das ist alles, was ich von euch fordere.«

Freudig gaben alle ihr Wort: die Edlen und Großen, die Ehrwürdigen und die Alten, die Einst-Lebenden und die Niemals-Lebenden — alle gaben ihr Wort, und von ihnen konnte Baldur kein Leid geschehen.

So kehrte Frigga müde nach Asgard zurück. Als sie anlangte, sah sie hoch oben am Tor einen Buschen glatter Blätter und wächserne weiße Beeren wachsen. Da lächelte sie der Mistel zu — es war ein Gewächs für kleinere, harmlose Zauber — und ließ sie zufrieden und verlangte nichts von ihr. Dann suchte sie Baldur auf, erzählte ihm von dem, was sie getan hatte, küßte sein blühendes Antlitz und fiel in Ohnmacht.

Danach schlief sie eine solche Zeit, wie sie sogar für Asgard lange war.

Wie ein lauer Wind wehte die Kunde durch ganz Asgard, und die Asen waren voll Freude. Fast schien es, als verschwände selbst der Gedanke an Ragnarök aus ihren Gemütern. Mochte dies vielleicht tatsächlich ein Abwenden ihres Unterganges bedeuten? Denn war Baldur nicht einer der Asen? Und sollten nicht die Asen bei der Ragnarök sterben? Und doch war es jetzt so, daß Baldur kein Leid geschehen konnte . . .

Der Gedanke an Ragnarök verlor seine Bedrohung, und sogar Odin lächelte fast. Es war jedoch seine Art zu sinnen, und er stellte sich die Frage, daß einerseits Ragnarök kommen, andererseits Baldur am Leben bleiben mußte, doch nicht beides zugleich sein konnte. Er vergrub das Rätsel an einer verschwiegenen Stelle in ihm und arbeitete mit allen Kräften an einer Lösung.

Zu Baldurs Ehren wurde in Gladheim ein Fest veranstaltet, und es wurde so viel gesungen, und es gab solche Berge von Fleisch und Meere von Met, daß es selbst für Asgard denkwürdig war.

Und also geschah es auch, daß Baldur lachend im Hofe stand, während die Krieger von Gladheim und Walhalla rings um ihn mit Schwert und Keule auf ihn eindrangen, mit Pfeilen nach ihm zielten und ihn mit Axt und Lanze angingen.

Die Lanzen bogen sich hinweg von seinem glänzenden Körper, und den Schwertern begegnete ein steinernes Nichts, und sie sprangen klirrend von ihm ab. Die Pfeile erhoben sich über ihn oder schlüpften zur Seite.

Oben auf ihrem Thron saß Frigga und sah dem Treiben zu. Noch war sie blaß von den Anstrengungen und vielleicht deswegen überreizt. Immer wieder berührte sie ihre Lippen, als wollte sie deren Zittern Einhalt gebieten oder einer Warnung begegnen, von der sie wußte, daß sie unnötig war. Das war Baldurs Vergnügen und das der Götter und Helden um ihn; konnte sie also zur Vorsicht mahnen, als wäre er noch ein Kind?

Endlich fiel ihr Blick auf Loki, der an der Seite stand, wo Baldurs blinder Bruder Hödur saß. Dessen starre Augen waren weit geöffnet, und ein begieriges Lächeln lag auf seinem Munde, als er mit ganzem Herzen versuchte, die Einzelheiten von Baldurs Glück in sich aufzusaugen.

Nachdem sie ihre Frauen weggewinkt und Loki zu sich gerufen hatte, begegnete die Götterkönigin bittend dem dreisten Blick des Unruhestifters.

»Ich sage es lieber Euch selbst, guter Loki«, sprach sie ruhig, »anstatt einen Boten zu senden. So wißt Ihr, daß es mich schmerzt.

Doch denke ich an Unheil, und wenn man Unheil ahnt, dann hat man Euch im Sinne. Niemand liebt Baldur mehr als Ihr, und ich glaube es. Doch — ich wäre froher, wenn Ihr Euch von dieser Halle entferntet. Seid also nachsichtig mit mir . . .«

Etwas Unbeschreibliches und Häßliches huschte über Lokis Antlitz, doch lächelte er. »Da Ihr bittet, Lady«, sprach er und wandte sich ab. Doch dann fügte er anmaßend über die Schulter hinzu: ». . . und mir nicht befehlt, so gehe ich.«

Er sprang die Stiegen hinunter und in die Nacht hinaus.

Frigga zog ihr Halstuch von feinen Federn enger um sich und erschauerte. Ihre Frauen drängten sich, wie ein Taubenschlag gurrend, um sie. Längere Zeit flüsterten sie mit ihr und untereinander, bis sich Friggas große Güte geltend machte und sie ihrerseits begann, deren Sorgen zu zerstreuen.

»Ich bin müde und töricht«, sagte sie. »Niemand weiß so gut wie ich, wie sicher er ist. Doch . . .« Sie hielt inne, als der lachende Gott einem schwarzgerüsteten Helden den Rücken wandte, der eine knorrige Keule schwang. Frigga erblaßte, aber dann entglitt die Waffe mitten im Streich der gepanzerten Hand und krachte gegen die Wand. »Doch werde ich froh sein, wenn diese lärmende Kinderei ein Ende hat.«

»Aber Lady Frigga — Ihr habt doch nichts versäumt. Versprach nicht alle Welt, ihm keinen Schaden zuzufügen?«

»Das, was ich ausließ, ist nicht von Bedeutung«, erwiderte Frigga.

»Es gibt also doch etwas?« fragte eine sanfte Stimme.

Friggas Augen weiteten sich, und sie wandte sich dem Weib zu — eine Fremde für sie, doch waren die Hallen voll von Volk und dies ein großes Fest. Die Leute waren von weither gekommen.

»Nur die Mistel«, antwortete Frigga besänftigend, und die übrigen Frauen lachten bei dem Gedanken, daß von der Mistel Gefahr dräuen könnte.

Später, als sich das Weib von ihrer Seite entfernt hatte, wurde es bei dem blinden Hödur gesehen, wo es kniete und ihm anscheinend mit Worten half, die Ereignisse zu sehen. Und Frigga freute sich, denn sie sah den blinden Gott das Haupt erheben und vernahm das Lachen und seine Worte: »Baldur! Darf ich nach dir werfen?«

»Ja, heute bin ich Freiwild!« schrie Baldur, ging und stellte sich vor seinen Bruder. »Hier bin ich, vor dir, und möge das Glück deinen Wurf lenken«, sprach er spottend.

Da richtete sich Hödur auf und hob den Arm. Man sah, wie das

Weib ihn etwas drehte, so daß er Baldur genau gegenüber stand. Sodann schleuderte Hödur den Mistelzweig, den er in der Hand hielt, und dieser drang in Baldurs Herz.

Baldur stieß einen einzigen Schrei aus — voll Erstaunen und ohne Furcht —, fiel zurück und starb.

Die schwarze Hel, Herrin der Unterwelt Niflheim, nahm den ermordeten Gott gierig zu sich, wie jemand, der Äonen lang gewartet hat, denn so war es auch gewesen. Und als Baldurs zweiter Bruder, Hermod, sie auf Friggas Ersuchen aufsuchte, um Baldur auszulösen, gab Hel unter dieser Bedingung nach: Wenn alles Lebende um ihn weinte, so gäbe sie ihn heraus, doch wenn nur einer nicht um ihn klagte, dann wäre er für immer Hels Eigentum.

Mit diesem Wort kam Hermod zurück, und es schien eigentlich ein billiges Verlangen, denn alle Geschöpfe weinten bereits, die Zwerge wehklagten, und Farbspritzer tropften von der Regenbogenbrücke.

In Jötunheim lebte jedoch eine Riesin, ein seltsames, zeitloses Geschöpf, von Zauberei durchdrungen und von der Welt abgeschlossen. Rings um sie ertönte Wehklagen, denn sogar die Riesen fanden den Tod dieses einen ihrer Feinde mehr, als sie ertragen konnten. Sie aber wollte nicht für ihn noch für irgendeinen anderen weinen.

»Baldur? Baldur? Laßt die Toten tot sein. Von mir erhaltet ihr nur trockene Tränen. Nichts Gutes hatte ich von diesem Baldur, also werde ich auch nichts Gutes für ihn tun.« Dies und nichts anderes wollte sie sagen, und also war Baldurs Tod besiegelt.

Und wer tötete ihn? Wer tötete den Schimmernden, dem niemand feind war und der nichts Böses getan hatte? Wer war einer so ungeheuerlichen, sinnlosen und grausamen Tat fähig?

Der im Herzen kranke Hödur berichtete, daß der Mistelzweig, den er nachher untersucht hatte, nach Riese roch.

Welcher Riesenabkömmling hatte Zutritt zu Gladheim?

Das Weib, welches Hödur den Mistelzweig gegeben und ihn zum Wurfe gedrängt hatte, war verschwunden. Wer war sie? Oder — war sie überhaupt ein Weib? Wer war der größte Meister der Verwandlung; wer hatte einst mit dem Gott Heimdal in der Gestalt eines Seehundes gekämpft?

Die Antwort auf alle diese Fragen lautete gleich: *Loki, Loki, Loki.*

Und man fand Loki draußen, nicht sehr weit von dem Tor,

durch welches das geheimnisvolle Weib-Ding geflohen war, wo er immer noch vor Zorn sprühte, weil er gebeten worden war, die Halle zu verlassen. Niemand hatte ihn gesehen, und niemand wußte, was er seit seinem Weggehen getan hatte.

Und so brachte man ihn herein und kettete ihn. Er sagte, er wäre unschuldig, und sonst nichts. Da er Odins Blutsbruder war, konnte man ihn nicht töten, sondern ließ ihn in einen stinkenden Abgrund hinab und hing eine schreckliche Schlange über ihn, so daß ihr Gift auf ihn tropfte. Und er wurde dazu verurteilt, da bis zur Ragnarök zu hängen.

Danach legte sich ein Leichentuch über Asgard. Frigga spann ihre goldenen Fäden, sooft sie konnte, und schwieg. Der große Odin brütete vor sich hin, Tyr und Thor schleuderten Krieg in die Welt — ohne Ziel oder Führung, sondern wie ihnen gerade der Sinn stand.

Odins Rabenzwillinge, Hugin der Gedanke und Munin das Gedächtnis, stritten heftig deswegen, weil Munin Kunde von den bösen Ereignissen jener Nacht gebracht hatte, während Hugin dies als sein Vorrecht betrachtete.

Sie flogen getrennt ihrer Wege, und obwohl ein Wort Odins sie zurückgerufen hätte, so fand er dieses Wort nicht, denn er kümmerte sich nicht länger um die Geschehnisse in der Welt der Menschen noch um die in seinem eigenen Haus.

Und es schien tatsächlich so, als wäre es Baldur allein zu verdanken gewesen, daß die Schatten Ragnaröks nicht bereits vor dieser selbst die Asen zerdrückten.

Dies ist die Geschichte, wie sie mehr als siebentausend Jahre lang erzählt und wieder erzählt wurde, nach der Zeitrechnung der Menschen. Diese Stimmung herrschte die ganze Zeit über in Asgard. Und so hing Loki Millionen von Augenblicken, die von den Tropfen des brennenden Giftes gezählt wurden. Und dies ist die Einleitung zur Einleitung von Ragnarök.

Munin flog hoch und höher und wandte erst das eine und dann das andere glänzende Auge dem gefrorenen Land unter ihm zu. Er flog, denn er mußte suchen; er suchte, denn er konnte nicht vergessen: sein Name war Gedächtnis.

Er gedachte der Tage, da er auf Odins Schulter gesessen und darauf gewartet hatte, in die Welt der Menschen gesandt zu werden, da er dem langen geselligen Flug entgegen gesehen hatte, während dem er seinem Bruder seine Beobachtungen mitteilte, und

danach an die krächzende Stimme Hugins, wenn dieser Odin das erzählte, was sie gesehen hatten.

Und er dachte an die Nacht von Baldurs Tod und an Hugins zorniges Schweigen und an sein eigenes Krächzen und Stammeln, als er berichtete, was in und um die Halle vorgefallen war.

Er erinnerte sich an Hugins schwarzen Blick, als er sprach und sprach, und an den ungeheuren Zorn des beleidigten Vogels. Er dachte an die zahllosen Jahre der Leere und Einsamkeit danach und hatte genug.

Zwischen zwei Klippen erspähte er eine schwarze Fichte, und in ihren unteren Zweigen bemerkte er ein schaukelndes Gebilde, das sich gerade so weit von einem Fichtenzapfen unterschied, daß er das Gesuchte erkannte.

Er faltete die Schwingen und ließ sich fallen. Richtig — kein Fichtenzapfen besaß geflecktes Gefieder, das im Wind wehte, oder einen elfenbeinernen Schnabel, der sich gegen eine Brust drückte, die zwischen spärlichen Federn hervorlugte.

Er flatterte auf den Zweig, suchte zwischen den dicht gesteckten Nadeln eine bequeme Stelle für seine Krallen und ließ sich nieder.

»Hugin«, sagte er. »Hugin.«

Langsam hob sich das schuppige Lid des ihm zugewandten Auges — gerade weit genug, um den Sprecher zu erkennen. Es senkte sich sofort wieder.

»Schwätzer!« zischte Hugin. Es war sein erstes Wort nach siebentausend Jahren nach der Zählung der Menschen.

»Hugin, alter Bruder ...« Munin machte eine Pause, um sich daran zu erinnern, daß er gekommen war, seine Bruderschaft mit Hugin zu erneuern, und daß er ihm unter keinen Umständen zürnen dürfte. »Was hast du die ganze Zeit getan?«

»Das, was du siehst«, erwiderte Hugin kurz und beliebte immer noch nicht, die Augen zu öffnen.

»Ah, Hugin, gedenke der alten Zeiten, die ...«

Hugin hob warnend einen Krallenfuß.

»Ich erinnere mich an nichts. Ich bin kein Merkblock, kein Papagei wie du. Ich bin Hugin, und das bedeutet Gedanke.«

»Ah — und woran hast du siebentausend Jahre, der Zeitrechnung der Menschen nach, gedacht?«

»An deine unentschuldbare Untreue, du Plapperer. Woran sonst?«

»Sicher ... dachtest du wohl auch an die alten Tage, an die großartigen Flüge, die wir ...«

»Ich habe nichts mit Erinnerungen zu tun, wie du wohl wissen solltest. Es gab wichtigere Dinge, mit denen ich mich beschäftigte.«

»Baldurs Tod.«

»Ich habe dir doch gesagt, worüber ich nachgedacht habe«, erwiderte Hugin ungeduldig und öffnete endlich die Augen.

»Über *mich*? Über das, was ich in jener Nacht tat, als du die Augen schlossest und nichts zu sagen hattest, als die ganze Welt über unseren Köpfen zusammenbrach?«

»Ich mußte *denken*!«

Munin erkannte allmählich, daß der *Gedanke* ohne das *Gedächtnis* tatsächlich nichts anderes getan hatte als diese letzte Beleidigung hin und her zu wälzen. Zum erstenmal fühlte er großes Mitleid mit seinem Bruder in sich aufsteigen.

»All diese Jahre nur an mich zu denken ...«, seufzte er. »Ach, Hugin!«

»Es war sehr schlimm, was du mir angetan hattest, Munin«, meinte der andere klagend.

»Ja, das war es«, stimmte Munin etwas heuchelnd zu und fuhr fort: »Ich bin eine einfache Seele, Freund Hugin, und verstehe nicht ganz, was so schlimm war, obgleich ich dir zustimme, daß es ganz entsetzlich gewesen sein muß.«

»Du überbrachtest jene Geschehnisse — was immer es auch war — rein aus dem Gedächtnis heraus und ohne Gedanken! Das war niemals unsere Art, Munin.«

»Ja, ich weiß. Ich wußte es damals, aber verstand es nie. Vor jener Nacht hatten wir stets lange Zeiten des Fluges für dein Denken. Doch als Baldur starb, war gerade nur Zeit, um zu erzählen, was geschehen war. Sprich, Hugin, sind nicht die Zusammenhänge zwischen den Dingen genauso, wie man sie sieht — ist das nicht die Wahrheit? Und ich erzählte nichts anderes.«

»Ja, es ist die Wahrheit, so wie ein Haufen Ziegel ein Haus ist. Wahrheiten müssen geordnet werden, Munin.«

»Und geordnet ergeben sie etwas anderes?«

»Sie können einem anderen Zweck dienen.«

»Ich bin eine einfache Seele«, wiederholte Munin. »Kannst du mir den wesentlichen Punkt auf eine Weise erklären, daß ich ihn verstehe und dich nicht mehr beleidige? Denn ich vermisse dich sehr, Hugin«, fügte er rasch hinzu.

Er sah Hugin sichtlich weich werden und nützte den Vorteil: »Ich werde dir genau wiederholen, was ich Odin berichtete in jener Nacht. Wenn das Denken aus diesen Geschehnissen etwas ganz anderes machen kann, als die Erinnerung allein ergibt, so werde ich dir wahrlich glauben und dich nie wieder beleidigen.«

»Einverstanden. Und wirst du dann mit mir zu Odin zurückfliegen, dich gehörig benehmen und die Endberichte in Zukunft mir überlassen?«

»Mit Freude.«

»Dann berichte mir die Ereignisse von Anfang an. Du weißt ja, daß ich lange Zeit ohne Gedächtnis war.«

»Von nun an nie wieder!« rief Munin herzlich und begann den Bericht des Geschehens um Baldurs Tod, angefangen von dem Furchtempfinden des Gottes bei seinem Erwachen bis zur Gefangennahme Lokis. »So wurde der Schuldige gefunden und gerecht bestraft!« schloß er triumphierend. »Was hat der Gedanke dazu zu sagen?«

»Nur, daß Loki nicht schuldig ist.«

Munin starrte ihn erstaunt an. »Das sehe ich nicht ein.«

»Sehe ich nicht ein! Sehe ich nicht ein!« höhnte Hugin. »Wisse, daß deine Augen unbedeutende Instrumente darstellen, die bestenfalls kurzsichtig sind. Ich habe hier drinnen«, krächzte er lauter, um die erwartete Unterbrechung durch Munin zu vermeiden, »ein drittes Auge, das sehen kann, was du nicht siehst. Dazu ist das Denken da.«

»Ich sehe nicht, was es wahrnimmt«, sagte Munin kläglich.

»Doch, mit der Zeit wirst du es tun«, widersprach Hugin. Es klang lebhaft, und er schien unerklärlich gut gelaunt. »Komm!« Und ehe der verwirrte Munin wußte, was geschah, flatterte er himmelwärts.

»Wohin fliegen wir?«

»Nach Jötunheim.«

»Aber Loki befindet sich in Gladheim — oder richtiger: darunter.«

»Ja, doch wenn er unschuldig ist, so ist ein Riese der Täter, und Jötunheim ist das Land der Riesen.«

»Aber . . . aber . . . du weißt nicht, daß Loki unschuldig ist!«

»Die Wege der Gedanken«, bemerkte Hugin belehrend, »sind nicht die der Beobachtung und des Berichtens. Der Gedanke ist nicht an die Tatsachen gebunden. Tatsachen sind bloß — du erinnerst dich — Ziegel, die den Gedankenbau tragen.«

Und er sprach kein Wort mehr, bis sie Jötunheim erreichten.

Als sie über der niedrigen, weitgestreckten und bedrohlichen Stadt schwebten, fragte Hugin: »Die Riesin, welche sich weigerte, um Baldur zu weinen — weißt du ihren Namen und wo sie haust?«

»Natürlich. Es ist Thökk, eine einsame kleine Zauberin, und sie haust in dem Turm da drüben. Doch es besteht kein Zusammenhang zwischen ihr und Baldur oder auch Loki. Ich denke ...«

»*Ich* denke«, unterbrach Hugin und flog auf den Turm zu.

Sie setzten auf dem Dach auf, und Hugin sprach: »Raben sind große Mimen, und unter denen bist du am begabtesten, oder? Kannst du Lokis Stimme nachahmen?«

»Das kann ich wohl. Wenn mir danach ist, schrecke ich selbst Loki damit«, erwiderte Munin äußerst täuschend mit der Stimme Lokis.

Hugin wandte den verwitterten Schnabel zur Seite und sprach gleichfalls mit Lokis Zunge: »Dies ist nur ein schlechtes Nachahmen deiner Kunst, o Freund, doch wird es vielleicht ausreichen, einen Riesen zu täuschen.«

»Du täuschst selbst mich«, antwortete Munin ehrfürchtig.

»So danke ich dir für deine Hilfe«, sagte Hugin. Seine Augen funkelten auf eine Weise, die für den Kameraden völlig neu war. »Und nun zeige uns den geheimen Weg, den du, Mimir unter den Vögeln, sicher kennst, auf daß wir unentdeckt ins Gemach der Lady gelangen.«

Sprachlos vor Vergnügen kroch Munin eine gekrümmte Dachrinne entlang und gelangte zu einem stinkenden Rauchabzug. Vorsichtig steckte er den Kopf hinein, und als er die Feuerstelle erkaltet sah, bedeutete er Hugin, ihm zu folgen.

Hugin zwängte sich an ihm vorbei in den Raum, wobei er »Still!« flüsterte.

Es handelte sich um ein fast kreisförmiges Turmgemach, das zugleich als Schlafzimmer und als Hexenküche eingerichtet war. Ringsum befanden sich Borde, die mit einem unermeßlichen Wirrwarr von Behältern, Beuteln, Büchern, Büchsen, Becken und Bürsten übersät waren.

Auf einem Bett lag Thökk, und Hugin krächzte — leise — vor Erstaunen: Für menschliche Begriffe war sie außergewöhnlich schön, und sogar unter den Asen hätte sie als anziehend — nein, als wunderbar hold — gegolten.

Man konnte sie kaum als verwelkte Hexe bezeichnen, wie Hugin vermutet hatte. Er riß sich von dem Anblick los und kroch das Bord entlang, auf welches er gehüpft war. Als er bei einer großen langhalsigen und leeren Flasche anlangte, die darauf lag, beäugte er sie überlegend und drehte sie dann, so daß sich Hals und Öffnung fast parallel zur Wand befanden. Sodann steckte er den Schnabel hinein und stellte fest, daß gerade genügend Platz vorhanden war, ihn bequem zu öffnen. Zu diesem Zweck mußte er sich fast gänzlich auf die Seite legen. Er bedeutete Munin, es ihm mit einer Kralle gleichzutun. Sodann brachte er mit Lokis Stimme ein so langgezogenes und schreckliches Stöhnen hervor, daß sich Munins Gefieder sträubte. Der Klang, der aus der Flasche drang, war außerordentlich, und durch die gekrümmte Wand schien er von überall zugleich zu kommen.

Thökk fuhr auf eine Weise von ihrem Lager hoch, die jeder Beschreibung spottete. Levitation, die sie sicherlich beherrschte, hatte nichts damit zu tun, doch stieg sie lotrecht empor, während sie flach auf dem Rücken lag. Sie erhob sich in die Luft, fiel zurück, federte wieder empor und landete, sich zusammenkauernd, in der entfernteren Ecke des Gemaches. Ihr Kopf fuhr hin und her, als fürchte sie, ihn auch nur für den Bruchteil einer Sekunde derselben Richtung zuzuwenden.

»W-wer . . . w-was ist das?« stammelte sie.

Wieder stöhnte Hugin, und die Riesin schien in sich zusammenzuschrumpfen.

Wieder blickte sie wild um sich. »Wo . . . Ihr hier?«

»Nein, in Gladheim«, sprach Hugin. Dann erzeugte er einen zischend spritzenden Laut — wie wenn ein Tropfen Öl ins Feuer fällt —, gefolgt von einem gequälten Keuchen. »Ahhh, das brennt . . . *das brennt* . . .«

»Durch welche Zauberei . . .«

»Wie ich zu Euch spreche? Zum größten Teil durch die Lücken in Eurem Gewissen, kleine Zauberin. Sehr kleine Zauberin«, fügte Hugin verächtlich hinzu. »Ich kann Euch nicht aufsuchen, so sehr mich auch danach gelüstet.«

Daraus schien sie großen Mut zu schöpfen. Sie riß sich zusammen, erhob sich und sprach mit heller Stimme: »Ich habe von Euren Qualen gehört, Loki, und es tut mir leid, daß sie so endlos sind. Doch Ihr könnt nicht leugnen, daß Ihr sie Euch selbst zuzuschreiben habt.«

»Aber ich bin unschuldig!«

»Bis zu einem gewissen Grad«, gab Thökk zu, und Munin nickte Hugin mit erneuter Scheu zu. »Aber wenn man die Vielfalt Eurer Sünden in Betracht zieht und die Zahl der ungesühnten, so könnt

Ihr Euch nicht über Unrecht beklagen. Und niemand wird Euch Glauben schenken! Sagt an, wessen Schuld das ist, lügnerischer Freund!« Sie gewann Selbstvertrauen und höhnte: »Ihr habt meine Rast unterbrochen, guter Loki. Warum?«

»Um Euch zu sagen . . .« Wieder das erschreckende Zischen und Keuchen. »Habt Ihr mich nie geliebt, Thökk?«

Da lachte sie, und es tönte unangenehm. »Nun, Ihr wißt es! Ich verschmähte Euch immer. Denn Ihr wolltet gar nicht *mich*. Euch gelüstete nur nach Unterhaltung, einmal nach etwas anderem — einer Zauberin, Tochter eines vornehmen Riesen.«

Lokis Stimme klang lauernd: »Verschmähtet Ihr mich *immer*?«

Sie hob zum Sprechen an und hielt dann erbleichend inne. »Was meint Ihr?«

Hugin lachte, und es war zum Erschauern. »Habt Ihr Euch nicht an Baldur erfreut?«

»Wie wagt Ihr . . .« Aber dann packte sie so etwas wie Neugier. »Wieso wißt Ihr darum?«

»Was ließ Euch denken, daß Baldur so etwas wie Euch beachten könnte?« höhnte Hugin grausam. »Wie närrisch! Sich selbst in dem Glauben zu wiegen, Baldur würde um solches Fleisch wie das Eure werben, betrügen und feilschen! Selbst ein Sperling hätte Euch von der edlen Gesinnung Baldurs erzählen können — wäre nicht Eure Euch blendende Eitelkeit!«

»Aber er tat es! Er tat all das!« wimmerte sie. »Und er verwirrte meine Gedanken . . . Und er näherte sich mir immer mehr und verlangte von mir, was kein Riese jemals mit einem Asen tun darf . . . Und ich weigerte mich, und noch näher kam er . . . Und er sagte, er liebte . . . Und ich, ich war verloren, und ich erzählte ihm von dem Großen Geheimnis von Mimir, und dann nahm er mich lachend . . .«

Sie brach in wildes Weinen aus, das von einer Flut rauhen Gelächters ertränkt wurde, das in dem Gemach widerhallte.

Und während es noch nachhallte, riß Hugin den Schnabel aus der Flasche und fragte Munin flüsternd: »Kannst du Baldur nachahmen?«

»Ja«, erwiderte Munin, »doch das käme einer Entehrung gleich!«

»Entehre ruhig, Freund Plapperer. Wir haben den Hals des Hühnchens bereits in der Schlinge.«

»Was soll ich sagen?«

»Irgendwelchen Liebesunsinn der Asen.«

Munin steckte den Schnabel in die Flasche, und Baldurs Stimme ertönte hohl durch das mitschwingende Glas: »Geliebte, Eure Glieder strahlen und blenden mich. Verliert Euch rasch in meinen Armen! Ich sterbe, ich welke dahin, wenn ich mich so nahe der Sonne aufhalte ...«

»*Baldur!*« kreischte sie.

Beim Klang der zweiten Silbe zog Hugin Munins Schnabel aus dem Flaschenhals, steckte den eigenen hinein und ließ wieder jenes hohle, höhnende Gelächter erschallen. »Nein! Nein, nicht Baldur, sondern Loki, der schwor, Euch zu besitzen, ob Ihr ihn wolltet oder nicht. Loki, der mit Heimdall in der Gestalt eines Seehundes rang. Loki, der jede Gestalt anzunehmen imstande ist, nach der ihm der Sinn steht — ja und auch jede Zauberin überlistet! Ich war es, ich, Loki, mit dem Ihr das Lager teiltet, überzeugt, es sei Baldur. Ja, und Ihr hattet Eure Freude daran, Weib!

Ich war es, der das Geheimnis der Geheimnisse stahl — nicht Baldur. Und als Ihr Baldur abermals begegnetet, tratet Ihr dumm schwatzend und albern lächelnd an ihn heran und hieltet seine ehrliche Unwissenheit für eine Abweisung. Und dafür tötetet Ihr ihn — dafür und aus Furcht, er könnte Euer Geheimnis verraten! Seht Ihr, was Ihr getan habt, Ihr geistesschwache Schlampe? Ihr tötetet den schimmernden Baldur deswegen, weil er mit Euch das Lager teilte — was er nicht tat; weil er Euch verschmähte — was er nicht tat; und weil er ein Geheimnis besaß, das Ihr ihm niemals mitteiltet!«

Sie wankte zu ihrer Liegestatt, kauerte sich auf einer Ecke nieder und schluchzte, als wäre sie ausgepeitscht worden. Dann blickte sie mit einem schiefen Lächeln auf dem Antlitz auf. Diese Worte zwang sie zwischen den Zähnen hervor und sprach:

»So sei es also, Loki. Doch bin ich frei, und Ihr hängt für das Verbrechen, das ich begangen, im Abgrund. Alle Welt klagt Euch dessen an, wozu Ihr mich veranlaßt habt. Hängt also dort; Eure Strafe ist gerecht!«

Hugin zog den Schnabel heraus und kratzte sich mit einer fast lächerlich anmutenden Gebärde mit einer Kralle am Kopf.

Munin flüsterte: »Worin besteht das Geheimnis?«

»Ich weiß nichts. Ich weiß es nicht. Ich muß denken.« Und er kniff fest die Augen zusammen.

Munin wurde schmerzlich an die Nacht erinnert, da Baldur ums Leben kam. Damals war Hugin in eine ähnliche Trance gefallen und hatte nichts gesprochen, bis er über alles nachgedacht hatte. Er sah auf Thökk, die Zauberin, hinab, die schweratmend wartete. Da schob Hugin plötzlich wieder den Schnabel in die Flasche, und Lokis geisterhafte Stimme erschallte: »Das Geheimnis ...«

Einen Augenblick lang war Thökk völlig ruhig, dann warf sie den Kopf zurück. »Was ist mit dem Geheimnis?«

Hugin gab keine Antwort.

Thökk wimmerte: »Ihr ... Ihr habt doch den Asen nichts verraten?«

Hugin fragte: »Glaubt Ihr das?«

»Nein«, wisperte sie. »Nein ... wir würden es wissen. Ihr seid sehr ... tapfer«, fügte sie gepreßt hinzu. »Wenn Ihr es tätet, würden sie Euch befreien.«

»Und Euch holen«, wagte Hugin zu sagen.

»Ja.« Sie schauderte. »Wenn die Riesen etwas von mir übrig lassen.«

»Was soll also geschehen, Thökk?«

»Ich ... ich verstehe nicht.«

Munin sah, wie sich Hugins Augen für einen Augenblick dicht schlossen. Dann sagte er: »Ich werde Euch zwei Möglichkeiten anführen, und Ihr werdet mir sagen, was Ihr zu tun gedenkt: Bleibt untätig in Euren Gemächern, und ich werde den Asen alles berichten, was ich weiß. Wenn die Riesen davon erfahren, so töten sie Euch. Oder ...«

»Nein!« schrie sie.

»Oder«, fuhr er unbarmherzig fort, »Ihr kommt nach Gladheim und gesteht Odin, daß Ihr Baldur ermordet habt. Ich werde befreit und verbannt, und Ihr werdet sterben.«

»Was immer ich auch tue — ich muß auf jeden Fall sterben!«

»Ja. Doch da ist dieser Unterschied: Befreit mich, und die Asen werden das Geheimnis niemals erfahren. Sie werden sich mit der Mörderin zufriedengeben. Zumindest könnt Ihr Eure Dummheit ohne Schaden für die Riesen wiedergutmachen.«

Lange Zeit sprach sie nichts. Dann schrie sie: »Teufel!« Und die Art, wie sie es tat, mußte sie in der Kehle geschmerzt haben. Danach: »Wann ... wann muß ich ...«

»Ihr braucht drei Tage, um Gladheim zu erreichen. Zur Stunde des vierten Sonnenuntergangs von morgen an werde ich Odin das Geheimnis enthüllen oder Euch begrüßen. Wählt!«

Einige Augenblicke lang preßte sie die Hände fest vor das

Gesicht; dann ließ sie sie sinken und sprach gelassen: »Ich werde gehen.«

Sie ist tapfer, dachte Munin. Sie ist närrisch und in mancher Hinsicht dumm, aber sie ist tapfer.

Aber das Geheimnis — das Geheimnis; was war damit? Munin blickte Hugin ängstlich an.

Wieder schloß Hugin die Augen. Nach einiger Zeit begann er mit Lokis Stimme: »Und wenn ich befreit bin — wie könnt Ihr sicher sein, daß ich den Asen nicht dennoch unser kleines Geheimnis verrate?«

»Das könnt Ihr nicht! Eure Lehenstreue ist unser! Ihr seid ein Riese!«

»Nur zur Hälfte, Thökk. Ihr werdet mir ganz einfach vertrauen müssen.«

»Ja«, gab sie zu. Nur die Augen glühten in ihrem unbewegten Gesicht. »Wir werden Euch vertrauen.«

»So lebt wohl, Thökk.« Und plötzlich mit gepreßter Stimme: *»Ich habe genug gelitten!«*

Ja, dachte Munin, so wäre Lokis Art — immer mit einem dramatischen Abschluß. Er zog Hugin zu sich heran. »Was ist mit dem Geheimnis? Können wir es erfahren?«

Statt einer Antwort wies Hugin hinab. Thökk hatte sich zum Tisch begeben. Sie zog ein Stück Birkenrinde, einen Federkiel und Tinte hervor. Dann ließ sie sich zum Schreiben nieder.

»An Omir, ihren Vater«, wisperte Munin. Mit dem Auge eines Vogels und mehr Erinnerungen, als die gesamte Menschheit besaß konnte er die Botschaft leicht lesen:

Das ist mein Abschied, Vater, und der Wunsch, um mich zu trauern — doch das kann nicht sein. Wisse denn, daß ich von Loki auf eine solche Weise hintergangen worden bin, daß mir die Scham verbietet, es hier zu beschreiben; daß dadurch ich — ja ich, Vater — Baldur getötet und daß ich das größte Unheil verbrochen habe, indem ich Loki das Geheimnis von Mimir entdeckte. Ich begebe mich nun nach Gladheim, für den sinnlosen Mord zu sterben, und Loki wird der Fesseln entledigt. Sieh zu, daß er stirbt, denn man kann ihm nicht trauen. Folge mir nicht und ändere auch sonst nicht irgendwie meinen Plan, damit die Riesen bei der Ragnarök nicht die Schlacht verlieren.

»Nehmen wir das Blatt mit?« flüsterte Munin, als sie geendet hatte.

»Wir brauchen es nicht. Komm!« Hugin schien vor Freude zu bersten.

Leise krochen sie das Bord entlang zur Feuerstelle zurück und zwängten sich durch den Kamin hinaus in die schwarz über Jötunheim lastende Nacht. Gemeinsam stiegen sie in den Himmel auf.

Ah, wie in den alten Tagen! frohlockte Munin. Miteinander zu Odin!

»Ihr habt mich überzeugt, guter Hugin«, sagte er, als sie über dem Land der Halblinge schwebten. »Ich habe die Tatsache nie zu dem Ergebnis deiner Gedanken zusammenbauen können. Wie — wie ist es dir gelungen?«

»Mit Flügen über den Tatsachen«, antwortete Hugin, »und dem Sammeln der Tatsachen darunter ... Nun, da du mir zum erstenmal die Geschichte von Baldurs Tod erzähltest, führte mich der Gedanke zu einem Pfad, wo Loki — obgleich Werkzeug — nicht unmittelbar schuldig war. Indem ich diesem folgte, mußte ich annehmen, daß das fremde Weib beim Fest nicht Loki, sondern wirklich eine Fremde war.

Was für eine Fremde? Eine Riesin, die einen Zauber anwandte, so daß wir sie nicht entdeckten. Du wirst dich selbstverständlich daran erinnern, Freund Munin, daß sie nicht zum Fest erschien, solange Loki anwesend war. Halbriese, der er ist — er hätte sie trotz des Zaubers entdeckt. Sie hielt sich versteckt, wahrscheinlich in der Menge.

Und wir wissen auch, daß sie ankam und Baldur offensichtlich unverwundbar fand und daß sie Frigga geschickt dazu brachte, ihr Versehen mit dem Mistelzweig zu offenbaren. Die übrigen Taten des Weibes wurden von allen verfolgt.«

»Aber woraus schlossest du, daß es tatsächlich ein Weib war?« warf Munin ein.

»Weil es von Anfang an einem weiblichen Verbrechen glich. Wenn ein Mann getötet wird und keine Feinde hat, und besonders wenn durch seinen Tod offensichtlich niemand einen Nutzen zieht, so ist irgendwo das Herz verwickelt.

Baldur war jedoch nicht wie andere Männer, andere Götter. Wenn er jemanden verschmähte, so geschah dies unschuldig und ohne Absicht, und alle Welt wußte darum. Daher geschah der Mord aus zwei Gründen — der Wut eines Weibes wegen und zweitens wegen etwas anderem. Es ist leicht, sich eine sich verzehrende Dame vorzustellen, die sich Baldurs wegen umbringt;

es ist jedoch unfaßbar, daß sie Baldur meuchelt, wenn nicht noch etwas anderes dahinter steckt.«

»Was führte dich zu Thökk?«

»Der am meisten in die Augen fallende Hinweis, Munin. Sie allein wollte nicht um ihn klagen. Das ist etwas, was ganz Asgard übersah, weil der Verdacht so stark auf Loki lastete — genauso, wie ganz Asgard vergaß, daß Loki weinte.

Daher brauchten wir bloß ihr Gewissen zu unseren Gunsten walten lassen, sobald wir bei Thökk waren. Die Stimme Lokis in ihrem Gemach sprach nie aus eigenem Wissen heraus — nur aus dem, welches sie selbst lieferte. Und so zwangen wir sie zum Geständnis und sogar dazu, sich selbst zu stellen.«

»Du, nicht wir«, wandte Munin ehrfürchtig ein. »Und was ist mit dem Geheimnis?«

»Wir kennen es nicht zur Gänze, aber wir wissen genug. Thökk schrieb: ... *damit die Riesen bei der Ragnarök nicht die Schlacht verlieren.* Und das genügt nach dem, was du mir erzähltest. Daß diese Möglichkeit besteht — die Kunde davon —, kommt mitten aus dem Herzen des Riesen-Reiches. Es ist die erste Kunde dieser Art, seitdem Odin in der Morgendämmerung der Welt den Brunnen des Weisen Mimir hinabstieg.«

»Mimir — er ist ein Riese!« rief Munin und flatterte erregt. »Es muß ein falscher Keim gewesen sein, den er unter die Schätze schlüpfen ließ, die er Odin gab. Und Odin — guter Odin — er ahnte es niemals!«

»Wie unser falscher Loki richtig gesagt hat«, kicherte Hugin. »*Ich habe genug gelitten!* Wir werden dem Himmelsvater einen Stein vom Herzen wälzen, Freund Munin. Vielleicht wünscht er, Mimir die Lüge vorzuhalten — die ungeheure, tragische Lüge vom unabwendbaren Sieg der Riesen bei der Ragnarök. Doch der Gedanke sagt mir, daß er es nicht zu tun braucht. Die Nornen haben niemals den Untergang Asgards beschlossen!«

»Wird also Asgard gewinnen?«

»Die Asen werden siegen, wenn sie besser als der Feind kämpfen, und das ist alles, was sie sich jemals wünschten.«

Vor ihnen erstreckte sich die Grenze von Asgard. Frohen Mutes flogen sie dahin — Munin, welcher siebentausend Jahre der Untergangsstimmung und der Trauer in sich trug und nun ein Wiederaufleben der alten Tage kommen sah; und Hugin, der sich nicht mit Erinnerungen belastete — zufrieden, in Zukunft derjenige zu sein, der dem Himmelsvater berichtete.

Der Ale floß in Strömen, und der Met stieg in die Köpfe. Man vernahm Gesang und wildes Gelächter, und die Freude hatte Asgard das Antlitz zugewandt. Waffen klirrten, und Pfeile schnellten von Sehnen, sausten und splitterten. Saiten wurden gestimmt und gezupft, trotzige Reden geschwungen, und während der langen Nächte ergab man sich dem unirdischen Zauber der Asengöttinnen.

Da fand man die Helden aus dem Reich der Menschen, dort die Walküren mit ihren blendenden Flügeln — hier in den ewigen Hallen feierten und fochten sie und fanden und genossen das, wozu das sterbliche Leben zu kurz ist, es zu gewähren.

Die Asen sind für die Freude geschaffen worden, und die Helden haben sie verdient. Ihre Freude ist der Kampf, und um zu kämpfen, leben sie. Der Kampf, dem sie entgegensehen, ist Ragnarök, und da werden sie gegen die Riesen kämpfen, dem Tode trotzen ...

... und ihm widerstehen!

Aus: »Fantastic Universe«, Juni 1955
Copyright © 1955 by King-Size Publications
Aus dem Amerikanischen übersetzt von
Eduard Lukschandl

Iny Klocke

Iny Klocke wurde am 14. Juni 1949 in Köln geboren und lebte dort bis 1980. Seitdem arbeitet sie als Organisationsprogrammiererin in München. Schon seit einigen Jahren schreibt sie Fantasy-Geschichten, die in verschiedenen Fan-Magazinen abgedruckt wurden. Ihre Hobbys sind Lesen (sie mag vor allem Robert E. Howard, Michael Moorcock, Isaac Asimov, Anne McCaffrey, Keith Laumer, Jack Vance, Larry Niven und Jerry Pournelle), das Sammeln von SF und Fantasy (sie selbst bezeichnet sich oft als Bibliomanin) und das Schreiben von Fantasy-Erzählungen.

Die stimmungsvolle und thematisch recht ungewöhnliche Geschichte »Die steinernen Krieger« ist Iny Klockes erste professionelle Veröffentlichung.

Iny Klocke

Die steinernen Krieger

Um sein Imperium zu festigen, erhob Paira die Verehrung der Kriegsdämonen zur Staatsreligion und verbot alle anderen Kulte. Damit verloren die Fürstentümer von Perata auch ihre religiöse Selbständigkeit. Nur die Stadt Msierane-über-dem-Strom trotzte ihrer mächtigen Schwester. Noch lange bis in unser gesegnetes Zeitalter wurde dort ein Gott verehrt, dem der Stadtstaat der Überlieferung nach die erfolgreiche Abwehr der pairanischen Eroberungszüge verdankte.

Der Name dieser Gottheit ist in Vergessenheit geraten, da eine abergläubische Scheu den Msieranern die Lippen versiegelte. Daher sind die historischen Fakten recht lückenhaft und mit zahlreichen Legenden verbrämt.

Dieses in Msierane verehrte Wesen residierte auf der höchsten Erhebung der Neun-Hügel-Stadt in einem heiligen Bezirk, der heute noch in seinen Ausmaßen erkennbar ist und einen Umfang von fünf Tagwerken hatte. Nur die Gebetshalle war den Gläubigen zugänglich. Dahinter schloß sich ein kunstvoll angelegtes Labyrinth an, das das eigentliche Heiligtum von der Stadt abschloß. Darin, mitten in einer köstlichen, aber fremdartigen Gartenanlage, wohnte der Gott. Nicht als Standbild, sondern — und darauf bestehen die Msieraner noch heute — in höchst eigener Person.

Die zahlreichen Priester, die dem Gott dienten, lebten in strenger Abgeschlossenheit und verließen den heiligen Bezirk nie. Auch die Opferrituale, von denen nur wenig bekannt wurde, fanden in dem Hain statt. Soweit die Überlieferung als gediegen angesehen werden kann, steht fest, daß dieses Wesen keine blutige Gottheit war und im Gegensatz zu den Dämonen von Paira nicht forderte, daß zu seinen Ehren lebenden Opfern das Herz aus dem Leibe gerissen wurde.

Trotzdem ist es unter die dunklen Götter einzureihen:

Es verzichtete nicht auf Menschenopfer, nur sein Verlangen war viel umfassender und subtiler. Es trachtete nach der Lebenskraft seiner Opfer und verzehrte ihre Seelen. Es nährte sich von menschlichen Empfindungen und Gefühlen, die es auf immer neue Art zu genießen forderte. Seine Priester setzten all ihre Kunst und ihren

Erfindungsreichtum daran, es zu befriedigen. Sie wußten Angst, Haß, Wut und Gier ebenso bis zu den Grenzen der menschlichen Existenz zu treiben wie Freude, Liebe und Glück.

Es verlangte nach Ekstasen, nach unendlichen Qualen und höchster Verzückung, die es in sich aufsog, bis die Körper als ausgelaugte Hüllen, als toter Stoff zurückblieben.

Dieses Wesen nun bereitete den sonst unüberwindlichen Pairanern mehrere geheimnisumwitterte Niederlagen. Was damals geschah, ist ebensowenig überliefert worden wie die Natur dieses Gottes.

Als dann die hohe Siebenheit, unsere erhabenen Gottheiten, die Herrschaft über diese unsere Weltebene antraten, stürzten die gehorsamen Gläubigen die Götzen des barbarischen Zeitalters, zerstörten ihre Bildnisse und Altäre und errichteten auf den Fundamenten der geschleiften Tempel neue Stätten der Verehrung.

Die Msieraner aber hingen ihrem Gott an und verhinderten, daß irgend jemand Hand an ihr Heiligtum legte. Sonderbarerweise kümmerten sich die Hohen Sieben, die sonst die schwarzen Götzen mit himmlischem Feuer vertrieben, nicht um dieses Wesen. Ihm wurden weiterhin Einheimische und Fremde geopfert — Freie und Sklaven, Männer und Frauen in der Blüte des Lebens.

Eines Tages aber verschwand das Wesen spurlos und ließ seine Anbeter im Stich. Die Priester wurden so aufgefunden wie die Opfer — steif, ausgelaugt, erstarrt. Die Gärten welkten, und das Labyrinth verfiel innerhalb weniger Monde. Schneller, als es natürliche Ursachen vermochten, waren alle Spuren getilgt, und bis heute trägt die Hügelkuppe nur eine Wüstenei, in der nicht einmal Nesseln und Disteln gedeihen.

Was mit dieser Gottheit geschah, wohin sie verschwand, entzieht sich jeder Erklärung. Es heißt noch heute in Msierane, der Gott sei zu den Wurzeln der Welt zurückgekehrt, in das unbelebte Sein, aus dem er einst kam. Aber das ist wohl eher ein Rest des Glaubens, denn selbst die Bürger wissen mit diesen Worten nichts anzufangen.

Aus: Shubiet Mnisse
Das Buch des Weltenkreises

Sorku fluchte bei allen sieben Göttern. Die nächste Bö riß die Worte von seinem Mund und überschüttete ihn mit Sand und Staub, die sich in seine Haut und seine Kleidung gruben, ihn blendeten und fast erstickten. Er rieb sich die Augen frei und sah sich nach einem windgeschützten Platz um. An diesem Teil der Lastenstraße gab es nur glatte, steil aufragende Felswände, und die Trümmer kleinerer Geröllawinen, die den Weg säumten, boten weder dem Reiter noch seinem Tier Schutz.

Sorku preßte sich auf den Widerrist seiner Serin-Stute, um dem Sturm möglichst wenig Fläche zu bieten. Die heulenden, fauchenden Böen wirbelten zunehmend dürres Astwerk und Steinsplitter auf, die auf Mensch und Tier niederprasselten und das massige Serin in ein nervös zitterndes Bündel verwandelten. Sein langer Hals schwang erregt hin und her, der fleischige Schwanz peitschte gegen die Flanken, zerrte an den Packtaschen und schlang sich einige Male um den Reiter. Sorku wurde jedesmal halb aus dem Sattel gehoben. Seine Hände krampften sich um die Zügelketten, die die Stute ihm zu entreißen drohte. Der Staub in seinem Mund mischte sich mit dem Geschmack von Blut. Zu allem Überfluß hatte Sorku sich noch auf die Zunge gebissen.

Er bedachte den Händler, der ihm das Tier vor wenigen Tagen verkauft hatte, mit saftigen Verwünschungen. Der Kerl hatte bei Rohar geschworen, die Stute sei ein ruhiges, gehorsames und stumpfsinniges Armee-Serin, also für einen Söldner bestens geeignet. Und ... und ... und ... Der Händler hatte ihn ganz dumm geredet, und da das Äußere des Serins für den Preis bestechend war, hatte Sorku sich von seinen letzten Silberthrels getrennt. Und jetzt drehte das Vieh schon bei einem kleinen Sturm durch! Wie zuverlässig mochte es da erst im Schlachtgetümmel sein?

Es war Sorkus erster Serin, und er hatte auch noch keine Erfahrungen als berittener Söldner. Bis jetzt konnte er sich nur als Troßknecht oder zum Fußvolk verdingen, wo der Lohn aus dem bestand, was die Offiziere Essen, die Mannschaften aber Fraß nannten, und aus dem Rest der Beute, den die Adligen und die Schwerbewaffneten übrig ließen. Beim letzten Zug hatte Sorku unbemerkt einen Beutel voller Silberthrels an sich bringen können. Und nun nannte er ein eigens für ihn geschmiedetes Schwert und ein kaum geflicktes Kettenhemd sein eigen, wie es nur die erfolgreichen Söldner trugen. Der Rest hatte noch für Helm, Schild und das Wichtigste gereicht — für ein Serin. Der Fürst von Pryth bezahlte einen Söldner nach seinem Kampfwert, nach Ausrüstung, nach Kraft und Geschicklichkeit. Da war Sorku sehr zuversichtlich. Bald würde das Handgeld seinen Beutel füllen, der jetzt so leer war wie die Strohhütte eines rhenischen Sklaven.

Er hatte den Panzer gut eingefettet und hinter dem Sattel aufgeschnallt. Zuerst wollte er ihn voll Stolz auf der Reise tragen, doch das Gewicht und der Spott seiner Kameraden ließen ihn anders entscheiden.

Gestern abend in Porhene waren es noch zwölf Männer gewesen, Söldner aus Traspe und Louse, die Hongar ty Pryth ihre Dienste anbieten wollten. Die Kleinkriege zwischen den Fürstentümern von Perate boten einem käuflichen Schwert so ziemlich das einträglichste Geschäft seit dem Untergang des pairanischen Imperiums.

Sie hatten sich verspätet, hatten in der mit Tecu geschwängerten Luft der letzten Taverne einfach vergessen, daß die Rho-Zeit anbrach, die Zeit, in der die Rhener die Lastenstraße und damit den einzigen Weg durch das Synd-Gebirge nach Perate sperrten.

In Sorkus Augen waren die Rhener abergläubische alte Weiber, die sich hinter ihren Ammenmärchen versteckten und harmlose Reisende schikanierten. Warum sollten sich die Götter ausgerechnet in dieser Zeit durch ein paar Reiter gestört fühlen?

Als die Söldner in Porhene einritten, war das Tor nach Perata bereits geschlossen, und die Wächter ließen sich weder mit Silber noch mit versteckten Drohungen überreden, es ihnen noch einmal zu öffnen. Statt dessen wurden sie mit mystischen Phrasen abgespeist. Die Götter selbst, hieß es, reinigten die ihnen heilige Felsenstraße in der Rho-Zeit mit Strömen von Feuer und Wasser von der Entweihung durch die Menschen. Jeder, der es da wagte, seinen Fuß darauf zu setzen, wurde hinweggefegt und zerschmettert und seine Seele in den Fels verbannt, wo sie bis ans Ende der Tage mit dem Wind klagte.

Der Ernst und das Pathos des rhenischen Offiziers beeindruckten die Männer mehr, als sie einander zugestanden. In der Herberge, die ihnen zugewiesen wurde, machte der Stadtkommandant ihnen ein verlockendes Angebot. Er suchte Söldner, die für Rhene in das fast unwegsame und unzugängliche Innere des Syndgebirges zogen und dort Jagd auf die Späher und Wächter des feindlichen Bergvolks machten. Für jeden Kopf gab es einen Goldthrel, für einen lebenden Gefangenen aber zehn. Und der Rhener stellte noch mehr in Aussicht, wenn der oder die Gefangene sich als eine wichtige Person herausstellen sollte.

Die Synder lebten im Matriarchat, und die Kämpferinnen dieses Volkes wurden wegen ihrer Schnelligkeit und Heimtücke gefürchtet. Sorku gefiel das Angebot daher nicht besonders. Gut, zehn

Goldthrels waren eine fürstliche Belohnung. Dafür konnte sich ein Söldner, dessen ganzer Besitz oft genug aus einem Schwert und einem Lederpanzer bestand, eine eiserne Wehr und ein gutes Reittier kaufen — oder einen kleinen bis mittleren Bauernhof. Bei dieser Großzügigkeit hätten den Rhenern ganze Heere zur Verfügung stehen müssen, doch die an den Stadttoren zur Schau gestellten Trophäen — die Köpfe — zeugten nur von mäßigem Erfolg. Nach allem, was Sorku von der Wildheit und Grausamkeit der Synder gehört hatten, kehrten wohl wenige Männer aus den Bergen zurück.

So trennte er sich von seinen Kameraden. Im Schutz der Dunkelheit zwischen dem Untergang der Monde und der Dämmerung kletterte er mit der Stute am Zügel zum Strom hinab und umging die Festung auf dem schmalen Uferstreifen. Bester Laune, ja beinahe übermütig ritt er in die Lastenstraße hinein, und bei Sonnenaufgang lag Porhene schon weit hinter ihm. Das schwache Farbspiel der Morgenröte versprach einen so schönen Tag, wie ihn sich ein eiliger Reisender nur wünschen konnte.

Sorku konnte es kaum erwarten, nach Pryth zu kommen und vor den Söldneroffizier zu treten. Er malte sich aus, wie dieser ihn in die Elite des prythischen Heeres — die Reiterei — aufnahm, wie er ihm das Handgeld überreichte und ihn als Kameraden begrüßte.

Zwei, drei Wegstunden später war seine Laune so finster wie die heraufziehende Wetterwand. Der Sturm erinnerte ihn nachdrücklich an die Warnungen der Rhener, und es fehlte nicht mehr viel, und eine Bö würde ihn tatsächlich hinwegfegen und zerschmettern. Seine Kräfte ließen spürbar nach, und er begann, den nächsten Aufprall des wütenden Elements zu fürchten. Aber so plötzlich, wie er aufgekommen war, flaute der Sturm ab.

Die Berge schienen Atem zu schöpfen. Sorku stieg an einem spärlich tröpfelnden Rinnsal ab, das aus einem Felsspalt sickerte, um nach ein paar Ellen in einem anderen zu versinken. Es reichte kaum, um sich den Sand aus Augen und Mund zu waschen und auch dem Serin ein paar Schlucke zu gönnen. Sorku hoffte, bald mehr Wasser zu finden. Als er weiter ritt, fand er seine gute Laune wieder. Er pfiff die Melodie eines recht schlüpfrigen Liedes und lachte über seine ängstliche Reaktion auf ein bißchen Wind.

Die Stille um ihn wurde unwirklich, jede Luftbewegung erstarb und machte drückender Schwüle Platz, die den Schweiß aus jeder Pore trieb. Das Serin schlich mit hängendem Kopf vor sich hin und fiel nur unter röhrendem Protest in einen schaukelnden Trab.

Sorku versuchte es mit einigen saftigen Flüchen, die sich auf die Vorlieben des Gottes Surt bezogen. Wie eine scharfe Antwort darauf überzog sich die Wolkendecke mit einem Wurzelwerk von Blitzen und hüllte die Schlucht in grelles Flackern. Der Donner grollte wie ein gewaltiger Gong, brachte den Felsen zum Beben, löste kleine Steinlawinen und ein wildes Echo aus.

Die Serin-Stute zog beim ersten Krachen den Kopf unter den Bauch, ging mit allen vieren zugleich hoch und raste blindlings davon. Die Zügel entglitten Sorkus Fäusten, er klammerte sich an das Sattelhorn und starrte mit hilfloser Wut auf den kaum erkennbaren Weg. Nur noch ein Gedanke beseelte ihn: oben bleiben! Der Wahnsinnsritt ging durch Unendlichkeiten von Dunkelheit und fahlem Wetterleuchten. Unter jedem Blitz, jedem Donnerrollen zuckte die toll gewordene Stute zusammen, streckte ihren Körper und jagte dichter über den rauhen Boden. Die Felsen flogen nur so vorbei, aufgepeitschte Schemen in einem grauen Abgrund. Von der Gebißstange flockte dichter Schaum.

Dann kam das Ende. Ein Felsrutsch, ein entwurzelter Baum quer über dem Talboden bildeten einen Wall, der einer hohen Welle gleich näherkam. Im letzten Moment drehte die Stute, versuchte zu springen, überschlug sich und landete mit einem dumpfen Aufprall in dem Hindernis. Sorku sah die Krone des Baumes wie eine monströse Hand auf sich zu schießen, spürte einen gewaltigen Schlag und versank dann im Nichts.

»Jo, halt, warte!«

Joreth zügelte ihr Dorin und wandte sich mit halb neugierigem, halb ungeduldigem Ausdruck um.

»Was ist denn noch, Syndre? Halt mich nicht auf! Ich möchte den Wasserfall noch vor dem Abend erreichen, sonst bin ich morgen nicht zurück.«

»Joreth ... bitte, reite mit mir über den Paß zurück. Geh nicht ... hinab.«

Syndres Stimme wurde zu einem Flüstern, als säße ihr etwas Unangenehmes im Hals. Joreths Miene spiegelte Unglauben und Verblüffung. Sie war kurze Zeit sprachlos, starrte die Ältere mit großen Augen an. Dann trieb sie ihr Reittier neben Syndres Dorin und neigte sich zu ihr herüber, gerade so, als fürchtete sie, belauscht zu werden.

»Das ist doch nicht dein Ernst! Haben Surts Dämonen dir den Verstand geraubt? Ausgerechnet du ...«

Syndres Gesicht war fast so grau wie ihr Haar, ihr Mund nur noch ein schmaler Strich. Ihre Hände vollführten sinnlose, fahrige Bewegungen. Die Worte kamen kaum verständlich über die blutleeren Lippen.

»Joreth, mein Kleines ... Ich bitte dich, geh nicht. Wenn ... wenn du unten vom Unwetter überrascht wirst, kommst du nicht mehr heraus. Das Westende ist durch einen neuen Bergrutsch verstopft ...«

»Ach, Syn-mei-mei! Ich bin doch kein Kind mehr. Vor dem Schlimmsten bin ich bestimmt wieder zurück. Ist doch nicht das erste Unwetter, in dem ich draußen kampieren müßte. Und es ist noch so schön, so, wie ich mir das Wetter für meinen ersten Ritt zum heiligen Stein nur wünschen konnte. Und wenn mich ein Wettersturz überrascht — was soll es? Ich finde in den Felsen einen trockenen Unterschlupf. Meine Packtaschen sind gut versorgt. Mit den Vorräten kann ich mich und mein gefräßiges Biest« — sie klopfte dabei kräftig auf die Flanken ihres echsenhaften Reittiers —, »lange durchfüttern. Es kann gar nicht so hungrig werden, daß es sich an mir vergreift. Alte Brutwächterin! Ausgerechnet du solltest mich von meiner ersten offiziellen Pflicht abhalten? Hast du mir nicht immer und immer wieder erklärt, eine ty Xor-o-sind müsse ihre Verpflichtungen dem Volk und den Göttern gegenüber unter allen Umständen einhalten? Und hier redest du wie eine dumme Bäuerin, die ihre Kinder nicht vom Rockzipfel lassen will!«

»Ich ... ich ... Es fällt mir so schwer, Jo. Ich darf dich nicht zurückhalten ... ich kann dich aber auch nicht gehen lassen! Du bist die Letzte aus Sethes Geschlecht. Es darf dir nichts passieren ... Liren, die Weise, kam zu mir und warnte mich. Sie bat mich, dich ...«

»Die alte Schwätzerin! Du willst mich wegen der Spinnereien einer senilen Greisin aufhalten? Bei Nivas heiligem Auge! Gehörst du etwa zu denen, die ohne den Rat eines Zauberweibes nicht mehr über ihre Schwelle treten?«

»Liren sah eine große Gefahr für dich, und ihre Vorhersagen ...«

»Schluß mit dem dummen Gerede!«

Joreths Augen funkelten im kupfernen Dreieck ihres Gesichtes, ihr Mienenspiel wurde arrogant, ihre Haltung abweisend.

»Ich verstehe nur eines«, sagte sie mit eisiger Stimme, »du willst mich, eine ty Xor-o-sind, von einer heiligen Pflicht abhalten. Ausgerechnet du, meine Erzieherin, meine Hofmeisterin. Was denkst du dir dabei? Ich werde hinabreiten wie jede Edle vor mir. Ich werde den Schwur am heiligen Stein erneuern, wie es seit dem Untergang von Hadru-sind zu Beginn jeder Rho-Zeit geschehen ist.

Soll ich mein Gesicht verlieren? Sollen die Kinder in den Gassen von Xor-o-sind mit den Fingern auf mich zeigen, und rufen: Da kommt Joreth, die Feige, Joreth, die Pflichtvergessene, Joreth, die Unwürdige ...?« Sie blitzte die Ältere hochmütig an. Dann wandelte sich ihre Haltung. Ein kindlich schmollendes Lächeln breitete sich über ihre Züge, sie legte Syndre die Hand auf die Schultern und fuhr in ganz anderem Tonfall fort: »Syn-mei-mei, was soll mir zustoßen? Die letzte Karawane ist vorübergezogen, die Lastenstraße liegt völlig ausgestorben zu unseren Füßen und wird weder von wilden Tieren noch von ...«

»Von wildgewordenen Rhenern? Oh, doch! Gerade daher droht dir Gefahr. Denk an die Söldner und Banditen, die die Rhener seit kurzem dingen. Denen sie für jede von uns rotes Gold zahlen, von denen sie uns wie wilde Tiere jagen lassen!«

Syndres Stimme klang matt und kummervoll.

»Ich habe es auch gehört, Syn. Aber während der Rho-Zeit in der Lastenstraße ...«

»Niosun brachte mir gestern abend Nachricht. Jana und ihre Späher sind einem Trupp rhenischer Mietlinge zum Opfer gefallen. Er hat ihre Köpfe in Porhene auf hohen Stangen stecken gesehen. Niva gebe, daß sie nicht lebend in die Hände unserer Feinde geraten sind.«

»Jana ist tot?« Joreth war betroffen. »Armer Osh! Er hat seine Schwester so geliebt. Ich werde mich um ihn kümmern, wenn ich zurückkomme.«

»Wenn ... Ist dir nicht klar, daß diese Mordbuben auch unten in der Lastenstraße lauern können? Glaubst du, den Rhenern wären unsere Ritte verborgen geblieben?«

»Es ist Rho-Zeit. Die Rhener werden es nicht wagen, Surt zu beleidigen, indem sie gedungene Mörder in die Handelsstraße schicken. Wir verschwenden kostbare Zeit mit unnützen Worten! Sprich Osh mein Mitgefühl aus und sag ihm, er soll mich morgen abend vor dem Rotquell-Hain erwarten. Sag ihm, ich ... ach nein. Sag ihm nur, ich will ihn sehen. Syn-mei-mei, mach ein freundliches Gesicht. Du wirst mich morgen abend ... nun, übermorgen früh gesund und munter wiederhaben. Bei Niva, Syn, ich weiß mich zu wehren, vergiß das nicht. Aber ich werde es nicht nötig haben.«

Joreth gab der Älteren einen aufmunternden Klaps auf die Schulter, wendete das Dorin und ließ es den beschwerlichen Abstieg suchen.

Syndre sah ihr nach, bis ihr kupferner Schopf nur noch ein winziger Punkt vor dem Ocker der Felsen war und das Braun und Grün ihres Gewandes ebenso mit ihnen verschwamm wie das bronzene Schuppenkleid ihres klettergewandten Tieres.

Die ersten Windstöße kündeten schon den Wetterumschwung an, als Syndre ihr Dorin auf der Höhe des Passes ausgreifen ließ.

Wasser, Kälte und ein fürchterlich brummender Schädel — das waren Sorkus erste Eindrücke. Mit dem Gesicht nach unten, dicht über lehmigen, aufgewühlten Fluten, hing er bäuchlings in einer Astgabel. Die Wellen zerrten an seinem Halt, und von oben kam noch mehr Wasser. Der Regen fiel so dicht, daß zwischen den Tropfen kaum Luft zum Atmen blieb. Zahllose Wasserfälle gischteten von den Felswänden und halfen, das enge Tal in einen kräftigen Fluß zu verwandeln, der sich am Wehr des Felsrutsches staute. Sorku versuchte, sich aus dem Gewirr der Äste zu befreien. Dabei löste sich der Baum, drehte in die Strömung und drückte seine Last tief unter Wasser.

Sorku schlug um sich, schluckte viel Wasser und schürfte über den Grund. Er trieb gegen einen Felsvorsprung und klammerte sich daran fest. Rote Ringe tanzten vor seinen Augen. Er krallte sich in den Fels und zog sich in Todesangst nach oben. Sein plattenbesetzter Lederpanzer schien aus Blei zu bestehen und wollte ihn unten festhalten. Schließlich lag Sorku halberstickt auf der Felsnase, auf einem halbwegs trockenen Platz unter der hier vorgewölbten Wand und umklammerte sie wie ein nasses Insekt. Er hustete, spuckte Wasser und, wie ihm schien, auch einen Teil seines Lebens mit aus. Bleiben konnte er hier nicht, so verlockend dieser trockene Ort auch war. Das Wasser stieg unaufhaltsam und wirbelte schon eine Handbreit unter ihm vorbei.

Sein Vorrat an Flüchen war erschöpft. Er stützte den Kopf ab und beobachtete die rötliche Brühe, die aus seinem Haar lief und über Hände und Arme rann. Gedankenverloren tastete er in seiner dichten Mähne herum und untersuchte die Platzwunde mit den Fingerspitzen. Nicht das Schlimmste, entschied er. Schlimmer, viel schlimmer war der Verlust des Serins. Nicht wegen des Tieres. Um diese Krücke war es nicht schade . . . aber es hatte seinen Panzer, seinen Schild . . . bis auf das Schwert seine gesamte Habe getragen, die nun mit ihm in den Fluten begraben lag. Jetzt stand er wieder ganz am Anfang.

Sorku schob die Gedanken von sich. Es gab Dringenderes. Der Fluß schwemmte Holz an, dichtes Astwerk, welches das Wehr vor ihm höher und höher auftürmte. Wenn es schließlich dem Druck nachgab, würe er hier wie eine Stechfliege zerquetscht und wie ein Blatt hinweggefegt werden. Er mußte weg, solange es das steigende Wasser zuließ, und sich einen sicheren und trockenen Platz für die Nacht suchen. Er versuchte, die zurückgelegte Entfernung zu schätzen. Bei seiner ersten Reise durch die Lastenstraße, als Vrixtreiber bei einem Handelsherren aus Louse, hatten sie in einer geräumigen Höhle übernachtet, hoch über einem bauchigen Tal. Weit konnte dieses nicht mehr sein — hoffentlich. Immerhin war es besser, zumindest den Versuch zu machen, es zu erreichen, als hier wie ein geblendetes Nobo auf die Katastrophe zu warten.

Sorku legte den Schwertgurt ab und begann, sich des Lederpanzers zu entledigen. Dann hielt er abrupt inne. Ein Mann ohne Serin, ohne eiserne Wehr und Schild taugte noch zum Troßknecht. Wenn er aber sein Ziel halbnackt erreichte, konnte es ihm passieren, daß man ihn für einen entlaufenen Sklaven hielt. Und dann fand er sich irgendwo auf einem Block wieder, mit einer Kette um den Hals. Nein, er würde es so schaffen — oder nicht.

Hinter ihm knisterten die Holzmassen, und vor ihm öffneten sich kleine Trichtermäuler zwischen überspülten Felsen. Er legte den Waffengurt so um, daß der Schwertgriff über seine rechte Schulter ragte, und glitt dann dicht an der Talwand ins Wasser. Es reichte ihm hier knapp bis an den Nabel, und die Strömung war noch erträglich. Er klammerte sich an jeden Halt und tastete sich Schritt für Schritt durch eine dunkelgraue Welt, die aus fließender, wogender und sprühender Nässe zu bestehen schien. Er bemerkte kaum, daß die Wände schließlich auseinanderwichen und er einen fast kreisrunden Talkessel erreicht hatte. Erst als ein dumpfes Brüllen hinter ihm erscholl und eine Riesenfaust ihn unbarmherzig das sanft aufsteigende Ufer hinauftrieb, kam er wieder zu sich.

In der Schlucht hatte sich ein ungeheures Maul geöffnet, das eine Fontäne aus Wasser und Treibgut weit über den See bis hoch auf das noch nicht überflutete Land spie.

Sorku blieb eine Zeit kraftlos und betäubt liegen, dann richtete er sich auf und sah sich um. Er begann zu lachen, schlug mit der Faust auf die Grasnarbe und bog sich unter wildem Gelächter. Angespült wie ein Stück Holz, lag er kaum dreißig Schritt vor dem

Eingang der Karawanenhöhle. Tränen der Erleichterung mischten sich mit den Wassertropfen auf seinem Gesicht. Er war entronnen, gerettet — im Moment jedenfalls in Sicherheit.

Der Regen hatte nachgelassen, und nun riß die Wolkendecke auf und gab den tiefroten Ball der untergehenden Sonne frei. Ihre Strahlen umspielten den Eingang, drangen in das Innere und flammten auf dem hellen Gestein.

Sorku wankte hinein. Er fühlte sich zerschlagener als nach der letzten Schlacht. Ihm stand der Sinn nur noch nach einem trokkenen, windgeschützten Platz zum Schlafen und vielleicht zum Entfachen eines kleinen Feuers. Es mußten sich noch Reste von Brennholz und trockenem Moos finden lassen. Mal sehen, was die Karawanen Brauchbares zurückgelassen hatten! Er freute sich darauf, sein nasses Lederzeug vom Leib zu bekommen. Sein Blick glitt flüchtig über den zerwühlten Sandboden im Vordergrund und einige natürliche Nischen rechts und links des Eingangs und blieb dann auf der Feuerstelle haften. Die verkohlten Holzreste und die Fettspritzer um sie herum waren noch nicht verstaubt, also konnte die letzte Karawane vor kaum mehr als ein, zwei Tagen hier gerastet haben.

Ein Gefühl warnte ihn. Er hatte etwas übersehen. Irgend etwas stimmte nicht, er war nicht allein. Du siehst Gespenster, schalt er sich . . . Nein! Im Halbschatten einer Nische, dicht am Eingang lag ein Mensch . . . eine Frau.

Sorku grinste. Deswegen hatte er eine Gänsehaut bekommen?

Sie schmiegte sich dicht an einen abgerundeten Felsblock, im tiefen Schlaf, so als suchte sie dort Schutz und Wärme. Sorku trat näher und griff dann unwillkürlich zum Schwert. Die Schlafende war eine Synderin, eine Angehörige des Bergvolkes, mit dem die Herren von Rhene in endloser Fehde lagen. Wahrscheinlich eine der Kundschafterinnen, die die Lastenstraße nach einträglicher Beute absuchten. Sie hatte das gleiche flammendrote krause Haar wie die Köpfe, die unten in Porhene über den Toren verwesten.

Sorku teilte wie viele Bewohner der Hochebene den Haß der Rhener auf diese Mannweiber, die sich noch immer für die Zerstörung ihrer Stadt Hadru-sind, dem heutigen Porhene, rächen und sich nicht geschlagen geben wollten. Dabei würde sie niemand in ihren Löchern im Synd-Gebirge stören, wenn sie nur endlich Ruhe gäben und die Überfälle auf die Karawanen in der Lastenstraße einstellten.

Soru kämpfte mit sich selbst. Hier war eine Gelegenheit, sich zehn Goldthrels zu verdienen. Aber hier in der Sicherheit der Höhle schienen seine Knochen aus Brei zu bestehen, und er zweifelte an seiner Fähigkeit, das Schwert auch nur für einen Schlag heben zu können. Und eine Frau im Schlaf zu erschlagen — oder vielmehr bewußtlos zu schlagen, damit er sie fesseln konnte —, war eines freien Traspers nicht würdig. Was war, wenn er sie leben ließ? Würde sie ihn verhexen, ihm die Pest oder den Aussatz an den Hals schicken? Man sagte den Syndern so allerlei nach.

Eigentlich sah sie sehr harmlos aus, friedlich und unschuldig, so wie sie da lag. Den Kopf auf ihre braune Hand gestützt, zusammengerollt wie ein Creg-Junges, glich sie einem jungen Mädchen, das behütet im Elternhaus schläft. Ihre Brust hob und senkte sich leicht unter dem dünnen Stoff ihrer Bluse. Die engen Beinkleider und die anliegenden, hochschäftigen Stiefel aus Vrixkalbleder verbargen nichts von ihrer makellosen Figur. Eine Schande, so etwas Hübsches den rhenischen Folterknechten auszuliefern. Eher sollte man sie in eine Taverne in Pryth oder Syndator verkaufen und dann selbst . . .

Dummkopf! schalt er sich. Sie ist eine Hexe, ein mörderisches Biest. Die Bergamazonen galten als blutdürstige, raubgierige Furien. Warum sollte die hier ausgerechnet eine Ausnahme sein? Sorku sah neben ihr einen mit kleinen Eisenschuppen besetzten Lederpanzer liegen und ein reich verziertes Kurzschwert. An ihrem Gürtel hing ein Dolch, ebenso kostbar und fast so groß wie das Schwert. Diese Teile allein waren schon einige Goldthrels wert. Die Frau war sicher nicht irgendeine Kriegerin aus dem Volk. Vielleicht bekäme er sogar noch mehr für sie.

Sorku zauderte noch immer, trat von einem Fuß auf den anderen. Seine Kameraden hätten sie längst gebunden und reihum gereicht.

Ein trockenes Holzstück knackte unter seinem Fuß. Im selben Augenblick schlug die Synderin die Augen auf, stand zwei, drei Herzschläge später auf den Beinen und hatte das Schwert gezogen. Sie sah ihn an. Sorku machte das Zeichen gegen den bösen Blick. Weiße Augen starrten ihn an. Dort wo sich bei einem normalen Menschen ein rötlicher, ein gelbgrüner oder ein Ring aus dunklem Purpur (wie bei Sorku selbst) um die Pupille befand, sah er nur die Andeutung eines grauen Schattens.

Widerlich, ekelhaft! dachte er und fühlte den Wunsch, den Drang in sich aufsteigen, loszuhacken, diese Hexenaugen herauszureißen, damit sie niemandem mehr schaden konnten. Sein Schwert flog ihm in die Hand, und er ging breitbeinig und leicht geduckt auf sie zu. Die Synderin erwartete ihn mit maskenhaft starrer Miene, die Klinge zur Abwehr erhoben. Doch ehe es zu einem Schlagabtausch kommen konnte, belebte sich der bräunliche Fels hinter ihr. Das, woran sie geschlafen hatte, streckte zwei mächtige Beine aus. Schwarze Klauen scharrten über den Felsboden, und ein flacher Kopf schob sich über der Frau aus der Nische. Ein Maul, mit einem Gitterwerk handlanger Reißzähne bewehrt, pendelte an einem schier endlos langen Hals, und eine spitze schwarze Zunge fuhr sich erwartungsvoll über die hornige Schnauze.

Sorku hatte noch nie ein Dorin gesehen, aber was er aus Erzählungen und Berichten kannte, reichte ihm zusammen mit diesem Anblick. Die Reitdrachen wurden dem Vernehmen nach allein vom Blutgeruch tollwütig und rissen dann alles, was ihnen in den Weg kam. Manchmal auch ihre eigenen Reiter. Er brauchte sich nicht die Mühe zu machen, das Weib anzugreifen, ebensogut konnte er sich sofort selbst in sein Schwert stürzen.

Auf seinem Gesicht mußten sich Wut und Enttäuschung widergespiegelt haben, denn die Synderin lachte höhnisch auf und fragte mit hämischem Tonfall:

»Nun, Mietling, jetzt vergeht dir dein kümmerliches bißchen Mut, wie? Eine Frau umzubringen und für diese Heldentat Kopfgeld zu kassieren, dünkt dir leicht, aber deine Kraft mit einem Raubtier zu messen, dazu reicht es nicht. Lockt dich das rhenische Gold nicht mehr, du Mörder?«

Du und deinesgleichen, ihr seid doch die schlimmsten Raubtiere! schoß es Sorku durch den Kopf, laut aber sagte er:

»Ich bin kein Söldling der Rhener, Synderin. Ich verdiene mir mein Gold im Kampf, nicht als rhenischer Büttel. Diese Höhle ist für alle Reisenden da, und ich werde ihren Frieden nicht brechen. Bei Surt und Nemot! Du hast nichts von mir zu befürchten.«

Sorkus Stimme klang heiser von Müdigkeit und Ärger. Alles ging schief, und jetzt wollte er nur noch schlafen. Er drehte sich auf dem Absatz herum und schritt weit in die Höhle hinein. Tief im Innern der verzweigten Halle fand er einen blind endenden Gang, in dem er sich vor dem Dorin einigermaßen sicher fühlte, wo er nicht wie ein Lederflügler aus dem Felsspalt gezogen werden konnte.

Kaum hatte er sich auf dem Felsboden ausgestreckt, schlief er wie er war ein. Er hatte nicht gewagt, sich das nasse Lederzeug vom Leib zu ziehen.

Sein letzter Gedanke war die wenig schmeichelhafte Erkenntnis, daß er sich seit gestern wie ein Narr aufgeführt hatte, wie ein unerfahrener Dummkopf.

Auch Joreth hatte sich wieder zum Schlafen hingelegt. Ihr war der Kampf mit den Fluten ebenfalls nicht erspart geblieben, wenn sie das Unwetter auch ziemlich unbeschadet überstanden hatte. Jetzt lag sie in der Krümmung des langen Dorinhalses wie in einer schützenden Mulde. Sie schlief sehr unruhig und schreckte irgendwann mit dem Gefühl einer übermächtigen Gefahr auf. Für einige bange Augenblicke des Erwachens war ihr, als griffe eine graue knochige Hand nach ihr, und sie sah ein Schwert auf sich zustoßen. Dann lag sie hellwach neben dem Dorin, den Kopf auf seinem Hals und seinen Kopf an ihrer Hüfte. Statt des rötlichen Schimmers der untergehenden Sonne füllte nun fahles Mondlicht die Höhle und ließ die Konturen der Felsformationen hart heraustreten, weißer Stein vor schwarzem Schatten, eine fremd gewordene, unterirdische Welt.

Das Dorin hatte sich um seine Herrin zusammengerollt. Völlig ruhig und entspannt, einem sich sonnenden Berg-Creg gleich, hatte es die Schnauze unter die Windungen seines Schwanzes geschoben. Joreth hörte das leichte Prusten seines Atems. Sonst herrschte tiefe Stille. Kein Laut, keine Bewegung waren zu vernehmen. Und doch blieb das Gefühl des Ausgeliefertseins an eine schreckliche Macht. Dann aber war es ihr, als riefe sie etwas, drängte sie zu kommen.

Joreth setzte sich auf, zog ihr Schuppenhemd unter der Schwanzspitze des Dorins hervor und legte es mit den gewohnten Handgriffen an. Ihr Blick schweifte durch das Innere der Höhle, suchte das Helle ab und drang vergeblich in die Schatten. Hinter dem kraftlosen Licht schien es etwas zu geben, einen Ruf ohne Stimme, ohne Laut, etwas, das sie zwang, aufzustehen und dem Inneren der Höhle zuzustreben. Sie schob den Schwertgurt zurecht und überprüfte den Sitz des langen Dolches. Dann schritt sie in die Felsenhalle hinein, als wäre es das Selbstverständlichste, im unsicheren Schein des Mondes durch die bizarre Welt des leblosen Gesteins zu wandern.

Im äußersten Winkel, dort wo die Höhle wie ein faltiger Sack endete, gab ein Spalt den Blick auf etwas frei, das Joreth wie ein Ausschnitt des gestirnten Himmels anmutete. Sie trat näher und befand sich auch schon mitten darin. Ihre Fingerspitzen sagten ihr, daß sie rauhen Fels berührte, einen Gang, auf dessen Wänden winzige Lichtpunkte glommen wie dichte Schwärme nachtleuchtender Insekten. Dahinter gab es nur vollkommene, samtige Schwärze. Joreth hielt vor Staunen den Atem an, bis ihr der Kopf dröhnte.

Schritt für Schritt wanderte sie in diese raumlose Dunkelheit hinein. Ein Gefühl des Schwebens überkam sie, wenn sie auch Boden unter den Füßen spürte und ihr die Hände von zahllosen Krümmungen und engen Windungen des Ganges erzählten. Die winzigen Flämmchen boten sich ihr als kaltes Gestein dar, ließen sich weder aufnehmen noch auslöschen oder verwischen. Sie strömten auch kein Licht aus, sie glommen nur.

Joreth vergaß sich selbst, vergaß das Gefühl drohender Gefahr und auch den unhörbaren Ruf, der ihre Seele gestreift hatte. Sie wünschte nur, für immer durch diese friedliche Zeitlosigkeit zu schweben, durch diese Lautlosigkeit, die in sich selbst zu ruhen schien, einem Meer von Sternen gleich, in schwarzer Unendlichkeit.

Abrupt erloschen die Lichtpunkte. Joreth stolperte blindlings ein paar Schritte vorwärts und blieb dann verwirrt und erschrocken stehen. Es kam ihr vor, als würde sie unsanft aus einem schönen Traum geweckt.

Der Gang öffnete sich in ein weitläufiges Oval, dessen Wände hinter weißschäumenden Wasserfällen verborgen waren. Vor Joreth lag ein tiefgrüner, doch kristallklarer See, dessen leicht spiegelnde Oberfläche einen bodenlosen Abgrund barg. Hie und da schien eine leichte Brise das Wasser zu kräuseln. Kein Rauschen und kein Plätschern drangen an Joreths Ohr. Sie wollte die Fußspitze in die Flüssigkeit eintauchen und stieß gegen eine harte Fläche. Da war kein Wasser! Auch die Strudel am Fuß der Wasserfälle bestanden aus glasigem Gestein. Joreth tastete nach der Wand. Kristall, schaumig, weiß und grün, täuschte Wasser und Gischt vor. Joreth trat mit großem Unbehagen in die Halle hinein. Jeden Moment, schien es ihr, konnte der erstarrte See nachgeben und sie in der Unendlichkeit darunter versinken lassen. In seiner Mitte wuchs eine Gruppe durchscheinender farbloser Säulen aus der Tiefe, die sich anmutig hochschwangen und in glühenden Nebelschwaden endeten. Goldenen Haaren gleich, die im Wind spielten, zogen die Nebel unter der Decke, und ihr Licht floß warm und zärtlich über den glitzernden Kristall der Halle.

Joreth war fassungslos vor Staunen. Hier schien ein Wunder an Schönheit das andere noch zu übertreffen. Ob sie wohl in einen der geheimnisvollen unterirdischen Paläste geraten war, die der Gott Nimoa für die sieben himmlischen Herrscher geschaffen hatte? Die Priesterinnen ließen manchmal Andeutungen fallen, daß es in den Wurzeln des Syndgebirges eine andere Welt gäbe, voller Geheimnisse und Wunder.

Das Gefühl, einer schrecklichen Macht ausgeliefert zu sein, überfiel Joreth erneut mit erschreckender Deutlichkeit. Sie wollte umkehren, hinaus, dieses unterirdische Reich verlassen, das bestimmt nicht für Menschen erdacht war. Aber sie sah sich einen Fuß vor den anderen setzen wie ein Schlafwandler. Etwas trieb sie auf den Säulenkreis zu, in dessen Mitte eine graue Statue stand.

Der Kontrast war ungeheuerlich. Etwas derart Häßliches, Abstoßendes war ihr noch nie begegnet, und in der makellosen Herrlichkeit dieser Grotte wirkte das Ding noch bizarrer.

Das Bildnis stellte ein entfernt menschenähnliches Wesen dar, drei Köpfe größer als Joreth und unproportioniert. Der konturlose dürre Körper war bis zu den Knöcheln in eine grobe Kutte gehüllt. Unter der Kapuze sah ein faltiges, langgezogenes Gesicht hervor, von dessen Stirn eine spitze Nase bis über das vorspringende Kinn herunterhing. Der Mund war ein Strich, eine dünne Kerbe mit herabgezogenen Winkeln. Runde Augen quollen aus den Höhlen.

Joreth wunderte sich, wie sorgfältig der stumpfe, staubig wirkende Stein bearbeitet worden war. Faden für Faden des fehlerhaft gewebten Stoffes trat ebenso deutlich hervor wie die feinen Schuppen auf den dreizehigen Füßen, die denen von Wasservögeln glichen. Wo die Arme aus den weiten Ärmeln hervorragten, waren sie kaum dicker als ein Männerdaumen. Sie endeten in sieben knochigen Fingern, ohne eine nennenswerte Handfläche. Auf den wulstigen Spitzen dieser ekelhaften Finger ruhte etwas, das Joreth schöner dünkte als alles, was ihr bis jetzt begegnet war. Es war das größte aller Wunder.

Eine glatte Kugel von der Größe eines Kinderkopfes, ein farbloses und doch köstlich schimmerndes Juwel. Ihm entquoll das gleiche goldende Licht wie den wogenden Nebeln unter der Decke. Nein, nicht das gleiche. Es war reiner, wärmer, ein sanfter Schimmer, der nicht nur die Augen erfreute, sondern sich auch wie ein duftiger Schleier auf die Seele legte und alle Unruhe, alle Schmerzen und Ängste tilgte. Joreth konnte ihren Blick nicht davon lösen. Sie stützte sich auf die Statue und ließ ihre Augen auf dem strahlenden Ball ruhen. Er war völlig durchsichtig, ohne Schattierungen oder Einschlüsse. Doch er lebte. Oder etwas lebte darin, eine gestaltlose Bewegung, ein flirrender Tanz jenseits der menschlichen Sinne.

Joreth reckte sich hoch und streichelte behutsam das Juwel, glitt mit sachtem Finger darüber und verfolgte den Schein, der sich über ihre Haut ergoß und ihr die Farbe roten Goldes verlieh. Die Schuppen auf ihrem Wams lösten das Licht in schillernde Farben auf. Ein Seufzer stahl sich auf Joreths Lippen. Sie nahm die Kugel aus den grauen Fingern und drückte sie an ihre Wange. Sie genoß die kühle, glatte Berührung, wiegte das Gebilde wie ein Kind auf den Armen und ließ es dann mit kaum nachvollziehbarer Schnelligkeit in dem Beutel an ihrem Gürtel verschwinden.

Im gleichen Augenblick brüllte jemand wie ein verwundeter Vrixbulle auf.

»Nein! Laß das! Gib das her ... heraus! Nicht du ...«

Joreth wirbelte herum. Eisiger Schreck erfaßte sie, ging durch sie hindurch. Sie hatte den Söldner total vergessen. Dieser rannte mit blanker Klinge auf sie zu, das knochige Gesicht so verzerrt, daß es einer monströsen Fratze glich. Mit einem Sprung brachte Joreth die Statue zwischen sich und ihn.

Das Juwel wollte er? Diese Mißgeburt, dieser Nachkomme einer dreckfressenden Msit ... Ekel und Abscheu in nie gekannter Intensität schüttelten sie. Etwas in ihr drängte Joreth, zu töten, zu zerreißen, zu fetzen ... Gleichzeitig aber fürchtete sie die Auseinandersetzung, den Kampf mehr als alles andere. Sie wollte weg, irgendwohin, wo sie ihren Schatz in Ruhe und Frieden bewundern konnte.

Sie riß den *Gnadenbringer* aus ihrem Gürtel und schleuderte ihn nach dem ungeschützten Schwertarm des Traspers. Dieser jedoch wehrte das Obsidianmesser im Flug ab, so daß es gegen eine der Säulen prallte und dunkle Flecken darauf hinterließ. Mit einer entsetzlichen Verwünschung zertrat Sorku die vergiftete Klinge unter seinem Absatz.

»Du widerliche, pestzerfressene Hure, du Miststück ...«

Seine Stimme überschlug sich und erstickte in unartikuliertem Schreien. Joreth sah einen Besessenen vor sich, einen Wahnsinnigen, in dessen Augen Mordgier flackerte. Sie konnte dem nicht standhalten. Ihr Haß verwandelte sich in Angst, ihre Angst in Panik. Sie floh auf eine der dunklen Öffnungen zu, die sich hier und da in den schaumigen Wänden auftaten. Hinter ihr kamen schwere Schritte näher, holten sie auf halbem Weg ein. Sie fuhr herum und warf sich zur Seite. Das Langschwert verfehlte sie knapp, und Sorku stolperte, vom eigenen Schwung fortgerissen, an ihr vorbei. Jetzt! Joreth riß ihr Schwert aus der Scheide und war hinter ihm, ehe er sich fangen konnte. Schnell, zu schnell schlug sie zu. Die Spitze drang kaum einen Fingerbreit durch das Leder. Sorku schüttelte sie mit einer schnellen Drehung ab und stand schon in Positur. Endlich hatte er sie vor der Klinge. Er stach zu, schlug nach ihr, ohne Geschick oder Kunst, nur mit der Kraft, die durch seinen maßlosen Zorn über ihn hinauswuchs. Für Joreth kamen die Schläge mit der Wucht eines Schmiedhammers. Sie parierte mit gekreuzten Klingen, fing sein Schwert mit Dolch und Kurzschwert ab. Doch jeder Hieb trieb sie weit rückwärts. Sie sah seine Augen über der blutigen Spitze ihrer Klinge und las ihren Tod darin. Ihr Herz raste, ihre Atemzüge aber dehnten sich zu Stunden. Schlag. Funken sprühten von den Klingen, der Dolch trug eine weitere Kerbe davon. Joreths Arme sanken gelähmt herab. Hoch, hoch . . . die Arme vor, die Klingen . . . der nächste Schlag prellte ihr die Waffen aus den tauben Händen und trieb sie gegen die Wand. Die Klingen wirbelten wie trockenes Herbstlaub davon, ein Schrei unmenschlichen Triumphes füllte die Halle. Sorku hatte sein Wild gestellt. Er holte weit aus, schien den Moment ihres Todes auskosten zu wollen. Joreth folgte mit starrem, entsetztem Blick der flirrenden Schneide, dem Bogen, den der blaugraue Stahl beschrieb und der sich unerbittlich in ihren Körper senken mußte . . . Der Stein hielt sie fest, lieferte sie aus . . . Die Augenblicke dehnten sich, Angst und Anspannung verwehten wie graue Nebelstreifen, machten einem grauen Nichts Platz, in dem der Körper von selbst handelte.

Joreth ließ sich fallen. Sie stieß ihre Fersen nach vorne. Die harten Absätze ihrer Stiefel prallten gegen seine Schienbeine. Der triumphierende Schrei brach in einem Keuchen ab. Joreth rollte weg. Mit einem knirschenden Laut, einem dumpfen Schlag prallten Schwert und Mann gleichzeitig gegen die Wand. Die Klinge polterte zu Boden und blieb vibrierend liegen. Sorku rutschte langsam hinab und hinterließ eine blutige Bahn.

Joreth sammelte mit zitternden Händen und kraftlosen Armen ihre Waffen auf. Den Feind zu töten, der ihr in diesem Moment wehrlos ausgeliefert war, dazu fehlte ihr die Kraft. Kaum schlossen sich die geprellten Finger um die Griffe ihrer Waffen. Ein Versteck finden, Zeit gewinnen — das waren die einzigen Gedanken, die sie in ihrem aufgewühlten Inneren fassen konnte. Nur schnell weg, ehe er wieder auf die Beine kam. Ein letzter Blick, ehe sie in der Dunkelheit untertauchte, zeigte ihr, daß er sich mühsam aufrichtete.

Sorku saß auf dem Boden, den pochenden Schädel in beide Hände gestützt. Schmerz beutelte ihn, verwandelte seine Empfindungen in einen dicken, harten Knoten aus Eingeweiden. Im Rhythmus der Schmerzwellen schlugen zwei eherne Becken über seinem Kopf zusammen. Irgendwo tief in diesem Crescendo wurde das, was ihn zuvor beherrscht hatte, wie Kehrricht hinweggefegt, so als hätte der Wahn, als hätte die mörderische Wut ihre Schuldigkeit getan und als wäre nun Zeit für andere Gefühle. Etwas in ihm kostete die Qualen aus.

Was für ein Unsinn! Sorku wunderte sich über diese seltsamen Anwandlungen. Seine Hände glitten über die malträtierten Schienbeine. Die Knochen waren heil geblieben, die Stiefelschäfte hatten wohl das Ärgste abgefangen. Der Kopf ... nur eine weitere Platzwunde, dicht hinter dem Haaransatz. Und damit sitze ich wie ein lamentierender Greis auf dem Boden und bedaure mich selbst, warf er sich vor. Im Kampfgewühl, als Lanzenträger bei der Eroberung von Rjema habe ich härtere Brocken kassiert, ohne mit der Wimper zu zucken. Bei Surts Dämonen, ich sitze hier, und das Höllenweib entkommt mit diesem Schatz.

Nachlässig wischte sich Sorku das Blut aus dem Gesicht, nahm sein Schwert auf und überprüfte den Schliff. Die neue Klinge, die er beim besten Schmied von Traspe erworben hatte, war schartig und teilweise stumpf.

Das ist kein Weib, das ist ein Dämonenbastard! Und wenn sie die schwarze Neringa selbst ist — ich folge ihr und gebe ihr den Rest. Das schwöre ich bei allen Sieben! Wehe dir, Synd-Hexe! Ich lasse dich die Stunde deiner Geburt hassen!

Sorku hörte nicht auf die leise Stimme in sich, die ihn warnte, die ihm riet, diese Umgebung schnellstens zu verlassen.

Er trat mit verbissener Miene in den dunklen Gang, in dem Joreth verschwunden war.

Nach wenigen Schritten öffnete sich der kurze lichtlose Gang in eine düstere Grotte. Ein Wald plumper Säulen beherrschte das Innere, und glasiger Stein schloß sich in Ringen und Platten darum. Es deuchte Sorku, er sei in den Panzer eines riesigen

Seeskorpions geraten. Trübes, wäßriges Licht entströmte jeder Handbreit Wand und verwischte die Konturen.

Hier boten sich dem Weibsstück ja genug Versteckmöglichkeiten, es schien zwecklos, nach ihr zu suchen. Sorku biß die Zähne zusammen, blieb mit geballten Fäusten stehen und lauschte. Nichts, kein Ton, kein Geräusch, das ihm die Nähe seiner Feindin oder irgendeines anderen Lebewesens verraten hätte. Aber sie mußte hier sein. Sorku wiederholte seinen Schwur. Er wollte, er *mußte* das Weib finden, und wenn er bis ans Ende seiner Tage nach ihr suchte.

Er nahm den Feuerstein aus dem Gürtel und ritzte neben der Gangöffnung ein Zeichen in die Wand, um den Rückweg zu markieren. Dann schlich er so leise, wie er es nur vermochte, von Säule zu Säule, blieb einige Male stehen, horchte, versuchte, in dem Brei aus Zwielicht und Halbschatten Silhouetten oder Bewegungen auszumachen, und ging dann weiter. Es gab nur den Schall seiner eigenen Schritte und das Klopfen seines Herzens.

Überraschend stand er plötzlich vor einem weiteren Gang. Er lauschte in das schwarze Loch hinein. Nichts. Sollte er hineintreten? Nach kurzem Zögern ging er vorbei. Ein Gefühl, ein Jagdinstinkt sagte ihm, daß sie in der Grotte war, im Schutz dieses steinernen Waldes. Sorku suchte weiter. Er fand noch einige Gänge, die ihm ebenso leer entgegen gähnten.

Hier konnte er tatsächlich bis ans Ende seiner Tage suchen. Vielleicht war es besser ... nein, er konnte das Hexenbiest einfach nicht mit diesem prachtvollen Juwel entkommen lassen. Säulen ... Säulen ... Säulen, wieder ein Gang und nochmals Säulen. Sorkus Zweifel ließen sich kaum noch unterdrücken. Er blieb regungslos stehen, grübelnd, bis ein heller Fleck seine Aufmerksamkeit anzog. Zwischen zwei Wandvorsprüngen drang weißes Licht in die Grotte. Der Spalt war groß genug, um einen Menschen ohne Mühe durchzulassen.

Eine Rinne mündete von oben in die Höhle, wie eine Lastenrutsche in einem großen Lagerhaus. Glatte spiegelnde Kacheln kleideten sie bis zu einer gewissen Höhe der Wand aus, darüber hingen Stalagtiten herab. Sorku sah in die aufsteigende Röhre hinein und stand Auge in Auge mit der Synderin. Nein, es waren wohl zehn bis fünfzehn Doppelschritte, die sie trennten, im ersten Moment jedoch hatte es so ausgesehen, als liefe er in sie hinein. Eine Sinnestäuschung ...

Sie hatte den Aufstieg in der von gleißender Helligkeit erfüllten

Röhre schon fast geschafft. Jetzt stand sie geduckt da, verharrte wie eine entdecktes Wild. Seine obszöne Bemerkung quittierte sie mit einem Fauchen, das einem Berg-Creg alle Ehre gemacht hätte. Sorku kletterte ihr nach. Mit dem Schwert in der Linken, hielt er sich mit der Rechten an den Unebenheiten der rauhen Wand fest, um nicht abzurutschen. Als er die Hälfte des immer steiler werdenden Aufstiegs geschafft hatte, zog sie sich gerade über den Rand. Für ein, zwei Herzschläge sah sie ihn lauernd an, dann lachte sie auf. Hämisch, irgendwie übermütig und sehr boshaft schrillte es an Sorkus Ohren so, als hätte sie ihn in eine Falle gelockt. Er starrte verblüfft nach oben, kletterte aber weiter, bis er den Grund ihres Lachens erkannte.

Neben der Öffnung lagen eiförmige Felsen von der Größe eines Tecu-Fasses. Die Synderin warf sich mit aller Kraft gegen einen der Steine, welcher hart an der Kante lag. Das glatte Riesenei kippte langsam, rutschte über die Kante und kam ins Rollen. Sorku sah sich verzweifelt um. Für einen Rückzug war es zu spät. Er warf noch einen Blick auf das Ding, das schlingernd und polternd auf ihn zukam, ließ das Schwert fahren und sprang. Er bekam einen der herabhängenden Stalagtiten zu fassen und zog die Beine an, um ganz aus der Gefahrenzone zu kommen. Der Zapfen brach. Sorku fiel ein Stück und rutschte haltlos weiter. Gerade verfehlte der Stein das Schwert, das zitternd in einer Fuge steckengeblieben war. Ein Msit in der Falle konnte nicht verzweifelter nach einem Ausweg suchen als Sorku, während die Vernichtung auf ihn zu rollte. Er griff im Rutschen noch nach einer vorspringenden Kante, faßte daneben, und sein Panzer verhakte sich irgendwo. Sorku barg nur noch den Kopf in den Armen und erwartete den Aufprall. Doch statt des erwarteten Schlags streifte ihn nur ein Luftzug. Im gleichen Augenblick verstummte das gräßliche Rollen.

Sorku sah hoch, suchte den Stein. Der aber hatte sich aufgelöst — oder war nie da gewesen. Das Gesicht der Synderin zeigte einen solchen Unglauben und eine so ungeheure Enttäuschung, daß nun Sorku in überschnappendes Gelächter ausbrach. Er zerrte dabei an seinem Panzerhemd, um von der Wand loszukommen. Da handelte sie. Sie hastete die Rinne hinab, mit kurzen festen Schritten, um ihr Gleichgewicht zu wahren, und griff nach dem Schwert. Sorku schrie, kreischte unartikuliert auf und jagte ihr auf allen vieren entgegen. Er riß sich fast die Fingernägel aus, um vor ihr bei seiner Waffe zu sein.

Sie kamen zugleich bei dem noch leicht wippenden Schwert an.

Sie zog den Dolch und stach nach ihrem Gegner, er warf sich mit der Schulter gegen ihre Beine und riß sie um. Die Synderin kippte vornüber, schlug auf und schlitterte bäuchlings die Rinne hinab. Ihr Dolch folgte ihr mit leisem Klingen. Ein Aufschrei drang aus der Grotte, dann war es still. Sorku löste das Schwert vorsichtig aus dem Spalt und überprüfte die Spitze. Er fluchte, als seine Daumenspitze über die neuen Scharten fuhr.

Mehr oder weniger erwartete er, das Weibsstück unten am Fuß der Rinne zu finden, mit gebrochenem Hals (hoffentlich!) oder sonstwie verletzt. Doch als er unten ankam, war sie nicht zu sehen. Auch nicht die geringste Spur deutete auf sie hin. Soweit er sah, war die Grotte leer. Kein Anzeichen, wohin sie sich gewandt hatte, keine Kratz- oder Blutspuren. Hatten diese Hexen sieben Leben? Kein Stöhnen, kein Atmen. Sie konnte doch den Sturz nicht unverletzt überstanden haben! Hatte sie sich in irgendeinen Winkel geschleppt? Sorku schlich wieder von Öffnung zu Öffnung, von Säule zu Säule. Fast schon begann er, das leise Tappen seiner eigenen Füße zu fürchten. Ein Gedanke — der Höllenbastard war sicher schon auf dem Rückweg zu seinem Reittier und lachte über den Tölpel, der immer noch suchte. Sorku rannte zurück, fand den gekennzeichneten Gang und sprang hinein in seine Dunkelheit.

Joreth aber lehnte an der feuchten, rauhen Wand des Ganges — irgendeines Ganges, in den sie blindlings gestürmt war. Auch sie lauschte auf Schritte, ihre Hand krampfte sich um den Dolch, als böte die Waffe ihr Schutz. Zerschlagen vom Kampf, voller Prellungen vom Sturz, stand sie müde und schlaff da. Ihre Arme schienen noch immer nicht zum Körper zu gehören. Sie kühlte ihre Stirn an der Wand. Rote Ringe tanzten in der Schwärze vor ihren Augen und verhöhnten ihre Schwäche. Gib auf! Gib auf! riefen sie.

Ja, das wäre das beste. Einer weiteren Begegnung mit der Waffe war sie nicht gewachsen. Die Gedanken pochten im Rhythmus des Pulses gegen ihre Schädeldecke. Gib ihm den Stein, erkauf dir die Freiheit damit. Laß ihm das Glitzerding.

Verrückt, wegen so etwas das Leben zu wagen, dumm, sich mit einem dreckigen Bauern um ein Juwel zu prügeln. Ja, nicht nur dumm, sondern auch ehrlos.

In Xor-o-sind warten sie schon, erinnerte Joreth sich. Sethe wartet. Ich muß ihr den Vollzug der heiligen Handlung melden, die Erneuerung des Eides.

Syndre wartet, sie wird schelten, wenn ich so spät komme. Osh wartet . . .

Ja, ich habe Pflichten! Und da renne ich wegen eines funkelnden Steins hier herum und schlage mich mit einem Mietling. Der Tempelschatz birgt gewiß Hunderte solcher Juwelen. Ich suche den Trasper, er soll das Ding haben und mich in Ruhe lassen.

Joreth streckte sich, straffte ihre Schultern und versuchte, die Schmerzen zu vergessen. Es behinderte sie ja nichts, kein Bruch, keine Verrenkung. Sie preßte die Lippen aufeinander und schritt kraftvoll aus, dem Licht in der Ferne entgegen.

Der Beutel mit dem Stein schlug gegen ihre Hüfte. Sie strich mit der flachen Hand darüber und blieb stehen. Noch einmal ansehen, nur noch ein letztesmal darüber streichen, flüsterte es in ihr. Seinen Glanz ein allerletztes Mal in der Abgeschiedenheit dieses dunklen Ganges bewundern, ehe es der stinkende Bauernlümmel bekam.

Heilige Mutter Niva, die du die Schicksalsfäden zum Teppich des Lebens verwebst! Es quoll golden aus der Tasche, ergoß sich über Joreth und erfüllte die enge Umgebung mit seinem warmen Licht. In ihrem Hirn versiegten die Gedanken in tiefem Staunen und überschwenglicher Bewunderung. Gab es irgendwo auf dieser Weltebene noch einmal soviel Schönheit? Selbst Nivas Augen, die heiligen weißen Juwelen, deren irisierender Schein die Gläubigen segnete, würden in seiner Nähe verblassen. Klar wie ein wasserheller Kristall, schimmernd wie die Frühsonne in einem eisigen Weiher hoch in den Bergen, leuchtend wie Honig in einem durchscheinenden Gefäß — ach, dies alles waren nur armselige Worte von stammelnden Lippen!

Joreth küßte hingebungsvoll die kühle Oberfläche des Steins. Hier in der Schwärze des Ganges strahlte das goldene Feuer so stark wie die Sonne zur Rho-Zeit. Mehr als in der lichterfüllten Halle kam Joreth die Helligkeit zu Bewußtsein, die ihrem Schatz entströmte. Sie wiegte die Kugel verzückt in den Armen. Nie, nie, niemals würde sie diese Köstlichkeit diesem räudigen Hund von einem traspischen Unterling ausliefern. Es gehörte ihr, für alle Zeiten ihr allein!

Für immer hier in der schweigenden Tiefe unter dem Fels sitzen, das Juwel ansehen, es berühren dürfen, dem flirrenden Spiel seines Lichtes zusehen . . . Nichts mehr war wichtig, es gab keine Wünsche mehr außerhalb dieses sanften Lichts. Alle Schönheit, alles Begehren dieser Welt lagen in dem warmen Glanz in ihren Armen.

Was galt Xor-o-sind! Titel, Familie, Pflicht — leere Worte, Scheuklappen, Fesseln, die das Leben in abgezirkelte Kreise verwandelten, in Schatten, die vor der Glut dieses Steines weichen mußten. Hierfür lohnte es sich zu leben. Ja, lohnte sich auch zu sterben, denn ohne diesen Schatz gab es kein Leben mehr, nur noch graues, elendes Dahinvegetieren.

Wehe, wehe dem, der es wagte, ihr den Edelstein zu rauben! Tod! Tod auch dem, der ihn nur anzurühren wagte!

Joreths Gedanken rasten gleich Raubtieren in einer engen Falle. Sie mußte einen Ausweg finden, heraus aus diesem unterirdischen Labyrinth, irgendwohin, wo das Juwel ihr ganz allein gehörte, weit, ganz weit weg von allem anderen.

Sie schob die Kugel wieder in ihren Beutel, unwillig und zögernd, so als fürchtete sie, ihren Schatz allein durch die Berührung mit dem Leder zu beschmutzen, oder so, als gönnte sie seine Nähe nicht einmal dem toten Stoff. Ihre Augen schweiften unstet durch die Dunkelheit. Sie lauschte verbissen. Irgendwo war der Feind, der ihr das Glück rauben wollte, den köstlichen Schimmer, ohne den zu leben den Qualen der Hölle gleichkam. Steifbeinig drehte sie sich um und schritt tiefer in das Innere der Höhlenwelt hinein.

Nicht lange, da glomm ein Lichtpunkt auf, weit in der Ferne, und zeigte das Ende des Ganges an. Gleichzeitig aber mischte sich das erwartete und gefürchtete Echo in ihren Schritt. Joreth lief, rannte, als verfolgte sie kein Mensch, sondern ein Dämon aus Surts tiefster Finsternis. Sie fürchtete die Auseinandersetzung in dem engen Gang. Gänsehaut zog sich über ihren Rücken. War er schon hinter ihr? Holte er aus? Sie wagte nicht, stehenzubleiben, sich umzudrehen, zu horchen ...

Sorku blieb irritiert stehen. Der Gang war doch vorher nicht so lang gewesen! Fünfzig Doppelschritte — und immer noch kein Lichtschein, der das Ende andeutete. Hatte er einen falschen Eingang gewählt? Nein, unmöglich! Das Zeichen, das er in den Fels geritzt hatte, war deutlich sichtbar gewesen, und schließlich hatte er sich auch mit den Fingerspitzen vergewissert, hatte die Rille in der glasigen Oberfläche gespürt. War er in der Dunkelheit in eine Abzweigung geraten? Nein, Unsinn, es hatte keine Abzweigung gegeben. Er hatte sich bei jedem Schritt an den Wänden orientiert. Seine Fingerspitzen schienen nur noch aus rohem Fleisch zu bestehen, so sehr hatte er sie dabei aufgerissen.

Auf beiden Seiten kein Lichtschimmer, nichts, nur diese undurchdringliche Schwärze. Waren diese Höhlen verhext? Irgend etwas stimmte hier nicht. Sorku schwankte. Sollte er seinem Gefühl folgen, das ihn weitertrieb? Seinem Instinkt, der ihm sagte, daß sein Ziel irgendwo da vorn liegen mußte? Oder sollte er umkehren, sich vergewissern, ob er wirklich den richtigen Gang gewählt hatte? Das schien das einzig Richtige zu sein, das Nächstliegende.

Zu seinen Zweifeln gesellte sich nagender Hunger. Und Durst. Eine Taverne voll Bier hätte er jetzt leertrinken können. Seit seinem Aufbruch aus Porhene hatte er nichts mehr zwischen die Zähne bekommen. Sorku drehte sich um und ging den Weg zurück, schleppend, zögernd. Es war ihm, als beginge er den größten Fehler seines Lebens. Und Fehler hatte er in den letzten Tagen wahrlich genug gemacht.

Das Juwel . . . die Synd-Hexe, der Verlust seines Serins, seiner Habe, diese alptraumhafte Höhlenwelt — alles das führte in seinem Kopf einen wirren Tanz auf und raubte ihm die Orientierung. Er blieb wieder stehen und versuchte, einen klaren Gedanken zu fassen, eine Entscheidung zu treffen. Dies wurde ihm prompt abgenommen . . .

In die Stille hinein klangen Schritte. Das leichte Tappen kam gerade aus der Richtung, in die es ihn so zog. Die Synd-Hexe!

Er zog sein Schwert und versuchte, ihr so lautlos wie möglich zu folgen. Das Echo seiner Schritte verhöhnte ihn und trieb sein Wild schneller vor ihm her. Wenn diese verdammte Dunkelheit nicht wäre! Er hielt mit der Linken weiter Kontakt zur Wand und hastete hinter dem Weibsstück her. Die Schritte vorne wurden zu wildem Trommeln auf dem Fels. Sie schien blind durch den Gang zu hasten. Oder konnte sie mit ihren weißen Hexenaugen in der Finsternis sehen?

Sorku fröstelte, obwohl ihm der Schweiß in Strömen aus der Haut quoll. Einen Augenblick wurde er unaufmerksam, verlor den Kontakt mit dem Stein und prallte in der Biegung gegen die rechte Wand. Sein Schwertarm fing den Aufprall ab und sank lahm herab. Als er sich wieder gefangen hatte, sah er die Umrisse der Synderin vor einer giftig-gelben Schildmauer, in der sie langsam versank.

Acht, zehn Doppelschritte — Sorku überwand sie wie im Flug und stand dann vor der gelben Fläche. Es war keine Mauer, sondern etwas Wesenloses, völlig Glattes, für das er keinen Namen hatte. Das Ding leuchtete zwar von innen heraus, warf aber kein Licht in den Gang. Sonst gab es nichts, nur dieses abstoßende, lauernde Gelb, das seinen leeren Magen umstülpte. Eine ungeheure Schwäche erfaßte ihn und zwang ihn gegen seinen Willen in die Knie. Es war, als zöge etwas jegliche Kraft aus ihm heraus. Die Dunkelheit des Ganges überzog sich mit roten und blauen Flecken, mischte sich mit gelben Schatten, die vor seinen Augen kreisten. Er griff nach einem Halt und berührte die Schildmauer. Seine Hand glitt hindurch, als wäre da nur Luft. Er zuckte zurück, das Gelb blieb an der Hand kleben, die Fläche folgte ihr. Sie waberte, wölbte sich auf Sorku zu, zerplatzte unhörbar und löste sich auf.

Sorkus Blick fiel in eine von brennendrotem Licht erfüllte Grotte. Sie war leer. Dem Bogen gegenüber, unter dem Sorku immer noch kniete, wölbte sich ein Halbkreis, den eine dunkelblaue oder vielleicht auch schwarze Fläche verschloß.

Sorku erhob sich schwankend, griff nach dem Schwert, das ihm entglitten war, und schritt mit schlaff hängenden Schultern in die Halle. Vor ihm ballte sich das Licht, verdüsterte sich und wehte wie ein seidiger Vorhang auseinander. Es enthüllte eine Statue in der Mitte des Saales. Eine goldene Statue ... nein, kein lebloses Bildnis. Es war dieses Dämonenbiest von einer Synd-Hexe! Sie hielt das Juwel so, daß sein Licht ihre Haut färbte. Sie blickte Sorku an. Ihr Lachen entlarvte seine Schwäche. Sie streckte ihm die strahlende Kugel entgegnen, als wollte sie sagen: Komm, hol es dir doch! Traust du dich?

Und ob er sich traute! Hunger und Schwäche fielen von ihm ab, waren vergessen. Jetzt sollte sie ihm nicht wieder entkommen, keine Heimtücke, keine Hinterlist würden ihr dieses Mal helfen. Er lief auf sie zu, nicht unbedacht, nicht mehr blind vor Haß, sondern mit gespannten Sinnen. Sie sah ihm regungslos entgegen, nur das klanglose Lachen tanzte auf ihren Lippen.

Bei jedem Schritt änderte sich das Licht — oder war es die Luft um ihn, die jetzt zähflüssig zu sein schien? Sorku versuchte, diese Erscheinung zu ignorieren, heftete seine Augen fest auf die Feindin. Aber auch sie wandelte sich ... sie wuchs, wurde breiter, dunkler, ihr Gesicht zerfloß ...

Nach ein paar weiteren Schritten, die ihn jedoch seltsamerweise keine Handbreit näherbrachten, wiegte sich ein vieläugiger, schuppiger Dämon auf stammdicken Säulenbeinen an ihrer Stelle. War das endlich ihre wahre Gestalt? Ein horniges, zahnbewehrtes Maul öffnete sich wie das des Dorins in der Höhle, und gleichzeitig sah

Sorku aus den Augenwinkeln, wie eine Klinge aus den farbigen Luftschlieren auftauchte und auf ihn zustieß. Er fuhr herum, wehrte reflexhaft ab und geriet in einen Alptraum, der das bisher Erlebte weit übertraf.

Die purpurnen Schatten, die ihm gefolgt waren, flammten in grellem Gelbrot auf, wallten um ihn hoch und hüllten ihn ein.

Da war keine feindliche Klinge mehr, nur noch die tanzenden Gebilde, die ihn blendeten und alles um ihn verbargen. Sorku drehte sich entsetzt. Jeden Moment konnte ihn der geheimnisvolle Feind wieder angreifen — oder auch der Dämon —, und er sah nichts, war hilflos und unvorbereitet. Er schlug auf die wogenden Schleier ein, doch die Waffe schnitt nur durch Luft. Dann griff das Unheimliche auch auf das Schwert über. Sorku spürte, daß es wie sonst in seiner Hand lag, aber seine Augen erzählten etwas anderes. Die Klinge bog sich wie ein Dorinhals, die Spitze stieß auf ihn zu. Sorku sprang zurück, ohne allerdings den Griff loszulassen. Er landete in einem Lichtwirbel, der wie eine Windhose um ihn brauste, ihn aber nicht mit Lärm, sondern mit unerträglichen Farben überschüttete — von stechendem Gelb bis zu einem ekelhaften Orange, bis sich schließlich eine Wand aus gerinnendem Blut um ihn bildete. Die Schwertklinge klatschte gegen diesen Wirbel, blähte sich bei der Berührung auf und füllte ihn mit ihrem matten Blaugrau aus. Es war Sorku, als schlösse sich eine gepanzerte Faust um ihn und quetschte ihm das Leben aus der Brust. Die Augäpfel traten ihm aus den Höhlen. Dann zerplatzte das monströse Gebilde aus Stahl und gab ihn wieder frei. Die Fetzen sprühten wie Wassertropfen davon, wurden von kleinen Lichtwirbeln aufgeschnappt und hinweggetragen.

Jetzt erst bemerkte Sorku, daß er lauthals schrie. Aber da war kein Ton. Monströse Gebilde aus Licht entquollen seiner Kehle, vereinten sich mit den Wellen und Wirbeln um ihn und schwirrten wie ein Schwarm Lederflügler durch die Schlieren und Nebel der Luft.

Das Licht der Halle schlug nun schäumende Wellen, die von Rot nach Purpur, von Purpur in ein schrilles Orange und andere, kaum noch zu bezeichnende Farben wechselten, das Auge peinigten und jegliche Orientierung verhinderten. Alle Formen wurden hinweggeschwemmt, schwappten gegen die Wände, teilten sich und flossen in bizarren Erscheinungen zurück. Sorku tappte wie ein Blinder durch diesen irrsinnigen Farbenrausch, mit ausgestreckten Armen — und lief dabei dem Dämon in die Fänge. Er sah nur ein triefendes Maul über sich und unförmige Klauen, die nach ihm griffen.

Sorku riß abwehrend die Hände hoch und hatte sein Schwert unversehrt in der Rechten. Mit dem Mut der Verzweiflung stach er zu, wild und unbeherrscht schlug er um sich. Der Dämon fiel einfach auseinander, ohne Gegenwehr, und löste sich auf. Hunderte von schillernden Bändern stiegen aus dem zerfließenden Kadaver auf, drangen wie kopflose Würmer auf Sorku ein und schlangen sich um ihn. Sie wickelten sich um das Schwert, um seinen Körper, um Arme und Kopf. Wo sie auf nacktes Fleisch trafen, senkten sie sich als glühende Streifen in die Haut und floßen in Mund und Nase.

Er versuchte sich zu befreien, krallte schmerzerfüllt in die windende Masse hinein — und riß seine eigene Haut auf. Es gab keine Bänder mehr. Und doch atmete er da etwas ein — nicht heiß, sondern beißend kalt drang es in seine Lunge, füllte den Brustraum aus und verdrängte auch den Rest atembarer Luft, den er durch Mund und Nase saugen konnte. Er würgte, röchelte, bekam einen frischen Schwall Luft hinunter und stieß ihn mit einem qualvollen Schrei wieder aus. Der Laut fauchte als fast weiße Flamme durch die Halle, trieb Lichtschleier, Lichtwirbel, Lichtwellen auseinander wie ein Windstoß und gab Sorku den Blick frei — einen weiteren, gequälten Atemzug lang. Es reichte. Er sah die Synderin. Sie stand nicht weit von ihm in dem blauen Torbogen, sah ihn kurz an, schritt hindurch und war augenblicklich verschwunden. Ehe sich die wüste Farb- und Lichtorgie wieder um Sorku schloß, sah er einen warmen, goldenen Schein dort aufblitzen, wo sie gestanden hatte.

Sorku kniff die Augen zusammen, preßte die Hände vor sein Gesicht und versuchte, seine Umgebung auszuschließen.

Aus — hör auf — geh weg!

Einen Moment war es völlig ruhig um ihn. Er blinzelte und barg seine Augen sofort wieder. Vorsichtig tastete er mit der Hand nach dem Schwert, das er fallengelassen hatte, preßte die andere aber fest auf die Augen, da das schillernde Licht durch jeden Spalt sickerte.

Da war das Schwert. Kühle Wirklichkeit in seiner Hand, der einzige Hinweis, daß da nicht nur Wahnsinn existierte. Einen Ausweg suchen, nur weg von diesen höllischen Farben, die mit den Sinnen, mit dem Verstand ihr grausames Spiel trieben! Nichts anderes mehr interessierte Sorku. Das erstemal, seit er in diese

Unterwelt eingedrungen war, verspürte er wirkliche Angst, Todesangst. Worauf hatte er sich da eingelassen? Seine Hand verrutschte, mißfarbene Blitze schossen durch die zusammengepreßten Lider. Die Luft, die er atmete, wurde bei einem Schritt so klamm, daß die Nässe ihn zu ersticken drohte, beim nächsten so heiß und trocken, daß sie seine Kehle versengte und in seiner Brust kochte.

Sorku schob sich vorwärts, setzte einen Fuß vor den andern, stolperte ins Ungewisse. Als er nicht mehr an ein Ende glaubte, Hunderte von Schritten später, berührte er eine ganz normale kühle Wand.

Als sei der Zauber damit gebrochen, erlosch das Feuerwerk. Er öffnete vorsichtig die Augen. Da war die glutrote Halle wieder. Leer. Nur blickte er diesmal auf den gelben Torbogen. Der andere befand sich neben ihm, jener, durch den die Synd-Hexe gegangen war. In Sorkus Kopf schwirrten die Gedanken, Eindrücke und Gefühle wie ein tollgewordener Insektenschwarm, aber irgendwie kraftlos und bleich, unwirklich, neblig. Er lehnte sich gegen die Wand, schlug die Hände vor dem Gesicht zusammen und atmete tief durch. Jetzt war die Luft angenehm kühl. Er schätzte die Entfernung bis zu dem gelben Tor. Wie lange würde er brauchen?

Er hatte keinerlei Interesse mehr an dem Juwel, die Synderin war ihm gleichgültig geworden und eine Auseinandersetzung das letzte, was er jetzt brauchen konnte. Müdigkeit und Erschöpfung hatten ihn an die Grenze seiner Lebensfähigkeit gebracht. Er war steif, seine Muskeln hingen wie morsches Holz im Körper.

Nach einem abschätzenden Blick setzte er sich schwerfällig in Bewegung und ging ein paar Schritte auf die andere Seite zu.

Sofort sprangen die purpurnen Schatten auf, wehten zwischen hellen Streifen hindurch, die Sternschnuppen gleich durch die Grotte jagten. Und in der Mitte wogte die Luft, floß auseinander und gab die Umrisse einer . . .

Nein! Nein! Nein. Nicht noch einmal. Es reichte. Sorku drehte sich auf dem Absatz um und trat durch die blaue Öffnung.

Die flammendrote Grotte bot Joreth kein Versteck, keine Deckung. Ihr Blick huschte nervös über die glatten Wände und blieb auf der Öffnung gegenüber hängen. Vielleicht gab es dort einen Ort zum Ausruhen, zum Sammeln. In der Hoffnung, die kurze Distanz zu überwinden, ehe der Trasper auftauchte, beschleunigte Joreth ihren Schritt, sah aber immer wieder über die Schulter zurück, um sich zu vergewissern, ob er nicht hinter ihr auftauchte oder sie einholte. Seltsam, er war doch knapp hinter ihr gewesen. Oder hatte der Hall der Schritte in dem engen Gang sie genarrt?

Der gelbe Nebel spannte sich wie ein faltenloses Tuch über die Einmündung. Joreth wurde es allmählich leichter zumute, sie schöpfte Hoffnung. Bis sie die Veränderung ihrer Umgebung gewahr wurde. Die Luft glühte auf, floß wie zäher Brei und drang wie heißes Öl in ihre Lunge. Joreth lief durch einen Strom aus dickflüssigem Licht. Wirbel bildeten sich um sie, farbige Trichtermäuler, die mit bleichen Öffnungen nach ihr schnappten. Sie hatte keinen zweiten Blick für diese Erscheinungen. Die Mitte der Grotte lag noch vor ihr, als der Söldner in einem giftiggelben Sprühregen aus dem Gang stürmte und ihr mit grimmiger Miene folgte. Joreth zuckte heftig zusammen. Schnell ... schneller ... lauf ... lauf ... klopfte jeder Herzschlag.

Ihre Linke umkrampfte das Juwel unter dem harten Leder, die Rechte hielt den stoßbereiten Dolch. Bei Niva und Nimoa, die Halle war doch vorher nicht so groß gewesen! Die Entfernung zu dem dunklen Torbogen, der in seiner Beständigkeit Rettung zu versprechen schien, nahm von Schritt zu Schritt zu, nicht ab. Der Weg dehnte sich mit jeder Bewegung, wuchs und wuchs. Und der Trasper näherte sich ihr, langsam, aber unaufhaltsam. Joreth legte den Rest ihrer Kraft in die Schritte. Es war, als kämpfte sie sich durch brusttiefes Wasser oder durch klebrigen Schlamm, der sie festhielt wie ein in Sirup geratenes Insekt. Joreths Mund war trockener als die Wüste Trasa, und ihre Knie zitterten.

Um ihren Verfolger zuckten unaufhörlich schrillfarbene Blitze, so als übertrüge sich seine Wut auf das Licht. Jetzt erst bemerkte sie, daß sie wie eine goldene Fackel loderte.

In Joreth setzte etwas aus. Das ist alles nicht wirklich, dachte sie, das ist einer dieser Alpträume, die die Seele in Höllengründe locken und den Dämonen zum Fraß vorwerfen. Wach auf, Joreth, wach auf! Das alles gibt es nicht. Du liegst in der Karawanenhöhle und träumst. Wach auf, faß nach dem Dorin! Da ist die Wirklichkeit, dies ist nur Schein.

Joreth schüttelte sich, versuchte, das Grauen abzustreifen und aus dem Alp aufzutauchen. Sie ließ den Beutel mit dem Juwel los und fuhr mit der Hand über die schweißnasse Stirn. Ein scharfes Pochen, der erste fremde Laut, den sie hier vernahm, unterbrach ihre Gedanken. Der Riemen des Beutels war unter ihrem Griff gerissen, die Kugel sprang nun über den Boden, rollte vor Joreth her und trieb eine gleißende Welle hoch. Der Druck wich von

Joreth. Sie hastete hinter dem flirrenden Schatz her, der einen Weg durch das widerstrebende Element bahnte. Da, auf einmal, war der dunkle Torbogen dicht vor ihr, so plötzlich, daß sie beinahe vor die Schwelle getreten wäre. Das Juwel blieb liegen.

Joreth holte tief Luft und stieß sie seufzend wieder aus. Das Atmen fiel wieder leicht. Sie sah sich um. Die Halle war auf ihre ursprüngliche Größe geschrumpft, und der Trasper bewegte sich kaum zehn Doppelschritte hinter ihr in einem Chaos aus Blitzen, Nebeln und Schlieren aller Schattierungen zwischen Ocker und glühendem Purpur. Nur seine Klinge ragte hervor und blinzelte Joreth höhnisch zu. Diese nahm ihren Schatz hoch, preßte ihn an sich und verließ die unheimliche Grotte.

Der Gang maß nur zwei, drei Doppelschritte. Er öffnete sich in einen weiteren Raum, einen fugenlosen Würfel aus weichem glitzernden Lapis-Stein. Joreth trat rasch hinein und prallte erschrokken zurück.

Die weitläufige Halle war dichter bevölkert als der Marktplatz von Xor-o-sind während des Arha-Niva-Festes. Hunderte hellgekleideter Gestalten saßen, standen und eilten umher. Man stritt, focht miteinander oder ging mit Fäusten aufeinander los. Dabei war kein Laut zu vernehmen. Joreths Blick irrte über die Szenerie. Dann lachte sie über sich selbst, fuhr aber bei dem kläglichen Geräusch zusammen, das über ihre Lippen trat.

Es waren nur Standbilder, Skulpturen aus Alabaster oder ähnlichem Stein, die in wahllosem Durcheinander herumstanden. Niemand bewegte sich, nichts Lebendes schien sich hier zu befinden. Die beißende farblose Helligkeit, die über allem lagerte, täuschte mit eigentümlichen Schatten Unruhe vor, wo es doch nur bleichen, kalten Stein gab.

Ein besseres Versteck konnte sie sich nicht wünschen. Joreth bahnte sich ihren Weg in eine dichte Gruppe hinein und duckte sich hinter eine Frauengestalt. Ihr Blick schweifte immer wieder durch die Halle und kehrte ebenso nervös zum Eingang zurück. Dieser Raum war eine Falle. Nur eine Öffnung führte hinein — und wieder hinaus. Wenn der Trasper kam ... Nur einer von ihnen konnte diese Grotte wieder lebend verlassen.

Ein vages Gefühl, das sie schon seit der goldenen Grotte nicht losließ, schwemmte den Gedanken in ihr hoch, es gäbe vielleicht einen lachenden Dritten, in dessen Netz sie beide zappelten. Sie schob diesen Unsinn energisch beiseite, duckte sich noch tiefer hinter die steinernen Gewandfalten und lauerte auf den Söldner. Sie bemerkte nicht, wie der Schimmer des Juwels sich mit der frostigen Helligkeit mischte und wie eine goldene Kuppel über ihrem Versteck erstrahlte.

Die seltsamen Bildwerke fesselten ihre Aufmerksamkeit. Wie lebensecht sie aussahen, weitaus natürlicher als die graue Statue in der ersten Halle! Hier waren keine Ungeheuer abgebildet, sondern — soweit Joreth das erkennen konnte — Menschen, Angehörige bekannter Völker, die sie oft genug in der Lastenstraße erspäht hatte. Vor ihr war eine dramatische Szene festgehalten. Über einen sterbenden Jüngling beugte sich eine weinende Frau, während ein älterer Mann dem Mörder, der den noch tropfenden Dolch hielt, von hinten den Hals brach. Alle vier Figuren trugen rhenische Gewänder, und auch die scharfen Gesichtszüge fingen den Typ der rhenischen Oberschicht ein. Der oder die geheimnisvollen Künstler hatten die winzigsten Einzelheiten herausgearbeitet. Der Saum des Frauengewandes hing in Fetzen, den Oberarm des älteren Mannes entstellte eine scheußlich klaffende Narbe, und in dem weit aufgerissenen Mund des Mörders fehlten einige Zähne. Joreth musterte die tödliche Wunde des Jünglings, aus der Blut strömte. Der weiße Stein minderte die Lebensechtheit der Darstellung nicht im geringsten.

Davor, näher dem Eingang zu, kämpften zwei Krieger, ein hochgewachsener bärtiger Louser und ein Mann aus Pryth oder Rjema. Gewänder und Rüstung hingen ihnen in Fetzen vom Leib, und die Waffen trugen tiefe Scharten. Über dieser sorgfältigen und einfallsreichen Genauigkeit vergaß Joreth, daß sie nicht allein war. Erst der Schall von festen Schritten weckte sie aus ihren Betrachtungen.

Sie preßte sich noch fester an den Stein und ließ ihren Feind nicht mehr aus den Augen. Der Trasper drehte sich auf der Schwelle, sein Blick fraß sich geradezu durch die Statuen, suchte nach ihr. Zögernd, mit schleppenden Schritten setzte er sich in Bewegung — und kam genau auf Joreths Versteck zu. Hatte er sie entdeckt? Ja, er sah in ihre Richtung. Joreth lag fast flach auf dem Boden. Der Söldner blieb vor dem ersten Standbild stehen. Es schien ihn sehr zu verwirren. Die unbarmherzige Helligkeit ließ jede Linie, jeden Zug deutlich hervortreten — auch auf seinem Gesicht. Joreth fühlte sich auf einmal wie ein sprungbereites Raubtier. Ihr Feind wirkte schwer angeschlagen. Er schwankte unsicher, überlegte sichtbar angestrengt. Dann wechselte er die Richtung und mied die dichtstehenden Statuen. Er schlug einen weiten Bogen um die Raummitte. Joreth strich sich erregt über die Lippen, steckte den Dolch in die Scheide, zog das Schwert, um es sofort wieder zurückzuschieben. Sie drehte sich im Kauern auf den Fußspitzen, um ihn nicht einen Herzschlag lang aus den Augen zu verlieren. Sie verschlang jede seiner Bewegungen. Ja, er war erschöpft. Wenn sie ihn von hinten angriff, hatte sie leichtes Spiel. Noch einmal würde sie nicht abrutschen und ihn nur ankratzen. Sie erhob sich ein wenig und fühlte dabei, daß sie das Juwel immer noch an die Brust preßte. Sie verbiß sich einen ärgerlichen Ausruf, der sie verraten hätte, und stopfte es in den Beutel. Sie nestelte an dem zerrissenen Riemen und schob die Öffnung schließlich unter ihren Gürtel, um die Hände frei zu haben. Dann schloß sich ihre Hand wieder um den warmen Griff des Dolches und schlich ihrem Feind nach, sorgsam jede Deckung nutzend.

Der Trasper benahm sich sehr sorglos. Er mußte doch wissen, daß sie sich in diesem Raum aufhielt! Oder beschäftigten ihn die wundersamen Statuen so sehr, daß er sie vergessen hatte? Joreth trat lautlos auf, setzte einen Fuß vor den anderen, bemüht, nicht auf dem glatten Boden zu rutschen, unhörbar zu atmen ...

Jetzt blieb der Mann vor einer besonders blutrünstigen Szene stehen. Er vertiefte sich in die Gesichtszüge eines Mannes, der einen anderen bestialisch umbrachte und dabei selbst gerade von hinten erschlagen wurde. Zwei, drei schnelle Schritte ... Joreth hob den Dolch, zögerte ... Wenn dieser Dummkopf so stehenblieb ...

Seine Schwertspitze ruhte nutzlos auf der Erde. Sie schnellte nach vorn, warf sich auf den verhaßten Feind — und entging mit einem weiteren gewaltigen Satz seiner Klinge, die ihr nur den Dolch aus der Hand schlug.

Der Beutel mit dem Juwel löste sich, die Kugel rollte über den Boden und blieb am Fuß einer Statue liegen. Darüber kreuzten sich die feindlichen Klingen. Der kurze Augenblick hatte Joreth gereicht, ihr Schwert herauszureißen und den Angriff des Mannes abzuwehren. Stahl knirschte auf Stahl, sprühte Funken. Der Klang gellte durch die Halle, und sein Echo mischte sich mit dem nächsten Hieb. Joreth tänzelte leichtfüßig, wehrte geschmeidig ab, doch Sorku drang unaufhaltsam auf sie ein, schlug regelmäßig und mit enormer Kraft zu, die sein erschöpftes Aussehen Lügen strafte. Doch seinen Angriffen, seinen Ausfällen fehlte die entscheidende Wucht. Er trieb Joreth im Kreis, durchbrach aber ihre Deckung nicht ein einziges Mal. Sie parierte seine Klinge, schob sie gerade weit genug zur Seite, um in Sicherheit zu bleiben. Sie sparte ihre Kräfte. Ihre Sinne fieberten vor Spannung. Sie wartete auf eine Blöße, auf einen Fehler von ihm. Wer verausgabte sich zuerst? Einen Herzschlag lang war sie unaufmerksam — ein scharfer Schmerz durchzuckte Joreth, Metallschuppen prasselten zu Boden, warmes Blut quoll unter ihrem Panzer hervor. Seine Klinge wurde zu einem grauen Schemen, sie stieß vor, zuckte zurück, um sofort wieder zuzustoßen. Sorkus knochige Gesichtszüge wirkten eingefallen, aber seine Augen glühten vor Entschlossenheit. Joreth fand keine Spur Unsicherheit oder Nervosität mehr an ihrem Feind, ihre Bewegungen aber verloren die fließende Geschmeidigkeit, ihre Muskeln begannen unkontrolliert zu zucken, zu vibrieren. Joreth konnte dieses Maß an Schnelligkeit nicht mehr lange aufrechthalten. Sie wurde in die Enge getrieben. Sein Schwert kam von überallher. Joreths Nerven gaben nach. Sie stolperte beim Zurückweichen, hielt ihre Klinge einen Augenblick zu lange hoch, als seine daran entlangglitt. Ein flirrender Wirbel grauen Stahls, ein harter Ruck, und Joreth sah ihre letzte Waffe hinter dem Trasper zu Boden fallen. Schneller, als es menschenmöglich schien, kam der nächste Angriff. Die Klinge zuckte zurück, Sorku holte weit aus. Der Stoß zielte auf ihren ungeschützten Hals. Joreth wollte zurückweichen, wegspringen, Deckung suchen . . . ihre Füße gehorchten ihr nicht mehr, verwuchsen mit dem Boden. Mit weit aufgerissenen Augen verfolgte sie den Weg der Klinge. Ein grauer Schatten, der auf sie zuschoß — schneller als der Blitz — und doch so quälend langsam den Tod brachte. Joreth erstarrte . . .

Der Klang von Schritten, von Füßen, die leicht über den glatten Stein schlurften, durchbrach die Stille. Alsbald trat ein graues Wesen durch den Torbogen und blieb kurz stehen. Es schloß die runden Augen und streckte das lange Gesicht dem goldenen Schimmer zu, der den Saal wie feiner Nebel füllte. Ein weiches Lächeln umspielte den dünnlippigen Mund.

Lange hatte das Wesen wieder mit der Geduld und Zeitlosigkeit des Nicht-Lebendigen auf diesen flüchtigen Augenblick gewartet. Es hatte auf neue Opfer gelauert, darauf, die Aura sterblicher Wesen zu vernehmen und sie in seine Gewalt zu bekommen. Sein Reich war eine Falle, ein magisches Netz, dessen sichtbare und unsichtbare Stränge die Beute einfingen und auf ein Ende zutrieben, das ihm Lust und Leben zugleich bedeutete. Es erwachte nur unter der Berührung von Schwingungen menschlicher Seelen.

Das Wesen schlurfte weiter. Es streifte mit dem wohlgefälligen Blick eines Sammlers die bleichen Statuen, verharrte hie und da, um ein besonders gelungenes Exemplar zu würdigen, und strebte dann weiter, der Quelle des warmen Lichtes zu.

Als es die beiden Gestalten erreichte, zwischen denen der goldene Schein aufquoll, fand es sie noch fast lebenswarm vor. Ihre Oberfläche war noch feucht vom vergossenen Schweiß. Es strich besitzergreifend über seine neuen Schätze, leckte sich mit gespaltener Zunge erregt die Lippen, die ebenso grau waren wie alles an ihm. Es bekam glitzernde Augen, wiegte sich in einem grotesken Freudentanz und glitt mit seinen knochigen Fingern wieder und wieder über jede Einzelheit. Es sog die nachhallenden Schwaden der Gefühle und Erinnerungen mit dem Ausdruck höchsten Behagens auf. Waren ihm doch selten zwei Opfer in die Fänge gelaufen, die schon freiwillig tödlichen Haß produzierten und jeglichen Schein für lauterste Wahrheit hielten.

Das Wesen folgte entzückt jeder Falte der Gewänder, jedem Detail von Haltung und Ausdruck. Der im Schwung des Zustoßens erstarrte Schwertarm und die für immer festgehaltene Todesangst im Gesicht der Frau entlockten ihm ebenso schmatzende Laute des Genusses wie die abwehrend gespreizten Hände und die steingewordene Wucht des Angriffs. Oh, es war sehr mit sich zufrieden.

Seine Hände strichen langsam über den anmutig geschwungenen Hals der Frau, von dem die tödliche Schwertspitze kaum noch um die Breite eines Haares entfernt war.

Lange erst, nachdem der Stein erkaltet war, nahm es das Juwel auf, steckte es achtlos in den Ärmel seiner Kutte und schlurfte zufrieden davon. Nicht ohne sich noch einige Male umzusehen. Ja, es hatte den rechten Augenblick für immer erhalten.

Während die Schritte mit leisem Echo verklangen, strahlte das Licht wieder kalt und grell auf den weißen und den blauen Stein.

Copyright © 1982 by Iny Klocke

Lyon Sprague de Camp

Wie die meisten in dieser Anthologie vertretenen Kollegen ist Lyon Sprague de Camp vorwiegend Fantasy-Autor. Doch hat er auch in der Science Fiction beachtliche Werke geschrieben; man denke nur an die Serie ›Viagens Interplanetarias‹, zu der auch der Roman *Rogue Queen* (dt. *Das Orakel der Fremden*) gehört. Sein Ruhm beruht aber paradoxerweise nicht auf seinen eigenen vortrefflichen und humorvollen Fantasy-Erzählungen oder auf seiner bemerkenswerten schriftstellerischen Partnerschaft von Fletcher Pratt, sondern auf seinen Überarbeitungen von Robert E. Howards klassischer Conan-Saga (oft in Zusammenarbeit mit Lin Carter oder Björn Nyberg). Er vollendete auch Fragmente dieses Zyklus und verfaßte neue Episoden hinzu. Die gesamte Conan-Saga erlebt ab Mai 1982, neu übersetzt und überarbeitet, bei Heyne eine Neuauflage und Vervollständigung.

»The Stone of the Witch Queen« ist die bislang letzte Geschichte aus de Camps ›Poseidonis‹-Zyklus, der außerdem noch aus einem Roman *(The Tritonian Ring,* dt. *Prinz von Poseidonis)* und sechs Erzählungen besteht (fünf davon gesammelt in *Die Chronik von Poseidonis)*. Sie erschien 1978 im Fantasy-Magazin *Weirdbook*.

Von Lyon Sprague de Camp erschienen folgende Titel in der Reihe HEYNE SCIENCE FICTION & FANTASY:

Conan (06/3202)
Conan von Cimmerien (06/3206)
Conan der Pirat (06/3210)
Conan der Wanderer (06/3236)
Conan der Abenteurer (06/3245)
Conan der Krieger (06/3258)
Conan der Thronräuber (06/3263)
Conan der Eroberer (06/3275)
Conan der Rächer (06/3283)
Conan von den Inseln (in Vorb.)
Der Schmetterlingsthron (06/3439)
Die Uhren von Iraz (06/3484)
Die Räder der Zeit (06/3575)
Das Orakel der Fremden (06/3584)
Neu Arkadien (06/3728)
Ein Yankee bei Aristoteles (06/3719)
Ein Dämon mit kleinen Fehlern (06/3747)

Lyon Sprague de Camp & Fletcher Pratt:

Geschichten aus Gavagans Bar (06/3887)

HAROLD SHEAS ABENTEUER:
An den Feuern des Nordens (06/3768)
Die Kunst der Mathemagie (06/3814)
Die stählerne Festung (06/3854)
Die Mauer der Schlangen & Der grüne Magier (06/3881)

LYON SPRAGUE DE CAMP

Der Stein der Hexenkönigin

»Es war das Komischste, was du dir vorstellen kannst. Der Löwe wollte ihn nicht fressen! Er trottete nur heran und schnüffelte an seinen Beinen. Dann gähnte er, legte sich hin und schlief ein, während Karsakus betete und wimmerte und die Zuschauer den Löwen anzufeuern versuchten. Schließlich jagte man das Tier in seinen Käfig zurück und kreuzigte Karsakus. Aber eine Kreuzigung ist längst nicht so aufregend.«

Die Sprecherin war Plotia, die hübsche dralle Tochter Manetius Nisars von Ausonien. Sie saß auf einem Diwan, durch einen niedrigen Tisch von Gezun von Lorsk getrennt, der sich auf einem Hocker niedergelassen hatte. Auf dem Tisch standen eine Kanne Wein und zwei silberne Kelche.

Gezun, größer als die meisten Ausonier, trug die Freizeittunika eines Hauptmanns der persönlichen Garde von Senator Manetius. Der Bronzehelm mit seinem gewaltigen Pferdehaarkamm lag auf dem Boden neben ihm. Seine Züge, die braune Haut, der krause schwarze Bart, die hohe Stirn, die buschigen Brauen, die scharfgeschnittene Nase und das feste, kantige Kinn wiesen ihn als Sohn Pusads aus, der versinkenden Insel im Westlichen Meer. Gezun hatte sich diesen Hauptmannsposten erschwindelt, indem er dem Senator von seiner militärischen Erfahrung und seinem Geschick im Umgang mit Hieb- und Stichwaffen vorgelogen hatte. Sowohl erstere als auch das letztere verdienten keiner besonderen Erwähnung.

Gezun grinste, als er seinen Kelch hob. »Ich fürchte, das war meine Schuld«, sagte er in fließendem Ausonianisch, fast ohne Akzent.

»Wie das?«

»Ich hörte, daß sie den Löwen hungern ließen, um seinen Appetit auf Karsakus anzuregen. Da er mir leid tat . . .«

»Wer? Der Löwe oder der Mann?«

»Der Löwe. Also schmuggelte ich eine Rinderlende in den Käfig . . .«

»Gezanus, du kannst einen zur Verzweiflung bringen! Du machst dir nichts aus Menschen — nicht einmal aus der Tochter deines

Senators —, aber du verschwendest deine Liebe an dumme Tiere ...«

»Das ist so meine Eigenheit. Ich war einmal Hilfstierwärter des Königs von Tartesien. Und ich mache mir sehr wohl etwas aus Manetia Plotia.«

»Warum zeigst du es dann nicht? Komm her!« Sie klopfte auf den Diwan, und Gezun kam. »So ist es schon besser.«

Sie faßte nach seiner Rechten, führte sie um ihren Hals und legte sie auf ihre rechte Brust, die ein wenig entblößt war, seit sie unauffällig dafür gesorgt hatte, daß ihre Subucula von der Schulter rutschte. Sie hob das Gesicht zu Gezun empor, damit er sie küsse.

Er tat es. Als sie jedoch eine Hand unter den Saum seines Kilts schob, ergriff er sie und zog sie hastig zurück. Mit vor Leidenschaft heiserer Stimme sagte er:

»Mädchen! Willst du mein Tod sein?«

»Aber Gezun, wie kommst du darauf?« Sie kicherte. »Davon ist noch niemand gestorben.«

»Ganz im Gegenteil, meine Liebe. Der selige Karsakus starb gerade deshalb. Sie ertappten ihn, als er Senator Fessapinus' Tochter erfreute ...«

»Aber wer könnte dich ertappen? Vater ist fort, und du hast deinen Männern befohlen, uns allein zu lassen.«

Gezun errötete und erschauderte zugleich, aber er bemühte sich um Selbstbeherrschung. »Mein Schatz, wenn man aus zwei Städten gejagt worden ist, weil man ein Mädchen aus vornehmem Haus schwängerte ...«

»Aber die Chance ist eins zu hundert, und ich werde zu Silvana beten, daß sie es verhütet ...«

»Und es war nicht, daß ich sie nicht gern geheiratet hätte, doch ihre Familien wollten nichts von einem einfachen Freigegebenen aus einem fernen Land wissen ...«

»Willst du jetzt endlich aufhören zu reden und etwas tun? Wenn du mich nur zum Narren hältst werde ich Vater sagen, daß du mich vergewaltigt hast, sobald er nach Aenarium heimkehrt ...«

»Wer hält jetzt wen zum Narren? In diesem Fall packe ich besser meine Sachen und verschwinde *sofort*. Es ist wirklich traurig, zum drittenmal aus einer Stadt gejagt zu werden, und noch dazu, ohne etwas gehabt zu haben ...«

»Du würdest mich doch nicht verlassen!« rief sie. »Ich weiß was. Warte!«

»Was hast du vor?« fragte Gezun erschrocken. »Willst du die Wache rufen?«

»Nein. Ich werde den Potenzperidot holen. Vater ließ ihn zu Hause, als er fischen ging, aber ich weiß, wo er ihn versteckt hat. Dann werden wir sehen, wie weit dieser mächtige Speer . . .«

Sie rannte aus dem luxuriösen Gemach, war jedoch schnell wie der Augenblick mit einer kostbaren Brosche zurück, ähnlich denen, die hochstehende Männer in Ausonien benutzen, um ihre Umhänge zusammenzuhalten. Ein großer grüngelber Stein, ungeschliffen, doch poliert, glitzerte in seiner Silberfassung.

»Was ist das?« fragte Gezun.

»Der Potenzperidot, Dummer! Er soll dem, der ihn trägt, Macht über das andere Geschlecht verleihen. Ich werde . . .«

»Woher hat ihn dein Vater?«

»Er gehörte der Königin der Phaiaxier. Letztes Jahr, als die Maxianer und die Phaiaxier sich über die Fischereirechte in der Thrinaxiersee in die Haare gerieten, brach ein Trupp Maxianer in Phaiaxien ein und plünderte die Hauptstadt, während das Königspaar sich anderswo aufhielt.

Die Plünderer wurden auf dem Rückweg überrascht und ergriffen die Flucht, dabei verloren sie den größten Teil ihrer Beute. Der, der den Peridot in seinen Besitz gebracht hatte, muß wohl damit entkommen sein, denn die Phaiaxier fanden den Stein nirgendwo. Er kam mit dem Tand eines Trödlers nach Ausonien. Der Händler hat ihn vermutlich weit unter seinem Wert von dem Plünderer erstanden. Vater kaufte ihn, weil er ihm gefiel, obgleich er ihn nicht für kostbar hielt, und ließ ihn nach seinem Geschmack fassen.

Bald danach erfuhr er von unserem Hohenpriester, welche Kraft in diesem Stein steckt. Der heilige Vater Portunio erzählte uns, daß er ursprünglich vom Hexer Nichok für König Asizhen den Dritten von Tartesien mit dieser Kraft bedacht wurde. Portunio hätte ihn gern für seinen Tempel gehabt, aber Vater gab ihn nicht aus der Hand. Vater erfuhr auch, daß König Bathyllis von Phaiaxien ein ganzes Gemach voll Gold als Belohnung für die Rückgabe des Steines ausgesetzt hat, aber Vater denkt gar nicht daran, es für sich zu beanspruchen. ›Es wäre unpatriotisch‹, sagte er, ›eine so schreckliche Waffe in ihre Hand zu spielen.‹«

»Wie benutzt er denn seine Kräfte?«

»Er bedient sich ihrer kaum. Er sagt, er hat all den Reichtum und all die Macht, die er braucht. Und seit dem Tod meiner Mutter, sagt er, fühlt er sich zu alt, sich irgendwelche Frauen zu Willen zu machen, allerdings wäre der Stein ihm gerade recht gekommen, solange sie noch lebte, sagt er, denn meine Mutter war eine Frau von ausgeprägt starkem Charakter.«

»Wie funktioniert er?«

»Ich werde es dir zeigen.« Sie nahm die Brosche in beide Hände und starrte Gezun durchdringend an. Dann blickte sie konzentriert in die Tiefe des Juwels und murmelte: »Gezanus kann mir nicht widerstehen. Er ist wahnsinnig vor Leidenschaft nach mir. Er wird sofort zur Tat schreiten. Er wird sich auf mich stürzen, um sein heißes Verlangen zu stillen . . .«

Gezun wehrte sich nicht länger. Er öffnete die Verschlüsse seiner Tunika.

»Na«, sagte Plotia, »das war doch nicht schlecht, nicht wahr?«

»Es war herrlich«, murmelte Gezun.

»Tun wir es noch mal! Es würde mir schrecklichen Spaß . . .«

»Gnade, meine Herzensdame! Gib mir kurz Zeit zu verschnaufen.« Eine Weile blieb Gezun schwer atmend sitzen. Dann sagte er: »Dieser Stein interessiert mich immer mehr. Ich glaube aber nicht, daß er es war, der unsere Vereinigung herbeiführte. Deine Schönheit allein ließ mich dich begehren.«

»Na, na, na! Hätte ich ihm das Gegenteil befohlen, wäre deine Lanze nicht mehr als ein schlaffer Strick gewesen.«

»Das läßt sich im Augenblick schwerlich beweisen«, brummte Gezun. »Ich werde erst an die Kräfte des Juwels glauben, wenn ich sie selbst erprobt habe.«

»Nein. Ich darf den Stein nicht aus der Hand geben. Vater würde rasen!«

»Wie du willst, aber dann kannst du von mir auch nicht verlangen, daß ich daran glaube.«

»Also gut!« Plotia reichte Gezun die Brosche. »Überzeug dich selbst. Was befiehlst du dem Stein?«

»Das sage ich dir lieber nicht, sonst gehorchst du schon deshalb, damit ich daran glaube, auch wenn der Stein über absolut keine Kräfte verfügt.« Er starrte Plotia an, wie sie zuvor ihn angestarrt hatte. Dann blickte er in die Tiefe des Juwels und murmelte: »Schlaf, Plotia. Schlaf, schlaf ganz fest . . .«

Die halbbekleidete Plotia streckte sich auf dem Diwan aus und schnarchte sanft. Gezun schlüpfte in seine Tunika, schnallte sich den Gürtel um, an dem seine ausonianische Bronzeklinge hing, und stülpte sich den Helm auf den Kopf. Die Brosche steckte er in seinen Lederbeutel, ehe er auf Zehenspitzen das Gemach verließ.

Eine Stunde später erreichte Gezun das Südtor von Aenarium. Er ritt seinen Hengst Sancheth und führte sein altes Maultier Dostaen, das mit seiner ganzen Habe beladen war, am Zügel. Das Tor war für die Nacht verriegelt, aber Gezun behauptete:

»Ich habe eine Botschaft für meinen Herrn, den Senator Manetius Nisar. Er fischt mit Freunden in der Thrinaxiersee. Ich muß so schnell wie möglich zu ihm.«

Da Gezun in Aenarium wohlbekannt und nicht unbeliebt war, öffneten die Wachen das knarrende Tor und ließen ihn hindurch.

Gezun nahm allerdings nicht den Weg zum nächsten thrinaxischen Hafen, sondern ritt rückwärts auf einer Straße parallel zur See, und kam durch maxianisches Gebiet, ehe er westwärts nach Phaiaxien abbog.

Während er dahintrottete, dachte er über das Gold nach — ein ganzes Gemach voll! —, das er sich von Königin Bathyllis holen würde. Er hatte absolut keine Gewissensbisse, daß er das Juwel gestohlen hatte. Schließlich hatte der Senator es als Beutestück erworben. Wenn Plotia auch nur einen Funken Verstand hätte, würde sie über die kürzliche Episode schweigen und ihren Vater im Glauben lassen, Gezun habe sich die Brosche ohne ihre Beihilfe angeeignet. Aber er bezweifelte, daß Plotia so vernünftig war; doch wie auch immer, das war ihr Problem.

Zwar war Gezuns Sold gewiß ausreichend, und er mochte den alten Magnaten, aber seine Stellung langweilte ihn in ihrer Eintönigkeit. Außerdem hatte Plotia ihn in eine Situation manövriert, in der er etwas Drastisches tun mußte, um nicht Karsakus' Los zu teilen. Plotia war ein heißblütiges Ding und ihre Leidenschaft für ihn gefährlich. Sie würde verlangen, daß er sie bei jeder Gelegenheit liebte, bis sie schließlich dabei ertappt würden oder sie in andere Umstände kam. Und das würde entweder den Löwen oder das Kreuz für Gezun bedeuten.

Gezun hatte durchaus nichts gegen die Freuden der Liebe, und er kannte auch kaum Hemmungen, aber er zog Huren oder Mädchen der unteren Klasse vor, da sie ihn danach nicht in Schwierigkeiten brachten. Seine Erfahrungen mit Frauen eines höheren Standes, die sein nicht unansehnliches Äußeres anzog, hatten ihn vorsichtig gemacht.

Dabei hätte er gar nichts dagegen, eine von ihnen (besonders, wenn sie wohlhabend war) zur Frau zu nehmen. In den Ländern, die er kannte, wäre eine solche Ehe mit einem freigegebenen Ausländer jedoch undenkbar. Das Sklavenmal auf Gezuns Hand war immer noch erkennbar, und so zog er vor, es gar nicht erst zu verheimlichen, sondern offen und herausfordernd darüber zu sprechen.

Wenn er sein Gemach voll Gold bekäme, würde seine Vergangenheit bei diesem Reichtum überhaupt keine Rolle mehr spielen. Dann, so dachte er manchmal, konnte er sich irgendwo niederlassen und ein gutes Leben führen, statt ständig von irgendwelchen ergrimmten Rivalen oder ungeduldigen Schuldnern hierhin oder dorthin gejagt zu werden.

Andererseits war er sich gar nicht so sicher, ob er wirklich schon bereit war, sein Nomadenleben aufzugeben. Ihn hielt es einfach nirgendwo sehr lange, und es gab so viele Länder, die er noch nicht gesehen hatte. Seine größte Hoffnung war, den Coup seines Lebens zu landen, der ihm soviel einbrachte, daß er tun konnte, was ihm gerade beliebte.

Die Stadt Samron war dabei, sich von einem Plünderzug der Laistrugonier zu erholen, die weit im Osten von Tyrsiensee lebten. Eine andere Stadt, durch die Gezun erst vor kurzem gekommen war, hatten die riesenhaften Wilsen so verwüstet, daß nur menschenleere Ruinen übriggeblieben waren.

Gezun brachte seine Tiere in einem Mietstall unter und nahm sich ein Zimmer. Dann betrat er eine Taverne, in der es nach frischem Putz roch. Von draußen klang Hämmern und Sägen an sein Ohr. Er sagte zum Wirt:

»Ihr Samroner seid aber sehr tüchtig im Wiederaufbau eurer Stadt. Wart Ihr hier, als die Laistrugonier einfielen?«

»Allerdings«, versicherte ihm der Wirt. »Wir versuchten eine Lanzenreihe zu bilden, aber die Wilden waren zu flink. Einer der unseren verlor die Nerven und floh, und dann löste sich die ganze Reihe auf. Sie jagten uns über die Ebene und zerschmetterten unsere Schädel wie rohe Eier. Ein Mob acht Fuß großer nackter Wilder mit Keulen ist ein Anblick, der selbst dem Tapfersten den Mut raubt.«

»Das kann ich mir vorstellen.«

»Wäre uns nicht die Kavallerie aus Maxus zur Hilfe gekommen, hätten sie uns völlig vernichtet. Was möchtet Ihr gern?«

»Bier. Habt Ihr vielleicht auch etwas zu essen in Eurer Speisekammer?«

»Ich kann Euch Schweinerippchen braten, und dazu könnt Ihr Kohl und Brot haben.«

»Klingt verlockend.«

»Allerdings muß ich Eure Exzellenz ersuchen, mir Euer Schwert auszuhändigen«, sagte der Wirt. »Das ist eine Hausregel. Manchmal arten Argumente in Handgreiflichkeiten aus, und ich möchte nicht gern, daß man meine Taverne wegen unangebrachten Blutvergießens schließt.«

Gezun nahm seinen Schwertgürtel ab und übergab ihn dem Wirt. Dann setzte er sich mit seinem Krug auf einen freien Stuhl. Er teilte den Tisch mit einem Mann, der dabei war, etwas zu kritzeln. Der Schreiber war ein hagerer, mittelgroßer Mann mit gepflegtem grauen Bart.

»Guten Abend, mein Herr«, sagte der Mann. »Ich sehe, daß Ihr von Ausonien kommt, wenn Ihr auch dort nicht aufgewachsen seid. Wie stehen die Dinge in diesem Land?«

Gezun sperrte unwillkürlich die Augen weit auf. Er war unauffällig gekleidet, seinen ausonianischen Staat hatte er weggepackt. »Woher wißt Ihr das?«

»Ganz einfach, mein Freund. Als Ihr Euch mit Meister Gorbates, unserem Wirt, unterhieltet, verriet Eure Sprache, daß Ihr nicht von hier seid. Ich erkannte zwar den Akzent nicht, sehr wohl aber, daß er nicht Ausonianisch war. Zweitens haftet dunkelbrauner Staub und der Schmutz der Straßen aus dem Nordosten an Euch. Drittens ist das Schwert, das Ihr Gorbates zur Aufbewahrung gegeben habt, zweifellos in Ausonien geschmiedet. Und viertens: Eure Statur und Züge verraten, daß Ihr in keinem der benachbarten Länder geboren seid. Deshalb schließe ich, daß Ihr ursprünglich aus einem Gebiet weiter nördlich oder westlich kommt — vielleicht von den Küsten des Westlichen Meeres.«

»Erstaunlich«, murmelte Gezun. »Und mit wem habe ich die Ehre?«

»Aristax von Pylion in Yavan, ganz zu Euren Diensten, mein Herr. Ich bin ein armer Philosoph, auf steter Suche nach der Erkenntnis. Und Ihr mein Herr?«

»Genügt es Euch, wenn ich sage, daß ich mein letzte Zuhause in größter Hast verlassen mußte?«

»Eine Fehde oder eine Auseinandersetzung mit tödlichem Ausgang?«

»Weder noch. Ein Mädchen mit etwas zu heißem Blut und hochgeborenen Verwandten. Schreibt Ihr einen Brief?«

»Ja, an meinen Kollegen Giterros in Torrutseisch.«

»Ich kenne Torrutseisch. Auf welche Weise schickt Ihr den Brief zu ihm?«

»Die Briefbeförderungsfirma Pheromas & Glix hat ein Büro in Kolovra.«

»Schreiben zu können, muß recht nützlich sein.«

»Ihr könnt es nicht?«

»Nicht richtig, Meister Aristax. Als ich ein Junge in Lorsk war ...«

»Wo?«

»Lorsk. Das ist ein Königreich auf Pusad. Ich lernte pusadonische Schriftzeichen als kleiner Junge, aber ich habe sie vergessen. Dann wurde ich Lehrling eines Magiers in Gadaira. Er lehrte mich einige euskerianische Symbole lesen, aber sie selbst zu schreiben, schaffte ich nie.«

»Aber man kann doch kaum Zauberer sein, ohne lesen zu können!«

»Möglich. Ich kannte allerdings einen Menschenfresser aus Hercynien, einen Wilden, der, auch ohne lesen und schreiben zu können, tödliche Magie wirkte. Und ich kenne mehr als einen Zauberspruch. Ich führte ein Wanderleben und blieb nirgends lange genug, um mich einem ernsthaften Studium widmen zu können. Glücklicherweise lerne ich die Landessprachen immer ziemlich schnell.«

»Ihr kommt also von der sagenhaften Insel Pusad?« murmelte Aristax nachdenklich. »In Yavan konnten wir uns nie einigen, ob es sie nun wirklich gibt oder ob sie nur eine Legende ist.«

»Es gibt sie wirklich. Allerdings sind die weisen Männer der Meinung, daß sie nicht immer sein wird. Sie versinkt Fuß um Fuß. In tausend Jahren wird sie vermutlich völlig von Wasser überspült sein.«

Aristax bestellte eine zweite Runde. »Erzählt mir von Pusad.«

Gezun begann von den büffelreichen Steppen des nie windstillen Lorsk zu sprechen, als ein großer, kräftiger Mann mit schmutzigem Gesicht eintrat.

»Wein, Gorbates!« donnerte der Neuankömmling. »Sputet Euch!«

Der Wirt griff nach einer Kanne. »Bei den Göttern, Yonas, was ist Euch zugestoßen?«

»Geht Euch nichts an«, knurrte der Mann mit den groben Zügen. »Mein gottverdammtes Maultier warf mich ab. Ich schlug das stupide Tier zu Mus, um ihm eine Lektion zu erteilen. Womit kann ich mir den Dreck abwischen?«

Er schaute sich in der vollen Gaststube um und entdeckte das Pergament, auf das Aristax schrieb. »Gebt mir das!« brummte er. Er durchquerte den Raum, riß das Pergament an sich und wischte sich damit das Gesicht ab.

Aristax erhob sich halb. »Hört, mein Guter! Dazu hattet Ihr kein Recht! Pergament ist teuer. Gebt es mir zurück!«

Mit einem häßlichen Lächeln drehte Yonas seinen melonenähnlichen Schädel. »Soll ich das? Wie wollt Ihr mich dazu zwingen, kleiner Mann?«

Obgleich Gezun sich gewöhnlich aus anderer Leute Streitigkeiten heraushielt, fand er, daß er hier eine Ausnahme machen sollte. Er erhob sich zu beachtlicherer Größe als Yonas', auch wenn er nicht so kompakt war. »Gebt diesem Mann sein Pergament zurück!«

»Du kannst mich!« knurrte Yonas und holte mit der Faust aus.

Gezun wich dem Hieb aus und brachte Yonas mit einem Kinnhaken zum Taumeln. Aufheulend stürzte der Raufbold sich auf Gezun, der einen Arm um den Stiernacken des Gegners legte und Fausthiebe auf ihn niederhagelte. Yonas stieß Gezun einen Ellbogen so heftig in die Magengegend, daß der Lorsker ihn hustend und nach Luft schnappend loslassen mußte.

Jetzt versuchte Yonas Gezun mit aller Kraft einen Fuß in seine Weichteile zu treten, aber wieder wich der Lorsker geschickt aus und packte den Fuß des anderen. Er hob ihn hoch, bis Yonas rücklings zu Boden stürzte. Als der Raufbold sich erheben wollte, schlug Gezun ihn wieder nieder und stieß ihm einen schweren Stiefel in die Rippen. Etwas knackte, und Yonas ächzte. Gezun zerrte Yonas zur Tür und warf ihn auf die Straße.

Gelächter erscholl und Klatschen. Ein Mann rief: »Darauf haben wir schon lange gewartet!«

Ein anderer fragte: »Wie heißt Ihr, Fremder? Gestattet mir, Euch ein Bier zu spendieren.«

Gezun verneigte sich. Seine Vorsicht vergessend erwiderte er: »Ich bin Gezun von Lorsk und nehme Euer Bier gern an.«

Gezun gab Aristax Zeit, sein Pergament glattzustreifen und die Schrift nachzuziehen, wo sie verschmiert war, und schloß sich so lange den anderen Gästen beim Trinken und Singen an, bis Gorbates sein und Aristax' Essen brachte.

»Gezun von Lorsk, hm?« fragte Aristax zwischen zwei Bissen. »Vor einem oder zwei Jahren war ein Mann namens Gezun in Maxus — ein junger Fremder von etwa Eurem Alter. Ich glaube, er verließ die Stadt eines Skandals wegen ziemlich überstürzt. Wenn ich mich nicht täusche, handelte es sich um eine Affäre mit Königin Hippazé. Hattet Ihr etwas damit zu tun, mein Freund?«

Gezun schüttelte den Kopf. »Der Name ist in Tartessien ziemlich verbreitet, außerdem ist es nicht mein richtiger Name. Die Tartessianer verstümmelten mit ihrer verrückten Aussprache meinen lorskischen Namen so sehr, daß ich mir diesen einfacheren zulegte. Wohin wollt Ihr eigentlich von hier aus?«

»Nach Huperea und Torrutseisch, aber mit Weile, damit ich mich umsehen und alles Wissenswerte aufnehmen kann. Und Ihr?«

»Ich habe etwas Geschäftliches in Phaiaxien zu erledigen, oder vielmehr mit einem Phaiaxier. Am günstigsten wäre es wohl, von Maxien aus zu verhandeln, wo mein Geschäftspartner mir keine Schwierigkeiten machen kann.«

»Werdet Ihr bis zur Hauptstadt reisen?«

»N-nein. Maxus liegt außerhalb meines Weges. Ich denke mehr an Kolovra, in der Nähe der Grenze.«

Aristax lächelte. »Vielleicht war meine Annahme, was Königin Hippazés kleine Liebesgeschichte anbelangt, doch nicht so weit hergeholt. Aber es geht mich nichts an, das ist Eure eigene Angelegenheit. Da wir etwa die gleiche Richtung haben: Hättet Ihr nicht Lust, mit mir zu reisen? Zwei sind mehr als doppelt so sicher wie einer.«

»Könnte schon sein«, erwiderte Gezun. »Zumindest bis Kolovra.«

»Ausgezeichnet. In Kolovra beabsichtige ich, einen Priester Aphradexas aufzusuchen, der eine berühmte Sammlung von Antiquitäten und seltenen Stücken hat.«

»Einverstanden! Vielleicht hättet Ihr in Kolovra die Güte, einen Brief für mich zu schreiben.«

Gezun schlief tief und fest, als Aristax ihn wachrüttelte. Irgendwo im Haus wurden laute Worte gewechselt.

»Jemand an der Haustür erkundigt sich nach Euch«, sagte Aristax.

Gezun stand auf, zog seine Tunika an und verließ das Zimmer.

An einem Fenster im ersten Stock, direkt oberhalb der Haustür, stand Gorbates mit einer Lampe in der Hand und brüllte zu jemandem hinunter. Der Wirt schrie aufgebracht:

»Es ist mir verdammt egal, wen ihr sucht. Wir haben für die Nacht geschlossen. Kommt morgen wieder.«

Gezun riskierte einen Blick über Gorbates' Schulter. Unten bildeten acht Bewaffnete einen Halbkreis. Yonas, der hinter ihnen stand, schaute ebenfalls hoch.

»Wir wissen, daß Gezun von Lorsk bei Euch ist«, sagte der Anführer der acht, der eine Laterne hielt. »Meister Yonas hat es uns gesagt. Liefert ihn uns aus, oder wir brennen Eure Taverne nieder.«

Der Kleidung und dem Akzent — zumindest des einen — nach handelte es sich um Ausonianer. Gezun flüsterte Gorbates zu:

»Sagt ihnen, ich sei aus Furcht vor Yonas nach Maxus geflohen.«

»Er machte sich bereits heute abend nach Maxus auf den Weg!« rief der Wirt hinunter. »Er befürchete die Rache von Yonas' Freunden.«

»Dazu hat er auch jeden Grund«, knurrte der Raufbold. »Wenn meine Rippen schon geheilt wären, würde ich ihn an den Eiern aufhängen.«

Die acht Fremden besprachen sich. Der Anführer sagte schließlich: »Wir brechen nach Maxus auf, aber zwei von uns bleiben hier, und Ihr könnt Euch auf etwas gefaßt machen, falls Ihr gelogen habt. Kommt, Männer!«

Sechs der acht verschwanden in der Dunkelheit. Auch Yonas zog sich langsam und hinkend zurück. Das Hufgedröhn verlor sich allmählich in der Ferne.

Die beiden zurückgebliebenen Ausonianer stützten sich auf ihre Bogen. Gorbates schloß die Fensterläden.

»Was bedeutet das alles, Meister Gezun? Es gefällt mir nicht, wenn mein ruhiges Leben durch Flüchtlinge und Verfolger gestört wird.«

»Seid versichert, ich bedauere die Unannehmlichkeiten, die Ihr durch mich hattet. Wir werden in aller Frühe aufbrechen, sofern wir an diesen beiden Menschenjägern vorbeikommen. Mit einem könnte ich wohl fertig werden, aber zwei . . .« Er warf durch die Dämmernis einen Blick auf Aristax.

»Verlangt nicht, daß ich ein Schwert gegen diese Halunken erhebe«, wehrte der Philosoph ab, ehe Gezun ihn darum ersuchen konnte. »Ich bin zu alt für Tätlichkeiten, außerdem war ich mit meinen Händen noch nie sehr gut. Wer sind sie? Freunde Eures Mädchens mit dem — wie Ihr so schön sagtet — zu heißem Blut?«

»Wohl eher gedungene Mörder, die ihr alter Herr mir hinterherschickte. Aber wie kommen wir hier heraus? Unsere Tiere sind im Stall hinter dem Haus. Wir können sie uns nur durch die Gasse neben der Taverne holen.«

»Laßt mich überlegen«, murmelte Aristax. »Gorbates, könnt Ihr uns eine Kanne guten schweren Wein verkaufen und ein langes Seil?«

Ein wenig später öffnete Aristax den Fensterladen und schaute hinaus. Die beiden Ausonianer hatten ihren Platz nicht verlassen. Einer der Burschen saß mit dem Rücken an die Hausmauer gelehnt und schlief, während der andere auf und ab marschierend Wache hielt.

»Pssst!« machte der Philosoph. »He, Ihr dort unten!«

»Was wollt Ihr?« fragte der Mann.

»Die ganze Nacht Wache zu halten, ist sicher nicht sehr erfreulich.«

»Was geht es Euch an?«

»Ich — ah — ich dachte, ich könnte Euch die Zeit ein wenig versüßen.« Aristax hielt die Weinkanne aus dem Fenster. »Nicht umsonst, natürlich.«

»Weshalb wollt Ihr das tun?«

»Nun, um ein bißchen was zu verdienen. Diese Kanne kostete mich fünf Kupferstücke. Ich überlasse sie Euch für zehn. Zu dieser nächtlichen Stunde könnt Ihr sonst nirgendwo in Samron was zu trinken bekommen.«

Der Ausonianer brummelte etwas von Halsabschneiderei, aber er nahm das Angebot an. Aristax warf ein Tuch hinunter. Der Mann wickelte die Münzen darin ein und warf dem Philosophen das solcherart beschwerte Tuch zurück. Woraufhin Aristax die Kanne Wein mit Hilfe des Strickes langsam hinunterließ. Dann zog er das Seil wiede ein und drehte sich zu Gezun und Gorbates um.

»Ich bin nicht wirklich so profitgierig«, versicherte er den beiden. »Aber der Halunke dort unten wäre mißtrauisch geworden, hätte ich ihm den Wein aus Menschenfreundlichkeit überlassen. Wenn ich mich nicht sehr täusche, wird die Morgensonne ihn und seinen Kameraden fest schlafend vorfinden. Kommt, Gezun, wir müssen zusehen, daß wir noch ein wenig Schlaf bekommen, ehe wir im Morgengrauen aufbrechen.«

Aristax ritt einen großen weißen Esel. Solange das Tier sich sanft benahm, brachte Gezun den Philosophen dazu, ihm von lange zurückliegenden und fremdartigen Dingen zu erzählen. Doch Aristax begleitete seine Worte gern mit anschaulichen Gesten, die dem Esel offenbar nicht gefielen. Jedenfalls warf er ihn zweimal ab, was nicht übermäßig schwierig war in diesem Zeitalter, wo Steigbügel nicht bekannt waren.

»Ich sehe schon, Meister Aristax«, sagte Gezun, »daß die Entfernung allem Zauber verleiht, wie man in Torrutseisch sagt. Für Euch ist Pusad eine Insel der Ungeheuer und Magie, während sie für mich, der ich dort geboren bin, eine langweilige, ländliche Gegend ist. Dafür finde ich Yavan und Kheru, die Länder des Sonnenaufgangs, ungemein geheimnisumwoben. Aber ich nehme an, für Euch sind sie alltäglich und unbedeutend.«

»Da habt Ihr recht, Meister Gezun. Meint Ihr nicht, daß wir bald Rast machen sollten?«

Gezun schaute zum Himmel hoch, wo die Sonne hinter rotangehauchten Wolkenstreifen im Westen unterging. »Keine schlechte Idee. Sobald wir zu einem fließenden Gewässer kommen, schlagen wir unser Lager für die Nacht auf.« Er drehte sich im Sattel um und spähte zurück. »Nichts von den Ausonianern zu sehen.«

»Glaubt Ihr, daß sie noch auf dem Weg nach Maxus sind?«

»Wahrscheinlich. Aber erwartet nicht, daß sie so leicht aufgeben. Sie bekommen ihr Gold nur, wenn sie meinen Kopf zurückbringen.«

»Kennt Ihr denn keine Zaubersprüche, mit denen wir sie uns vom Hals halten können?«

»Keine, die uns hier von Nutzen wären. Ich brauchte gewisse Gerätschaften und Pülverchen, die ich jedoch nicht bei mir habe. Ich bin leider kein mächtiger Zauberer mit wirkungsvollen Talismanen oder nützlichen Hilfsgeistern, die jedem meiner Worte gehorchen.«

Eine Stunde später saßen sie bei einem murmelnden Bach ab. Als sie ihr Lager aufschlugen, mußte Gezun feststellen, daß sein Begleiter ein zwar sehr williger, aber ungeschickter Helfer war, so daß er es vorzog, die Arbeit zum größten Teil selbst zu tun.

»Macht Feuer«, bat er Aristax, »während ich Reisig und Äste zum Nachlegen sammle.«

Als er jedoch mit dem Brennholz zurückkam, hatte der Philosoph es immer noch nicht fertiggebracht, mit Gezuns Feuerkolben das Häufchen Reisig anzuzünden.

»Gebt ihn mir.« Gezun streckte die Hand nach dem Kolben aus. »Man muß ganz fest daraufschlagen, so — seht Ihr?«

Er hieb seine mächtige Faust auf den Knauf über dem Kolben. Dann nahm er den Kolben aus seinem Zylinder und schüttete eine Spur des brennenden Zunders auf das Reisighäufchen, das sofort Feuer fing.

»Und jetzt«, sagte Gezun und hob einen dürren Ast auf, »werden wir ...«

»O je!« schrie Aristax auf. Er schlug nach etwas auf dem Ast ganz dicht neben Gezuns Hand.

Fluchend hüpfte Gezun rückwärts. Aristax hatte einen rötlichbraunen Skorpion auf den Boden befördert. Der wollte jetzt mit herausfordernd erhobenem Schwanz davonhuschen, als Gezun ihn in den Staub trampelte.

»Die haben ja Skorpione, groß wie Hummer hier«, brummte Gezun. »Meister Aristax! Was ist? Hat das Tier Euch etwa gar gestochen?«

Aristax hielt eine Hand mit der anderen umklammert. »Die Haut ist nur ein wenig aufgeritzt, seht!«

»Verdammt, es ist zu dunkel!« fluchte Gezun. »Selbst mit dem geringsten Kratzer ist nicht zu spaßen. Am besten wir machen uns ein paar Fackeln und reiten nach Aulum weiter.«

Zwei Stunden später erreichten sie unter funkelnden Sternen das kleine Städtchen Aulum. Aristax saß zusammengekauert im Sattel.

Im einzigen, heruntergekommenen Wirtshaus ließ Gezun sich das einzige Gästezimmer geben. Er half Aristax von seinem Esel und hob ihn in das einzige Bett. Der Philosoph phantasierte etwas von Skorpionen, die auf ihm herumkrochen.

»Verlaßt mich nicht, Gezun«, murmelte er.

»Keine Angst, Freund Aristax. Ich mag vielleicht kein sehr tugendhafter Mensch sein, aber ich habe noch nie einen Kameraden in Not im Stich gelassen.«

Drei Tage später lag Aristax immer noch tief im Fieber. Gezun schlug sich die Zeit in der Gaststube tot, als ein Mann, der sichtlich einen langen Weg hinter sich hatte, den Wirt fragte:

»Mein guter Herr, habt Ihr vielleicht Aristax, einen Philosophen aus Yavan, gesehen, oder wißt Ihr, wo er sich aufhält?«

»Ich bin Aristax' Begleiter«, mischte Gezun sich ein. »Was gibt es? Sagt es mir.«

»Wisset, mein Herr, daß ich Lefkar von Maxus bin, ein Kurier von Pheromas & Glix, dem Unermüdlichen Botendienst. Ich habe einen Brief für Meister Aristax. Man hatte ihn in Kolovra erwartet. Als ich ihn dort nicht antraf, machte ich mich auf den Weg ostwärts, in der Hoffnung, ihm vielleicht auf der Straße zu begegnen. Wo ist er?«

»Er liegt krank in seinem Zimmer im ersten Stock. Ein Skorpion hat ihn gestochen. Ich werde seinen Brief an mich nehmen.«

Nachdem der Wirt Gezuns Worte bestätigt hatte, händigte der Bote Gezun die Schriftrolle aus. Der Lorsker gab ihm ein paar Münzen aus Aristax' Beutel.

Als der Kurir aufgebrochen war, betrachtete Gezun den Brief. Das Wachssiegel war gesprungen, so daß schon der kleinste Zug die Rolle öffnete. Die Schriftzeichen sagten Gezun jedoch nichts. Er rätselte eine lange Weile an den Tartessanischen Glyphen herum, dann gab er es auf, rollte den Brief wieder zusammen und schob ihn in seinen Gürtel.

Gezun stieg zur Schlafkammer hoch, aber Aristax schlief immer noch, also steckte er den Brief einstweilen in eine seiner Satteltaschen. Zurück in der Gaststube, bestellte er sich ein Bier.

»Erzählt mir, Meister Nathren«, forderte er den Wirt auf, »wie stehen die Dinge in Phaiaxien heutzutage? Ich lernte das Land kennen, als ich vor ein paar Jahren hindurchritt.«

Nathren schüttelte traurig den Kopf. »Zwistigkeiten und Intrigen sind an der Tagesordnung, und am schlimmsten ist die Uneinigkeit am Herrscherhof. König Zarion hat seine Königin Bathyllis aus dem Palast verjagt und führt ein lustiges Leben mit seinen Konkubinen — dabei war er zuvor, unter dem sanften Pantoffel seiner Gemahlin, ein so milder Mann gewesen. Jetzt steht es nicht gut mit dem Staat, denn niemand führt das Ruder.«

»Seit wann geht das so?«

Der Wirt trommelte mit den Fingerspitzen auf die Theke. »Es begann letztes Jahr, kurz nach dem Einfall der Maxianer. Zarion war ein schwächlicher König, der nur für seine Habgier bekannt war. Man sagt, er überließ die Staatsgeschäfte seiner Gemahlin, einer Hexe von hohem Ansehen. Doch plötzlich fand Zarion Gefallen an kriegerischen Spielen mit seinen Truppen, und er befahl Bathyllis, sich um die königlichen Kinder zu kümmern und sich nicht mehr in die Staatsgeschäfte zu mischen. Als sie nicht auf ihn hörte und seinem Befehl trotzte, warf er sie aus dem Palast.«

Gezun nahm an, daß der Verlust von Königin Bathyllis' Juwel

diese Veränderung herbeigeführt hatte. »Und wie sieht es jetzt dort aus?«

»Schlecht, hörte ich. Bathyllis ist eine ehrgeizige, begabte Frau. Und Zarion ist offenbar gar nicht so ein Dummkopf, wie manche glaubten. Jeder für sich allein würde einen guten Herrscher abgeben, aber das sich befehdende Paar, dessen Henkersknechte des Nachts durch die Straßen schleichen, um einander abzuschlachten, ist schlimmer für das Land als ein Pantoffelheld, den alle anerkennen.«

Zwei Tage später war Aristax endlich wieder bei klarem Verstand und sogar zu ein paar Schritten fähig. Während er seinen Freund stützte, zerbrach sich Gezun den Kopf über eine narrensichere Weise, Königin Bathyllis den Potenzperidot zurückzuverkaufen, ohne sich in Gefahr zu bringen, ermordet zu werden. Schließlich vertraute er sich Aristax an.

»Ich vermutete etwas Ähnliches«, sagte der Philosoph schmunzelnd. »Ich meine, wir sollten nach Kolovra reisen und dort unterschlüpfen. Dann senden wir der Königin einen Brief, um sie wissen zu lassen, daß sie für eine bestimmte Entschädigung ihren Stein zurückhaben kann. Sie wird wohl kaum einen ganzen Trupp schicken, um sich das Juwel mit Gewalt zu holen, da Kolovra nicht so weit von Maxus entfernt ist, daß König Vryxes nicht von diesem Einfall hören würde. Und sobald er etwas von dem Stein erführe, stürzte er sich selbst darauf.«

»Diese Überlegungen hielten bedauerlicherweise Senator Manetius nicht davon ab, Kopfgeldjäger hinter mir herzuhetzen«, brummte Gezun. »So wie ich die Ausonianer kenne, sind sie uns immer noch auf der Spur.«

Aristax zuckte die Schulter. »Wenn Euch ein besserer Plan einfällt, bin ich nicht böse.«

Drei Tage nach Gezuns Bekenntnis waren sie wieder unterwegs. Das Gebiet westlich von Aulum war offenes, leicht hügeliges Grasland. Da Aristax noch immer sehr geschwächt war, kamen sie nur langsam voran. Hin und wieder passierten sie Rinder- und Schafherden, die von mißtrauischen berittenen maxianischen Hirten mit Speer und Hund bewacht wurden.

Immer wieder entwarfen und verwarfen sie die Wortwahl des Briefes, den sie an Königin Bathyillis schicken wollten. Aristax sagte:

»Er soll so vage und hintersinnig abgefaßt sein, daß er einem Außenstehenden nichts sagt. Aber er muß andererseits deutlich genug sein, daß die Königin sofort klar sieht.«

»Das werden wir schon hinkriegen«, meinte Gezun. »Aber wer soll ihn überbringen? Ich wage es nicht, während dieses Handels meinen Fuß nach Huperea zu setzen. Könntet Ihr den Boten machen?«

»Ah, ich! Vor zwanzig Jahren hätte ich es mir vielleicht zugetraut, allein schon um des Profits willen. Aber jetzt bin ich zu alt für ein solches Unternehmen. Es ist besser, wir nehmen uns einen Kurier von Pheromas & Glix.«

»Wir könnten ein Kodewort für ihn in unserem Brief angeben.«

»Zu unsicher«, meinte Gezun. »Er besäuft sich vielleicht und gibt das Wort in trunkenem Zustand preis, vielleicht hat er auch lediglich eine lockere Zunge. Wenn dann zwei Boten gleichzeitig, jeder mit dem Losungswort, zu uns kommen, wie wollen wir dann wissen, welcher der richtige ist? Ah, ich habe es!«

Gezun wühlte in seinem Lederbeutel herum und brachte schließlich ein Stück Handelsmetall zum Vorschein, einen schmalen Kupferbarren von Fingerlänge. Er nahm ihn fest in beide Hände und bog ihn hin und her, bis er brach. Schließlich hob er die beiden Stücke hoch und zeigte, wie sie sich aneinanderfügten.

»Wir geben dem Boten eine Hälfte und behalten die andere«, erklärte er. »Wenn dann ein Kurier der Königin kommt, muß er uns dieses Stück vorweisen.«

»Ausgezeichnet. Trotzdem wäre es vielleicht nicht falsch, außerdem eine Losung auszumachen. Es könnte ja immerhin sein, daß Euer Kupferbarren gestohlen wird oder sonstwie verlorengeht. Welchen Preis beabsichtigt Ihr zu verlangen?«

»Bathyllis soll ein Gemach voll Gold für die Rückgabe des Steines versprochen haben.«

»Ein wie großes Gemach?«

»Nun, nehmen wir an, von der Größe eines Privataudienzgemachs — etwa sechs mal acht Schritte —, bis zur Decke gefüllt. Ihr würdet natürlich einen Anteil bekommen — we-weshalb lacht Ihr, Meister Aristax?«

Der Philosoph rieb sich die Augen. »Mein lieber Freund, was auf Erden würdet Ihr mit einer solchen Menge Gold anfangen — vorausgesetzt, natürlich, die königliche Schatzkammer von Huperea enthält überhaupt so viel? Ihr brauchtet dazu eine Kamelkarawane oder einen Ochsenzug, um es zu befördern, und eine ganze Armee, es zu beschützen.«

Gezun seufzte. »Daran hatte ich nicht gedacht. Was schlagt Ihr vor?«

»Nun, das Klügste wäre Grundbesitz, so wie ich mein Gold anlegte — entweder fruchtbares Ackerland oder Grundstücke in einer wachsenden Stadt wie Kolovra. Ich muß natürlich bald wieder nach Hause, um meinen Beutel neu zu füllen und meine Aufseher zu beaufsichtigen. Wie wir in Yavan sagen: ›Das Auge des Herrn fütterte die Pferde.‹«

»Oder wie man in Ausonien sagt: ›Wer bewacht die Wächter?‹ Landsitz mag zwar für Euch das Richtige sein, mein hochgelehrter Freund, aber es widerstrebt mir, mich an einen Flecken zu binden. Auch möchte ich nichts mit all den verwirrenden Formalitäten zu tun bekommen, die unweigerlich mit Landbesitz zusammenhängen, wie Besitzrechte, Grenzabsteckung, Grunderwerbssteuer und andere Steuern, alles Kram, von dem ich nichts verstehe. Nein, ich möchte ein Vermögen, das ich bei mir tragen kann. Auf wieviel würden zehntausend Unzen Gold kommen?«

Aristrax griff in seine Satteltasche und brachte einen Abakus zum Vorschein. Nach kurzem Klicken der Kugeln erklärte er: »Das wäre immer noch mehr als Euer dreifaches Körpergewicht, Gezun von Lorsk. Es zu transportieren, brauchtet Ihr zumindest zwei Kamele oder ein halbes Dutzend Esel.«

»Zu den Neun Höllen damit! Sagen wir tausend Unzen.«

»Das ist gerade soviel, wie ein Mann noch schleppen kann. Mit einer solchen Last könntet Ihr jedoch weder kämpfen noch fliehen.«

»Dann eben nur fünfhundert. Soviel kann ich in meinen Satteltaschen tragen, und wenn es mir nicht gestohlen wird, dürfte es genügen, mich und meine Tiere ein paar Jahre lang gut zu ernähren.«

»Und dazu könnt Ihr Euch noch weibliche Gesellschaft leisten«, sagte Aristax schmunzelnd.

Kolovra mit seiner düsteren Stadtmauer und den hohen Türmen erhob sich am Ufer des Magraths, genau an der Stelle, wo er aufhörte, schiffbar zu sein. Flußaufwärts tosten gewaltige Stromschnellen und schäumende Wasserfälle, die von den grünen Hängen der Kolovraberge herabbrausten.

Gezun und Aristax nahmen sich ein Zimmer in einem ehemaligen Herrenhaus an einer gewundenen Straße im alten Teil der Stadt. Das Haus war in viele Fremdenzimmer aufgeteilt worden, und der ehemals vornehme Salon des ursprünglichen Besitzers diente nun als Gaststube.

Nach einem längst fälligen Besuch des Badehauses schrieb Aristax nach eingehender Besprechung den Brief an Königin Bathyllis. Dann suchten sie das Büro der Beförderungsfirma Pheromas & Glix auf. Eine Stunde später — ihr war ein erbittertes Feilschen vorhergegangen — brach ein Kurier mit Aristax' Brief und Gezuns halbem Kupferbarren auf.

»Jetzt«, sagte Aristax, »muß ich wohl meinem Briefpartner, dem Priester Theoro, meine Aufwartung machen. Ihr dürft mich gern begleiten.«

Aristax bahnte sich einen Weg durch die überfüllten Straßen zu Aphradexas Tempel. Gezun kannte den Haupttempel dieser Göttin, der in Huperea stand. Dieser kaum kleinere Tempel hier war nicht weniger prunkvoll mit seinen Marmorsäulen und den Reliefs seines Säulengebälks in Blau, Scharlachrot und Gold.

»Meldet Bruder Theoro«, wandte Aristax sich an den Türhüter, »daß Aristax von Pylion ihm seine Aufwartung machen möchte.«

Schon kurz darauf kam ein kahlköpfiger älterer Mann herbeigeeilt. »Mein teurer Aristax!« rief er. »Ihr seht genauso aus, wie ich mir Euch vorgestellt hatte.«

Aristax machte Gezun bekannt, der dem Paar in den Tempel folgte. Der Priester setzte ihnen Wein vor und zeigte ihnen sein Kuriositätenkabinett, das unter anderem die falschen Zähne König Ikusivens II. von Tartesien und einen Stab enthielt, der dem Zauberer Kurtevan gehört haben sollte.

Ein üppiges Mahl, von Akoluthen aufgetragen, folgte. Dann machten Theoro und Aristax es sich auf ihren Diwanen bequem. Sie befaßten sich mit Problemen, wie dem, ob es Atome gibt und ob alle Götter nicht nur eine unterschiedliche Vergeistigung einer einzigen Gottheit sind.

Diese Diskussion war zu hoch für Gezun. Nachdem er eine Weile höflich sein Gähnen unterdrückt hatte, sagte er:

»Verzeiht, meine gelehrten Herren, würdet ihr die Güte haben, mich zu entschuldigen . . .«

»Aber ja, ja, Ihr müßt uns verzeihen, daß wir nicht daran dachten. Die Jugend findet Vergnügen an anderen Dingen als sich mit den Geheimnissen des Kosmos zu beschäftigen. Die Götter seien mit Euch!«

Gezun kehrte in sein Zimmer zurück und hoffte, der Wirt könnte ihm sagen, wo ein williges Mädchen zu finden sei. Seit Aenarium hatte er sich enthalten, und das war, seiner Meinung nach, bereits viel zu lange.

Aber kaum betrat er das ehemalige Herrenhaus, kam der Wirt auf ihn zu. »Meister Gezun, ein Bote hinterließ eine Nachricht für Euch.«

»Ja, Meister Simus?«

»Er sagte, wenn Ihr etwas für Euch Wichtiges erfahren wollt, möchtet Ihr zum Hause Lailas, der Seherin, kommen.«

»Wo ist das?«

»In der Schustergasse beim Südtor.«

»Könntet Ihr mir vielleicht eine kleine Laterne leihen?«

»Ihr könnt eine für die ganze Nacht mieten — für eine Kupfermünze.«

»Sehr gut.« Gezun bezahlte den geringen Preis, nahm die Laterne und erhielt noch ein paar Hinweise.

Da der Abend jung war — am Westhorizont leuchtete der Himmel rot —, befanden sich genügend Spaziergänger auf den Straßen, um freundlicherweise Fragen zu beantworten. Später würden sich alle ehrlichen Bürger hinter verschlossenen Türen verkriechen und die dunklen Straßen Schurken und ein paar reichen Männern überlassen, die sich Leibwächter leisten konnten. Gezun wußte das, aber er war kräftig gebaut und besaß ein Schwert, deshalb machte er sich keine Gedanken. Räuber zogen leichte Opfer vor, wie sehr Junge, sehr Alte, Kleingewachsene, Fette, Behinderte und Frauen.

Nachdem er sich dreimal im Labyrinth der gewundenen Altstadtstraßen verlaufen hatte und fast vom Wagen eines Magnaten niedergefahren worden wäre, kam er endlich in der Schustergasse an. Er entdeckte Lailas Haus zwischen den Schuhmacherläden. Ein leuchtender Halbmond warf sein Licht auf die grellen Farben des Bildes einer Frau mit einer Kristallkugel. Zwei Wächter mit Schwertern und Hellebarden standen vor dem Eingang. Gezun wandte sich an sie. Er nannte seinen Namen und fügte hinzu:

»Eure Herrin ließ mir ausrichten, daß sie mich sehen möchte.«

Einer der Wächter zog an einer Kordel, die aus einem Loch in der Wand hing. Aus dem Innern war ein Klingeln zu hören. Gleich darauf wurde die Tür von einem dritten Wächter geöffnet.

»Kommt herein, Meister Gezun«, forderte er den Lorsker auf.

Gezun folgte ihm ins Innere. Der Wächter schob den Riegel

wieder vor und führte Gezun durch einen schmalen, dunklen Korridor, der nach Räucherwerk roch, zu einem Zimmer, dem mehrere Öllampen ein trautes goldenes Licht verliehen. In diesem Raum befanden sich eine zweite Tür und ein Fenster, beide verhangen. Und eine Frau, die Gezun von einem Diwan aus entgegensah. Sie erhob sich.

»Setzt Euch, mein Herr.« Sie deutete auf ein Sofa. »Trinkt Ihr einen Schluck Wein mit mir?«

»Sehr gern, Madame Laila.«

Im Lampenlicht sah Gezun, daß Laila eine zierliche Frau mit olivfarbiger Haut, guter Figur und üppigem schwarzen Haar war, das zu einer kunstvollen Frisur hochgesteckt war und das ein goldenes, mit Edelsteinen besetztes Stirnband schmückte. Er schätzte, daß Laila ein paar Jahre älter war als er. Sie trug weite hauchdünne Gewänder in schimmernden Blau- und Rottönen, die von einem juwelenbesteckten Gürtel zuammengehalten wurden.

Sie schenkte Wein ein und reichte Gezun einen Silberkelch. Der Lorsker hob ihn hoch, dann sagte er: »Nicht daß ich Euch mißtraue, Madame, aber würde es Euch etwas ausmachen, die Kelche mit mir zu tauschen?«

Laila lachte glockenhell. »Ihr seid ein vorsichtiger Mann«, sagte sie. Sie stellte ihren Kelch auf das Tischchen vor Gezun und nahm Gezuns Kelch.

»Nicht vorsichtig genug, fürchte ich.« Gezun lächelte. Lailas Blöße, die stellenweise durch die Schleiergewänder schimmerte, ließ sein Blut schneller fließen. »Ein hübsches Domizil habt Ihr hier. Wohnt Ihr mit Euren drei Knechten allein hier?«

»Nicht ganz.« Sie zog an einer Klingelkordel und rief: »Ranga!«

Ein Geräusch vom Flur war zu vernehmen. Der Vorhang an der Tür wurde zurückgerissen. Ein Wesen trat ein, bei dessen Augenblick Gezun erschrak. Seine zitternde Hand verschüttete ein wenig Wein.

»Habt keine Angst, er ist zahm«, versicherte ihm Laila. »Er stammt aus dem Schwarzland, wo man seinesgleichen *Gorilla* nennt.«

Der Affe war auf allen vieren hereingetappt. Er ging auf den Gelenken seiner Hände. Als er sich umdrehte und auf die Hinterbeine erhob, überragte er Gezun. Der Lorsker wagte nicht, sich zu rühren. Er fragte sich, ob dies ein Komplott war und er von dem Tier zerrissen werden sollte. Der Affe funkelte ihn aus kleinen dunklen Augen unter wulstigen Brauen an.

»Meister Gezun von Lorsk«, sagte Laila zu dem Gorilla, »ein neuer Kunde.«

Der Affe verneigte sich ein wenig unbeholfen.

»Versteht — versteht er denn Eure Worte?« fragte Gezun.

»Aber gewiß doch. Und zwar deshalb, weil sein Geist nicht der eines gewöhnlichen Affen ist, sondern der meines Vertrauten. Er ist auf seine Weise genauso intelligent wie Ihr. Da aber die Stimmbänder des Affen nicht denen des Menschen gleichen, kann er nicht sprechen, sondern muß sich durch Zeichen verständigen. Ranga! Der Wein ist warm geworden, während ich auf Meister Gezuns Besuch wartete. Stell ihn in die Kühlzisterne und bring eine besser gekühlte Flasche.«

Der Affe nahm die Flasche, verschloß sie geschickt mit dem Stöpsel und verließ das Zimmer.

»Nun, Madame«, sagte Gezun, »Ihr habt mir ausrichten lassen, daß ich bei Euch etwas Wichtiges erfahren könnte.«

Laila lächelte. »So wisset denn, daß Königin Bathyllis mich geschickt hat. Sie beobachtete Euch dank ihrer magischen Künste und weiß deshalb, daß Ihr hierhergekommen seid, um ihr den Potenzperidot zu verkaufen. Habt Ihr den Stein bei Euch?«

Nun lächelte Gezun. »Genügt es Euch, wenn ich Euch versichere, daß ich ihn in kürzester Zeit vorweisen kann? Welchen Preis bietet Eure Königin denn? Ich hörte Gerüchte von einem Gemach voll Gold.«

Laila lachte. »Wie Gerüchte doch von Mund zu Mund wachsen. Ich möchte Euch als erstes bitten, Euer Schwert abzulegen. Ich verhandle nicht gern mit jemandem, der mir vielleicht den Kopf abschlägt, wenn ihm meine Bedingungen nicht gefallen.«

Nachdem Gezun seinen Waffengürtel abgeschnallt und ihn außer Reichweite gelegt hatte, fuhr Laila fort: »Ihre Majestät dachte an etwa zehn Unzen Gold. Das ist ein sehr großzügiges Angebot für einen einfachen Halbedelstein. Wenn Ihr an meinen Worten zweifelt, dann erkundigt Euch morgen in der Steinschleifergasse.«

»Und ich dachte an etwa zehntausend Unzen«, erklärte Gezun.

»Wa-as? Lächerlich!«

»Lächerlich, mit allem Respekt, Madame, ist auch Euer Angebot für einen Stein mit solch magischen Kräften ...«

Eine Stunde lang feilschten sie. Als beide ihren ersten Kelch ausgetrunken hatten, kam der Gorilla mit einer gut gekühlten Flasche und füllte die Kelche nach.

Schließlich einigten Gezun und Laila sich auf fünfhundert Unzen. Gezun war insgeheim äußerst erfreut, daß er genau den Preis herausgeschlagen hatte, den er ohnedies ursprünglich verlangen wollte.

»Und jetzt«, sagte Laila, »möchte ich gern den Stein sehen. Ich bin sicher, daß Ihr ihn an Euch tragt, da er da gewiß sicherer ist als bei Meister Simus.«

»Dann zeigt mir auch Euer Gold.«

»Wollen wir es gleichzeitig tun?«

»Warum nicht?«

Auf den entsprechenden Befehl verließ Ranga das Zimmer und kehrte mit einem prallen Ledersack zurück. Gezun holte die Brosche aus einem Geheimfach des Gürtels seiner Beinkleider. Der Gorilla stellte eine Waage auf. Laila legte mehrere Gewichte in die eine Waagschale, Barren, Scheiben und Keile aus Gold, die sie dem Sack entnahm, in die andere.

Gezun prüfte einige der Gewichte. Mit ihnen schien alles zu stimmen.

»Sie wurden erst vor drei Tagen vom Marktprüfer nachgemessen«, versicherte ihm Laila.

»Dann wollen wir uns der Qualität Eures Goldes vergewissern«, sagte Gezun. »Gebt mir bitte ein Stück.«

Laila händigte ihm einen Keil aus. »Und jetzt den Stein«, verlangte sie.

Gezun legte die Brosche auf das Tischchen. Dann holte er einen Prüfstein aus seinem Beutel und kratzte damit ganz leicht an dem Keil. Das Gold wies nun einen gelblichen Streifen auf.

»Es scheint echt zu sein«, murmelte Gezun. »Aber ...«

Er hielt abrupt inne, als das Gelb zum Grau von Blei wurde.

»Ha!« rief er und holte sich einen anderen Keil. Dieselbe Behandlung erbrachte das gleiche Ergebnis. »Ah, Ihr wolltet also den Tölpel, für den Ihr mich hieltet, durch alchimistische Tricks hereinlegen, eh? Das sollt Ihr mir ...«

Gezun riß seinen Dolch aus einer verborgenen Tasche, aber Laila schrillte einen Befehl. Der Gorilla packte Gezuns Rechte, in der dieser das Messer hielt. Der andere Arm des Affen legte sich um Gezuns Hals und zog seinen Kopf zu seinem Rachen.

Obgleich er sich mit aller Kraft wehrte, war Gezun hilflos wie ein Kind in der Umklammerung des Untiers. Immer mehr näherte sich sein Gesicht den riesigen braunen Zähnen, die auf ihn gerichtet waren.

Zoll um Zoll ...

Da wurde sich Gezun plötzlich bewußt, daß jemand das Zimmer betreten hatte. Eine vertraute Stimme rief: »Gezun! Haltet den Atem an! Haltet den Atem an!«

Eine Staubwolke hüllte seinen Kopf und den Schädel des Gorillas ein. Gezun preßte die Lippen zusammen und bemühte sich, nicht zu atmen. Der Gorilla nieste, stieß einen heiseren Schrei aus und lockerte seine Umklammerung. Gezun gelang es, sich loszureißen. Er taumelte rückwärts.

Immer noch auf den Hinterbeinen stehend, drehte der Gorilla sich hustend und spuckend um, dann kippte er nach vorn und landete krachend auf dem Boden.

Gezun wandte sich um und stellte fest, daß Aristax und der Priester Theoro das Zimmer betreten hatten. Letzterer nahm soeben ein schmales Röhrchen aus Pergament von den Lippen.

Laila murmelte einen Zauberspruch und beschrieb ein seltsames Zeichen in der Luft. Schleierhafte, flimmernde Gestalten begannen sich zu formen.

»Gebt mir den Stein, sonst hetze ich meine Dämonen auf euch!« kreischte sie.

Lächelnd holte Theoro ein kleines Fläschchen aus seiner Kutte und schüttelte es. Die Flüssigkeit sprudelte. Mit einem Finger über der Öffnung lenkte der Priester die feine Sprühwolke auf die flimmernden Schwaden. Sie verschwanden. Dann richtete er das Fläschchen auf Laila, die noch mit dem Hersagen ihres Zauberspruchs beschäftigt war.

Kaum berührten sie die ersten Perlen der Flüssigkeit, als sich die zierliche Schwarzhaarige in eine üppige Blondine mit völlig anderen Zügen verwandelte. Die hauchfeinen Gewänder, die Laila lose umwallt hatten, drohten nun jeden Augenblick zu bersten.

»Königin Bathyllis!« rief Theoro. »Faßt sie! König Vryxes wird viel dafür geben, sie in seine Hand zu bekommen!«

Ehe die anderen gehorchen konnten, schrie die üppige Blondine einen neuen Zauberspruch. Eine Feuerbarriere zog sich quer durch das Zimmer. Die Hitze wurde so stark, daß Gezun die Hände vors Gesicht schlug, um sich zu schützen.

Mit ein paar flinken Bewegungen riß sich die Frau die dünnen Gewänder vom Leib, bis sie völlig nackt hinter dem Feuerwall stand.

»Eine Illusion!« rief Theoro. »Springt kühn hindurch!«

Der Priester stapfte auf die Flammenwand zu. Gezun war so

benommen und erschrocken, daß er sich kaum rühren konnte. Dennoch taumelte auch er vorwärts.

Als er die Feuerbarriere durchstieß, spürte er keine Hitze mehr. Bathyllis verwandelte sich erneut. Sie schrumpfte, neigte sich nach vorn, und ihrer Haut entsprossen Federn. In wenigen Herzschlägen war sie zu einem gewaltigen Adler geworden.

Mit einem durchdringenden Schrei sprang der Vogel zum Fenster und riß mit den scharfen Krallen den Vorhang herunter. Theoro und Aristax, die von zwei Seiten auf die Gestalt zustürzten, prallten gegeneinander und wären fast gefallen. Gezun griff noch im Stolpern nach dem Vogel. Doch der Adler befreite sich und schwang sich hinaus in die Nacht. Nur zwei seiner Schwanzfedern blieben in Gezuns Hand zurück.

»Wie — wie ...«, keuchte Gezun, »wie seid Ihr hereingekommen? Woher wußtet Ihr ...«

»Simus sagte mir, daß Ihr zu dieser Hexe gegangen seid«, erwiderte Aristax. »Ich holte Theoro.«

»Und die Wächter an der Tür?«

»Die drei wollten uns nicht einlassen, da blies Theoro ihnen ein Schlafpulver ins Gesicht. Jetzt schlummern sie friedlich am Eingang. Einer der Kerle trug einen Türschlüssel bei sich.«

Als Gezun endlich wieder zu Atem kam, schaute er auf den reglosen Affen hinab. »Wie konntet Ihr dieses mächtige Tier so schnell überwältigen?« fragte er Bruder Theoro.

»Mit dem gleichen Pulver, das die Knechte der Hexe einschläferte«, antwortete der Gefragte. »Wir Priester müssen jederzeit bereit sein, die Schätze der Königin gegen alle möglichen Schurken zu schützen. Ich verstehe nicht, weshalb diese dumme Frau Euch unbedingt hereinlegen wollte. Sie konnte sich den Preis ohne weiteres leisten. Blanker Geiz, nehme ich an. Und da wir von Schätzen sprachen, wo ist der Stein?«

Sie schauten sich im Zimmer um. Im Kampf zwischen Gezun und dem Affen war das Tischchen umgestoßen worden und die Brosche über den Boden gerutscht. Aber sie war nirgends zu sehen.

»Ihr habt sie doch nicht wieder eingesteckt, Meister Gezun, oder?« fragte Theoro mit durchdringendem Blick.

»Nein, mein Herr. Ihr doch wohl auch nicht, oder?«

»Nein. Aber Ihr müßt wissen, daß der Stein zu Aphradexas Schatz gehört. Er ist viel zu gefährlich in den Händen einer skrupellosen Frau wie dieser Bathyllis. Vielleicht liegt die Brosche unter dem Affen?«

»Sehen wir nach.« Gezun versuchte, den schweren Körper zu bewegen. Da der Gorilla aber das zumindest das dreifache Gewicht eines kräftigen Mannes besaß und Gezun völlig erschöpft war, konnte er ihn nicht um einen Zoll zur Seite schieben oder herumrollen. Theoro und Aristax wollten ihm helfen, aber es gelang ihnen lediglich, einander im Weg zu sein. Außerdem fehlte es ihnen zu sehr an Muskelkraft, als daß sie auch nur von geringstem Nutzen in diesem Fall waren.

»Wir müssen uns umgehend zurückziehen«, mahnte Theoro. »Das Pulver des Drachenmohns verleiht nur kurzen Schlaf. Also kommt, ehe die Knechte der Hexe erwachen!«

Am Eingang lagen die drei Wächter friedlich schlummernd. Vier weitere Männer, von denen einer eine Laterne hielt, tauchten mit Schwertern aus der Dunkelheit auf. Der mit der Laterne deutete und brüllte auf Ausonianisch:

»Das ist er! Macht ihn nieder!«

Trotz seiner Blutergüsse, die er sich im Kampf mit dem Gorilla zugezogen hatte, und seiner Schmerzen, hatte Gezun sich bereits wieder ein wenig erholt. Als der erste der Burschen ihm nahe kam, zog Gezun seine Klinge und schlug ihm das Schwert aus der Hand. Klirrend landete es irgendwo in der Finsternis.

Gezun versuchte den Mann jetzt mit einem wilden Hieb ganz außer Gefecht zu setzen, doch er mußte hastig zurückspringen, um dem Angriff der anderen auszuweichen. Er prallte rückwärts gegen Aristax, der seinerseits heftig gegen den eben aus der Tür tretenden Theoro stieß. Die beiden älteren Männer zogen sich hastig wieder ins Haus zurück. Der Mann mit der Laterne bellte Befehle, während der Ausonianer, den Gezun entwaffnet hatte, verzweifelt sein Schwert suchte.

Der Lorsker hielt sich seine Gegner mit der Klinge vom Leib und zog sich ebenfalls zur Tür zurück. Zwar war er im Höchstfall ein mittelmäßiger Fechter, aber im Kampf gegen die kleineren Ausonianer machten seine längeren Arme und kräftigeren Muskeln vieles wett.

Als er das Hausinnere erreicht hatte, schlug er hastig die Tür zu. Die Klinge eines seiner Verfolger wurde eingeklemmt. Trotzdem gelang es ihm, die Tür zu schließen und den Riegel vorzuschieben. Die Bronzeklinge reichte etwa eine Elle weit in den Korridor und bewegte sich, als ihr Besitzer sie zurückzuziehen versuchte.

»Habt Ihr noch etwas von diesem Drachenmohnpulver, Bruder Theoro?« fragte Gezun.

»Leider nein. Ich brauchte alles für den Affen.«

»Fallen Euch nicht noch andere magische Tricks ein? Wie ist es mit dieser sprudelnden Flüssigkeit, mit der Ihr Laila besprüht habt?«

»Das war Weihwasser aus Khulus Quelle«, erklärte Theoro. »Ein sicheres Mittel gegen Geister und zur Vertreibung von Zauber, aber ohne Wirkung auf Sterbliche. Nein, ich weiß mir keinen Rat mehr.«

Heftige Schläge hämmerten gegen die Tür. »Sie werden die Tür mit den Hellebarden der Wächter aufbrechen. Zwei müssen in Maxus zurückgeblieben sein . . . Bei Asterios Allerwertestem, jetzt kommt es mir erst! Wenn Euer Pulver nur zu einem kurzen Schlummer verhilft, müßte ja auch der Affe bald wieder aufwachen. Wir werden zwischen ihm und unseren Feinden draußen in der Falle sitzen. Wird er, wenn er erwacht, wieder von Lailas Vertrautem belebt oder ein normaler Gorilla sein?«

»Ich weiß es nicht«, antwortete Theoro. »Meine Güte, es ist einfach schrecklich! Wo ist nur die Stadtwache? Sie ist nie da, wenn man sie braucht!«

»Dann werde ich schnell ins Zimmer zurückkehren und den Affen erschlagen, ehe er erwacht«, sagte Gezun.

»Wartet!« hielt Aristax ihn zurück. »Ich habe eine bessere Idee. Wenn Ihr den Affen umbringt, haben wir immer noch Eure ausonianischen Freunde auf dem Hals. Seht Ihr diese Tür?«

Der Philosoph schob sie auf. Sie führte in ein Zimmer mit drei ungemachten Betten, in dem eine Öllampe brannte. Offenbar war das die Unterkunft von Königin Bathyllis' drei Knechten.

»Jetzt werdet Ihr, Theoro, in das Gemach der Hexe gehen und den Affen beobachten. Ihr, Gezun, bleibt an der Haustür stehen, mit der Hand am Riegel. Wenn Theoro bemerkt, daß der Gorilla aufwacht, wird er mir zurufen und eilig hierher zurücklaufen. Ich wiederum rufe Gezun zu, daß er den Riegel aufmacht und sich dann schnell uns hier im Zimmer der Wächter anschließt. Die Begegnung zwischen unseren beiden gegnerischen Parteien dürfte sich als recht interessant erweisen. Ich bedauere, daß wir wegen der geschlossenen Tür nicht zuschauen können.«

Gezun und Theoro befolgten Aristax' Anweisungen. Gezun stellte fest, daß die Haustür unter den heftigen Hellebardenhieben an manchen Stellen bereits splitterte. Licht drang durch die Ritze.

Als Theoro brüllte und hastig den Gang entlang in das Zimmer lief, in dem Aristax wartete, nutzte Gezun die kurze Pause, die die

Angreifer sich offenbar gerade gönnten, und zog den Riegel zurück. Dann hastete auch er in das Zimmer der Wächter. Als sie hier die Tür geschlossen und verriegelt hatten, lauschten die drei.

Die Schreie der Ausonianer waren plötzlich lauter zu hören, als die Tür unter ihrem nächsten Ansturm nachgab. Getrampel erklang auf dem Gang.

Dann schrillten Schreie anderer Art. Das Getrampel hörte auf. Gezun vernahm heiseres Brüllen und ein Trommeln, als schlage jemand mit den Handflächen auf seine Brust. Waffen fielen klirrend zu Boden. Die Ausonianer ergriffen die Flucht. Das Brüllen des Gorillas folgte ihnen.

Als Gezun auf die Straße spähte, sah er die vier Ausonainer um die Wette rennend in der Dunkelheit verschwinden, der Affe ihnen auf den Fersen. Die drei Wächter setzten sich benommen auf.

»Was — was ist passiert?« fragte einer.

Aristax erwiderte: »Eure Herrin ist dorthin zurückgekehrt, woher sie kam. Ihr Burschen seht euch am besten nach einer neuen Stellung um.« Er blickte sich um. »Wo ist Bruder Theoro?«

»Hier bin ich!« rief der wohlbeleibte Priester und kam aus der Tür. »Ich kehrte in das Zimmer der Hexe zurück, um noch einmal nach der Brosche zu suchen.«

»Und habt Ihr sie gefunden?« fragte Gezun.

»Leider nicht, mein Sohn. Sie hat sich vielleicht im Fell des Affen verfangen — oder Bathyllis in ihrer Adlergestalt trug sie im Schnabel davon. Aber kommt jetzt, meine Söhne. Kehren wir zu Meister Simus zurück und erholen uns von unserer Aufregung bei einem guten Tropfen.«

Gezun hatte das Gefühl, daß die Worte des Priesters nicht ganz der Wahrheit entsprachen. Wie leicht konnte er die Brosche in seiner weiten Kutte verbergen! Aber er empfand doch Skrupel, Theoro mit dem Schwert zu zwingen, sich zu entkleiden. Es würde vor Aristax und den ehemaligen Knechten der Hexenkönigin einen schlechten Eindruck machen. Schweigend folgte er den anderen, die darüber argumentierten, ob Bathyllis die Brosche vielleicht durch einen Zauberspruch weggehext hatte.

Nachdem sie Theoro gute Nacht gewünscht hatten, gönnten Gezun und Aristax sich noch einen letzten Becher. Der Philosoph sagte:

»Es tut mir leid, daß Ihr Euer Gold umsonst für diesen Kurier nach Huperea ausgabt, da Bathyllis sich ja bereits hier befand. Theoro erzählte mir, daß die sogenannte Laila ihr Geschäft etwa vierzehn Tage vor unserer Ankunft eröffnete und ihre Knechte hier anheuerte. Der Brief wäre also nicht nötig gewesen ... Was habt Ihr, Gezun? Was ist los?«

Gezun hatte sich eine Hand an die Stirn geschlagen. »Bei Tandylas drittem Auge! Eure Erwähnung des Briefes erinnerte mich! Wartet — nein, geht lieber Ihr, der Kampf hat mich doch ganz schön mitgenommen. In meiner Satteltasche, in der Ecke unseres Zimmers, steckt ein Brief, der an Euch adressiert ist ...«

Gezun erklärte, wie er den Brief in Aulum entgegengenommen hatte. Aristax holte die Schriftrolle, hielt sie ins Licht und las.

»Der Brief ist von meinem Kollegen Giterros in Torrutseisch. Ich hatte ihm geschrieben, daß ich beabsichtigte, durch Phaiaxien zu reisen, und so informierte er mich über den neuesten Klatsch, den er über dieses Land gehört hatte. Dieser Teil hier betrifft uns: *Königin Bathyllis soll aus ihrem Landhaus in Huperea verschwunden sein. Vielleicht hat sie Phaiaxien ganz verlassen. Wer weiß, welche Hexereien sie im Schilde führt. Man sagt, sie sei eine Gestaltwandlerin, die gefährlichste Art von Hexe überhaupt* ... Dann schreibt er von allem möglichen anderen, aber ich nehme an, Ihr seht jetzt bereits klar.«

»Ihr meint«, sagte Gezun, »wenn ich diesen Brief hätte lesen können, wären wir sicher auf die Idee gekommen, daß sie in Kolovra auf uns wartet?«

»Ja, allerdings. Aber ich gebe Euch keine Schuld ...«

»Was bin ich nur für ein Esel, diesen Brief zu vergessen! Hört, Aristax, würdet Ihr mir Lesen und Schreiben beibringen? Ich zahle Euch dafür, was ich kann ...«

»Asterio segne Euch, mein Junge. Ich würde doch keine Bezahlung von Euch dafür nehmen. Meister Simus, habt Ihr die Güte und borgt uns eine Wachstafel und einen Griffel? Und bringt uns noch eine Runde. Jetzt seht her, Gezun. Das erste Zeichen der maxianischen Schrift ist das hier — es ist die Silbe *ba* ...«

Aus: »Weirdbook 12«
Copyright © 1977 by Lyon Sprague de Camp
Aus dem Amerikanischen
übersetzt von Lore Straßl

Thomas Burnett Swann

Als Thomas Burnett Swann im Jahr 1976 im Alter von nur 48 Jahren an Krebs starb, hinterließ er eine Lücke, die nur schwer wieder zu füllen sein wird. Er war Schöpfer und Meister einer märchenhaften Fantasy, die sich eng an die Sagen des Altertums anlehnte. In vielen Romanen und Geschichten erzählte er vom Schicksal der Halbmenschen, mythischen Rassen, die der forschenden und auf Eroberungen ausziehenden Menschheit weichen müssen. Seine Hauptfiguren sind dabei nicht die menschlichen Eroberer, sondern die Tiermenschen — wie z. B. Eunostos, der letzte Minotaur —, deren Lebensgewohnheiten eine drastische Änderung erfahren und die trotz ihrer Friedensliebe keine Chancen zum Überleben haben, zumindest nicht als Rasse.

Wie auch seine anderen Werke in Form von Romanen und Kurzgeschichten ist »Night of the Unicorn« bezaubernde, leichte Fantasy, die sehr stimmungsvoll das klassische Einhorn-Thema durch eine neue Variante bereichert.

Thomas Burnett Swann

Die Nacht des Einhorns

Es war die Nacht des Einhorns. Die Bewohner von Cozumel, der Hauptstadt und des einzigen Städtchens einer kleinen Insel unweit der Halbinsel Yucatan, sammelten sich auf dem Marktplatz. Die Mädchen trugen ihre farbenprächtigsten Kleider mit zitronen-, türkis und hyazinthfarbigen Mustern, damit das Tier, auch wenn es nicht sofort ihre Jungfräulichkeit erkennen konnte, doch sogleich auf sie aufmerksam würde. Die Mütter, in etwas weniger schreiendem Staat, behielten wie schon seit Jahren, mit nimmermüder Wachsamkeit ihre Töchter im Auge, damit sie unberührt eine Ehe eingehen würden. Die jungen Männer des Städtchens in ihren kurzärmeligen Sporthemden aus den Staaten musterten interessiert und teils grinsend die Mädchen, die einmal ihre Frauen würden.

Maria stand am Eingang ihres Korbladens und konnte sich nicht entschließen, sich zu den anderen zu gesellen. Die Nacht des Einhorns! Die Worte hallten in ihrem Kopf nach wie ein altes Mayagebet zum Gott der Tangaren, der herrlich bunten Vögel. Man erzählte sich, daß vor hundert Jahren ein Einhorn aus den Dschungeln der Mayas weiter landeinwärts gekommen und durch die Stadt gewandelt war. Die reinsten Frauen hatte es mit einem leichten Stupsen seines goldenen Horns oder seiner warmen Nase begrüßt. Es war nie wiedergekommen, aber die Menschen des Städtchens feierten seinen Jahrestag immer noch, weil sie hofften, es dadurch vielleicht aus dem Dschungel locken zu können. Außerdem — jedenfalls nach Marias Meinung — war es ein guter Anlaß, zu feiern und sich herauszuputzen.

»Wollen wir gehen?« fragte Mico, der sich unauffällig neben Maria gestellt hatte. Er war siebzehn und wirkte noch nicht ganz erwachsen, aber seine tiefgründigen grauen, ein wenig traurigen Augen hätten die eines Vierzigjährigen sein können. Sein Haar trug er kurz als Bürstenschnitt. Er war klein und dunkelhäutig wie die meisten Inselbewohner. Und wie sie arbeitete er während der Fremdensaison für die Touristen. Er fing Hummer oder führte die Fremden, die ihre Kameras herumschleppten, ins Innere der Insel, wo immer noch die Skulpturen der Mayatempel zwischen verschlungenen Lianen hervorragten. Aber die Ernsthaftigkeit, mit der er seiner Beschäftigung nachging, unterschied ihn von den anderen jungen Burschen, die nur lachten, wenn er seine englische Grammatik hervorholte und erklärte, daß er einmal in den Staaten die Schule besuchen würde. Maria liebte ihn wie einen Bruder. Mico war der einzige, der sich mit ihr angefreundet hatte, seit sie vor einem Jahr auf die Insel gekommen war und ihren Laden eröffnet hatte.

»Wollen wir gehen?« wiederholte er. »Vielleicht kommt das Einhorn dieses Jahr wirklich. Mein Vater sah seltsame Fährten in der Nähe des Jaguartempels.«

»Es ist mein Traum, das Einhorn zu sehen.« Maria seufzte. »Aber vermutlich würde es mich überhaupt nicht beachten.« Es war kein Geheimnis, daß Maria in Mérida ihre Gunst verkauft hatte und dadurch zu dem Geld gekommen war, das es ihr ermöglichte, mit einundvierzig einen Korbladen in Cozumel zu eröffnen. Sie hatte ihre Vergangenheit als leichtes Mädchen vergessen, aber die Männer von Cozumel erinnerten sich an sie aus Mérida. Da sie immer noch schön war mit ihrer feingliedrigen Figur und den ungewöhnlichen schrägen Augen, die purpurn wie Stachelschnecken waren (aus deren Gehäuse man früher den Farbstoff für die Mäntel der Könige gewonnen hatte), widmeten sie ihr unerwünschte Aufmerksamkeit. Doch viel schlimmer war, daß ihre eifersüchtigen Frauen die Körbe nicht bei ihr kauften und deshalb die Gefahr bestand, daß sie ihren Laden wieder schließen mußte. Mit ein paar hundert Dollar könnte sie kleine Raritäten — Andenkenartikel für die Touristen — dazunehmen, aber sie besaß die erforderliche Summe nicht, und die armseligen Körbe, die sie von Mérida einführte, waren nur für die Inselbewohner geeignet, die sie wiederum (aus genanntem Grund) nicht kaufen wollten. Ihre Ersparnisse würden bald aufgebraucht sein. Was dann? Der Gedanke, nach Mérida zurückkehren zu müssen, erschreckte sie.

»Das Einhorn wird dich nicht übersehen«, sagte Mico fest. »Wenn es kommt, wird es vor dir stehenbleiben.«

Sie strich über seine Wange und lächelte. »Gehen wir.«

Er nahm ihren Arm, und sie spazierten zum Marktplatz. Eine Meeresbrise trug den Gestank von verrottenden Hummerpanzern vom Hafen herbei. Aber war da nicht noch etwas anderes? fragte sich Maria. Ein Duft von Dschungelblüten und dem süßlichen Moder überwucherter Tempel? Flüchtig sah sie ganz deutlich ein Bild vor ihrem inneren Auge: ein Einhorn mit seidigem Fell, umgeben von Jaguaren, Keilern und Nasenbären. Und als das herrliche Tier den Kopf hob, blitzte sein goldenes Horn im grünlichen Dschungellicht.

»Mico, riechst du etwas?«

Mico sog die Luft ein. »Ja«, antwortete er nüchtern. »Schweine und Hühner und Esel . . .« Sie kamen gerade an einem Drahtzaun vorbei, hinter dem Kinder mit Schweinen unter Sapotilbäumen spielten, auf deren Ästen Hühner saßen. Vor ihnen schnüffelten ein Esel und ein Hund unbestimmter Abstammung an einem Abfallhaufen.

»Ja, natürlich. Ich dachte nur einen Augenblick . . .«

»Du glaubtest, es sei das Einhorn«, sagte Mico verlegen, weil er nicht gleich verstanden hatte, was sie meinte. »Es wird heute abend ganz sicher kommen.«

»Wie wird es aussehen, Mico?« Manchmal versuchte sie, den Jungen in ihre Phantasiewelt zu ziehen, obgleich sie ihn nicht weniger liebte, weil er eher ein Realist denn ein Träumer war.

»Es ist ein majestätisches Tier, sagt mein Vater. Das Lampenlicht wird sich auf seinem Horn fangen, so daß es wie eine Mondsichel über den weißen Wolken seiner Mähne glitzern wird. Einem Mayapriester gleich wird es in einer heiligen Prozession die Straße entlangschreiten. Und neben den Reinen wird es anhalten . . .«

»Wenn mir wenigstens ein Blick auf das wundersame Tier vergönnt wäre!« Maria seufzte. »Ein flüchtiger Blick nur, nicht mehr.«

»Wenn es kommt«, fuhr Mico fort, »wird es vor *dir* stehenbleiben.« Maria hatte Mayablut in den Adern, und Mico hatte sie oft mit der alten Erntegöttin verglichen, die aus dem Dschungel kam, um die Menschen in die Geheimnisse des Ackerbaus einzuweihen. »Es wird vor dir anhalten und tief sein Horn neigen . . .«

»Maria, geh heim!« kreischte eine Stimme. Die Frau, der die Stimme gehörte, war zwischen einer Gruppe anderer Frauen verborgen. »Du wirst das Einhorn verschrecken!«

Plötzlich bemerkte Maria, daß die Menschen auf der Straße, sowohl Männer als auch Frauen, sie anstarrten. Die Männer sprachen laut und betont, damit sie auch ja ihr plumpes Kompliment verstünde:

»Marias Kuß ist ein Dutzend Einhörner wert . . .«

»In Mérida nannte man sie die Rote . . .«

Maria senkte den Kopf, aber sie wandte sich weder ab noch schritt sie langsamer. »Wir werden uns abseits stellen«, flüsterte sie Mico zu. »Es ist nicht nötig, daß das Einhorn uns sieht, solange wir es sehen können.« Sie stellten sich unter eine Bougainvillea, deren mondversilberte, im Tageslicht purpurne Blüten in üppiger Fülle herabhingen. Hinter dem Busch hüllte eine Reihe von Lampen die Straße in eine helles Orange. Aber der geheiligte Bezirk der Bougainvillea schien von des Menschen Werk nichts wissen zu wollen. Er hielt sich abseits der künstlichen Beleuchtung, der zu grell getünchten Häuser und des schrillen Gebrülls. In diesem Bezirk, über ihm nur der Mond, gab es allein Maria und Mico, die auf das Einhorn warteten.

Auf den Straßen und in Ladeneingängen unterhielten die Menschen sich angeregt, zuerst fast ausschließlich über das Einhorn, dann auch über Hummer, Tabak und Seide aus Mérida, über die Touristen, die bald aus den Vereinigten Staaten kämen, und über die neuen Gästehäuser, die man für sie gebaut hatte. Und nach einer Weile schien das Einhorn bereits vergessen zu sein. Hatte tatsächlich irgend jemand, außer ihr und Mico, es nach hundert Jahren noch erwartet? fragte sich Maria. Vielleicht täuschte selbst Mico es ihr zuliebe nur vor. Ein guter Junge war er, wahrhaftig, aber doch eher praktisch veranlagt, seine Träume reichten nicht weiter als zu einer Schule in den Staaten.

Und dann sah sie das Tier auf der Straße. Es schritt auf sie zu. Langsam, zielsicher und ohne nach links oder rechts zu schauen, kam es herbei. Zuerst verstand sie nicht, weshalb die Menschenmenge es nicht bemerkt hatte, denn das aus seinem Kopf ragende Horn war unübersehbar.

»Das Einhorn!« rief sie. »Es ist das Einhorn, Mico!« Weshalb sah denn niemand das herrliche Tier? Weshalb starrte selbst Mico wie eine dumme Eule in die Ferne? Einen Augenblick hielt ihre Bescheidenheit sie zurück, doch dann überwand sie sie. Sie fing zu laufen an, bahnte sich einen Weg durch die Menge, stieß gegen die Jungfrauen, die zurückwichen, als beschmutzte sie ihre Festtagskleider. Kaum spürte sie die spitzen Steine unter den dünnen Sohlen ihrer Schuhe. Ein Radfahrer kam auf sie zu und mußte hastig zur Seite ausweichen, um sie nicht zu rempeln. Der Radler war zu verblüfft, um überhaupt an einen Fluch zu denken.

Schließlich kniete Maria vor dem Tier nieder und streckte die Hand aus, um sein Horn zu streicheln. Wie majestätisch es aussah, selbst in dem grellen Lampenlicht! Wie stolz seine Haltung war! Wie edel! Doch dann zögerte sie, fragte sich, wie sie sich unterstehen konnte, es auch nur berühren zu wollen, und so zog sie beschämt die Finger wieder zurück. Sie, die Gefallene, mußte ein

Einhorn beleidigen! Aber langsam, mit unbeschreiblich stolzer Haltung drückte es seine Nase an ihre Wange, und sie spürte die warme, salzige Nässe ihrer eigenen Tränen.

Ein Stimmengewirr drang an ihre Ohren. Die Menschen sind überrascht, dachte sie, weil das Einhorn mich ehrt, mich, die Unreine, und die Jungfrauen gar nicht beachtet. Aus dem Stimmengewirr wurde Gelächter, und da erst wurde ihr bewußt, daß man sie auslachte — sie auslachte und ihr Einhorn einen Esel nannte!

»Ihr entwürdigt es!« schrie sie. »Ihr entwürdigt das heilige Einhorn!«

Mico eilte an ihre Seite. »Bist du sicher, daß es ein Einhorn ist?« wisperte er. »Schau dir das Tier genau an.«

Sie tat es, ganz aus der Nähe und nicht länger von Tränen und Staunen geblendet. Majestätisch? Im Gegenteil, es war klein, grau, altersfleckig und schmutzig. Es gab wenig, was es von einem Esel unterschied. Bloß sein Horn! Doch das war das unbestreitbare Zeichen des Wunders seiner Existenz! Nur ein Einhorn besaß ein solches Horn! Genauer betrachtete sie es und sah, daß das Tier zwar tatsächlich ein Horn hatte, daß es aber schmutzig und schief war. Es konnte ihm als eine Laune der Natur gewachsen, aber auch als schlechter Scherz aufgesteckt worden sein.

Buben, die von ihren Schwestern dazu ermuntert wurden, hoben Abfall und anderen Schmutz von der Straße auf und bewarfen damit Maria und ihr Einhorn. Eine Bananenschale traf ihre Wange, eine andere das Tier an der Stelle, wo das Horn aus dem Kopf wuchs. Das Tier schaute verwirrt und erschrocken drein und wirkte so gar nicht majestätisch. Ein dummer Esel inmitten einer feindseligen Menschenmenge, dachte Maria. Doch wie dem auch war, sie würde nicht zulassen, daß die Menschen sich ihren Spaß mit der armen Kreatur machten. Sie drehte sich zu den Burschen um, die das Tier und sie beworfen hatten. Wütend schleuderte sie die Bananenschalen zurück und schrie: »Laßt doch dieses Tier in Ruhe, was immer es auch ist! Ihr habt kein Recht, ihm wehzutun!«

Sie spürte Micos Hand auf ihrer Schulter. »Das Tier ist fort, Maria. Sein Horn ist abgefallen, und es lief weg. »Er gab ihr das Horn, dieses schmutzige, sichelförmige Ding, das irgendwie am Kopf des Tieres befestigt gewesen war. Sie drückte das Horn gegen ihre Brust und rannte davon, Tränen in den Augen, Tränen der Scham, doch mehr noch des Mitleids für die arme Kreatur, zu der die Menge so roh gewesen war. Sie hielt nicht an, bis sie ihr Haus erreicht hatte, wo sie durch die saubere, einfache Küche in den kleinen Garten hinausrannte. Ein winziger Teich, nicht viel größer als ein Brunnen, befand sich dort, in dem sich der Mond, viele Sterne und der in der Nähe wachsende Mahagonibaum spiegelten. Neben dem Teich warf sie sich ins Gras, und das Horn entglitt ihren Fingern. Atemlos holte Mico sie ein. Er setzte sich neben sie und wartete, daß sie spräche. Lange verharrte sie stumm. Mico griff nach dem Horn und wusch es im Wasser des Teiches.

»Weshalb tust du das?« fragte sie schließlich. »Du weißt, daß es falsch ist. Jemand hat mir einen Streich gespielt.«

»Es ist sehr schwer«, sagte er. »Ich möchte gern sehen, woraus es besteht.«

Die harte Oberfläche glitzerte unter einer dicken Schmutzschicht. Zwischen Myriaden von Sternen und neben der goldenen Sichel des Mondes spiegelte sich eine zweite, noch leuchtendere Sichel.

Mico streckte Maria das jetzt blanke Horn entgegen. »Ich glaube, es ist aus Gold«, murmelte er.

Ungläubig blickte sie ihn an. Sie nahm das Horn in beide Hände und staunte über sein Gewicht, dessen sie sich jetzt erst bewußt wurde, und über die harte glatte Oberfläche. Ein kleiner Schatz aus Gold! Ihre Gedanken überschlugen sich: kostbare Raritäten vom Festland als Andenken für die Touristen! Eine gute Schule in den Staaten für Mico ...

»Aber sollten wir es dem Einhorn nicht zurückbringen?« fragte sie zweifelnd.

»Ihm wird ein neues wachsen. Es wollte, daß du dieses bekommst.«

»Dann müssen wir ihm danken! Es läuft bestimmt ins Landesinnere. Wenn wir uns beeilen, holen wir es noch ein.«

Aber sie kamen zu spät. Außerhalb des Städtchens fanden sie zwar seine Fährte, aber sie verschwand im Dschungel, und da wußten sie, daß sie das wundersame Tier nicht finden würden. Tangaren und Frösche übertönten mit ihren Schreien den Hufschlag, den sie vielleicht noch hätten hören können.

»Wir werden es nie wiedersehen.« Maria seufzte tief. »Und ihm nie sagen können, wie dankbar wir ihm sind.«

Als wollte das Tier ihr versichern, daß es das sehr wohl wußte, erklang ein majestätisches Wiehern zwischen den Orchideen und Kakteen hervor, und ganz flüchtig leuchtete ein goldenes Augen-

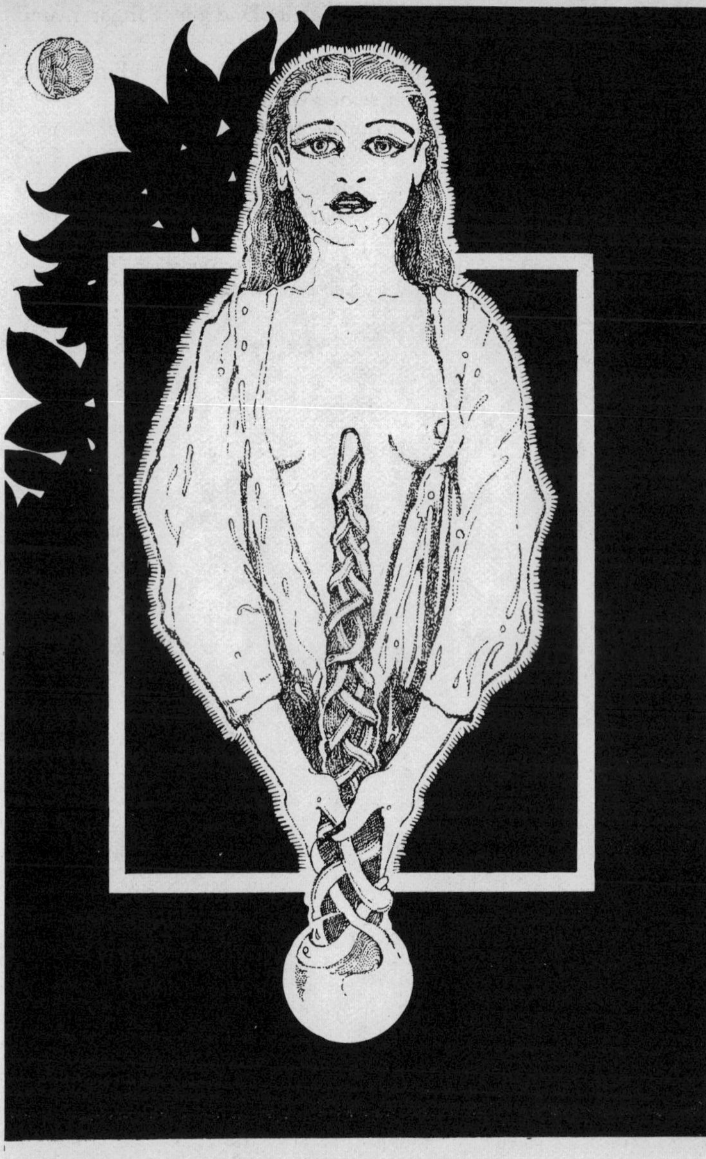

paar im Schwarz und Silber der Nacht. Und die Tangaren und Frösche verstummten.

»Lebe wohl, König Einhorn«, flüsterte Maria. »Ein König braucht keine Krone. Er trägt seine Würde im Herzen.«

»Genau wie eine Königin«, murmelte Mico.

Aus: »Nameless Places«
Copyright © 1975 by April R. Derleth and Walden W. Derleth
Aus dem Amerikanischen übersetzt von Lore Straßl

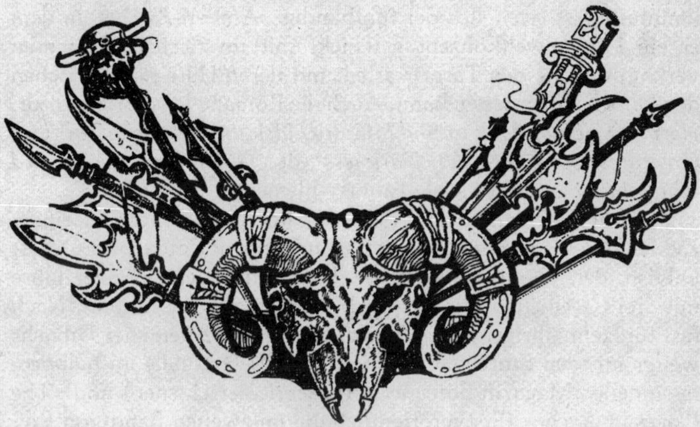

Roger Zelazny

Der am 13. Mai 1937 in Cleveland/Ohio geborene SF-Autor Roger Zelazny, der für seine Leistungen mehrfach mit dem Hugo und Nebula Award ausgezeichnet wurde, hat sich in mehreren Romanen und Kurzgeschichten der Fantasy angenommen. Am bekanntesten ist zweifellos der fünfbändige ›Amber‹-Zyklus, in dem er ein Parallelweltkonzept geschickt mit mystischen Elementen verknüpfte (wie den Tarot-Karten, mit deren Hilfe man zwischen den Dimensionen reisen kann. Auch die Romane *Lord of Light* (dt. *Herr des Lichts*), *Jack of Shadows* (dt. *Jack aus den Schatten*) und *Creatures of Light and Darkness* (dt. *Götter aus Licht und Dunkelheit*) enthalten viele Fantasy-Elemente.

Die Kurzgeschichte »The Bells of Shoredan« gehört zu einem Zyklus von bisher fünf Geschichten und einem Roman um Oberst Dilvish, den Verdammten, den Zelazny Mitte der sechziger Jahre mit drei Geschichten für das US-Magazin *Fantastic* begann. Nach fast fünfzehnjähriger Pause führte Zelazny die Abenteuer Dilvishs weiter mit den Stories »Garden of Blood« (erstmals im halbprofessionellen Magazin *Sorcerer's Apprentice* erschienen) und »The Places of Aache« (Erstveröffentlichung im zweiten Band von Roy Torgesons Anthologienreihe *Other Worlds*) sowie mit dem Roman *The Changing Land*. Zu diesem Zyklus gehören außerdem noch die frühen Geschichten »Passage to Dilfar« und »Thelinde's Song«. Oberst Dilvish von Dilfar hat zwei Jahrhunderte in der Hölle verbracht. Er kehrt zurück, um das Land Portroy vor einer gewaltigen Invasion aus dem Westen zu verteidigen.

Von Roger Zelazny erschienen folgende Titel in der Reihe
HEYNE SCIENCE FICTION & FANTASY:

Straße der Verdammnis (06/3310)
Die Insel der Toten (06/3366)
Der Tod in Halbar (06/3434)
Heut wählen wir Gesichter (06/3444)
Herr des Lichts (06/3500)
Die Aschenbrücke (06/3613)
Jack aus den Schatten (06/3901)

sowie der AMBER-Zyklus:

Corwin von Amber (06/3539)
Die Gewehre von Avalon (06/3551)
Im Zeichen des Einhorns (06/3571)
Die Hand Oberons (06/3594)
Die Burgen des Chaos (06/3840)
Jack aus den Schatten (06/3901)

des weiteren: Der Former, in: SF-Jahresband 1981 (06/3790)

ROGER ZELAZNY

Die Glocken von Shoredan

Nichts Lebendes gab es im Lande Rahoringhast.

Seit einem Menschenalter vor dieser Ära hatte kein Laut die Stille dieses Reiches gebrochen, wenn man vom Krachen des Donners absah und dem kaum hörbaren Aufschlag der Regentropfen, die von den Steinbauten und Steinen abprallten. Die Türme der Zitadelle von Rahoring standen noch. Der große Torbogen, dem die mächtigen Torflügel fehlten, erinnerte an einen vor Schmerzen und Überraschung zum Schrei aufgerissenen Mund, der im Tod erstarrt war. Die Gegend hier ähnelte der sterilen Landschaft des Mondes.

Der Reiter folgte der Heeresstraße, die an diesem Torbogen zur Zitadelle endete. Hinter ihm lag ein gewundener Weg, der abwärts führte, abwärts und zurück nach Süden und Westen. Er schlängelte sich durch die klammen Schwaden des Morgennebels, der dick auf dem dunklen, narbigen Boden klebte wie eine Schar gigantischer Blutegel. Er wallte um die uralten Türme, die nur noch standen, weil ein Zauber aus längst vergangener Zeit sie erhielt. Schwarz und schreckerregend, hoch und mit der Klarheit eines Alptraums zeigten sie sich dem Betrachter, diese Türme und die Zitadelle, die wie der endgültige sichtbare Beweis des Wesens ihres Lebensnehmers waren: des Königs der Welt, Hohorga.

Der Reiter mit den grünen Stiefeln, der keine Abdrücke hinterließ, wenn er zu Fuß ging, spürte offenbar etwas von der dunklen Macht, die immer noch an diesem Ort zurückgeblieben war, denn er hielt an und starrte lange schweigend auf den Torbogen und die hohe Brustwehr. Dann sagte er ein Wort zu dem schwarzen pferdeähnlichen Geschöpf, auf dem er saß, und ritt weiter.

Als er näherkam, sah er, daß sich im Schatten des Torbogens etwas bewegte.

Doch er wußte, daß nichts Lebendes im Lande Rahoringhast hauste ...

Die Schlacht war gut verlaufen, wenn man die Zahl der Verteidiger in Betracht zog.

Am ersten Tag waren die Abgesandten von Lylish an die Mauern von Dilfar gekommen, um die Übergabe der Stadt zu fordern. Man hatte sie abgewiesen. Danach folgte ein kurzer Waffenstillstand, um einen Zweikampf zwischen Lance, der Hand Lylishs, und Dilvish zu ermöglichen, den man den Verdammten nannte — Dilvish, der Oberst aus dem Osten, der Befreier Portaroys, Sproß des Elfenhauses der Selar und des Hauses der Menschen, das so sehr heimgesucht war.

Der Zweikampf dauerte nur eine Viertelstunde, bis Dilvish, dessen Beinverletzung ihm sehr zu schaffen machte, mit der Schwertspitze von der Rückseite seines Schilds aus nach oben stach. Die Rüstung Lances, die als undurchdringlich gegolten hatte, brach, als Dilvishs Klinge auf eine der beiden Verzierungen des Brustpanzers hieb — auf jene, die die Form von Klumpfüßen hatten. Die Menschen raunten, diese ungewöhnliche Verzierung sei vorher überhaupt nicht vorhanden gewesen, und man wollte den Oberst gefangennehmen. Aber sein Pferd, das wie eine stählerne Statue am Rand des Feldes gestanden hatte, kam ihm wieder einmal zur Hilfe und trug ihn in die Stadt in Sicherheit.

Damit begann der Angriff. Aber die Verteidiger waren vorbereitet und hielten ihre Mauern geschickt. Wohlbefestigt und wohlversorgt war Dilfar. Aus ihrer überlegenen Position schickten die Verteidiger viel Unheil auf die Männer aus dem Westen hinab.

Nach vier Tagen zog sich die Lylish-Armee mit den großen Rammböcken zurück, die sie nicht hatte benutzen können. Während sie auf die Ankunft von Wurfmaschinen aus Bildesh warteten, begannen die Männer aus dem Westen mit dem Bau von Belagerungstürmen.

Über den Mauern von Dilfar, oben in der Adlerburg, beobachteten zwei Männer das Geschehen.

»Es wird nicht gutgehen, Lord Dilvish«, sagte der König mit Namen Malacar, der Mächtige, obgleich er von gedrungener Statur und reich an Jahren war. »Wenn sie die rollenden Türme fertigstellen und die Katapulte bringen, können sie uns auch schon aus der Ferne angreifen. Dagegen vermögen wir uns nicht zu wehren. Und wenn wir durch den Beschuß geschwächt sind, werden sie die Türme heranrollen.«

»Das ist wahr«, erwiderte Dilvish.

»Dilfar darf nicht fallen.«

»Nein.«

»Wir sandten um Verstärkung, aber sie muß viele Meilen zurückliegen, um hierher zu gelangen. Keiner war auf den Angriff

Lord Lylishs vorbereitet, und so wird es lange dauern, bis ein Heer, aufgestellt ist und hier eintrifft.«

»Auch das ist wahr, und bis es soweit ist, mag es bereits zu spät sein.«

»Ich hörte, daß Ihr derselbe Lord Dilvish seid, der vor vielen, vielen Jahren Portaroy befreite.«

»Ich bin dieser Dilvish.«

»Dilvish stammte aus dem Hause Selars von der Unsichtbaren Klinge.«

»So ist es.«

»Stimmt es dann auch, was — was man sich vom Hause Selars und den Glocken von Shoredan in Rahoringhast erzählt?«

Malacar blickte zu Boden, als er diese Frage stellte.

»Das weiß ich nicht«, antwortete Dilvish. »Ich habe nie versucht, die Legion der Verdammten von Shoredan zu wecken. Von meiner Großmutter hörte ich, daß es während der langen Zeit nur zweimal geschah. Auch las ich davon in den Grünen Büchern der Zeit in der Burg von Mirata. Mein Wissen beschränkt sich allein darauf.«

»Nur für ein Mitglied des Hauses Selars läuten die Glocken, sagt man. Kein anderer vermag ihre Stimme erklingen zu lassen.«

»Das sagt man.«

»Rahoringhast liegt fern im Norden und Osten, und beschwerlich ist der Weg. Jemand mit einem Reittier wie Eurem könnte die weite Strecke zurücklegen, könnte vielleicht die Glocken läuten und die Legion der Verdammten rufen. Man sagt, sie folgt einem Mann von Selar in die Schlacht.«

»Dieser Gedanke drängte sich auch mir auf.«

»Wollt Ihr die Mühen auf Euch nehmen?«

»Ja, Sire. Ich bin bereit, noch heute abend aufzubrechen.«

»So kniet nieder und nehmt meinen Segen entgegen, Dilvish von Selar. Ich wußte gleich, wer Ihr seid, als ich Euch auf dem Feld vor der Stadtmauer sah.«

Und Dilvish kniete nieder und empfing den Segen Malacars, der Mächtige genannt, Lehnsherr des Ostreichs, zu dem Dilfar, Bildesh, Mystar, Mycar, Portaroy, Princeaton und Poind gehörten.

Der Weg war nicht angenehm, aber Meilen und Stunden flogen dahin wie Wolken am Himmel. Das Westtor von Dilfar besaß eine kleine mannsgroße Tür, die mit Eisendornen gespickt war und

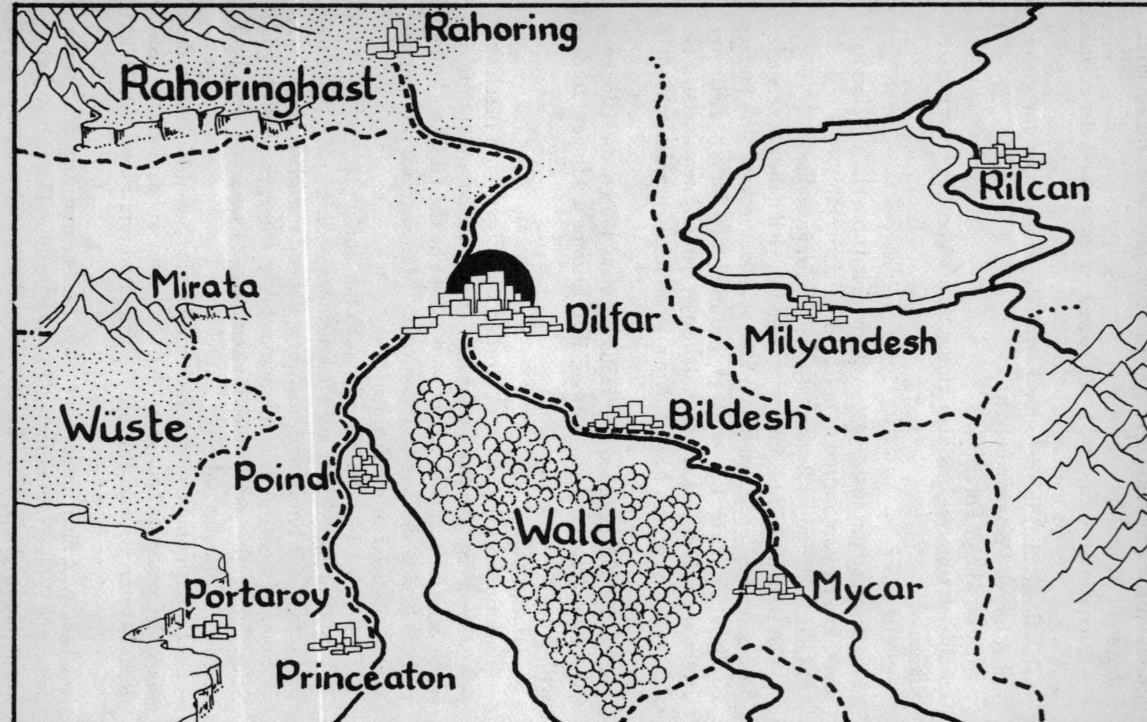
Rahoring
Rahoringhast
Rilcan
Mirata
Dilfar
Milyandesh
Wüste
Bildesh
Poind
Wald
Portaroy
Mycar
Princeaton

Schlitze aufwies, durch die man mit der Armbrust schießen konnte.

Wie ein Fensterladen im Wind öffnete und schloß sich diese Tür. Dicht über sein nachtschwarzes Reittier gebeugt, ritt der Oberst durch sie hinaus und galoppierte über das Feld, am Rand des feindlichen Lagers entlang.

Wer ihn sah, brüllte, und Waffen rasselten in der Dunkelheit.

Funken sprühten von unbeschlagenen Stahlhufen.

»Lauf, so schnell du kannst, mein Schwarzer!«

Er war durch das Lager hindurch, und es befand sich bereits hinter ihm, ehe die ersten Pfeile um ihn schwirrten.

Hoch auf einem Hügel im Osten flackerte ein kleines Feuer. Auf hohen Stangen flatterten Banner im Wind. Es war zu dunkel, als daß Dilvish sie genau erkennen konnte, aber er wußte, daß sie vor den Zelten Lylishs hingen, des Obersten der Männer aus dem Westen.

Dilvish flüsterte Worte in der Sprache der Verdammten, und sogleich glühten die Augen seines Reittiers wie Funken in der Nacht. Das kleine Feuer auf der Hügelkuppe schoß als gewaltige Flamme vier Mannshöhen empor. Es erreichte jedoch das Zelt nicht. Und dann erlosch das Feuer, nur ein wenig glühende Asche blieb übrig.

Dilvish ritt weiter, und die Hufe seines Rappen sprühten Blitze am Hang des Hügels.

Man verfolgte ihn nur kurze Zeit, dann ritt er wieder allein durch die Finsternis.

Die ganze Nacht ritt er durch felsige Gegend. Gespenstische Formen erhoben sich hoch über ihn und fielen zurück wie torkelnde Riesen, die man in ihrer Trunkenheit überrascht hatte. Viele Male fühlte er sich durch leere Luft gehoben, und wenn er dann zum Boden hinunterschaute, war nichts, absolut nichts unter ihm.

Im Morgengrauen wurde der Weg ein wenig ebener, und der Rand der Oststeppe lag erst vor, dann unter ihm. Sein Bein begann wieder heftig zu pochen unter dem Verband, aber er hatte mehr als ein Menschenleben in den Häusern der Schmerzen zugebracht, und so achtete er nicht auf die Pein.

Als die Sonne sich über die Felsspitzen am Horizont erhoben hatte, gönnte er sich eine kurze Rast, um zu essen und zu trinken und sich die Beine zu vertreten.

Am Himmel sah er die neun schwarzen Tauben, die für immer

und alle Zeit um die Welt fliegen müssen, ohne ausruhen zu dürfen. Alles sahen sie auf der Erde und in den Gewässern, und über alles brausten sie hinweg.

»Ein Omen«, murmelte er. »Ob es ein gutes ist?«

»Ich weiß es nicht«, sagte das Geschöpf aus Stahl.

»Dann wollen wir uns beeilen, es herauszufinden.«

Er schwang sich wieder auf den Rücken seines Reittiers.

Vier Tage trabten sie über die Steppe, bis das in sanfter Brise sich wiegende gelbe und grüne Gras hinter ihnen und Sandboden vor ihnen lag.

Der Wüstenwind peitschte seine Augen. Er band sein Halstuch um das Gesicht, aber es vermochte ihm keinen vollkommenen Schutz zu bieten. Immer wenn er husten mußte und den verschluckten Sand ausspucken wollte, mußte er es herunterziehen, und dann hatte er wieder neuen Sand in Nase, Mund und Augen. Er blinzelte, sein Gesicht brannte, und er fluchte, aber er kannte keinen Zauberspruch, der die Wüste in einen unbewegten gelben Teppich verwandelte. Sein Rappe brauste durch den Gegenwind, der alles tat, um ihm den Weg zu erschweren.

Am dritten Tag in der Wüste flog ein Kobold — unsichtbar, aber mit sehr losem Mundwerk — hinter ihm her. Selbst seinem Rappen gelang es nicht, ihn abzuhängen, und der Kobold ignorierte sogar die schlimmsten Verwünschungen in Mabrahoring, der Sprache der Dämonen und Verdammten.

Am nächsten Tag schlossen sich dem unsichtbaren Quälgeist noch weitere Kobolde an. Sie übertraten den Schutzkreis nicht, den Dilvish, ehe er sich schlafen legte, um sich gezogen hatte, aber sie tobten in seinen Träumen, und die Bruchstücke aus einem Dutzend verschiedener Sprachen, mit denen sie ihn bombardierten, ergaben keinen Sinn.

Sie blieben zurück, als er die Wüste verließ und das Land aus Felsen und Marschen und Kies und finsteren Tümpeln und unheimlichen Löchern im Boden betrat, aus denen übelriechender Dampf und Rauch aus der Unterwelt aufstiegen.

Er hatte die Grenze von Rahoringhast erreicht.

Klamm und grau war es hier überall.

An manchen Stellen wallte Nebel. Wasser sickerte aus den Felsen und aus dem Boden.

Keine Bäume gab es, keine Büsche, keine Blumen, kein Gras. Keine Vögel zwitscherten, keine Insekten summten.

Nichts Lebendes gab es im Lande Rahoringhast.

Dilvish ritt weiter durch das klaffende Tor in die Stadt.

Überall waren nur Ruinen und Schatten.

Er folgte der Heeresstraße.

Still war Rahoringhast, eine Stadt der Toten.

Er spürte es, doch jetzt nicht als die Stille des Nichts, sondern als das Schweigen des Verborgenen.

Nur die stählernen Hufe hallten in der Stadt.

Es gab kein Echo.

Hufschall — nichts. Hufschall — nichts. Hufschall ...

Es war, als verschlänge ein Unsichtbarer jede Äußerung des Lebens.

Rot war der Palast, wie Backsteine frisch aus dem Brennofen, doch seine Mauern schienen aus einem Stück zu sein, nirgends sah man in diesem ungebrochenen Rot Unebenheiten, Fugen oder Spalten. Ja, auf unvorstellbare Weise schien der Palast wahrhaftig aus einem Stück zu bestehen. Er stand auf einem gewaltigen Fundament und war mit seinen dreizehn Türmen höher als jedes Bauwerk, das Dilvish je gesehen hatte, obgleich er sogar schon in der hohen Burg Mirata gelebt hatte, wo die Lords der Illusion zu Hause sind und den Raum nach ihrem Willen formen.

Dilvish saß ab und betrachtete den mächtigen Treppenaufgang, der sich vor ihm erhob.

»Was wir suchen, liegt im Innern.«

Der Rappe nickte und berührte die unterste Stufe mit einem Huf. Feuer loderte aus dem Stein. Er zog den Huf zurück, und Rauch kräuselte empor. Kein Abdruck zeigte an, wo der Huf die Stufe berührt hatte.

»Ich fürchte, ich kann diesen Palast nicht betreten, wenn ich nicht meine Form — oder mehr — verlieren will.«

»Was geht hier vor?«

»Ein alter Zauber beschützt den Palast gegen einen Angriff von meinesgleichen.«

»Kann man ihn unwirksam machen?«

»Das schafft keine Kreatur, die über diese Welt wandelt, fliegt oder unter ihrer Oberfläche kriecht — oder ich will ein Pferd sein! Selbst wenn die See sich dereinst erhebt und dieses Land überspült, wird der Palast auf dem Meeresgrund weiterbestehen. Die Ordnung entriß ihn dem Chaos in jenen Tagen, als diese beiden Gewalten offen über das Land schritten, nicht weit von hier. Wer immer das fertigbrachte, er war einer der Obersten und mächtig, selbst in den Augen der Allmächtigen.«

»Dann muß ich allein gehen.«

»Vielleicht nicht. Jemand nähert sich, auf den du warten und mit dem du reden solltest.«

Dilvish wartete. Ein einzelner Reiter kam aus einer entfernten Gasse auf sie zu.

»Seid gegrüßt!« rief der Reiter und hob seine offene Rechte.

»Seid gegrüßt!« dankte Dilvish und erwiderte die Geste.

Der Mann stieg ab. Er hatte die Kapuze seines violetten Umhangs zurückgeschlagen, der ihn bis zu den Zehen verhüllte. Offenbar trug er keine Waffen.

»Weshalb steht Ihr hier vor der Zitadelle von Rahoring?« erkundigte sich der Fremde.

»Weshalb steht Ihr hier, um mich das zu fragen, Priester von Babrigore?« entgegnete Dilvish nicht unfreundlich.

»Ich verbringe die Zeit eines Mondes an diesem Ort, den das Böse heimsuchte, um mich auf die Aufgaben des Oberhaupts meines Tempels vorzubereiten.«

»Als Oberhaupt eines Tempels seid Ihr sehr jung.«

Der Priester zuckte die Schultern und lächelte.

»Wenige kommen nach Rahoringhast«, bemerkte er.

»Kein Wunder«, brummte Dilvish. »Ich glaube nicht, daß ich lange bleiben werde.«

»Hattet Ihr beabsichtigt, diesen Ort zu betreten?« Der Priester deutete auf das Gebäude.

»Ich beabsichtige es immer noch.«

Der Priester war um einen halben Kopf kleiner als Dilvish, aber sich ein Bild seiner Statur zu machen, verhinderte der wallende Umhang und die Gewänder darunter. Seine Augen waren blau, und ein Muttermal zog sich auf seinem linken Lid zusammen, wenn er blinzelte. Seine Haut war dunkel.

»Gestattet, daß ich Euch bitte, es noch einmal zu überdenken«, sagte er. »Es wäre unweise, dieses Bauwerk zu betreten.«

»Wieso das?«

»Man glaubt, daß es immer noch von dem alten Hüter seines Lords bewacht wird.«

»Wart Ihr je drinnen?«

»Ja.«

»Und belästigte Euch irgendein Hüter?«

»Nein, aber als Priester Babrigores stehe ich unter dem Schutz von — von — Jelarek.«

Dilvish spuckte aus.

»Möge man ihm die Haut bei lebendem Leibe abziehen und er trotzdem nicht sterben!«

Der Priester senkte die Augen.

»Obgleich er gegen diese Kreatur kämpfte, die im Palast haust«, sagte Dilvish, »wurde er danach so böse wie sie.«

»Viele seiner Taten besudelten das Land«, murmelte der Priester, »aber früher war er anders. Er war ein weißer Magier, der seine Kräfte gegen den Finsteren einsetzte, damals in den Tagen, da die Welt noch jung war. Aber er war nicht stark genug. Er fiel. Der Böse machte ihn zu seinem Diener. Jahrhunderte erduldete er diese Knechtschaft, bis sie ihn veränderte, wie es unausbleiblich war. So wurde auch er groß auf die Weise des Finsteren. Doch dann, als Selar mit der Unsichtbaren Klinge das Leben Hohorgas nahm, fiel Jel wie ein Toter, und so lag er eine ganze Woche lang. Als er erwachte, war er halb irr, aber er wirkte einen Gegenzauber, um wiedergutzumachen und die Legionen der Verdammten von Shoredan zu befreien. Er tat sein Bestes, ja wirklich. Zwei Tage und zwei Nächte stand er auf dieser Treppe, bis Blut sich mit dem Schweiß auf seiner Stirn mischte — aber er vermochte Hohorgas Bann nicht zu brechen. Selbst tot war die finstere Macht zu stark für ihn. Danach wanderte er, dem Wahnsinn verfallen, durchs Land, bis die Priester von Babrigore ihn zu sich holten und sich seiner annahmen. Er verfiel wieder dem Bösen, das ihn zu sich zog, aber dem Orden, der so gut zu ihm gewesen war, blieb er immer wohlgesonnen. Nie verlangte er etwas von uns, und in Zeiten der Hungersnot schickte er uns zu essen. Sprecht in meiner Gegenwart nicht böse von ihm.«

Wieder spuckte Dilvish aus.

»Möge er in der finstersten Finsternis toben bis ans Ende der Zeit, und möge sein Name für immer verflucht bleiben!«

Der Priester wich erschrocken dem Blick dieser wild funkelnden Augen aus.

»Was wollt Ihr in Rahoring?« fragte er nach einer Weile.

»Die Zitadelle betreten — um etwas zu tun.«

»Wenn Ihr das müßt, werde ich mit Euch kommen. Vielleicht schließt meine Begleitung auch Euch in den Schutz ein.«

»Ich habe Euch nicht darum gebeten, Priester.«

»Das ist auch nicht notwendig.«

»Also gut. So kommt mit.«

Er machte sich daran, die Treppe hochzusteigen.

»Was ist das für ein Reittier?« fragte der Priester und deutete auf den Rappen. »Es hat die Gestalt eines Pferdes, doch jetzt ist es starr wie eine Statue.«

Dilvish lachte.

»Auch ich verstehe etwas von den Künsten der Finsternis, aber ich habe mein eigenes Abkommen mit ihr.«

»Kein Mensch kann ein eigenes Abkommen mit der Finsternis haben.«

»Sagt das einem Bewohner der Häuser der Schmerzen, Priester. Sagt es einer Statue. Sagt es einem, der ganz der Rasse der Menschen angehört. Doch sagt es nicht mir.«

»Wie heißt Ihr?«

»Dilvish. Und Ihr?«

»Korel. Ich werde also nicht mehr über die Finsternis mit Euch sprechen, Dilvish, aber ich betrete Rahoring mit Euch.«

»Dann tut es und redet nicht.« Dilvish drehte sich um und stieg weiter die Treppe empor.

Korel folgte ihm.

Als sie den halben Weg hinter sich hatten, verdüsterte sich das Tageslicht um sie. Dilvish blickte zurück. Alles was er sehen konnte, war die Treppe, die hinab und herauf führte. Nichts anderes gab es auf der Welt als diese Treppe. Mit jeder Stufe wuchs die Dunkelheit.

»War es ebenso, als Ihr den Palast betratet?« fragte Dilvish.

»Nein«, antwortete Korel.

Sie erreichten den Kopf der Treppe und standen vor dem nur undeutlich sichtbaren Portal. Inzwischen war es so dunkel geworden, als hätte die Nacht sich über das Land gesenkt.

Sie traten ein.

Ein Laut wie Musik kam von vorn, und ein flackerndes Licht war zu sehen. Dilvish legte seine Hand um den Schwertgriff. Der Priester flüsterte ihm zu: »Es wird Euch wenig nutzen.«

Sie schritten den Korridor entlang, bis sie in einen leeren Saal kamen. Flammen loderten in hohen Feuerschalen an der Wand. Schatten und Rauch verbargen die Decke.

Sie durchquerten den Saal und kamen zu einem breiten Treppenaufgang, der zu grellem Licht und ohrenbetäubendem Lärm führte.

Korel blickte zurück. »Es beginnt mit dem Licht«, murmelte er. »All dies Neue.« Er streckte den Arm aus. »Der äußere Korridor war voll Schutt und Staub . . .«

»Was ist sonst noch?« Jetzt blickte auch Dilvish zurück.

Nur eine Fußspur zeichnete sich im Staub des Saales ab. »Ich habe einen leichten Gang.«

Korel musterte ihn. Dann blinzelte er, und das Muttermal zuckte auf seinem Lid.

»Als ich zum erstenmal hier war«, sagte er, »gab es kein Licht und keinen Laut. Alles war leer und still und verfallen. Wißt Ihr, was hier geschieht?«

»Ja«, erwiderte Dilvish, »denn ich las es in den Grünen Büchern der Zeit auf Burg Mirata. Wisset, o Priester Babrigores, daß im Saal über uns die Geister ihre alte Rollen spielen. Wisset auch, daß Hohorga stibt und immer aufs neue stirbt, solange ich mich in diesem Palast befinde.«

Als er den Namen Hohorga aussprach, war ein furchtbarer Schrei in dem hohen Saal zu hören. Dilvish rannte die Treppe hinauf. Der Priester folgte ihm eilig.

Und nun erhob sich ein gewaltiges Wehklagen in den Hallen von Rahoring.

Sie standen am Kopf der Treppe. Dilvish wie eine Statue, die Klinge halb aus der Scheide gezogen, Korel, die Hände in den weiten Ärmeln verborgen, nach Art seines Ordens betend.

Die Spuren eines großen Festes waren unverkennbar in dem riesigen Saal. Das Licht kam aus farbigen Kugeln, die wie Planeten um das Abbild des Firmaments unter der Kuppeldecke kreisten. Der Thron auf der hohen Plattform an der Wand stand leer. Er war viel zu groß für jemanden dieses Zeitalters. Die Wände aus Platten von abwechselnd weißem und orangefarbenem Marmor wiesen seltsame, uralte Zeichen auf. Faustgroße Edelsteine in gleißendem Gelb und Smaragdgrün, in funkelndem Rubinrot und Saphirblau schmückten die Säulen an der Wand und warfen feurige Strahlen bis zu den Stufen des Throns. Der Baldachin des Thrones war breit und ganz aus Weißgold, in das Meerjungfrauen und Harpyien, Delphine und Schlangen mit Ziegenköpfen gearbeitet waren. Flugdrachen, Hippogryphen, feuerspeiende Ungeheuer, Chimären, Einhörner, Basilisken, Greifen und Pegasuse bildeten seine Stützen. Der, dessen Thron dies war, lag sterbend auf dem Boden.

In Menschengestalt, doch um die Hälfte größer, wand Hohorga sich mit aufgeschlitztem Bauch auf den Marmorfliesen. Drei seiner Wachen versuchten ihn aufzurichten, während die anderen Bediensteten seinen Attentäter stellten. In den Büchern der Zeit stand, daß Hohorga, der Böse, unbeschreibbar war. Dilvish stellte fest, daß das sowohl richtig als auch unrichtig war.

Er war von angenehmem Äußeren und edlen Zügen, doch seine Schönheit war derart blendend, daß niemand es ertrug, ihm direkt in das Gesicht zu blicken, das nun von Schmerz verzerrt war. Ein blaßblaues Leuchten um seine Schultern verlor zusehends an Kraft. Selbst in seiner Agonie war sein Antlitz kalt und makellos wie ein vollendet geschliffener Edelstein auf dem rotgrünen Kissen seines Blutes. Ihm war die hypnotische Vollkommenheit einer schillernden Schlange zu eigen. Man sagt, Augen hätten als solche keinen eigenen Ausdruck, und man könne aus einem Faß voller Augen nicht die eines ergrimmten Mannes oder die eines geliebten Menschen herausfinden.

Hohorgas Augen waren die eines gefallenen Gottes — unendlich traurig und so stolz wie die des Wüstenkönigs.

Ein Blick genügte Dilvish, um etwas ganz Bestimmtes zu erkennen, obwohl er nicht sagen konnte, von welcher Farbe diese Augen waren.

Hohorga war vom Blute des Ersten.

Die Wachen hatten den Attentäter gestellt. Er bekämpfte sie scheinbar unbewaffnet, doch er hieb und stieß und parierte, als hielte er ein Schwert. In welche Richtung seine Hand sich auch immer wandte, sie ließ blutende Wunden zurück.

Er schwang die einzige Waffe, die imstande war, den König der Welt zu töten, der außer seiner Leibwache keinen Bewaffneten in der Nähe duldete.

Sein war die Unsichtbare Klinge.

Er war Selar, der Erste des Elfenhauses dieses Namens, ein Vorfahr Dilvishs, der in diesem Augenblick seinen Namen rief.

Dilvish zog sein Schwert und stürmte durch den Saal. Er hieb auf die Angreifer ein, doch seine Klinge durchstieß sie, als wären sie Rauch.

Sie entwaffneten Selar. Ein mächtiger Hieb ließ etwas Unsichtbares klirrend über den Boden schlingern. Dann metzelten sie ihn nieder, ihn, Selar von Shoredan, während Dilvish mit Tränen in den Augen zusehen mußte.

Und da sprach Hohorga mit fester und doch sanfter Stimme, ohne jegliche Betonung, ähnlich dem gleichmäßigen Dröhnen von Hufen oder dem Branden der Wellen: »Ich überlebte den, der sich erkühnte, Hand an mich zu legen, und das ist so, wie es sein muß. Wisset, es steht geschrieben, kein Auge werde die Klinge sehen, die mir den Tod zu bringen vermöchte. Derart ergötzen sich die Götter. Viel von dem, was ich tat, kann nicht mehr ungeschehen gemacht werden, o Kinder der Menschen und Elfen und Salamander. Viel mehr, als ihr ahnt, nehme ich mit mir in die Welt des Schweigens. Ihr habt getötet, was größer war als ihr, doch seid nicht stolz darauf. Es macht mir nichts mehr aus. Nichts ist für mich noch von Bedeutung. Seid verflucht!«

Die Lider schlossen sich, und Donner erscholl.

Dilvish und Korel standen allein in dem dunklen zerfallenen Saal.

»Weshalb erschien er heute?« fragte der Priester.

»Sobald einer vom Blute Selars hier eintritt, spielt sich die Szene von neuem ab«, sagte Dilvish.

»Weshalb seid Ihr gekommen, Dilvish, Sohn Selars?«

»Um die Glocken von Shoredan zu läuten.«

»Das kann nicht sein.«

»Wenn ich Dilfar retten und Portaroy ein zweitesmal retten will, *muß* es sein. Ich werde diese Glocken suchen.«

Er schritt durch die fast nächtliche Schwärze ohne Sterne. Seine Augen waren nicht die eines Menschen, und er war viel Dunkelheit gewöhnt.

Er hörte, daß der Priester ihm folgte.

Sie traten um die morsche Plattform mit dem geborstenen Thron des Erdenkönigs. Bei Licht hätten sie gesehen, wie die dunklen Flecken auf dem Boden heller und von sandbrauner Farbe wurden, dann zu rotgrünem Blut (oder vielmehr etwas wie Blut), als Dilvish in ihre Nähe kam, und wie sie schließlich wieder verschwanden, als er sich entfernt hatte.

Hinter der Thronplattform befand sich die Tür zum mittleren Turm. Fevera Mirata, die Königin der Illusion, hatte Dilvish einst diesen Saal in einem Spiegel von der Größe sechs nebeneinandertrabender Reiter gezeigt. Sein Rahmen waren goldene Narzissen gewesen, die Ihre Köpfe verborgen hatten, bis schließlich nur noch ihre Abbildungen zu sehen gewesen waren.

Dilvish öffnete die Tür und blieb stehen. Rauch quoll heraus und umhüllte ihn. Husten schüttelte ihn, aber er hielt das Schwert fest in der Hand.

»Das ist der Wächter der Glocken!« rief Korel. »Jelarek beschütze uns!«

»Jelarek sei verdammt!« knurrte Dilvish. »Ich beschütze mich selbst!«

Doch noch während er sprach, wallte die Rauchwolke davon und wand sich zu einem glühenden Turm, der die Türöffnung versperrte und den Thron und alles in seiner nächsten Nähe beleuchtete. Zwei rote Augen funkelten aus dem Rauch.

Dilvish stach seine Klinge durch diese ungewöhnliche Wolke, ohne auf Widerstand zu stoßen.

»Wenn du körperlos bleibst, werde ich durch dich hindurchtreten!« verkündete er. »Nimmst du Form an, zerstückle ich sie. Triff deine Wahl!« Er sagte es in Mabrohoring, der Sprache der Hölle.

»Befreier, Befreier, Befreier!« zischte die Wolke. »Mein lieber Dilvish, kleine Kreatur in Ketten! Kennst du deinen Herrn nicht mehr? Ist dein Gedächtnis so schlecht?« Die Wolke verdichtete sich zu einem Wesen mit dem Kopf eines Vogels und dem Hinterteil eines Löwen, dem zwei Schlangen aus den Schultern wuchsen, die sich über einem hohen Kamm aus flammenden Federn wanden.

»Cal-den!«

»Ja, dein alter Peiniger, Elf. Du hast mir gefehlt, denn nur wenige entziehen sich je meiner Fürsorge. Es ist an der Zeit, daß du zurückkommst.«

»Diesmal bin ich nicht in Ketten und unbewaffnet, und nun stehen wir uns in meiner Welt gegenüber!« Dilvish holte mit der Klinge aus und trennte den Schlangenkopf von Cal-dens linker Schulter.

Ein gellender Vogelschrei schrillte durch den Saal, und Cal-den sprang vorwärts.

Dilvish stieß nach seiner Brust, doch die Klinge prallte ab und hinterließ lediglich eine winzige Wunde, aus der blasse Flüssigkeit quoll.

Da warf Cal-den Dilvish rückwärts gegen die Plattform. Er packte seine Klinge mit einer schwarzen Klaue und zerschmetterte sie. Dann hob er seinen anderen Arm, um Dilvish niederzustrekken. Doch da stieß der Sohn Selars den gezackten Rest seines Schwertes aufwärts.

Er traf Cal-den unter dem Vogelschnabel und drang tief ein. Dilvish mußte den Schwertgriff loslassen, als sein Feind brüllend den Kopf schüttelte.

Und dann packte Cal-den Dilvish mit solcher Kraft um die Mitte, daß beinahe seine Knochen barsten. Er spürte, wie er in die Luft gehoben wurde. Die Schlange zerrte an seinem Ohr, und Krallen schlugen in seine Seiten. Cal-dens Gesicht starrte zu ihm empor, der Schwertgriff ragte wie ein stählerner Bart aus seinem Schnabel.

Dann schleuderte er Dilvish über die Plattform, auf daß er auf den Marmorfliesen zerschmettert werde.

Doch der Träger der grünen Stiefel des Elflands kann nicht fallen oder geworfen werden, ohne auf den Füßen zu landen.

Dilvish kam also gleich wieder auf die Beine, aber der heftige Aufprall verursachte neuen Schmerz in seiner Schenkelwunde. Sein Knie knickte ein, so daß er sich mit der Hand an der Wand abstützte.

Da sprang Cal-den ihn an und schlug heftig auf Dilvishs Kopf und Schultern ein. Von irgendwoher warf Korel einen Stein, der den Schädel des Dämons traf.

Dilvish stolperte rückwärts, bis seine Hand gegen etwas im Schutt stieß, das sie zum Bluten brachte.

Eine Klinge!

Er zerrte am Griff und hieb sie Cal-den seitwärts über den Rücken. Des Dämons Tiergebrüll zerriß schier Dilvishs Trommelfell. Rauch stieg aus der Wunde.

Dilvish richtete sich auf und bemerkte, daß sich nichts in seiner Hand befand.

Da wurde ihm klar, daß die Klinge seines Vorfahren, die kein Auge zu sehen vermochte, aus den Trümmern gekommen war, wo sie unzählige Äonen gelegen hatte, um ihm, dem Sproß des Hauses Selar, in seiner Bedrängnis zu Hilfe zu kommen.

Er richtete sie auf Cal-dens Brust.

»Mein kleiner Hase, du bist unbewaffnet, und doch hast du mir eine Wunde zugefügt.« Der Dämon grinste höhnisch. »Komm, wir kehren jetzt in die Häuser der Schmerzen zurück.«

Gleichzeitig stürzten die Gegner aufeinander zu.

»Ich wußte immer, daß mein kleiner Dilvish etwas Besonderes ist!« rief Cal-den und schlug mit ungeheurem Krachen auf dem Boden auf. Rauch stieg aus seinem Körper.

Dilvish stellte seinen Fuß auf den Kadaver und riß die Klinge zurück, die sich im Dunst des Blutes abzeichnete.

»Dir, Selar«, rief er, »verdanke ich diesen Sieg!« Er hob salutierend das qualmende Nichts, dann schob er es zurück in die Scheide.

Korel stand neben ihm. Er sah mit großen Augen zu, als die Kreatur zu ihren Füßen sich wie Glut oder Eis auflöste und einen übelkeiterregenden Gestank zurückließ.

Dilvish wandte sich wieder der Tür zum Turm zu und trat ein, Korel an seiner Seite.

Der abgerissene Glockenstrang lag zu ihren Füßen. Er zerfiel zu Staub, als Dilvish ihn mit den Zehen berührte.

»Es steht geschrieben«, wandte er sich an Korel, »daß der Strang in der Hand des letzten, der die Glocken läutete, abriß, und das war vor langer Zeit.«

Er blickte auf. Nichts als Dunkelheit befand sich über ihm.

»Die Legionen Shoredans zogen aus, um die Zitadelle von Rahoring zu stürmen«, sagte der Priester, als läse er aus einer alten Schriftrolle. »Und der König der Welt hörte davon. Da belegte er die drei in Shoredan gegossenen Glocken mit einem Fluch. Als sie geläutet wurden, senkte sich dichter Nebel über das Land und hüllte die Reihen der Marschierenden und die Reiter ein. Beim zweiten Glockenläuten löste der Nebel sich wieder auf, und die Legion war nicht mehr zu sehen. Später schrieb Merda, der Rote Zauber des Südens, nieder, daß diese Truppen irgendwo immer noch durch ewigen Nebel marschieren. ›Wenn diese Glocken wieder von einem aus dem Hause geläutet werden, das mit diesem Wirker des Fluches ein Ende machte, dann kommen die Legionen aus dem Nebel, um für diesen einen in die Schlacht zu ziehen. Aber wenn sie ihm geholfen haben, müssen sie wieder in dem schrecklichen Nebel verschwinden, wo sie für immer zu einem Rahoringhast marschieren, das es längst nicht mehr gibt. Wie sie erlöst werden können, weiß niemand. Ein Mächtigerer als ich versuchte es vergebens.‹«

Dilvish neigte kurz den Kopf, dann betastete er die Wände. Sie waren nicht fugenlos wie die Außenmauer, obgleich sie aus dem gleichen Gestein waren, sondern aus Blöcken zusammengesetzt, und zwischen den einzelnen Blöcken entdeckten seine Finger kaum merkliche Spalten.

Er begann die Wände hochzuklettern. Irgendwie fanden seine weichen grünen Stiefel immer einen Halt.

Die Luft war heiß und verbraucht, und jedesmal, wenn er einen Arm über seinen Kopf hob rieselten ganze Staubwolken auf ihn herab.

Er zog sich hoch, bis seine Zehen etwa hundertmal neuen Halt gefunden hatten und seine Fingernägel abgebrochen waren. Dann drückte er sich wie ein Salamander an die Wand, um sich flüchtig auszuruhen. Und er spürte die Schmerzen seines letzten Kampfes wie Sonnen in sich brennen.

Er atmete die modrige Luft, und vor seinen Augen verschwamm alles. Er dachte an das Portaroy, das er einst, vor so langer Zeit befreit hatte, die Stadt seiner Freunde, wo man ihn hoch gefeiert hatte; an das Land, das ihn so sehr brauchte, daß seine Not vermocht hatte, ihn aus den Häusern der Schmerzen zu erlösen und den Stein um seinen Leib zu brechen. Und er dachte daran, daß Portaroy sich in den Händen des Obersten aus dem Westen befand, und an Dilfar, das sich gegen Lylish wehrte, der es schon beinahe eingenommen hatte.

Er kletterte weiter.

Sein Kopf berührte den metallenen Rand einer Glocke.

Er zog sich um sie herum und stützte sich auf die Querbalken.

Drei Glocken hingen von einer Schwingachse!

Sich an den Querbalken klammernd, drückte Dilvish den Rükken an die Wand und legte die Füße an die mittlere Glocke.

Jetzt streckte er die Füße aus und stieß zu.

Die Achse knarrte protestierend in ihrer Halterung.

Aber die Glocke bewegte sich, langsam nur. Sie schwang auch nicht zurück, sondern verharrte in der Stellung, in die Dilvish sie geschoben hatte.

Fluchend tastete er sich auf dem Querbalken zur gegenüberliegenden Seite des Glockenstuhls.

Er schob die Glocke zur anderen Seite zurück. Auch die anderen Glocken bewegten sich jetzt mit der Achse.

Neun weitere Male mußte er durch die Dunkelheit klettern, um die Glocken anzustoßen.

Von da ab bewegten sie sich leichter.

Langsam fielen sie zurück, als er die Beine wegnahm. Dann schob er sie erneut an, und auch diesmal kehrten sie zurück. Und dann schob er sie wieder und wieder an.

Eine der Glocken klirrte, als der Klöppel anschlug. Danach eine andere. Endlich begann eine zu läuten.

Fester stieß er zu mit aller Kraft. Schließlich schwangen die Glocken frei hin und her, und der ganze Turm hallte unter ihrem Schall, der seine Zahnwurzeln vibrieren ließ und seine Ohren schmerzhaft füllte. Ein Staubsturm tobte um ihn, Tränen quollen aus seinen Augen. Er hustete, schloß die Lider und gestattete den Glocken auszuschwingen.

Aus weiter Ferne glaubte er Hörnerschall zu hören.

Er machte sich daran, wieder hinunterzuklettern.

»Lord Dilvish«, sagte Korel, als er unten angekommen war, »ich vernahm Hörnerklang.«

»Ja«, murmelte Dilvish.

»Ich habe eine Flasche Wein bei mir. Trinkt!«

Dilvish spülte sich den Staub aus dem Mund und spuckte aus, ehe er sich drei tiefe Schlucke gönnte.

»Habt Dank, Priester. Laßt uns diesen unseligen Ort verlassen.«

Wieder durchquerten sie den Saal und stiegen die weite Treppe hinunter. Der kleinere Saal war unbeleuchtet, und überall lag Schutt. Sie stapften hindurch, doch Dilvish hinterließ keine Spuren, wo er gegangen war. Etwa auf der halben Außentreppe löste die Dunkelheit sich auf.

Durch den düsteren Tag schaute Dilvish die Heeresstraße entlang. Dichter Nebel herrschte außerhalb des zerfallenen Stadttors, und aus diesem Nebel erklangen Hörnerschall, Marschschritte und das Dröhnen von Hufen. Fast konnte Dilvish die Kolonnen sehen, die sich in ständiger Bewegung befanden und doch nicht näherkamen.

»Meine Truppen erwarten mich«, sagte Dilvish auf der Treppe. »Habt Dank für Eure Begleitung, Korel.«

»Ich habe Euch zu danken, Lord Dilvish. Ich kam an diesen Ort, um mich in den Schatten des Bösen zu läutern. Ihr habt mir viel gezeigt, über das ich meditieren kann.«

Sie stiegen die letzten Stufen hinunter. Dilvish streifte den Staub von seiner Kleidung und schwang sich auf seinen Schwarzen.

»Noch etwas, Korel, Priester von Babrigore«, sagte er. »Wenn Ihr je Euren Schutzherrn trefft, der Euch zum Meditieren noch viel mehr Böses zu bieten hat, als Euch hier vor Augen kam, dann sagt ihm, wenn die letzte Schlacht geschlagen ist, wird seine Statue kommen, um ihn zu töten.«

Das Muttermal zuckte auf Korels Lid, als der Priester zu Dilvish hochblinzelte.

»Vergeßt nicht, daß einst Licht ihn kleidete.«

Dilvish lachte, und die Augen seines Reittiers glühten rot durch die Düsternis.

»Da!« rief er und deutete. »Da ist Euer Zeichen seiner Tugend und seines Glanzes!«

Neun schwarze Tauben zogen ihre Kreise am Himmel.

Korel neigte den Kopf und schwieg.

»Ich muß nun aufbrechen, um meine Legionen zu führen.«

Sein Rappe schlug mit den stählernen Vorderhufen durch die Luft und stimmte in das Lachen seines Reiters ein.

Und dann waren sie unterwegs. Sie folgten der Heeresstraße und ließen die Zitadelle von Rahoring und den Priester Babrigores zurück in der Düsternis.

Aus: »Fantastic Stories«, Mai 1966
Copyright © 1966 by Ultimate Publishing Co, Inc.
Aus dem Amerikanischen übersetzt
von Lore Straßl

Howard Phillips Lovecraft

Howard Phillips Lovecraft (20. August 1890 — 15. März 1937) ist einer der bekanntesten Horror-Schriftsteller der USA. Seine Geschichten, die einen hohen literarischen Standard aufweisen, erschienen ab dem Jahr 1916 in diversen Magazinen, bis es ihm gelang, in *Weird Tales* unterzukommen, wo sein »Dagon« im Oktober 1923 veröffentlicht wurde. In den Folgejahren erschienen seine Erzählungen und Kurzromane regelmäßig in diesem wohl bekanntesten Pulp-Magazin seiner Zeit. Die phantastische Literatur bereicherte er mit seinem Cthulhu-Mythos, mit seinen Geschichten um den Pantheon des Schreckens und auch mit *Necronomicon,* einem fiktiven Buch voll mystischer, unaussprechlicher Geheimnisse. Der Cthulhu-Mythos erfreut sich auch noch heute, 45 Jahre nach Lovecrafts Tod, ungeteilter Beliebtheit bei Leserschaft und Autoren, die nach der ersten Generation (neben Lovecraft auch Robert E. Howard, Frank Belknap Long, Robert W. Chambers, Ambrose Bierce, August Derleth, Clark Ashton Smith) nun die Fortsetzung der Serie übernommen haben (wie Lin Carter, Brian Lumley, Bob van Laerhoven, Eddy C. Bertin, J. Ramsey Campbell und Fritz Leiber). In den deutschsprachigen Ländern gelang der Dichtung Lovecrafts mit dem von H. C. Artmann übersetzten Storyband *Cthulhu* der Durchbruch.

Neben diesen eher der Weird Fiction zuzuordnenden Erzählungen schrieb Lovecraft auch eine Anzahl phantastischer Geschichten, darunter die Serie um Randolph Carter, die unter dem Titel *The Dream Quest of Unknown Kadath* zusammengefaßt wurde (dt. *Die Traumfahrt zum unbekannten Kadath* = gekürzt; *Die Katzen von Ulthar* = komplett). »The Quest of Iranon« gehört ebenfalls zu diesem ›Traumland‹-Zyklus, zu dem Lovecraft von Lord Dunsany beeinflußt wurde, und ist eine der seltenen Lovecraft-Erzählungen, die Carter für seine Anthologie *The Young Magicians* wiederentdeckte.

Von H. P. Lovecraft erschien im Wilhelm Heyne Verlag folgender Titel:

12 Horror-Stories — Heyne Anthologie 12

Howard Phillips Lovecraft

Die Sehnsucht Iranons

Weinlaubgekrönt wanderte der Jüngling zur Granitstadt Teloth, sein blondes Haar von Myrrhe glänzend, die purpurne Robe zerfetzt von den Dornsträuchern des Berges Sidrak, jenseits der uralten Brücke aus Stein. Dunkelhaarig und hartherzig sind die Bürger von Teloth, sie wohnen in kantigen Häusern, und mit finstrem Blick fragten sie den Fremden, woher er gekommen sei, wie er heiße und was sein Geschick sei.

Da antwortete der Jüngling: »Ich bin Iranon und komme aus Aira, einer fernen Stadt, an die ich mich nur dunkel erinnere, die ich aber wiederfinden will. Ich bin ein Sänger, meine Lieder lernte ich in der fernen Stadt, und es ist mir Wunsch und Berufung, Schönes zu schaffen nach dem Gedanken meiner Kindheit. Mein Reichtum sind die kleinen Erinnerungen, die Träume und Hoffnungen, von denen ich nachts in den Gärten singe, wenn der Mond sanft scheint und der Westwind die Lotosblüten rührt.«

Als die Bürger von Teloth dies vernahmen, flüsterten sie miteinander. Denn in der Granitstadt gibt es weder Lied noch Lachen, nur manchmal, im Frühling, schauen die strengen Bürger auf zu den Karthischen Hügeln und denken an die Lauten des fernen Oonai, von denen Reisende erzählten.

Also denkend, baten sie den Fremden zu bleiben, auf dem Platz vor Mlins Turm zu singen, obgleich sie weder die Farbe seiner zerrissenen Robe mochten noch in seinem Haar die Myrrhe, weder seinen Kranz aus Rebenblättern noch den Jüngling mit seiner goldenen Stimme.

Am Abend sang Iranon, und während er sang, betete ein alter Mann, und ein Blinder sagte, er sähe einen Nimbus über dem Haupt des Sängers. Doch die meisten in Teloth gähnten, manche lachten, und manche gingen fort zu schlafen, denn Iranon erzählte nichts von Nutzen, er sang nur seine Erinnerungen, seine Träume, seine Hoffnungen.

»Ich denke an das Zwielicht, den Mond, die sanften Lieder und das Fenster, vor dem ich in den Schlaf geschaukelt wurde. An die Straße draußen vor dem Fenster, wo die goldenen Lichter kamen und Schatten auf marmornen Wänden tanzten. Ich denke an das Viereck aus Mondlicht auf dem Boden, das anders war als sonst

Iquanok
Sarkomand
Leng
Nordsee
Naraxa
Ooth-Nargai
Aran
Celephais
Serannian
Narthos
Cerenäische See
Hlanith
Ilek-Vad
Sinara
Tanarianische Hügel
Kled
Xari
Thran
Jaren
Lomar
Olathoe
Thapnen
Dschungel
Stethelos
Kathatheron
Ai
Plateau von Sarkia
Kiran
Rokol
Ilarnek
Mnar
Thraa
Oukranos
Lerion
Sarnath
Ib
Hatheg-Kla
Nasht
Kaman-Thah
Pnoth
Hatheg

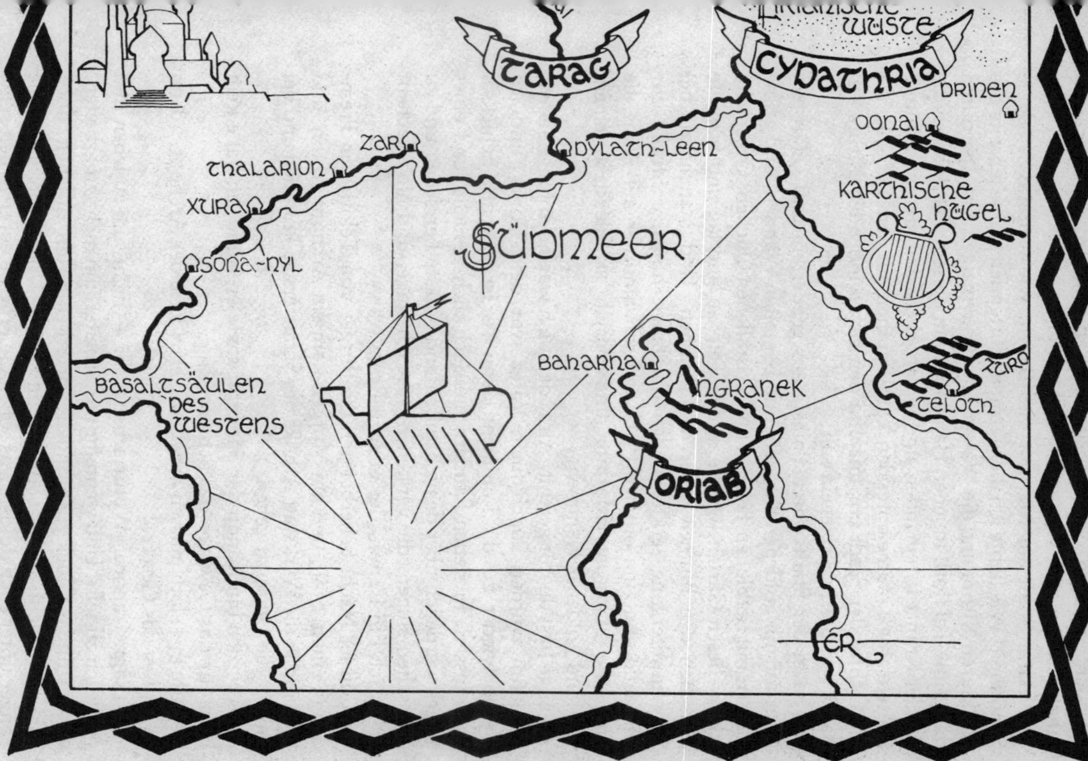
Wüste
Tarag
Cydathria
Drinen
Oonai
Zar
Dylath-Leen
Thalarion
Karthische Hügel
Xura
Südmeer
Sona-Nyl
Baharna
Zuro
Basaltsäulen des Westens
Ngranek
Teloth
Oriab
Er

ein Licht, und an die Erscheinungen, die in den Mondstrahlen tanzten, als meine Mutter für mich sang.

O Aira, Stadt aus Marmor und Beryll, wie vielfältig ist deine Schönheit! Wie liebte ich die warmen, duftenden Haine jenseits des glasklaren Nithra und die Wasserfälle des winzigen Kra, der durch das grüne Tal floß! In jenen Hainen und in diesem Tal flochten die Kinder Kränze füreinander, und in der Abenddämmerung träumte ich seltsame Träume unter den Yath-Bäumen auf dem Berg, als ich die Lichter der Stadt vor mir und den sich windenden Nithra ein Band von Sternen spiegeln sah.

Und in der Stadt waren Paläste aus geädertem und gefärbtem Marmor mit goldenen Kuppeln und bemalten Wänden, und grüne Gärten mit tiefblauen Teichen und kristallenen Quellen. Oft spielte ich in diesen Gärten, watete in den Teichen und lag und träumte zwischen den Blumen unter den Bäumen. Und manchmal, bei Sonnenuntergang, erklomm ich die lange hügelige Straße zur Zitadelle und zum offenen Platz und sah hinunter auf Aira, die magische Stadt aus Marmor und Beryll, strahlend in einem Gewand goldener Flammen.

Lange hast du mir gefehlt, Aira, denn ich war noch jung, als wir verbannt wurden. Doch mein Vater war dein König, und ich werde wieder zu dir kommen, denn so ist es vom Schicksal beschlossen. In sieben Ländern habe ich dich gesucht, und eines Tages werde ich über deine Straßen und Paläste herrschen und zu Menschen singen, die verstehen, was ich singe, und nicht lachen. Denn ich bin Iranon, der in Aira Prinz war.«

In dieser Nacht beherbergten die Bürger von Teloth den Fremden in einem Stall, und am Morgen kam ein Archont zu ihm und hieß ihn in die Werkstatt Athoks des Schusters zu kommen und bei ihm in die Lehre zu gehen.

»Aber ich bin Iranon der Sänger«, sagte er, »und ich habe kein Herz für das Gewerbe des Schusters.«

»Alle in Teloth müssen arbeiten«, erwiderte der Archont, »denn so will es das Gesetz.«

Da sagte Iranon: »Wofür arbeitet ihr — nicht, um zu leben und glücklich zu sein? Und wenn ihr nur arbeitet, um mehr zu arbeiten, wann soll das Glück euch finden? Ihr arbeitet, um zu leben, doch ist Leben nicht auch Schönheit und Lied? Und wenn ihr keine Sänger unter euch duldet, was sollen die Früchte eurer Arbeit sein? Arbeit ohne Lied ist wie eine mühsame Reise ohne Ende. Wäre der Tod nicht angenehmer?«

Aber der Archont war mürrisch, er verstand den Fremden nicht und schalt ihn. »Du bist ein seltsamer Jüngling, und ich mag weder dein Gesicht noch deine Stimme. Deine Worte sind Lästerung, denn die Götter von Teloth haben die Arbeit gutgeheißen. Unsere Götter haben uns einen Himmel versprochen, ein Leben nach dem Tod, wo Ruhe ohne Ende sei und kristallne Kälte, in der niemand seinen Geist mit Gedanken oder Schönheit reize. Du aber geh zu Athok dem Schuster oder verschwinde noch vor Sonnenuntergang aus der Stadt. Alle hier müssen dienen, und Lied ist Narretei.«

Also verließ Iranon den Stall und ging durch die engen Steingassen zwischen den finsteren, kantigen Häusern aus Granit und suchte etwas Grünes, denn alles war Stein. Die Bürger machten verdrießliche Gesichter, aber am steinernen Kai des trägen Flusses Zuro saß ein junger Knabe und starrte mit traurigen Augen in das Wasser, grüne knospende Zweige zu erspähen, die die Flut von den Hügeln heruntertrieb.

Und der Knabe sagte zu ihm: »Bist du etwa der, von dem die Archonten erzählen, der du eine ferne Stadt in einem schönen Land suchst? Ich bin Romnod, geboren im Blut von Teloth, doch ich bin unzufrieden mit dem Leben in der Granitstadt, und tagtäglich sehne ich mich nach den warmen Hainen, der Schönheit und den Liedern ferner Länder. Jenseits der Karthischen Hügel lieg Oonai, die Stadt von Lautenspiel und Tanz, von der die Menschen flüstern und sagen, sie sei lieblich und schrecklich zugleich. Dorthin ginge ich, wäre ich alt genug, den Weg zu finden, und dorthin sollst auch du gehen, denn dort wirst du singen und Menschen haben, die dir zuhören. Laß uns die Stadt Teloth verlassen und gemeinsam zwischen den Hügeln des Frühlings wandeln. Du wirst mir die Wege unserer Reise zeigen, und ich werde deinen Liedern lauschen, wenn abends die Sterne, einer nach dem anderen, den Geistern der Träumer Träume bringen. Und, wer weiß, vielleicht ist Oonai, die Stadt von Lautenspiel und Tanz, sogar das schöne Aira, das du suchst, denn man erzählt, daß du Aira seit den alten Tagen nicht gesehen hast, und ein Name ändert sich oft. Laß uns nach Oonai gehen, o Iranon mit dem goldenen Haupt! Dort werden die Menschen unsere Sehnsucht kennen, uns als Brüder willkommen heißen und niemals über unsre Worte lachen oder finster blicken.«

Und Iranon antwortete: »So sei es, Kleiner; wer in dieser steinernen Stätte nach Schönheit strebt, muß in den Bergen suchen und jenseits der Berge, und ich werde dich nicht am trägen Zuro schmachtend zurücklassen. Aber glaube nicht, daß jenseits der

Karthischen Hügel Wonne und Verständnis wohnen oder an sonst einem Ort, den man in einem Tag, einem Jahr oder einem Jahrfünft erreichen kann. Siehe, als ich klein war wie du, wohnte ich im Tal Narthos am kalten Xari, wo niemand meinen Träumen lauschen wollte. Und ich sagte mir, wenn ich älter wäre, würde ich nach Irana am südlichen Abhang gehen und für lächelnde Dromedartreiber singen. Doch als ich nach Irana kam, fand ich nur betrunkene und grobe Dromedartreiber und sah, daß ihre Lieder anders als die meinen waren. So fuhr ich in einer Barke den Xari hinunter, zu den Onyxmauern von Jaren. Die Soldaten in Jaren vertrieben mich, und ich wanderte zu anderen Städten. Ich habe Stethelos unter dem großen Katarakt gesehen und die Marsch geschaut, wo einst Sarnath stand. Ich war in Thraa, Ilarek und Kadatheron am schlängelnden Fluß Ai und habe lange in Olathoe im Land Lomar gewohnt. Aber obwohl ich manchmal Zuhörer hatte, waren es stets wenige, und ich weiß, daß ich nur in Aira freundliche Aufnahme finden werde, der Stadt aus Marmor und Beryll, wo einst mein Vater als König geherrscht. Also werden wir Aira suchen, obgleich es gut wäre, das ferne und lautengesegnete Oonai jenseits der Karthischen Hügel zu besuchen, das wirklich Aira sein mag, obwohl ich es nicht glaube. Die Schönheit Airas ist unvorstellbar, niemand kann ohne Verzückung von ihr erzählen, aber von Oonai flüstern die Kameltreiber mit lüsternen Augen.«

Bei Sonnenuntergang gingen Iranon und der kleine Romnod fort von Teloth, und sie wanderten lange Zeit zwischen grünen Hügeln und kühlen Wäldern. Der Weg war rauh und verborgen, und sie schienen Oonai, der Stadt von Lautenspiel und Tanz, niemals näherzukommen. Doch in der Abenddämmerung, als die Sterne erschienen, sang Iranon von der Schönheit Airas, und Romnod lauschte, so daß jeder auf seine Art glücklich war. Sie aßen reichlich Früchte und rote Beeren und bemerkten nicht, wie die Zeit verging, doch viele Jahre müssen verflogen sein. Der kleine Romnod war nun nicht mehr so klein, sprach tief und nicht mehr schrill, Iranon hingegen blieb immer derselbe und schmückte sein goldenes Haar mit Reben und duftenden Harzen, die er in den Wäldern fand. So geschah es, daß eines Tages Romnod älter schien als Iranon, obwohl er sehr klein gewesen war, als Iranon ihn am trägen, ausgetrockneten Zuro nach grünen, knospenden Zweigen schauend gefunden.

In einer Vollmondnacht erreichten die Wanderer einen Berggipfel und schauten hinab auf die Myriaden Lichter von Oonai.

Bauern hatten ihnen erzählt, daß sie nahe wären, und Iranon wußte, dies war nicht seine Heimatstadt Aira. Die Lichter von Oonai waren anders als die von Aira, grell und blendend, wogegen die Lichter von Aira sanft und magisch schienen wie das Mondlicht auf dem Boden vor dem Fenster, wo Iranons Mutter ihn einst mit einem Lied in den Schlaf gewiegt. Aber Oonai war eine Stadt von Lautenspiel und Tanz. So gingen Iranon und Romnod den steilen Abhang hinunter, auf daß sie Menschen finden mochten, denen Lieder und Träume Freude brächten. Und als sie in die Stadt gekommen waren, da fanden sie rosenbekränzte Zecher, die von Haus zu Haus zogen, aus Fenstern und Balkonen lehnten, den Liedern Iranons lauschten und Beifall zollten, wenn er zu Ende gesungen.

Da glaubte Iranon für einen Augenblick, er hätte die gefunden, die dachten und fühlten wie er, obwohl die Stadt nicht ein Hundertstel so schön war wie Aira. Als die Abenddämmerung hereinbrach, schaute Iranon verdrossen um sich, denn die Kuppeln von Oonai waren nicht golden in der Sonne, sondern grau und trüb. Und die Bürger von Oonai waren bleich von Völlerei und stumpf vom Wein und anders als die Menschen in Aira. Aber weil ihm die Leute Blüten geworfen und seine Lieder gewürdigt, blieb Iranon und mit ihm Romnod, der die Völlerei der Stadt mochte und Rosen und Myrthe in seinem dunklen Haar trug. Oft sang Iranon nachts für die Zecher, doch stets war er wie zuvor gekrönt nur mit dem Weinlaub der Berge und eingedenk der Marmorstraßen von Aira und des glasklaren Nithra. In den freskengezierten Hallen des Monarchen sang er auf kristallener Bühne über einem spiegelnden Boden, und als er sang, brachte er seinen Zuhörern Bilder, bis der Boden die alten schönen, halbvergessenen Dinge widerzuspiegeln schien und nicht die weingeröteten Schwelger, die ihn mit Rosen bewarfen. Und der König hieß ihn, seinen zerrissenen Purpurmantel abzulegen, und kleidete ihn in Seide und goldenen Stoff, schmückte ihn mit Ringen aus grüner Jade und Armreifen aus gefärbtem Elfenbein und beherbergte ihn in einer vergoldeten, gobelingeschmückten Kammer mit einem Bett aus süßem, geschnitztem Holz mit Baldachin und Decken aus blumenbestickter Seide. So wohnte Iranon in Oonai, der Stadt von Lautenspiel und Tanz.

Es ist nicht bekannt, wie lange Iranon in Oonai weilte, aber eines Tages holte der König wild wirbelnde Tänzer aus der Lirischen Wüste in den Palast und düstere Flötenspieler aus Drinem im

Osten, und danach warfen die Zecher ihre Rosen nicht mehr so oft nach Iranon wie nach den Tänzern und Flötenspielern. Und Tag für Tag wurde jener Romnod, der in der Granitstadt Teloth ein kleiner Knabe gewesen war, derber und röter vom Wein, bis er weniger und immer weniger träumte und mit weniger Freude den Liedern Iranons lauschte. Doch obwohl Iranon traurig war, hörte er nicht auf zu singen und erzählte abends immer wieder seine Träume von Aira, der Stadt aus Marmor und Beryll.

Dann, in einer Nacht, keuchte der fette, rotgesichtige Romnod schwer zwischen den mohnbestreuten Seidendecken seines Lagers und starb, sich windend, während Iranon bleich und schlank in einer Ecke für sich selbst sang. Und als Iranon am Grab Romnods geweint und es mit knospenden grünen Zweigen bestreut hatte, die Romnod stets geliebt, legte er seine Seidengewänder und den billigen Schmuck ab und ging unbeachtet fort aus Oonai, der Stadt von Lautenspiel und Tanz, nur mit dem zerrissenen Purpurmantel bekleidet, in dem er gekommen war, und bekränzt mit frischem Weinlaub von den Bergen.

So wanderte Iranon der untergehenden Sonne nach, immer noch auf der Suche nach seiner Heimat und nach Menschen, die ihn verstünden und seine Lieder und Träume schätzten. In all den Städten von Cydalthria und in den Ländern jenseits der Wüste Bnazic lachten die Kinder mit fröhlichen Gesichtern über seine alten Lieder und sein zerfetztes Gewand aus Purpur. Aber Iranon blieb immer jung, trug Kränze auf seinem goldenen Haupt und sang von Aira.

So kam er in der Nacht zur verkommenen Hütte eines alten Schafhirten, der gebückt und schmutzig seine Herden auf einem steinigen Abhang über einer Marsch aus Treibsand hielt. Zu diesem Mann sprach Iranon wie zu so vielen anderen:

»Kannst du mir sagen, wo ich Aira finden kann, die Stadt aus Marmor und Beryll, wo der glasklare Nithra fließt und die Wasserfälle des winzigen Kra zu den fruchtbaren Tälern und von Yath-Bäumen bewaldeten Hügeln singen?«

Und der Schafhirt hörte, schaute Iranon lang und sonderbar an, als sinne er langvergangenen Dingen nach, gewahrte jede Linie im Gesicht des Fremden, sein goldenes Haar und seine Krone aus Weinlaub. Doch er war alt und antwortete: »O Fremder, tatsächlich habe ich den Namen Aira gehört und die anderen Namen, von denen du sprachst, doch sie kommen über den Abgrund lang verflossener Jahre zu mir. Ich hörte sie in meiner Jugend von den

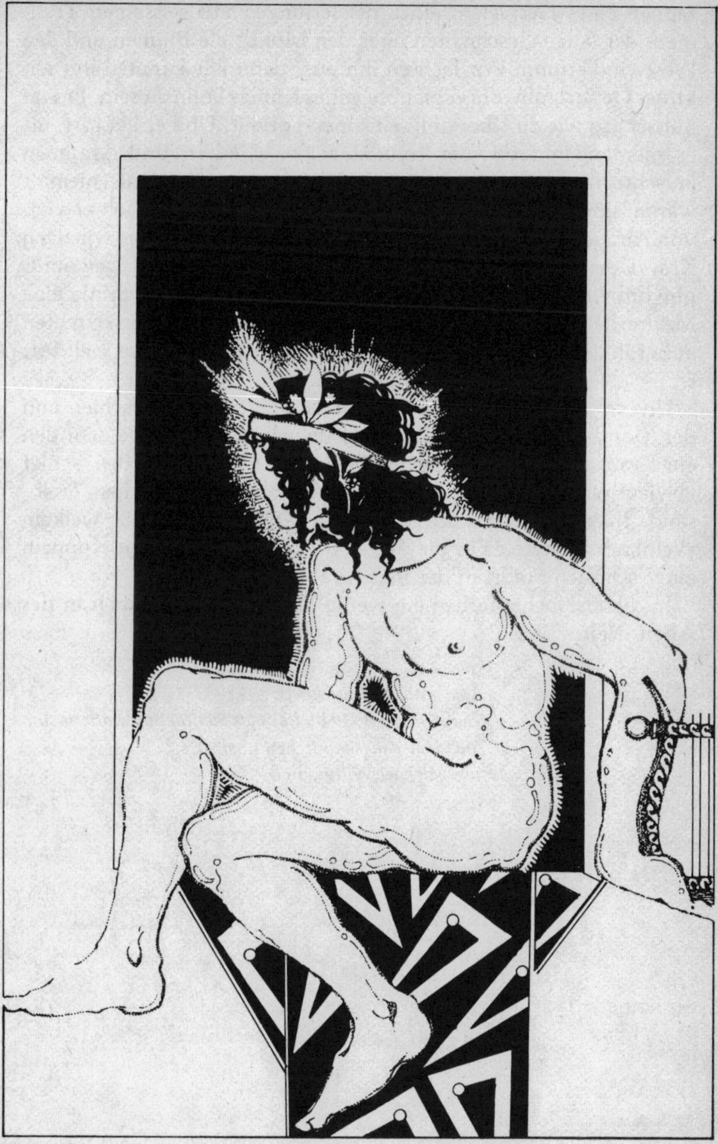

Lippen eines Gespielen, eines Bettlerjungen mit seltsamen Träumen, der lange Geschichten über den Mond, die Blumen und den Westwind erfand. Wir lachten ihn aus, denn wir kannten ihn seit seiner Geburt, obwohl er glaubte, eines Königs Sohn zu sein. Er war hübsch, so wie du, aber voll seltsamer Torheit. Und er lief fort, als er niemanden fand, der freudig seinen Liedern und Träumen lauschte. Wie oft hat er mir von Ländern gesungen, die niemals waren, und Dingen, die nie sein können! Von Aira sprach er viel, von Aira und dem Fluß Nithra und den Wasserfällen des winzigen Kra. Dort, sagte er immer, habe er einst als Prinz gewohnt, obwohl wir ihn seit seiner Geburt kannten. Es gab auch nie eine Marmorstadt Aira oder Leute, die sich seltsamer Lieder erfreuten außer in den Träumen meines alten Gespielen Iranon, der weit fort ist.«

Und im Zwielicht, als ein Stern nach dem anderen erschien und der Mond einen solchen Glanz auf die Marsch warf wie den, den ein Kind auf dem Boden beben sieht, während es in den Schlaf gewiegt wird, schritt ein sehr alter Mann in den tödlichen Treibsand. In zerrissenen Purpur gekleidet und gekrönt mit welkem Weinlaub, starrte er in die Ferne wie auf die goldenen Kuppeln einer schönen Stadt, in der man Träume versteht.

In dieser Nacht starben ein wenig Jugend und Schönheit in der Alten Welt.

Aus: »Weird Tales«, März 1939
Copyright © 1939 by Popular Fiction Publications, Inc.
Aus dem Amerikanischen übersetzt
von Michael Wittmann

Katherine Kurtz

Als Herausgeber hat Lin Carter immer schon einen guten Geschmack bewiesen. Dies gilt für seine jährliche Auswahl *The Year's Best Fantasy Stories* ebenso wie für die klassische Edition *Ballantine Adult Fantasy*, für letztere sogar noch mehr, denn damals galt es gewissermaßen, Neuland zu erschließen, neue Autoren zu finden, die qualitativ neben Klassikern wie Lord Dunsany, Clark Ashton Smith, William Morris und James Branch Cabell bestehen konnten. Katherine Kurtz war eine dieser jungen Autoren, die von Lin Carter entdeckt wurden und die der Fantasy neue Dimensionen erschlossen haben. In ihren Romanen schuf die 1944 in Coral Gables/Florida geborene Schriftstellerin einen beeindruckenden Fantasy-Zyklus um die Deryni, ein Magiergeschlecht in einem fiktiven Mittelalter, das sich gegen die Kirche und die abergläubische Furcht der Bevölkerung zur Wehr setzen muß. Für ihre Verdienste um die Fantasy wurde Katherine Kurtz zum Mitglied der exklusiven Fantasy-Autorenvereinigung SAGA (Swordsmen and Sorcerer's Guild of America) gewählt, der auch Fritz Leiber, Poul Anderson, Jack Vance, Lin Carter, L. Sprague de Camp, Andre Norton, Michael Moorcock und Avram Davidson angehören.

Auch die Story »Swords against the Marluk« gehört zum Deryni-Zyklus. Sie wurde für den 4. Band der SAGA-Anthologienreihe *Flashing Swords!* geschrieben und handelt einige Jahre vor Beginn des ›späten‹ Deryni-Zyklus, der in den USA und in der BRD vor der ›frühen‹ Trilogie veröffentlicht wurde.

Von Katherine Kurtz erschienen folgende Titel in der Reihe HEYNE SCIENCE FICTION & FANTASY:

SPÄTER DERYNI-ZYKLUS:

Das Geschlecht der Magier (06/3576)
Die Zauberfürsten (06/3598)
Ein Deryni-König (06/3620)

FRÜHER DERYNI-ZYKLUS:

Camber von Culdi (06/3666)
Sankt Camber (06/3720)
Camber der Herätiker — in Vorbereitung

Katherine Kurtz

Des Marluks Untergang

In jenem Sommer hatte man von des Marluks Seite keine Ärgernisse erwartet. Mit dem Namen Hogan Gwernachs verband man in jenen Tagen kaum mehr als eine Sage, eine schemenhafte Drohung im fernen Tolan, aus der sehr wohl einmal oder auch niemals eine ernste Gefahr für Brions Thron werden mochte. Obschon er Gerede zufolge ein Abkömmling des letzten derynischen Magier-Königs Gwynedds sein sollte, hatte Gwernachs Gezücht seit nahezu drei Geschlechterfolgen keinen Fuß nach Gwynedd gesetzt — nicht wieder seit Duchad Mors gescheitertem Ansturm zur Zeit der Herrschaft Jasher Haldanes. Die meisten Menschen, die überhaupt wußten, daß es ihn fürwahr gab, lebten im Glauben, er habe seines Anspruchs auf Gwynedds Krone entsagt.

Und so sah man spät im Frühling König Brion in der Ostmark, um dort die Erhebung eines der ihm untertanen Grafen niederzuschlagen, und an seiner Seite ritt ein junger Knappe namens Alaric Morgan, ein Halb-Deryni. Rorik, Graf der Ostmark, hatte den königlichen Verfügungen getrotzt und das benachbarte Marley zu berennen begonnen — und damit ein Vorhaben zu verwirklichen, mit dem er bereits seit Jahren drohte —, unterstützt von seinem ungestümen Schwiegersohn Rhydon, von welchselbigem man damals lediglich den *Verdacht* hegte, er sei ein Deryni. Arban Howell, einer der dortigen Barone, dessen Ländereien an Roriks Ostmark grenzten, hatte dem König eilends von dem Nachricht geschickt, was geschah, dann die Wehrfähigen seines Fürstentums ausgehoben, um Widerstand zu leisten, bis Hilfe eintraf.

Zum Zeitpunkt jedoch, als die königlichen Heerscharen ankamen — Brion mit einem Heer von der Hauptstadt, dazu Hilfskräfte aus Claibourne im Norden —, blieb kaum noch mehr zu vollbringen als Arbans Rittern bei der endgültigen Zerschlagung des Gegners beizustehen. Wie dank einem Wunder war es Arban gelungen, Graf Rorik zu überwinden und zum Gefangenen zu machen, die Reste der Aufständlerhaufen zu zerstreuen und den hitzig-dreisten Rhydon in die Flucht zu jagen. Als der König selbst in Arbans Feldlager einzog, waren nur noch die förmlichen Angelegenheiten abzuwickeln.

Man hielt Gericht, fällte über den Beschuldigten ein Urteil und

N
CLAIBOUR
CASSAN
CARBUR
FINSTE
KIERNEY
CULDI
MEARA
GWYNNEDD
RHEMUTH
HALDANE
CONCARADINE
DER CONNAIT
ER

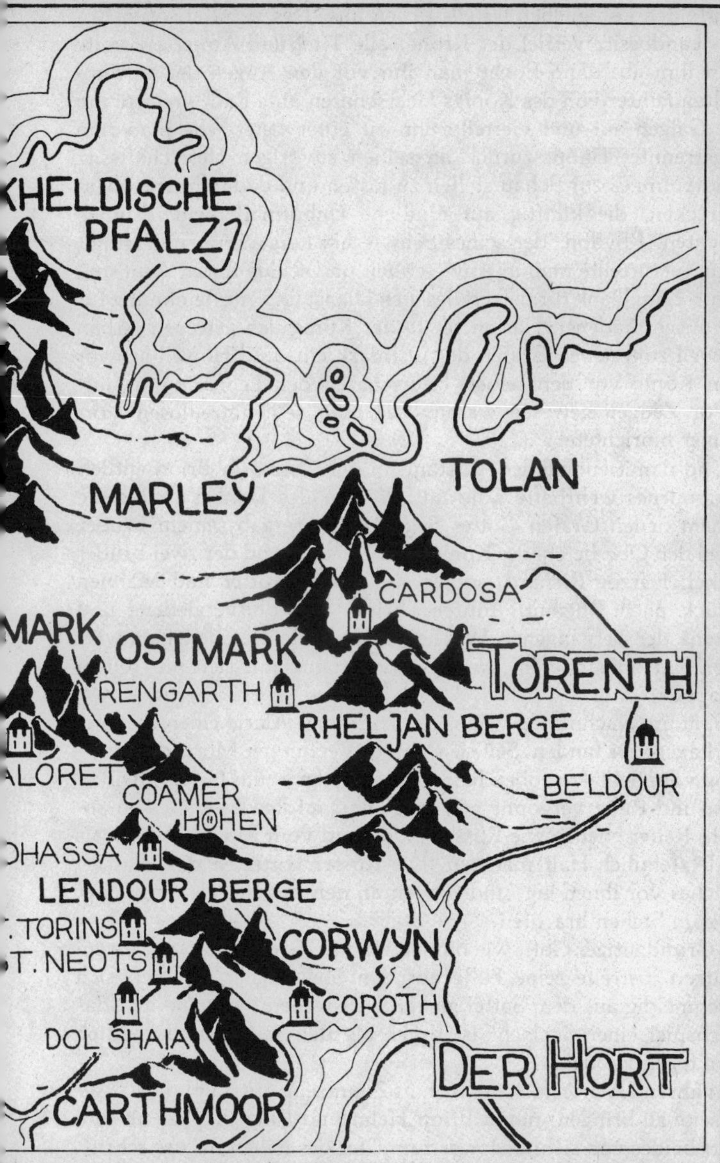
HELDISCHE
PFALZ
MARLEY
TOLAN
CARDOSA
MARK
OSTMARK
TORENTH
RENGARTH
RHELJAN BERGE
LORET
COAMER
HÖHEN
BELDOUR
HASSA
LENDOUR BERGE
TORINS
CORWYN
T. NEOTS
COROTH
DOL SHAIA
DER HORT
CARTHMOOR

führte den königlichen Urteilsspruch aus. Des verräterischen Roriks Landbesitz verfiel der Krone, alle Titel und Ämter erkannte man ihm ab, dann flocht man ihn vor den Augen der versammelten Führer von des Königs Heerscharen aufs Rad, knüpfte ihn am Galgen auf und vierteilte ihn zu guter Letzt, ehe man sein abgetrenntes Haupt zurück an seinen zuvorigen Herrschaftssitz sandte, um es zur Schau stellen zu lassen und dadurch jene abzuschrecken, die künftig auf ähnliche Unbotmäßigkeiten sinnen mochten. Rhydon, der seines Schwiegervaters Verrat unterstützt hatte, verurteilte man in Abwesenheit und schlug ihn in Acht und Bann. Zum Dank für den erwiesenen Dienst und zur Belohnung für die ausgestandenen Härten setzte der König den getreuen Arban Howell zum neuen Grafen der Ostmark ein, und Howell schwor dem König vor den selben Heerscharen den Lehnseid, die just zuvor Zeugen gewesen waren, wie man seinen treulosen Vorgänger hinrichtete.

Und damit endete der Aufstand in der Ostmark. Brion entließ Claibournes wehrhafte Edle mit Worten des Dankes, wünschte seinem neuen Grafen Gottes Segen und übergab seinem Bruder Nigel den Oberbefehl des Königsheeres. Nigel und der zwei Brüder Onkel, Herzog Richard, sollten des Königs Ritter und Mannen zurück nach Rhemuth führen. Brion, des Blutvergießens und Tötens der vergangenen Woche überdrüssig, trat den heimwärtigen Ritt auf anderem Wege an und nahm mit sich nur seinen Knappen.

Spät am Nachmittag war's, als Brion und Alaric einen geeigneten Lagerplatz fanden. Seit sie sich vor Beginn der Morgendämmerung vom Schlaf erhoben hatten, war ihnen kaum Gelegenheit zu Rast und Ruhe vergönnt gewesen; und infolgedessen waren sowohl Reiter ebenso wie Rösser müde und vom Ritt erschöpft, als sie letztendlich Halt machten. Die Rösser witterten das Wasser, welches vor ihnen lag, und zerrten an den Zügeln, als ihre Reiter sie zum Stehen brachten.

»Grundgütiger Gott, wie bin ich ermattet!« rief Brion mit einem Seufzen, befreite seine Füße aus den Steigbügeln und ließ sich geschmeidig aus dem Sattel gleiten. »Bisweilen vermeine ich, das Nachspiel einer Schlacht ist ärger als der Kampf selbst. Mich dünkt, ich werde alt.«

Während Alaric nach des Königs Zaumzeug griff, um die Rösser beiseite zu bringen, nahm Brion Helm und Ringelkapuze ab und warf beides von sich, bevor er zum Ufer des nahen Baches schritt.

Er sank vornüber nieder und tauchte sein Haupt ins Abkühlung spendende Wasser. Sein langes schwarzes Haar schwamm in der Strömung, fiel dann, als er sich herumwälzte und aufsetzte, über die Schultern bis knapp auf den königlichen Rücken, wie er es bevorzugt zu tragen pflegte. Alaric, der die Rösser nahebei angebunden hatte, hob seines Herrn Helm und Ringelkapuze auf und legte sie bei den Tieren ab, dann gesellte er sich leichtfüßig zum König.

»Euer Kettenhemd wird rosten, falls Ihr fortgesetzt darauf beharrt, darin zu baden, Sire«, merkte der Jungmanne mit einem Lächeln an, indem er neben dem Älteren niederkniete und sich anschickte, ihm den wuchtigen Schwertgurt zu öffnen.

Brion lehnte sich rücklings auf die Ellbogen, um dem Knappen das Entfernen von Rüstzeug und Waffen zu erleichtern, schüttelte sodann voller Wohlgefallen das Haupt, als Alaric begann, ihm die gepanzerten Handschuhe und Armschienen abzunehmen.

»Ich glaube, ich werde niemals begreifen, womit ich dich verdient habe, Alaric.« Er hob einen Fuß, so daß der Jungmanne ihm Beinschienen, Sporen und die staubbedeckten Stiefel ausziehen könne. »Du mußt wähnen, ich sei umnachtet, da ich auf diese Weise allein fortreite, mit keiner bewaffneten Begleitung außer dir, nur um Abstand zwischen mich und mein Heer zu bringen.«

»Mein Gebieter ist ein Kriegsherr und Herrscher über viele Menschen«, erwiderte der Jungmanne mit erneutem Lächeln, »aber er ist nicht minder ein Mann seiner selbst und muß außer für eines Königs Aufgaben Zeit zur Muße haben. Das Bedürfnis nach Einsamkeit ist mir wohlvertraut, Sire.«

»Du verstehst mich, nicht wahr?«

Alaric zuckte mit den Achseln. »Wer könnte das besser als ein Deryni, Sire? Wie Euer Gnaden sind wir zumeist einsam — wenngleich wir uns nicht immer aus freien Stücken in der Einsamkeit beschränken.«

Brion lächelte zum Zeichen der Zustimmung, indem er versuchte, sich vorzustellen, wie es sein mußte, führte man wie Alaric das Leben eines Deryni, als Angehöriger eines besonderen, lange verfolgten Geschlechts, noch heute von so vielen Menschen gefürchtet. Während er solchen Gedanken nachhing, duldete er es, daß der Jungmanne ihm den Wappenrock mit dem Löwen übers Haupt zog und zur Seite warf, dann stand er auf und entledigte sich des Hauberts. Nachdem er Wams und Kittel ebenfalls abgelegt hatte, begab er sich ins Wasser und tauchte mit einem Aufseufzen hinein, ließ das Wasser den Schmutz fortspülen und seinen Verdruß über den Kampf, das lästige Rüstzeug und die zu vielen Stunden im Sattel besänftigen. Gleich darauf tat Alaric es ihm gleich, schwamm im gesprenkelten Halbschatten, der auf dem Wasser schaukelte, wie ein Aal. Der Knappe befand sich, als die abendliche Dämmerung heraufzog, wieder am Ufer, ohne daß es einer Ermahnung bedurft hätte, zog saubere Kleidung an, packte die vom Kampf verschmutzte Wehr fort und legte frische Kleidungsstücke für seinen Gebieter bereit. Eher widerwillig suchte Brion den sandigen Grund des Baches, richtete sich auf und schob sein langes schwarzes Haar in den Nacken.

Sobald er sich angekleidet hatte, brannte schon ein kleines Feuer, über dessen Flammen ein Wildkaninchen brutzelte und das in robusten ledernen Feldbechern Wein erwärmte. Wider die immer merklichere abendliche Kühle in ihre Umhänge gehüllt, stärkten König und Knappe sich an Wildkaninchen, reifem Käse und Zwieback, welchletzterer nach einer Woche im Gepäck nur ganz geringfügigen Schimmel aufwies. Das Mahl war beendet und das Lager vollends aufgebaut, als zuletzt vollständige Dunkelheit herrschte, und Brion schlief fast ohne Verzug ein, sein Haupt beim eingedämmten Feuer auf den Sattel gebettet. Nachdem er noch einmal nach den Rössern geschaut hatte, legte auch Alaric sich zum Schlafen nieder.

Einige Zeit nach des Mondes Aufgang war es, als Hufschlag, der sich von dort näherte, woher sie gekommen waren, sie weckte. Es handelte sich um einen einzelnen Reiter — soviel vermochte Brion durch den Nebel von Benommenheit zu erkennen, den er abzuschütteln versuchte, als er sich aufsetzte und nach seinem Schwert griff. Doch da war noch irgend etwas anderes, das es mit ihm auf sich hatte, und der Jungmanne Alaric spürte es. Der Bursche stand schon auf den Beinen, das Schwert in der Faust, seinen König zu verteidigen bereit, sollte die Notwendigkeit entstehen. Aber nun verharrte er in eines Baumes Schatten, das Schwert gesenkt, sein Haupt in einer Haltung geneigt, die bezeugte, daß er mehr wahrnahm als sich durch bloßes Lauschen wahrnehmen ließ.

»Prinz Nigel«, versicherte der Jungmanne gedämpft, aber mit Überzeugtheit, indem er sein Schwert wieder in die Scheide schob. Brion, längst daran gewöhnt, sich auf die außerordentlichen Begabungen seines Knappen zu verlassen, straffte sich und spähte hinüber zur vom Mondschein erhellten Landstraße, während er sich den Umhang um die Schultern warf und im Finstern nach seinen Stiefeln tastete.

»Hie Heldane!« erscholl des Knappen jugendliche Stimme.

»Haldane, ho«, rief seinerseits Brion und trat ins Mondlicht, um den Ankömmling zu begrüßen. Der Reiter zügelte sein mit Schaum bedecktes Roß, so daß es sich auf den Hinterbeinen emporbäumte, und fiel halb aus dem Sattel, warf die Zügel achtlos in Alarics ungefähre Richtung, als der Bursche ihm entgegenlief.

»Brion, Gott sei gedankt, daß ich Euch gefunden habe!« rief Nigel und wankte auf seinen älteren Bruder zu, um ihn in die Arme zu schließen. »Ich fürchtete schon, Ihr hättet einen anderen Weg genommen.«

Der Prinz war mit dem Schaum des Rosses besudelt und von seinem halsbrecherischen Ritt beschmutzt, und sein Atem ging in abgehackten Keuchlauten, während Brion ihn ans Feuer geleitete und ihn hieß, sich niederzusetzen. Er sackte rücklings gegen einen Baumstamm, trank hastig den Wein, welchen Brion ihm anbot, und versuchte, das Beben seiner Hände zu unterbinden. Ein Weilchen später entledigte er sich mit Hilfe der Zähne eines Reithandschuhs, ohne sich mit verfrühten Bemühungen abzuplagen, zu sprechen, und langte in eine Falte seines Wappenrocks. Er schöpfte tief Atem, als er ein zusammengefaltetes Stück Pergament zum Vorschein brachte und es seinem Bruder reichte.

»Das traf ein, wenige Stunden, nachdem Ihr und Alaric fortgeritten seid. Es stammt von Hogan Gwernach.«

»Vom Marluk?« meinte Brion leise. Unversehens war seine Miene still und sonderbar, die grauen Haldane-Augen blitzten wie geschliffener Achat, als er die Botschaft in den Feuerschein hielt.

Des Briefes Außenseite fehlte jedes Siegel — nur ein Name stand darauf, geschrieben in der fein säuberlichen Schrift eines gelehrten Menschen: *Brion Haldane, Thronräuber in Gwynedd.* Mit bedächtiger Langsamkeit entfaltete Brion das Pergament, ließ seinen Blick über des Briefes Inhalt schweifen; sein Bruder nahm ein entflammtes Holz aus dem Feuer und hielt es, um ihm zu leuchten, in die Höhe. Der Jungmanne Alaric lauschte stumm, während der König laut las.

»An Brion Haldane, Thronräuber in Gwynedd, von Herrn Hogan Gwernach von Tolan, des Hauses Festil Erbe aller Throne und Kronen der Elf Königreiche. Wisset, daß Wir, Hogan, den Entscheid gefällt haben, das Geburtsvorrecht in Anspruch zu nehmen, welchselbiges das Recht Unserer Festilischen Ahnen ist,

nämlich die Throne zu besteigen, die rechtmäßig Unser sind. So geben Wir euch, Brion Haldane, kund und zu wissen, daß Eure Emporkömmlingsherrschaft über Gwynedd nun ein Ende finden muß und Eure Ländereien und Eure Krone dem Hause Festil zufallen. Wir fordern Euch auf, Euch mit allen Angehörigen Eures Haldane-Geschlechts vor Unserer Königlichen Gegenwart zu Cardosa einzustellen, nicht später als am Festtage des Sankt Asaph, um Euch zu unterwerfen und alle Wahrzeichen Eurer Hoheitlichkeit in Unsere Königlichen Hände zu übergeben. Sic dicto, Hoganus Rex Regnorum Undecim.«

»König der Elf Königreiche?« schnob Alaric, dann besann er sich darauf, wer er war und wo. »Um Vergebung, Sire, aber er muß Scherz treiben.«

Nigel schüttelte sein Haupt. »Leider ist's nicht so, Alaric. Rhydon von der Ostmark hat dies Sendschreiben unterm Schutze der Weißen Fahne eines Unterhändlers abgeliefert.«

»Der verräterische Hund!« knirschte Brion unterdrückt.

»Jawohl.« Nigel nickte. »Er sagte, Euch sei auszurichten, sähet Ihr darin zum Streite Veranlassung« — er tippte leicht mit einem Fingernagel auf das Pergament —, »wolle der Marluk Euch morgen nahe den Rustaner Klippen zum Kampf treffen. Im Falle Ihr Euch nicht einfindet, wird er die Stadt Rustan plündern und brandschatzen sowie ihre Männer, Frauen und Kinder ohne Ausnahme über die Klinge springen lassen. Wenn wir in der Morgenfrühe aufbrechen, vermögen wir gerade noch beizeiten anzukommen.«

»In welcher Stärke?« erkundigte sich Brion.

»Ich verfüge über meine Vorhut von achtzig Kriegern. Sechzig davon habe ich vorausgeschickt, damit sie uns bei Rustan erwarten, der Rest folgt mir um wahrscheinlich nur wenige Stunden später nach. Außerdem habe ich Onkel Richard und dem Hauptheer einen Boten gesandt. Wenn uns ein wenig Glück beisteht, erreicht die Kunde ihn noch rechtzeitig genug, so daß er die Haldaneschen Vasallen zu Hilfe senden kann. Graf Ewan steht bereits zu hoch im Norden, als daß wir ihn noch zurückrufen vermöchten, aber sei's drum, ich habe auf alle Fälle auch zu ihm einen Boten losreiten lassen.«

»Meinen Dank. Du hast wohlgetan.«

Mit einem Nicken, das Zerstreutheit verriet, legte Brion eine Hand auf seines Bruders Schulter und erhob sich langsam. Wie er so dastand und blicklos ins Feuer starrte, glänzte dessen Schein auf einem großen Rubin an seinem Ohr, ebenso einem breiten silbernen Armreif rings um sein rechtes Handgelenk. Er verschränkte die Arme auf der Brust, um sich ein wenig der Kälte zu erwehren, neigte gedankenschwer das Haupt. Der Jungmanne Alaric warf Prinz Nigel einen Blick zu und trat näher, um den König behaglicher in den Umhang zu hüllen, und er schloß gerade die Spange in Gestalt eines Löwen unterm Kinn, als der König von neuem zu sprechen begann.

»Der Marluk gedenkt nicht mit den Fäusten zu kämpfen, das ist dir wohlbewußt, Nigel«, sagte er mit gedämpfter Stimme. »Oh, es mag anfangs zu Scharmützeln zwischen unseren jeweiligen Scharen kommen, seinen und meinen, gewiß, aber es wird beim Geplänkel bleiben. Es ist kein Kampf mit Waffen, zu dem Hogan Gwernach mich herausfordert.«

»Freilich«, bestätigte Nigel kaum vernehmlich. »Er ist ein Deryni.« Im Feuerschein sah er Brion bedachtsam nicken. »Aber zwei Geschlechter sind dahingegangen, Brion«, fügte Nigel nach einem ausgedehnten Weilchen des Schweigens hinzu, »seit ein Haldane-König zuletzt wider derynische Magie bestehen mußte. Seid Ihr dazu imstande, mein königlicher Bruder?«

»Ich . . . ich weiß es nicht.« Brion, fest in seinen Umhang gehüllt, ließ sich neben seinem Bruder erneut nieder; sein Gebaren war ernstmütig und zeugte von düsteren Erwägungen. »Ich ersuche um Nachsicht, sollte ich unangebracht versonnen wirken, doch ich habe eine schwache Erinnerung, daß ich nun bestimmte Dinge tun müßte. Mir ist, als könnte ich mich entsinnen, daß unser Vater irgendeine Vorsorge geleistet, irgendwelche weitsichtigen Vorbeugungsmaßnahmen gegen diese Möglichkeit getroffen, aber . . .«

Er pflügte eine Hand durchs rabenschwarze Haar, und von neuem schimmerte der Feuerschein auf dem Silber an seinem Handgelenk; der Jungmanne Alaric stand auf einmal wie versteinert, das Haupt schräg wie in angespannter Lauschhaltung, und seine Augen blickten gelinde glasig drein. Nigel versetzte seinem Bruder einen behutsamen Stoß in die Rippen, als der Bursche langsam auf die Knie sank. Beide königlichen Augenpaare musterten ihn nun unverwandt.

»Da ist etwas, das es zu tun gilt«, flüsterte der Jungmanne. »Es ist vor vielen Jahren vorbereitet worden, als ich noch ein winziges Knäblein war und Ihr noch kein König gewesen seid, Sire.«

»Von meinem Vater?«

»Ja, Sire. Den Aufschluß dazu gibt . . . der Armreif, den Ihr an

Eurem Handgelenk tragt.« Unwillkürlich zuckte Brions Blick zum Silber an seinem Arm. »Darf ich ihn näher betrachten, Sire?«

Ohne ein Wort streifte Brion den Armreif ab und legte ihn in die Linke seines Knappen. Alaric starrte den Armreif für eine beträchtlich lange Weile an, und seiner Augen Netzhäute dehnten sich, bis sie tintenschwarzen Tümpeln glichen. Dann senkte er sein Haupt, indem er tief Atem holte, um sein Gemüt für die Aufwallung von Erinnerungen zu festigen, welcher er sich nun stellen mußte, und drückte seine Rechte auf das dem Silber eingeätzte Ziermuster. Schlagartig entsann er sich ans erstemal, als er den Armreif zu sehen bekommen hatte.

Kaum vier Jahre war er alt gewesen, als das geschah, und es war in des Herbstes Mitte gewesen. Er hatte sich in sein Bettzeug geschmiegt und kindlich wilde, farbenprächtige Träume geträumt, auf die er sich heute unmöglich besinnen konnte, da merkte er, daß jemand an seiner Bettstatt stand — und es sich dabei *nicht* um Träumerei handelte.

Er schlug die Augen auf und sah den Blick seiner Mutter eindringlich auf sich ruhen; ihr goldblondes Haar schimmerte auf ihren Schultern, ein weites, grünes Gewand verbarg die Plumpheit ihres Leibes, bedingt durch das Kind, welches sie unterm Herzen trug. In der Hand hielt sie eine Kerze, und in deren Helligkeitsschein erkannte er seinen Vater, der ernst an ihrer Seite stand. Nie zuvor hatte er im Antlitz seines Vaters einen solchen Ausdruck von Strenge und Angespanntheit gesehen, und nun jagte dieser Anblick ihm fast Schrecken ein.

Er erzeugte in seiner Kehle einen Räusperlaut, der in eine Frage münden sollte, gedachte nachzufragen, ob etwas außer der Ordnung sei, doch seine Mutter hob eine Hand an ihre Lippen und schüttelte ihr Haupt. Dann beugte sich sein Vater herab und warf die Decken beiseite, nahm den schläfrigen Knaben in seine Arme. Er sah seine Mutter ihnen aus dem Gemach folgen, durch den Hauptsaal und zu seines Vaters Bibliothek. Die Halle war gänzlich leer, selbst die Hunde fehlten, die sein Vater so liebte; und von draußen konnte er das Stampfen und Scharren von Hufen hören — dort mußten wohl zweimal zehn Pferde beisammen sein —, dazu die dumpfen, leisen Stimmen von Kriegern, die ihre Kriegerreden führten.

Zuerst wähnte er, auch die Bibliothek sei leer. Doch dann bemerkte er einen alten grauhaarigen Mann in den Schatten am Kamin, wo er im Lieblings-Lehnstuhl seines Vaters saß, in der

Armbeuge einen langen, mit Schnitzwerken verzierten Stab. Des Fremden Gewandung war prunkvoll und kostbar, am Saum jedoch von Schmutz verunreinigt. Oben auf seiner ledernen Kappe glänzten schwach Edelsteine, und in seinem rechten Ohrläppchen glomm rot ein großes Juwel. Seinen Übermantel aus rotem Leder verschloß eine schwere, mit Schmelzglas geschmückte Spange in der Gestalt eines goldenen Löwen.

»Guten Abend, Alaric«, sprach der Greis mit ruhiger Stimme, als des Knaben Vater vor dem Mann niederkniete und dem Besucher seines Sohnes Angesicht zuwandte.

Die Mutter vollführte einen andeutungsweisen Hofknicks, der in ihrer Verfassung zwangsläufig unbeholfen ausfiel, bevor sie des Mannes Rechte aufsuchte und sich schwerfällig auf des Lehnstuhls Seite stützte. Schon in seinem damaligen zarten Alter empfand Alaric es als befremdlich, daß der Mann nicht seiner Mutter den Sitzplatz zuwies, doch womöglich war er sehr krank; zweifelsfrei war er ungemein alt. Verwundert, während er noch vom Schlaf in seinen Augen blinzelte, schaute er zur Mutter auf. Zu seiner Verwunderung war's jedoch sein Vater, der nun zu sprechen anhob.

»Alaric, das ist der König«, teilte der Vater ihm mit gedämpfter Stimme mit. »Weißt du noch, welche Pflichten du vor Seiner Majestät hast?«

Alaric drehte das Haupt und sah seinen Vater ernstmütig an, dann nickte er und löste sich aus des Vaters Umarmung, nahm eine aufrechte Haltung an und entbot aus Hüfthöhe eine makellose tiefe Verbeugung. Der König, der stumm zugesehen hatte, lächelte daraufhin und streckte dem Kind die rechte Hand entgegen. Ein silberner Armreif funkelte im Feuerschein, als der Knabe seine kleine Hand in die große, narbige Faust des Königs legte.

»Komm und setze dich zu mir, Kleiner«, sprach der König und zog Alaric empor, bis er halb auf des Herrschers Schoß saß, halb auf einer geschnitzten Armlehne lag. »Ich möchte dir etwas zeigen.«

Alaric wand sich ein wenig, ehe er Ruhe bewahren konnte, denn des Königs Schoß war dürr und knochig, und sein Gürtel strotzte von Börsen, Beuteln und Dolchen sowie andersartigen Gegenständen, mit denen sich Erwachsene auszustatten pflegten und die auf Kinder große Anziehungskraft ausübten. Er schickte sich an, mit äußerster Vorsicht einen dicklichen Finger an einen Edelstein zu legen, der an des Königs großem Dolch glitzerte, aber ehe er ihn fürwahr anfassen konnte, hob seine Mutter ihren Arm und berührte mit einer Hand sachte seine Stirn. Augenblicklich erfüllten eine ganz und gar unerwartete, neue Helligkeit und Klarheit die Räumlichkeit, eine tiefere Stille herrschte unversehens darin, durch die nachgerade Schwingungen der Erwartungsfülle zu wallen schienen. Er hatte keinerlei Ahnung, was nun geschehen sollte, aber ein Zeichen seiner Mutter versah ihn mit der Warnung, daß er sich nunmehr im Reich der ganz sonderlichen Dinge befände, über die er niemals reden dürfe und denen er seine ungeteilte Aufmerksamkeit schenken müsse. In ehrfürchtiger Neugierde heftete er den Blick seiner geweiteten Kinderaugen auf den König, sah achtsam zu, wie der greise Herrscher um ihn die Arme schloß und den silbernen Armreif vom Handgelenk nahm.

»Das ist ein höchst ungewöhnlicher Armreif, Alaric. Wußtest du das?«

Der Knabe schüttelte das Haupt, sein Blick wanderte vom Antlitz des Königs aufs glanzvolle Silber. Der Armreif bestand aus einem gerundeten metallenen Rechteck von der Breite einer Männerhand; nur die eingeätzten Umrisse einer Wappenrose unterbrachen seinen spiegelgleichen Schimmer. Doch die Innenseite war's, die der König ihm jetzt zeigte — die innere Fläche, welche gleichfalls glänzte, aber nebeneinander drei fremdartige Buchstaben eingeritzt hatte, die der Knabe nicht kannte, obwohl er mit seinen vier Jahren die einfachen Schriften und Schriftstücke, anhand welcher seine Mutter ihn unterrichtete, bereits lesen konnte.

Der König hielt den Armreif so, daß dem Knaben nur noch der erste Buchstabe sichtbar war, und deutete dann mit einer Fingerkuppe unmittelbar unter denselben. *»Eins!«* stieß er leise und mit einem durchdringenden Blick seitwärts auf des Knaben Mutter hervor. Die Bibliothek ringsum schien in einem Strudel zu verschwinden, und an mehr aus jener Nacht hatte sich Alaric bislang nicht zu erinnern vermocht.

Aber nun erinnerte sich der mittlerweile vierzehnjährige Alaric. Den Armreif in seinen Händen, während des alten Königs Nachfolger voller Erwartung neben ihm stand, erkannte Alaric plötzlich, hier war der Schlüssel, daß *er* der Schlüssel war, welcher die Weisungen erschloß, die ihm vor so vielen Jahren ein Todgeweihter hinterlassen hatte. Er drehte den Armreif zwischen den Händen und betrachtete die innere Seite — sich nun darüber im klaren, daß es sich bei den Buchstaben um Runen handelte —, dann hob er seine grauen Augen, um des Königs Blick zu erwidern.

»Eine Zeit ist angebrochen, die Euer königlicher Vater vorausgeschaut hat, Sire. Es gibt etwas, das Ihr und ich, das wir gemeinsam tun müssen.« Mißbehaglich unterzog er den Armreif einer erneuten Begutachtung, ehe er seinen Blick wieder zu des Königs Augen hob. »Und irgendwie wußte er, ich würde, sobald diese Zeit kommt, an Eurer Seite sein.«

»Ja, so will's mich nunmehr auch dünken«, stimmte Brion leise zu. »›*Ein Knabe, ein Halb-Deryni mit Namen Morgan, wird in seiner frühen Jugend zu dir stoßen*‹, sprach mein Vater einmal zu mir. ›*Ihm kannst du dein Leben und alles anvertrauen, was dir lieb und teuer ist. Er ist der Schlüssel, der vielerlei Türen aufschließt.*‹« Aufmerksam las er in Alarics Augen. »Er wußte alles im voraus. Sogar deine Anwesenheit ist sein Werk.«

»Und möchte etwa der Marluk auch auf sein Wirken zurückzuführen sein?« merkte Nigel unterdrückt an, und sein Tonfall zeugte von Widerwillen gegen die angedeuteten Machenschaften, wenngleich nach so langer Frist jeder Hader um diese Sache als eitel Aufbäumen gelten mußte.

»*Uralt mein Feind*«, sprach Brion leise. Seine Miene nahm einen Ausdruck sanftmütiger Abwesenheit an. »Nein, für das Dasein des Marluks trägt er keine Verantwortung, Nigel. Aber er wußte, daß die Möglichkeit des Auftretens eines solchen Rivalen bestand, und für *diesen* Fall hat er Vorbereitungen eingeleitet. Es heißt, daß des letzten festilischen Königs Schwester ein Kind trug, als sie gezwungen war, aus Gwynedd zu fliehen. Des Kindes Name lautete . . . Ich habe ihn vergessen — so oder so, er hat keine Bedeutung. Aber seine Sippschaft ist in Tolan erstarkt, und nie war sie gehalten, auf ihre Deryni-Kräfte zu verzichten. Der Marluk soll jenes Kindes Nachfahre sein.«

»Und ein Voll-Deryni, wenn's stimmt, was von ihm erzählt wird«, ergänzte Nigel, indem seine Miene sich verfinsterte. »Brion, wir gebieten nicht über die Mittel und Wege, um eine Auseinandersetzung mit dem Marluk durchstehen zu können. Morgen wird er uns mit einem Heer und überdies seinen *vollen Deryni-Kräften* erwarten. Und wir? Uns stehen die achtzig Bewaffneten meiner Vorhut zur Verfügung, dazu *vielleicht* die übrigen Haldaneschen Vasallen, *falls* Onkel Richard zur rechten Zeit umkehrt, und Ihr . . . Ja, was? Ihr werdet wider einen voll befähigten Deryni-Fürsten antreten müssen, der allen Grund sieht, Euren Thron zu beanspruchen!«

Brion benetzte seine Lippen, mied jedoch seines Bruders Blick.

»Wie Aldaric sagt, hat unser Vater Vorsichtsmaßnahmen getroffen. Uns bleibt keine Wahl als zu vertrauen und dessen zu harren, was da kommen mag. Ungeachtet des letztendlichen Ausgangs obliegt's uns, morgen zu versuchen, Rustan zu retten. Alaric, vermagst du uns zu helfen?«

»Ich ... ich will den Versuch machen, Sire.«

Beunruhigt aufgrund der nur um Haaresbreite vermiedenen Mißstimmung zwischen den beiden Brüdern und düsteren Gemüts infolge der schweren Bürde, die Brion ihm aufgelastet hatte, legte Alaric seinen rechten Zeigefinger unter die erste Rune, wies mit dem ungepflegten Fingernagel auf den tief eingeschnittenen Buchstaben. Er fühlte, wie die Blicke der zwei Haldane-Brüder auf ihm ruhten, als er das Wörtchen *»Eins ...!«* flüsterte.

Das eine Wort schien ihn sofort zu versteinern, machte ihn gegenüber allem rundum taub und blind, nahm ihm das Bewußtsein um alles außer den Bildnissen, die durch seinen Geist huschten — darunter des alten Königs Antlitz, geschaut durch die Augen eines vierjährigen Knaben —, gefolgt von den Anweisungen, die dem Vierjährigen nichts besagt hatten, sich nun jedoch von neuem dem Verstand des Jungmannen so tief einprägten wie die Runen im Silber in seiner Hand.

Ein Dutzend Herzschläge später blinzelte er und fand sich in der wirklichen Welt wieder, richtete den Blick seiner grauen Augen auf Brion, der abwartete. Der König und Nigel musterten ihn nahezu ehrfürchtig, ihre Mienen reingewaschen von sämtlichen Zweifeln, die sie bis zu diesem Augenblick möglicherweise noch gehegt haben mochten. Im Mondschein schien Alarics Gestalt schwach zu leuchten.

»Wir müssen einen ebenen, gen Osten gekehrten Platz finden«, verkündete der Jungmanne. Aus Gedankentiefe zogen sich über seinem jugendlichen Angesicht die Brauen zusammen. »Am Mittelpunkt muß ein großer Felsen sein, in unserem Rücken fließendes Wasser, und ... und wir müssen Feldblumen sammeln.«

Das erste Licht der morgendlichen Dämmerung nahte, ehe sie das Erforderliche vollbracht hatten. Ein kurzes Stück unterhalb ihres Lagerplatzes hatten sie in einer Windung des Bachs eine geeignete Stelle entdeckt, wo Wasser sowohl an der nördlichen wie auch an der westlichen Seite munter vorübergluckerte. Ostwärts besaß man ungehinderten Ausblick auf die Ausdehnung der Bergketten, hinter denen alsbald die Sonne aufgehen sollte. Unter Einsatz der

Rösser war ein großer, vom Wasser geglätteter Granitklotz von halber Mannshöhe zur Mitte der Lichtung geschleift worden, und vier kleinere Steine hatte man so verteilt, daß sie die vier hauptsächlichen Himmelsrichtungen anzeigten.

Nunmehr legten Alaric und Nigel rings um jeden der Ecksteine Sträuße von Feldblumen in einer Anordnung aus, die Alaric zwar nicht zu erklären verstand, von welcher er jedoch wußte, daß sie sie genau beachten mußten. Brion saß stumm, unter seinem karmesinroten Umhang zusammengekauert, nahe beim mittleren Stein, seine Arme um die Knie geschlungen, das Schwert in der Scheide neben sich liegen. Zu seiner Rechten war ein Bündel Kiefernreisig an einem Ast ins Erdreich gerammt und entzündet worden, lieferte den anderen für ihre Verrichtung die nötige Helligkeit, doch Brion sah nichts von alldem, versunken wie er war in die grüblerische Betrachtung dessen, was seiner harrte. Alaric widmete dem Himmel, der sich aufzuhellen begann, einen Blick, dann stellte er links vom mittleren Stein ein kleines Trinkgefäß voller Wasser ab und ließ sich neben dem König auf ein Knie nieder. Der merklich von Unbehagen erfüllte Nigel löschte die Fackel und wich um ein paar Schritte zurück, als Alaric sich von neuem des Armreifs bemächtigte und seinen Finger an die zweite Rune setzte.

»*Zwei!*«

Ein Augenblick tiefgründigen Schweigens folgte, während dessen keiner der drei Beteiligten sich regte, bis Alaric den Blick hob und den Armreif zurück in des Königs Hand legte.

»Die Morgendämmerung steht kurz bevor, Sire«, äußerte er mit gefaßter Stimme. »Ich bedarf zu seinem Gebrauch Eures Schwertes.«

»Hm?«

Mit Erstaunen senkte Brion seinen Blick auf die Waffe, nahm sie an sich, wickelte den Gurt aus rotem Leder enger um die Scheide, dann raffte er sich empor. Es war schon seines Vaters und Großvaters Schwert gewesen. Jenes Schwert war's, mit dem man ihn fast zehn Jahre zuvor zum König geweiht hatte. Seit jenem Tage hatte niemand außer ihm es getragen.

Dennoch zog Brion ohne weitere Fragen die Klinge blank und streckte sie Alaric über den linken Unterarm entgegen, den Griff voraus. Alaric vollführte eine tadellose Verbeugung, als er die Waffe packte, um für das mit der Aushändigung bewiesene Vertrauen zu danken, danach richtete er sich zu straffer, förmlicher Haltung auf, entbot dem König einen Gruß und begab sich auf des mittleren Steins andere Seite. Hinter ihm färbte sich der östliche Himmel mit rosafarbener und korallenroter Lohe.

»Sobald der Sonne Rand sich über den Horizont schiebt, muß ich uns mit Feuer umschirmen, mein Gebieter«, sprach Alaric. »Ich bitte Euch, laßt Euch durch nichts von allem, was geschieht, erschrecken oder in Unruhe versetzen.«

Brion nickte, und derweil er und Nigel sich wachsam auf achtungsvollen Abstand begaben, machte Alaric auf dem Absatz kehrt und strebte zur ostwärtigen Grenze der Lichtung. Er hob das Schwert mit beiden Händen vor sich empor, den Blick in Höhe des kreuzförmigen Griffs, und schaute erwartungsvoll zum östlichen Horizont. Und dann ergoß sich von jenseits der Berge, so als seien der Sonne Bewegungen kein allmählicher und natürlicher Vorgang, das Licht des neuen Tages.

Die ersten Sonnenstrahlen, welche auf das Schwert fielen, schienen den Stahl in Feuer zu verwandeln. Alaric ließ seinen Blick langsam an der Klinge hinaufwandern, richtete ihn auf die Flamme, die jetzt an der Spitze loderte, auf ganzer Länge der Klinge züngelte, streckte die Waffe sodann aus wie zum Gruß und senkte sie bedächtig auf den Untergrund zu seinen Füßen. Glut schoß auf, wo die Klinge das von der Sonne verdorrte Gras berührte — ein Feuer, das brannte, ohne zu verbrennen —, und eine Flammenspur entstand hinter ihm, als er sich nach rechts wandte und die von den Ecksteinen gekennzeichneten Grenzen abschritt.

Als er den Weg beendete, befand er sich wieder dort, wo er zuvor gestanden hatte; alle drei Beteiligten hielten sich nun innerhalb einer Sphäre aus goldenem Schimmern auf. Der Jungmanne vollführte erneut eine Grußgebärde in die Richtung der Sonne, diesmal mit leichtem Beben seiner Hände, bevor er zum Mittelpunkt der nunmehr kreisförmig umschlossenen Fläche zurückkehrte. Er stieß die Klinge in den Erdboden und reichte das Schwert, an dem das Lohen im selben Augenblick erlosch, mit dem Griff nach vorn an Nigel, verbeugte sich zugleich. Als des Prinzen Finger die Waffe umfaßten, wandte sich Alaric dem mittleren Stein zu und neigte das Haupt. Dann streckte er beide Arme vor sich hin, die Hände leicht gekuppt, den Blick fest in ihren Zwischenraum gerichtet.

Für eine längere Weile ereignete sich dem Anschein nach gar nichts, doch Alaric vermochte zu spüren, wie sich magische Kräfte zwischen seinen Fingern ballten. König, Prinz und Knappe starr-

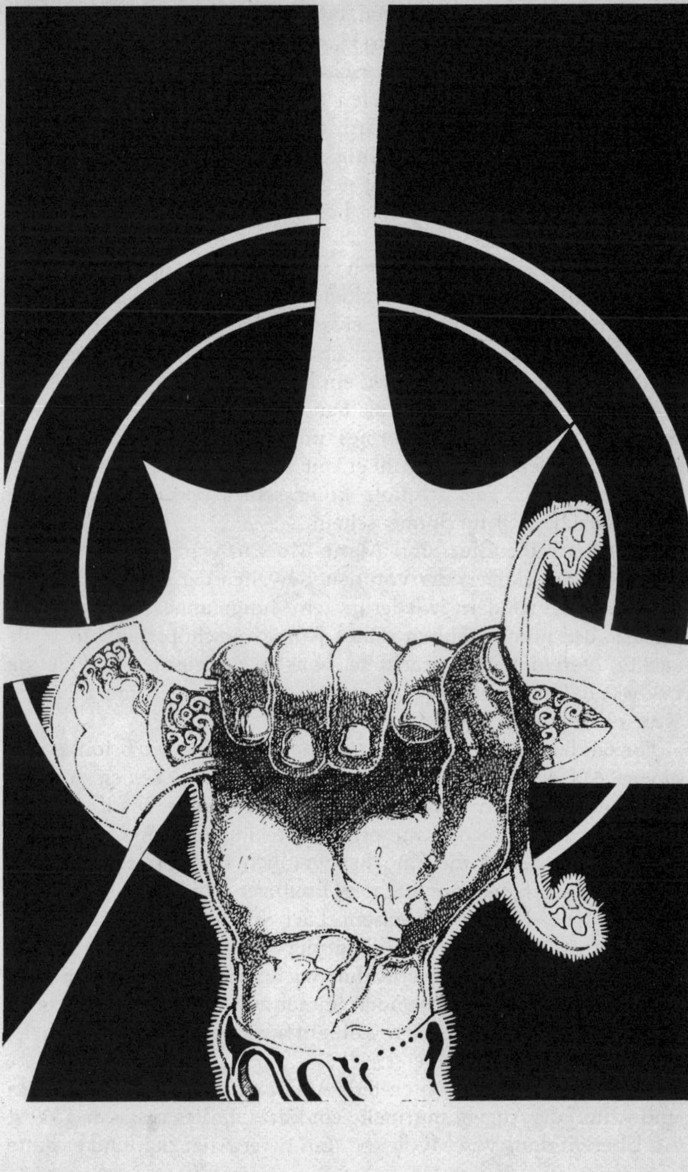

ten, bis ihnen die Augen tränten, dann zwinkerten sie verblüfft, als der Zwischenraum von Alarics Händen zu leuchten anfing. Indem es mit dem Herzschlag seines Erschaffers pulste, sammelte sich das Leuchten in einer Sphäre kühlen grünlichen Lichts, die vor den Augen der Zuschauer zur Größe eines Menschenhauptes anschwoll. Langsam, fast andächtig, senkte Alaric seine Hände auf die von des Baches Strömung geglättete Oberfläche des Mittelsteins; er beobachtete, wie die lichte Sphäre sich über den Felsbrocken ausbreitete.

Er wagte nicht einmal noch zu atmen, so heikel war das Gleichgewicht magischer Gewalten beschaffen, das er angestrengt bewahrte. Nachdem er seines Gewandes Ärmel aufwärtsgeschoben hatte, fuhr er mit rechtem Arm und rechter Hand über des Felsklotzes Kuppe, als sei sein Glied ein Breitbeil, und so plättete er im Handumdrehen den Granit, als handelte es sich um nachgiebigen Sand. Noch ein Führen des Armes, um die erzeugte Fläche vollends eben zu machen, dann preßte er mit der Hand eine flache Mulde hinein, und der Fels schmolz unter seiner Berührung wie der morgendliche Reif im Sonnenschein.

Da erlosch die Glut, und Alaric Morgan war nicht länger ein meisterhafter Magier, der von den Gewalten der tiefsten Esse der Erde zapfte, sondern wiederum ein Jungmanne von vierzehn Jahren, der nun zu Füßen seines Königs erschöpft auf die Knie sackte, verwundert betrachtete, was seine eigenen Hände da bewirkt hatten. Schon konnte er sich darauf, wie es ihm gelungen war, nicht wieder besinnen.

Für ein langes Weilchen herrschte Schweigen, bis Brion es mit einem Aufseufzen der Erleichterung brach und seinen wie gebannten Blick von dem abgeplatteten Felsklotz losriß. Nigel, furchtsam zusammengekrampft, starrte ihn und Alaric an, die Fäuste so fest, daß die Knöchel weißlich hervortraten, um des Schwertes Griff geklammert, als sei selbiger sein letzter Halt in der Wirklichkeit. Mit ansatzweisem Lächeln der Ermutigung legte Brion seinem Bruder eine Hand auf die Schulter. Er spürte, wie ein Teil seiner Anspannung von ihm wich, als er sich wieder dem Jungmanne zuwandte, der noch immer zu seinen Füßen kniete.

»Alaric, befindest du dich wohlauf?«

»Durchaus, mein Gebieter.«

Mit einem laschen Nicken hob Alaric eine Hand an seine Stirn und schloß die Augen, murmelte ein kurzgefaßtes magisches Wort zur Überwindung von Müdigkeit. Ein tiefer Atemzug, und er hatte seine Schwäche gemeistert. Er stand mit mattem Lächeln auf und nahm aus Brions Händen erneut den Armreif entgegen, drückte ihn rücksichtslos zusammen und legte ihn in die flache Mulde, welchselbige er in dem Felsbrocken ausgehöhlt hatte. Die drei Runen, von denen eine noch ungenutzt war, schimmerten im Sonnenschein, als er seine rechte Hand über das Silber ausstreckte.

»Ich zeuge Licht und schaffe Finsternis«, wisperte der Jüngling. *»Ich zeuge Frieden und schaffe Übel. All das wirke ich, der Herr.«*

Seine Rechte blieb reglos, obschon sich unter der von der Sonne gebräunten Haut Muskeln und Sehnen spannten. Nichtsdestotrotz begann das Silber sich einzubeulen, fügte sich in die Wölbung der Mulde, so als preßte eine andere, unsichtbare Faust zwischen Hand und Metall es nieder. Der Armreif fiel in sich zusammen, zerschmolz gleichsam, obwohl sich keine Hitze verspüren ließ. Als Alaric ein paar Herzschläge später die Hand fortnahm, lag das Silber fugenlos in der Mulde wie eine flache silberne Schale; alle Zeichen darauf waren ausgelöscht, ausgenommen die dritte und letzte Rune. Er setzte den Finger unter den Buchstaben und rief ihn bei seiner Reihenfolge.

»Drei!«

Diesmal konnte man an ihm ein flüchtiges äußeres Anzeichen dessen bemerken, was er damit auslöste: ein Blinzeln, ein kurzes Verhalten der Atemzüge, ihre fast unverzügliche Fortsetzung. Sodann ergriff er das Gefäß mit dem Wasser und kehrte sich wieder Brion zu, zeigte dem König mit den Augen an, er möge die Hände ausstrecken. Er goß das Wasser darüber, und ein Zipfel von Alarics Umhang diente als Handtuch. Sobald der König sich die Hände abgetrocknet hatte, reichte Alaric ihm das restliche Wasser.

»Schüttet Wasser ins Silber, bis es einen Fingerbreit hoch steht, Sire«, bat er mit leiser Stimme.

Brion tat wie geheißen und stellte das Gefäß danach zurück auf den Erdboden. Nigel begab sich, ohne daß jemand es ihm gesagt hätte, auf des Felsens andere Seite und kniete nieder, hielt das Schwert so, daß der lange kreuzähnliche Schatten des Griffs über den Stein und das Silber fiel.

»Nun breitet Eure Hände flach überm Wasser aus und sprecht mir nach«, erläuterte Alaric weiter. »Eure Hände sind heilig, da sie anläßlich Eurer Krönung mit Chrisam geweiht worden sind, ganz wie man eines Priesters Hände zu weihen pflegt. Ich bin dahingehend unterwiesen worden, daß das vollauf genügt.«

Brion schluckte und gehorchte, schaute dem Jüngling in die Augen, als Alaric zu sprechen begann.

»Ich, Brion, des Herrn Gesalbter ...«

»Ich, Brion, des Herrn Gesalbter ...«

»... segne und weihe dich, o Geschöpf von Wasser ...«

»... segne und weihe dich, o Geschöpf von Wasser ... beim lebendigen Gott, beim wahren Gott, beim heiligen Gott ... beim Gott, der dich am Anbeginn durch Sein Wort vom öden Land schied ... dessen Geist über dir schwebte.«

»Amen«, vollendete Alaric gedämpft.

»Amen«, wiederholte Brion.

»Nunmehr taucht Eure Fingerspitzen ins Wasser«, wies Alaric weiter an, »und zeichnet auf dem Stein ...«

»Ich *kenne* diesen Teil«, unterbrach Brion, und schon teilte seine Hand das Wasser, indem sie ein Kreuzzeichen machte. Auch er geriet jetzt ins Netzwerk jener Erinnerungen, die vor so vielen Jahren sein königlicher Vater begründete, und jede seiner Gesten, jegliche Feinheit von Wort und Sprache, deren er sich bediente, waren vollkommen und genau rechtgetan, als er unterhalb des Silbers mit einem feuchten Finger an den Stein rührte.

»Gepriesen sei der Schöpfer, des Gestern und Heute, der Anfang und das Ende, das Alpha und das Omega.«

Nun schimmerte ein Kreuz aus Nässe auf dem Stein, an den Ost- und Westenden mit den genannten griechischen Buchstaben versehen, zwar unsicher, aber nichtsdestotrotz richtig ausgeführt.

»Sein sind die Jahreszeiten und die Zeitalter, und Sein sind in allen Zeitaltern der Ewigkeit die Macht und die Herrlichkeit. Gepriesen sei Gott der Herr. Gepriesen sei Sein Heiliger Name.«

Die Zeichen der Elemente glitzerten, wo Brion sie in den vom Kreuze gewiesenen vier Himmelsrichtungen angebracht hatte — Luft, Feuer, Wasser, Erde —, und als Brion die alchimistischen Symbole erkannte, zuckte seine Hand zurück, als hätte ihn eine Schlange gebissen, und er starrte Alaric entgeistert an.

»Wie ...« Er schluckte. »Wie konnte ich das nur wissen?«

Alaric widmete ihm ein mattes Lächeln, das anzeigte, daß er das gleiche Mißbehagen wie Brion darüber empfand, unterm Zwang von Erinnerungen und Anleitungen handeln zu müssen, an welche er sich aus freiem Willen nicht zu entsinnen vermochte.

»Auch Ihr seid auf diesen Tag vorbereitet worden, Sire«, sprach er. »Nunmehr habt Ihr den Rest von Eures Vaters Anweisungen zu erfüllen und Euch die Macht anzueignen, die rechtmäßig Euer ist.«

Brion neigte sein Haupt, und sein geschmeidiges rabenschwarzes Haar glänzte im immer kraftvolleren Sonnenschein. »Ich ... ich bin mir unsicher, wie. Aus dem, was ich bisher gesehen und auch getan habe, will's mich dünken, daß es weitere Mittel und Wege geben muß, die mich leiten, doch ...« Er blickte zu dem Jüngling auf. »Du mußt mir nachhelfen, Alaric. Hier bist du der Herr und Meister, nicht ich.«

»Nein, Ihr seid Herr und Meister, Sire«, widersprach Alaric, tauchte einen Finger ins Wasser und hob einen glitzrigen Tropfen an Brions Antlitz.

Unwillkürlich verfolgten Brions Augen die Bewegung der Fingerspitze, und als der Tropfen seine Stirn benetzte, schloß er die Lider. Ein Beben erfaßte des Königs Gestalt; Brion blinzelte. Dann griff er wie benommen nach seiner Kehle und öffnete die große Löwen-Spange, die den Umhang auf seinen Schultern hielt. Er nahm die Spange in die Hand, während sein Umhang achtlos auf den Untergrund fiel, und Worte kamen aus seinem Mund.

»Ins lichte Wasser drei Tropfen vom Königsblut,
Um in der Schale aus Licht zu schüren die Glut.
Mit geweihten Händen empfange sodann den Mut
Eines Haldane — eines Königs heiliges Gut.«

Aus blicklosen Augen schaute der König Alaric an, Nigel, danach die mit rotem Schmelzglas verzierte schwere Spange in seiner Hand. Schließlich drehte er die Spange um und enthakte die goldene Nadel aus ihrem Verschlußteil, streckte seine Linke aus, ohne daß sie zitterte.

»Ins lichte Wasser drei Tropfen vom Königsblut«, wiederholte er. Mit einem hurtigen, kräftigen Stich bohrte er die Nadel in den Daumen.

Blut quoll aus der Wunde, und dreimal fiel davon ein Tröpflein ins Wasser, und einer um den anderen kräuselten scharlachrote Ringe den silbernen Wasserspiegel. Der König fuhr mit seiner Zunge über den Einstich, ehe er die Spange zur Seite tat und seine Hände überm Wasser ausbreitete, den Schatten von des Schwertes Kreuzgriff unübersehbar auf ihnen. Er schloß die Augen.

Stille. Kristallhaft klare, reine Erwartung herrschte, als Brion seine Geisteskräfte anspannte. Und dann, sobald Alaric seine Rechte ausstreckte und sie über Brions Hände hielt, seine geistigen Kräfte gleichfalls für das magische Werk aufbot, pochten tiefe, fast mit den Klängen von Musik vergleichbare Schwingungen, mehr gefühlt denn gehört, durch der beiden Bewußtsein. Indem die Sonne immer stärker schien, erhellte sich auch der Zwischenraum unter Brions Händen, bis man auf dem Wasser die ersten geisterhaften Ansätze einer karmesinroten Glut flackern sehen konnte. Brions beherrschte Miene änderte sich nicht, als Alaric seine Hände entfernte und hinkniete.

»Fürchte nichts, denn ich habe dich erlöst«, sprach Alaric leise, holte die Worte aus einer Erinnerung, die nicht ihm gehörte. *»Ich habe deinen Namen gerufen, und du bist mein. So du durchs Feuer schreitest, sollst du nicht brennen, und die Flammen sollen dich nicht verzehren.«*

Brion beließ die Lider geschlossen. Doch als Alarics Worte verstummten, tat der König einen tiefen Atemzug und ließ seine Hände bedächtig langsam sinken, bis sie flach auf dem Silber der Schale ruhten. Ein Keuchen entfuhr Nigel, als seines Bruders Hände in die Flammen gerieten, aber kein Laut, kein Wort drang aus Brions Mund, nichts legte von Art und Umfang der Prüfung, die er erdulden mußte irgendwie Zeugnis ab. Das Haupt in den Nacken geworfen, die Augen geschlossen, stand er reglos da, während das karmesinrote Feuer an seinen Armen hinaufloderte und sich über seine gesamte Gestalt ausbreitete. Als die Flammen erloschen, öffnete Brion seine Augen einer Welt, die er nie wieder auf genau jene Weise wie zuvor sehen konnte, in welcher er niemals wieder bloß ein Sterblicher sein sollte.

Für eines Augenblicks Dauer lehnte er sich schwerfällig auf den Felsklotz, den sie als Altar benutzt hatten, rang mit seiner Erschöpfung. Aber als er seine Hände vom Stein hob, stieß sein Bruder unversehens einen Fluch aus. Wo des Königs Hände gelegen hatten, war das Silber fortgesengt worden. Nur ihre geschwärzten Umrisse waren geblieben, der ausgehöhlten Oberfläche des Steins unauslöschlich eingebrannt. Brion erbleichte, als er sah, was er da getan hatte, und Nigel schlug das Kreuzzeichen. Alaric jedoch schenkte dem keine Beachtung — vielmehr richtete er sich auf und wandte sein Angesicht von neuem gen Osten, reckte die Arme zum Zwecke eines magischen Aufhebungswerkes. Der schutzreiche Baldachin aus Glut löste sich inmitten der Luft auf.

Aber die drei waren nicht länger allein. Während sie ihre Magie vollzogen, hatten einige Mannen von Nigels Vorhut die königliche Lagerstätte ausfindig gemacht — mehr als ein Dutzend seiner hervorragendsten Anführer und Kriegskünstler —, und selbige standen nunmehr bei den Rössern zusammengeschart, sichtlich so voller unbehaglichem Mißfallen, wie Alaric es nur jemals bei einer solchen Gruppe erprobter Kämpen gesehen hatte. Brion bemerkte sie nicht unverzüglich, weil sein Verstand sich noch mit dem soeben widerfahrenen Erleben beschäftigte, es zu begreifen suchte, doch Alaric sah sie sofort und berührte zur Warnung Brions Ellbogen. Als sich Brion überrascht nach ihnen umdrehte, sanken sie wie ein Mann auf die Knie, und mehrere von ihnen bekreuzigten sich zur Sicherheit. In zeitweiliger Verärgerung furchte Brion die Stirn über seinen Brauen.

»Haben sie's mitangesehen?« erkundigte er sich fast unhörbar leise.

Alaric nickte behutsam. »So deucht's mich, Sire. Ich schlage vor, Ihr geht ohne Verzug zu ihnen und sprecht ihnen Mut zu, andernfalls vermöchten die Besorgten wohl die Beine in die Hand nehmen und Euch fliehen.«

»Mich, ihren König?«

»Ihr seid gegenwärtig mehr als ein Mensch, Sire«, entgegnete Alaric beunruhigt. »Genau das haben diese Männer eben mit eigenen Augen geschaut. Geht zu ihnen, rasch, ich bitte Euch!«

Mit einem Seufzer zupfte und schob Brion seine Gewandung ordnungsgemäß zurecht und strebte über die Lichtung hinüber zu den versammelten Mannen, zog gewohnheitsmäßig seine Reithandschuhe aus dem Gürtel, um sie anzustreifen. Verstohlen beobachteten die Kriegsleute jede seiner Regungen, als er vielleicht ein halbes Dutzend Schritte vorm vordersten Mann verharrte. Brion spürte ihre wachsame Aufmerksamkeit und verhielt darin, den rechten Stulpenhandschuh anzulegen; dann nahm er ihn mit einem Lächeln beiseite und streckte ihnen die Rechte hin, ihnen die Handfläche zugekehrt. Die leicht hornige Haut des Daumens wies keine Wunde auf.

»Ihr habt ein Recht auf eine Erklärung«, versicherte er rundheraus, als alle Blicke sich auf seine Hand hefteten. »Wie Ihr seht, bin ich unversehrt. Ich bedaure es, sollten meine Handlungen Euch Anlaß zur Beunruhigung geben. Ich bitte Euch, steht auf.«

Die Männer erhoben sich, und nur das Klirren ihrer Harnische brach die dumpfe Stille, welche plötzlich auf der Lichtung lag. Nigel und Alaric kamen und bezogen hinterm König Aufstellung, Nigel mit dem Königsschwert, Alaric den karminroten Umhang mit der Löwen-Spange überm Arm. Die Getreuen bewahrten Schweigen, und einige von ihnen wanden sich aus Unwohlsein auf der Stelle, bis einer der Kühnsten sich räusperte und um einen halben Schritt vortrat.

»Sire ...«

»Herr Ralson?«

»Sire«, meinte der Recke, indem er sein Gewicht vom einen auf den anderen Fuß verlagerte, »Sire, wir sind zum Eindruck gelangt, daß wir Zeugen einer magischen Verrichtung geworden sind.« Er sah seine Gefährten an, als er sich dieser vorsichtigen Ausdrucksweise bediente. »Wir stellen die Klugheit dessen in Frage, daß es einem Deryni gestattet wird, Euch in dieser Angelegenheit zu beeinflussen. Als wir sahen ...«

»*Was* habt Ihr gesehen, Gerard?« fragte Brion mit leiser Stimme dazwischen.

Gerard Ralson äußerte erneut ein Räuspern. »Ei nun, ich ... wir ... Als wir eintrafen, Sire, hieltet Ihr in Eurer Hand diese Spange.« Er deutete auf die Löwen-Spange in Alarics Obhut. »Dann sahen wir Euch die Nadel in Euren Daumen stechen.« Er schwieg für eines Augenblickes Dauer. »Ihr saht aus, als ... wäret Ihr nicht Ihr selbst gewesen, Sire, als ob ... ein anderer über Euch Macht ausübte.« Mit bedeutungsvollem Blick maß er Alaric, und mehrere Gewappnete traten dichter hinter ihn, während ihre Fäuste allmählich zu den Griffen ihrer Waffen glitten, zuletzt darauf verweilten.

»Verstehe«, antwortete Brion. »Und Ihr wähnt, Alaric sei's gewesen, der mich in der Gewalt gehabt hätte, nicht wahr?«

»Es wollte uns so vorkommen, Majestät«, brummte ein anderer Mann, das bärtige Kinn trotzig vorgeschoben.

Brion nickte. »Und anschließend habt Ihr gesehen, wie ich meine Hände über den Stein hielt, und Alaric die seinen über meine. Und sodann saht Ihr mich von Flammen umhüllt, und das hat Euch von alldem am meisten erschreckt.«

Der Sprecher nickte verhalten, und fast alle anderen Häupter wiederholten die Geste. Brion seufzte und schaute zu Boden, hob seinen Blick wieder zu den Mannen.

»Ihr Herren, ich will Euch nicht belügen. Ihr seid Zeugen einer überaus machtvollen Magie geworden. Und ich gedenke nicht zu leugnen — und ebensowenig hat Alaric diese Absicht —, daß bei dem, was sich hier zugetragen hat, sein Beistand vonnöten war. Und Alaric ist, da gibt's keinen Zweifel, ein Deryni.«

Die Männer wechselten untereinander Blicke, sagten jedoch nichts.

»Doch da ist mehr, von dem ich wünsche, daß Ihr's ebenfalls wißt«, sprach Brion weiter und musterte sie mit seinem festen Haldane-Blick. »Jeder von Euch kennt die von Sagen umrankte Geschichte meines Hauses — ein jeder weiß, wie wir auf Gwynedds Thron zurückkehrten, als man den Deryni Imre stürzte. Macht Ihr Euch allerdings einige wenige zusätzliche Gedanken, so werdet Ihr dessen gegenwärtig werden, daß die Haldanes nicht ohne eigene besondere Kräfte die Deryni-Herren vertreiben konnten.«

»Seid denn Ihr auch ein Deryni, Sire?« fragte eine kühne Seele aus den hinteren Reihen nach.

Brion lächelte und schüttelte das Haupt. »Nein, keineswegs — auf jeden Fall, ich glaube nicht, einer zu sein. Aber die Haldanes besitzen nichtsdestoweniger ganz besondere Gaben und Befähigungen, die vom Vater an den Sohn weitergegeben werden — bisweilen auch von Bruder zu Bruder.« Er widmete Nigel einen kurzen Seitenblick, ehe er weitersprach. »Ihr wißt, daß wir des Gedankensehens fähig sind, daß wir über gewaltige Körperkräfte verfügen. Darüber hinaus aber gebieten wir über andere Kräfte, wenn nötig, die uns dazu in die Lage versetzen, zu handeln, als wären wir in der Tat selbst echte Deryni. Mein Vater, König Blaine, hat mich vor seinem Tod etliche dieser Künste gelehrt, während er das Vorhandensein anderer Fähigkeiten im geheimen beließ, für deren Vermittlung an mich er aber Alaric Morgan gewisse Anweisungen gab — *ohne daß Morgan selbst sie kannte* —, die erst nun, nachdem wir am gestrigen Abend Hogan Gwernachs bedrohliche Herausforderung erhielten, offenkundig zum Vorschein kam. Alaric war ein Kind von vier Jahren, als mein Vater ihm jene Weisungen erteilte — auf daß nicht einmal *er* sich darauf besinnen könne, ehe die Notwendigkeit entstünde —, und es hat den Anschein, als sei auch ich unterwiesen worden. Was Ihr geschaut habt, ist ein teilweises Ergebnis der erwähnten vorsorglichen Maßnahmen. Wenn hier eine Macht waltete, die über uns gebot, wenn hier im Feuerkreis der gebieterische Einfluß eines Dritten herrschte, dann meines Vaters. Nun ist der Ritus vollzogen, und ich bin nunmehr *in jeder Beziehung* meines Vaters Nachfolger, bin jetzt Inhaber all seiner Kräfte und Fähigkeiten.«

»Euer seliger *Vater* hat all dies in die Wege geleitet?« erkundigte sich einer der Männer im Flüsterton.

Brion nickte. »Kein Übel wohnt darin, Alwyne. Ihr kanntet

meinen Vater wohl. Ihr wißt, er hätte sich nie und nimmer der Hilfe des Bösen versichert.«

»Gewiß, er hätte es nimmermehr«, bestätigte der Mann und lenkte seinen Blick nahezu unwillkürlich hinüber zu Alaric. »Wie aber steht's mit diesem Deryni-Burschen?«

»Unsere Väter schlossen dahin einen Pakt, daß Alaric Morgan an meinen Hof kommen und mir dienen solle, sobald er das rechte Alter erreiche. Diese Abmachung ist eingehalten worden. Alaric Morgan dient mir und dem Königreich Gwynedd.«

»Aber er ist ein Deryni, Sire. Wenn er nun im Bunde mit ...«

»Er steht im Bunde mit *mir*!« brauste Brion auf. »Er ist mein Vasall, genauso wie Ihr alle, seit dem Alter von neun Jahren dem Dienst an mir verschworen. In der Zeit seither ist er kaum jemals von meiner Seite gewichen. Würdet Ihr, eingedenk der Verpflichtungen, mit denen mein Vater ihn versehen hat, fürwahr glauben, er könne mich verraten?«

Erneut ließ Ralson ein Räuspern vernehmen, trat vor und vollführte, ehe der König weiterreden konnte, eine Verbeugung.

»Sire, besser ist's, wir lassen den Burschen aus dem Gespräch. Niemand von uns hier, Eure Majestät nicht ausgenommen, kann wahrhaft wissen, was in seinem Herzen haust. Ihr seid's, um den's hier geht. Könntet Ihr uns auf irgendeine Weise davon überzeugen, daß Ihr nicht auf Übles sinnt, daß Ihr Euch nicht mit den Mächten der Finsternis verbündet habt, dann ...«

»Wünscht Ihr darauf meinen Eid?« wollte Brion erfahren. Die Ruhe, mit welcher er seine Frage stellte, war schon an sich bedrohlich. »Eines solchen Ansinnens würdet Ihr Euch erkecken?«

Ralson nickte gefaßt, wagte nicht mit Worten zu antworten, und wiederum ahmten die Männer hinter seinem Rücken seine Gebärde nach. Ein Augenblick allgemeiner Stille und Starre verstrich, dann gab Brion seinem Bruder durch einen knappen Wink zu verstehen, er möge mit dem Königsschwert niederknien. Als Nigel den Kreuzgriff der Waffe in die Höhe hob, legte Brion seine bloße Rechte auf den Griff und wandte sich seinen Rittern zu, die seines Tuns harrten.

»Vor Gott dem Herrn und vor Euch allen schwöre ich auf dies heilige Schwert, daß ich Eures Verdachtes unschuldig bin, daß ich keinen finsteren Pakt mit irgendwelchen bösen Mächten geschlossen habe, daß der Ritus, der von Euch beobachtet worden ist, gutartiger Natur war und einem Christenmenschen statthaft. Ferner schwöre ich, daß ich weder nun noch irgendwann zuvor unter

Einfluß oder Gewalt von Alaric Morgan oder eines anderen, Mensch oder Deryni, gestanden habe, und daß er so wenig wie ich selbst schlechte Absichten wider Volk und Krone von Gwynedd hegt. Das ist das Schwurwort von Brion Haldane. Sollte ich falsch geschworen haben, möge dies Schwert, wann ich seiner am dringlichsten benötigte, in meiner Faust zerbrechen, möge jedwedes Glück mich fliehen, und der Name der Haldanes möge vom Erdkreis ausgetilgt werden.«

Dies gesprochen, bekreuzigte er sich feierlich langsam und in tiefem Ernst — woraufhin Alaric und Nigel gleichfalls das Kreuz schlugen, dann auch die übrigen Mannen, die den Eid bezeugt hatten. Man traf die Vorbereitungen zum Aufbruch nach Rustan in vollkommenem Schweigen.

Sie begegneten dem Marluk, als noch ein Ritt von einer Stunde sie von Rustan und dem Rest von Nigels Vorhut trennte. Den ganzen Vormittag lang waren sie dem Verlauf des Weges durch die Llegoddin-Schlucht gefolgt, einem verwundenen Pfad, den von Nässe schlüpfrige Steine, die unter den Hufen der Pferde nachgaben und wegrutschten, recht tückisch machten. Der Bach, welcher für diese Wegbeschaffenheit die Verantwortung trug, strömte zur Rechten der Marschrichtung seicht dahin, hatte jedoch an etlichen vorherigen Stellen die ganze Breite der Schlucht überflutet, so daß mehrmals glitschige Furten mit geschwinden Strömungen zu durchqueren gewesen waren, welche die Pferde dazu veranlaßte, argwöhnisch die Ohren anzulegen. Auf der letzten Strecke näherten sich überdies der Schlucht Wälle einander, bis der Trupp in Zweierkolonne dahinziehen mußte. Das Gelände war bestens geeignet für einen Hinterhalt; doch selbst Alarics für gewöhnlich verläßliches Gespür für Gefahren ließ ihn diesmal im Stich.

In der engen Schlucht war es kühl, die Schatten waren tief, und diese Umgebung empfand man nach der mittäglichen Sonne Hitze als regelrecht erquicklich, und der Widerhall der mit Eisen beschlagenen Hufe eilte ihnen voraus, lange bevor sie in der Tat das schmale Ende der Schlucht erreichten. Dort verlief der Pfad in scharfer Biegung erneut durchs Wasser, ehe der Bach in ein ebenes Gebiet von mehreren Morgen Ausdehnung mündete. In dessen Mitte wartete eine Schlachtreihe bewaffneter Reiter, fast zweimal soviel wie Brions Mannen.

Sie trugen Hauberte und eherne Helme, die Kämpfer aus Tolan, und ihre Lanzen und Streitäxte schimmerten hell im ungetrübten Sonnenschein. Ihr in Weiß gekleideter Führer saß auf seinem Schlachtroß, einem schweren Rotfuchs, an ihrer Spitze, die Lanze in der Faust, gleich hinter ihm leuchtete sein Banner. Das Wappen gestattete keinen Zweifel daran, um wen es sich hier handelte — um keinen anderen nämlich als Hogan Gwernach, den man den Marluk nannte. Er hatte die Wahrzeichen seines Hauses um jene des Königreiches Gwynedd ergänzt.

Doch es blieb lediglich genug Zeit für einen ersten flüchtigen Eindruck. Als sich Alarics Lippen zu einem Warnruf teilten und ehe mehr als eine Handvoll von Brions Begleitern die enge Auswärtsmündung der Schlucht mit der Furt verlassen konnte, senkte der Marluk seine Lanze und gab das Zeichen zum Angriff. Während die Schlachtrösser mit donnergleichem Hufschlag dem aus Erschrecken wie versteinerten Trupp um König Brion entgegenbrausten, dabei immer schwungvollere Wucht in ihren Ansturm legten, brachte Brion die eigene Lanze in die Waagerechte und stieß seinem Roß die Sporen in die Flanken. Seine Mannen überwanden die anfängliche Bestürzung mit bemerkenswerter Schnelligkeit und galoppierten ihm in nahezu vorbildlicher Ordnung hinterdrein, machten unterwegs Schilde und Waffen bereit zum Kampf.

Die Erde erbebte unter der Gewalt des beidseitigen Vorpreschens, hallte vom Klirren der Harnische und Hauberte, dem Knarren des Leders, dem Schnauben und mühsamen Schnaufen der schwergewichtigen Schlachtrösser. »*Hie Haldane!*« schrie einer von Brions Recken, unmittelbar bevor die beiden Haufen aufeinanderprallten, ein Ruf, den die Mehrzahl seiner Waffengefährten sofort aufgriff und wiederholte. Dann warfen sich alle ins Getümmel, Krieger stürzten, Pferde schrien, ihrer Reiter ledig und verwundet, während Lanzen an Schilden, Kettenpanzern und Bein brachen und splitterten.

Stahl dröhnte auf Stahl, als das Gefecht sich zum Nahkampf entwickelte, Schreie Verwundeter und Sterbender durchdrangen die Schlachtgeräusche, die Schwerter und Äxte im menschlichen Fleisch hervorriefen. Alaric, im ersten Zusammenprall unversehrt geblieben, sah sich plötzlich Schild an Schild mit einem Krieger, der nicht allein zweimal so alt war wie er, sondern auch nahezu zweimal so breitschultrig, und der Gegner bedrängte ihn hart, indem er versuchte, ihm den Helm mit einem Streitkolben einzudreschen. Alaric duckte sich zur Abwehr unter seinen Schild und lenkte sein Tier nach rechts, in der Hoffnung, seinen Widersacher von der anderen Seite angehen zu können, aber der Mann sah seine Absicht voraus und riß seinerseits bereits das Pferd herum, schwang von neuem seine Keule. Im letztmöglichen Bruchteil eines Augenblicks wehrte Alaric den Hieb mit seinem Schild ab, schwankte im Sattel, darum bemüht, das Gleichgewicht zu wahren, gleichzeitig zurückzuschlagen. Aber sein Streich mußte unter diesen Umständen schlichtweg fehlgehen, und statt den Feind in die zeitweilig ungedeckte rechte Seite zu treffen, grub er die Klinge lediglich in die hohe Hinterpausche von des anderen Sattel.

Er erlangte die volle Gewalt über sich zurück, ehe das Schwert seiner Faust entwunden werden konnte, preßte nachdrücklich die Knie in des Tiers Flanken, als das Schlachtroß ausschlug und den Krieger mit einem Vorderhuf am Bein traf. Danach brachte Alaric, sobald er einen Hieb eines zweiten Angreifers pariert hatte, es zustande, seines ersten Widersachers Sattelgurt zu durchhauen und seinem Schlachtroß eine Verwundung beizubringen, zugleich mit dem Bein einen dritten Gegner zurückzustoßen, der sich ihm zu Fuß auf der Schildseite nahte. Der erste Ritter prallte mit einem Schrei auf den Untergrund, als sein Roß niedersackte, entging nur um Haaresbreite dem Tod durch Hufe, als einer seiner Gefährten in Verfolgung eines verletzten Begleiters Brions vorbeidonnerte.

Ein neuer Schwertstreich, flach geführt und tödlich, und Alarics zweiter Bedränger hauchte selbst das Leben aus. Indem er stoßweise um Atem rang, ließ Alaric sein Roß auf der Stelle kreisen, um nach Brion auszuspähen, sich zur gleichen Zeit weiterer Angriffe seitens der beiden Krieger zu Fuß zu erwehren.

Der König befand sich in kaum günstigerer Lage. Obwohl unverändert hoch zu Roß und dazu imstande, sich seiner Gegner zu erwehren, war Brion beim anfänglichen Zusammenprall von seinem Erzfeind abgedrängt worden und hatte es bislang noch nicht geschafft, sich freizufechten und ihn zum Kampf zu stellen. Nigel schlug sich an seines Bruders Seite, das Königsbanner in seiner Linken, an deren Arm er auch den Schild trug, doch erfüllte das Banner gegenwärtig nur den mißlichen Zweck, Nigel zu behindern und den Feinden anzuzeigen, wo Gwynedds König sich aufhielt. Die beiden königlichen Brüder befanden sich gerade in arger Bedrängnis, ein halbes Dutzend von des Marluks Rittern hieb und drosch im wahrsten Sinne des Wortes von allen Seiten, nur vom Himmel herab nicht, auf sie ein. Unterdessen focht der Marluk nahezu hundert Schritt entfernt, bis jetzt damit zufrieden, einige von Brions geringeren Kriegern erschlagen zu können, während er Brions berühmte Waffenfertigkeit und Kampftüchtigkeit vorerst scheute. Doch sobald Brion und Nigel ihre Widersacher überwunden hatten, hielt der König über die Kampfstätte Ausschau und sah seinen Todfeind, entledigte sich eines Angreifers mit einem wuchtigen Stoß, reckte dann das Schwert hoch empor und brüllte seines Rivalen Name.

»Gwernach!«

Der Angerufene riß sein Schlachtroß herum, so heftig, daß es sich aufbäumte, schwang das Schwert überm Haupt. Er hatte den Helm verloren, und helles Haar wehte wild aus seiner Panzerkapuze.

»Der Haldane ist mein!« brüllte seinerseits der Marluk, trieb sein Roß Brion entgegen und erschlug unterwegs einen weiteren Krieger. »Stelle dich und setz dich zur Wehr, Emporkömmling! Gwynedd ist mein rechtmäßiges Erbe!«

Des Marluks Krieger wichen von Brion zurück, als ihr Gebieter übers Feld herandonnerte, und Brion winkte mit einer nachdrücklichen Gebärde die eigenen Mannen aus dem Weg, lenkte sein Roß hinüber zu seinem Feind. Nun war der Zeitpunkt da, dessen sie beide geharrt hatten — der Zeitpunkt für den unmittelbaren, persönlichen Zweikampf zwischen den königlichen Rivalen. Stahl klirrte gegen Stahl, als die beiden Herrscher inmitten der Kampfstätte ihren Waffengang begannen, und auf beiden Seiten begaben sich die Kriegsleute auf Abstand, ließen die Feindseligkeiten vorläufig ruhen.

Für eine ganze Weile wirkten die zwei Gegner einander ebenbürtig. Der Marluk schlug ein Stück aus dem oberen Rand von Brions Schild, während Brion den Marluk um einen Steigbügel und fast auch um den entsprechenden Fuß brachte. So kämpften sie weiter, ohne daß der eine dem anderen einen entscheidenden Schlag zu versetzen vermochte, bis schließlich Brions Schwert in die Kehle von des Marluks Schlachtroß drang. Das todgeweihte Tier brach mit einem gegurgelten Schrei zusammen, warf seinen Reiter auf die Erde. Brion versuchte, seinen Vorteil unverzüglich auszunutzen und den Erzfeind an Ort und Stelle niederzureiten und zu zerstampfen.

Aber der Marluk suchte unter seinem Schild Schutz, als Brion das erstemal auf ihn lospreschte, und brachte Brions Roß beinahe zu Fall, dann raffte er sich empor und stellte sich unerschrocken bereit, als Brion das Roß wüst herumwirbeln ließ, um nochmals den Versuch zu unternehmen, ihn zu zertrampeln. Dies zweite Mal kostete Brion das Reittier, dem des Marluks Schwert den Leib aufschlitzte. Als das Roß niedersank, sprang Brion aus dem Sattel und warf sich ohne Zögern erneut auf seinen Widersacher.

Das Viertel einer Stunde lang fochten die zwei mit ihren Schilden und Breitschwertern; der Marluk war ihm an Körpergewicht und Wuchs über, doch Brion konnte, weil er jünger war, mehr Beweglichkeit aufbieten. Zu guter Letzt, als beide Männer aus Ermattung kaum noch ihre Waffen heben konnten, wichen sie voneinander, lehnten sich auf ihre gewichtigen Schwerter, rangen in stoßweisen, unregelmäßigen Zügen um Atem. Ein kurzes Weilchen später begegnete der Blick goldbrauner jenem erzgrauer Augen. Der Marluk widmete seinem Rivalen ein flüchtiges, spöttisches Lächeln.

»Für einen Haldane versteht Ihr wohl zu fechten«, gestand der Marluk zu, noch merklich außer Atem. Er wies mit seinem Schwert auf die Kriegsmannen, die ringsum des weiteren Geschehens harrten. »Wir sind einander gleichwertig, zumindest in den Waffen, und würden wir auch unsere Krieger wieder zum Kampf rufen, zum Schluß liefe es auf das gleiche hinaus — daß Ihr wider mich steht.«

»Oder meine innere Macht gegen Eure«, ergänzte Brion mit gedämpfter Stimme. »Das ist doch Eure letztendliche Absicht, oder täusche ich mich?«

Der Marluk hob die Schultern, doch Brion kam einer Erwiderung zuvor. »Nein, Ihr wolltet mich wohl mit blankem Stahl erschlagen, ließe es sich bewerkstelligen«, sagte er. »Ein Sieg durch Magie müßte Euch größere Kräfte abfordern, und es möchte überdies nicht die Art von Sieg schenken, an welcher Euch gelegen sein dürfte, wenn Ihr über mein Menschen-Königreich zu herrschen wünscht, unbehelligt und ohne um den Thron fürchten zu müssen. Das Volk von Gwynedd würde, nachdem es schon in der Vergangenheit das blutige Joch Eurer Ahnen abgeschüttelt hat, einem neuen Deryni-König nicht freundlich gesonnen sein.«

Der Marluk lächelte. »Ob's ein Sieg durch des Körpers oder durch arkane Kräfte wird, das zählt auf lange Sicht wenig. Der Sieg selbst ist's, der nach dem heutigen Tag die Herrschaft über Gwynedd sichern wird. Ihr jedoch, Haldane, Ihr befindet Euch auf jeden Fall hinsichtlich der Thronfolge in schlechterer Lage als ich. Seht Ihr die Reiter dort, darunter jene schmale Gestalt, gekleidet in Blau?«

Er deutete mit seinem Schwert hinüber zum jenseitigen Rand der

Kampfstätte, in die Richtung, woher er mit seiner Begleitung gekommen war, und in der Tat sah man dort inmitten eines Dutzends Reisiger eine hellhäuptige, schmalwüchsige Gestalt auf einem mausgrauen Zelter.

»Dort seht Ihr meine Tochter und Erbin, Haldane«, erklärte der Marluk selbstgefällig. »Ungeachtet dessen, wie heute unser Kampf hier enden mag, sie wird frei von der Walstatt reiten — Ihr könntet sie nicht hindern —, um meinen Namen und mein Gedenken in künftige Zeitalter zu tragen. Eurerseits aber — da, Euer Bruder und Thronerbe steht nahebei, sein Leben wird mir zum leichten Opfer, falls ich obsiege.« Er wies hinüber zu Nigel, dann stützte er des Schwertes Spitze wieder ins Erdreich. »Und der nächste, zugleich letzte Haldane ist Euer Onkel Richard, ein Junggeselle von fünfzig Jahren und ohne Nachkommen. Es gibt keine weiteren Haldanes.«

Brions Faust umklammerte seines Schwertes Griff fester, und er musterte seinen Widersacher mit einem Blick, der nahezu widerwillige Hochachtung bezeugte. Alle diese Darlegungen des Marluks stimmten mit der Wahrheit überein. Außer seinem Bruder und dem Onkel gab es neben ihm, dem König, tatsächlich keinen weiteren Haldane männlichen Geschlechts. Und in der Tat sah er keine Möglichkeit, auf welche Weise er oder seine Mannen ein Entkommen von des Marluks Erbin vereiteln könnten. Selbst wenn er heute siegte, des Marluks Tochter mußte in Zukunft eine Gefahr bleiben. Das seit Jahrhunderten anhaltende Ringen um die Obergewalt in Gwynedd würde hier nicht enden — es sei denn, verstand sich, daß er, Brion, am heutigen Tag unterlag.

Diese Gedanken ernüchterten ihn gewissermaßen, kühlten das Blut, welches heiß durch seine Adern wummerte, mäßigte das laute Schlagen seines Herzens. Er mußte der Herausforderung seines Rivalen begegnen, und zwar jetzt und mit dem einzigen Trumpf, den er noch besaß. Sie hatten bereits mit aller Kraft den Stahl gegeneinander aufgeboten, und das war vergeblich gewesen. Nun mußten sie mit andersartigen Waffen antreten.

Während er nach außen mehr Zuversicht und Selbstvertrauen zeigte als er inwendig empfand — denn Höheres als Leben und Krone hatte er nicht aufs Spiel zu setzen —, ließ Brion Schild und Helm ins Gras fallen und legte langsam die Hälfte der Entfernung zurück, die ihn von seinem Erzfeind trennte. Mit bedächtigen, aber entschiedenen Bewegungen zog er mit der Schwertspitze ein Kreuz mit Balken von gleicher Länge in den Staub der Erde, dessen erster Balken hinüber zum Marluk deutete.

»Ich, Brion, Gesalbter des Herrn, König von Gwynedd und Herr der Finstermark, fordere Euch Hogan Gwernach, zum Zweikampf auf Leben und Tod, denn Ihr habt Eure Hand in Feindschaft wider mich erhoben, und dadurch ebenso wider das Volk von Gwynedd. Mit Leib und Seele stehe ich hier, um Reich und Volk zu beschützen bis in den Tod, so wahr mir Gott helfe!«

Des Marluks Miene hatte, während Brion ihn zum Zweikampf forderte, ihren Ausdruck nicht verändert, und nun stapfte er zur selbigen Stelle und senkte seine Schwertspitze ins Erdreich, zog das hineingepflügte Kreuz nach.

»Und ich, Hogan Gwernach, Abkömmling der rechtmäßigen Könige von Gwynedd in der Vergangenheit, erwidere Eure Herausforderung zum Zweikampf, Brion Haldane, und erhebe zum Vorwurf wider Euch, daß Ihr an Thron und Krone von Gwynedd als ihr Räuber festhaltet. Und dafür will ich mit Leib und Seele einstehen, bis in den Tod, so wahr mir Gott helfe.«

Mit dem letzten Wort begann er neben dem Kreuz ein anderes Zeichen in den Erdboden zu kerben — ein mit zahlreichen feinen Einzelheiten versehenes, gewunden ineinander verflochtenes Symbol, das sofort Brions Aufmerksamkeit erregte und ihn sodann immer stärker in den Bann zog. Erst im allerletzten Blick begriff Brion die Magie und durchschaute sie, parierte des Marluks Schwertstreich, indem er einen Fluch ausstieß, mit der eigenen Klinge, um sogleich das ins Erdreich gekratzte Zeichen mit dem Stiefel zu zertreten. Er starrte seinen Erzfeind an, den nur noch eine Schwertlänge von ihm trennte, vermochte seinen Zorn nur mit der allergrößten Willensanstrengung zu meistern.

Wenn ich zulasse, daß er mich zu blinder Wut anstachelt, dachte er, *bin ich verloren.*

Er unterdrückte seinen Groll und zwang seinen Schwertarm zur Lockerung.

Der Marluk wich um ein paar Schritte zurück und hob die Schultern, fast wie um Vergebung zu erheischen — er hatte wohl selbst nicht damit gerechnet, daß seine Ablenkungs-Magie so trefflich wirken könne —, hob das Schwert zu einer Grußgebärde und entfernte sich um ein weiteres Dutzend Schritte. Brion erwiderte den Gruß mit schroffer, knapper Geste und zog sich gleichermaßen auf den erforderlichen Abstand zurück. Dann streckte er, ohne noch viel Umstände zu machen, die Arme nach den Seiten aus und murmelte die Worte einer Schutz- und Trutz-Magie. Daraufhin schoß hinter seinem Rücken ein Halbkreis aus karmesinroter Glut empor, und der Marluk tat auf seiner Hälfte das gleiche, so daß blaues Feuer sich zur karmesinroten Lohe gesellte und beide rundum einen schutzreichen Wall errichteten. Als das arkane Ringen begann, fingen unter diesem Zelt aus heller Glut Lichtbogen arkaner Gewalten von Schwert zu Schwert zu knistern an, aufzuleuchten und wieder abzuebben.

Der Schutzkreis gleißte immer greller, während der Zweikampf seinen Lauf nahm, umschloß in seinem Innern so ungeheure Gewalten, daß selbige alles ringsherum vertilgt hätten, wären sie durchs magische Werk nicht bannhaft im Zaume gehalten worden. Die Luft selbst flimmerte innen alsbald, so daß die Zuschauer draußen die Widersacher, welche drinnen fochten, nicht länger erkennen konnten. So blieb es wohl eine halbe Stunde lang, in deren Verlauf die Krieger beider Seiten argwöhnisch immer näher heranrückten, um nach drinnen zu starren und zu warten. Als das Feuer am Ende sprunghaft zu flackern und sich allmählich zu schwächen anfing, ließen sich im Innern des Kreises nur noch die in Flammen gehüllten Umrisse zweier geisterhafter Gestalten erspähen, von denen nun eine wie trunken torkelte.

Niemand vermochte zu unterscheiden, welche Gestalt welcher der beiden Rivalen war; einer war nun auf die Knie gesunken und verblieb so, das Schwert in einer letzten verzweifelten Gebärde der Gegenwehr noch erhoben. Die andere Gestalt schwang ihre Waffe empor, um sie zum entscheidenden Hieb herabsausen zu lassen, aber es hatte den Anschein, als hinderte irgend etwas sie daran. Für die Dauer mehrerer Herzschläge blieben beide Gestalten in dieser ihrer Haltung, als seien sie plötzlich zu Stein geworden, während zwischen ihnen die Ballung magischer Gewalten weiterhin wuchs; dann jedoch sackte die Gestalt, die sich schon auf den Knien befand, auf einmal mit einem schmerzlichen Schrei seitwärts und ließ ihr Schwert fallen, neigte zum Eingeständnis der Niederlage das Haupt, als sie vornüber auf die Hände sank. Des Siegers Schwert fiel in scheinbarer Trägheit herab, als löste sich die Erstarrung nur langsam, ein Streich genügte, um das Haupt von den Schultern zu hauen, überströmt mit Blut, bespritzte mit Blut auch die Erde und den Sieger. Die Glut des Schutzwalls verflakkerte, bis sie sich fast nicht mehr wahrnehmen ließ, und da sah man, es war Brion, der lebte.

Unter den Mannen Gwynedds erscholl gewaltiger Jubel. Einige von des Marluks Kriegern rissen ihre Reittiere herum und galoppierten über den Kampfplatz zu ihren Gefährten an seinem jenseitigen Rand, ehe jemand sie daran hindern konnte, aber der Rest ihres Haufens legte ohne Verzug die Waffen nieder und gab auf. An der Mündung der Schlucht auf der anderen Seite, wo sie ihre Fortsetzung nahm, wendete eine schlanke Gestalt ihren grauen Zelter und ritt mit ihrem Geleitschutz davon. Es kam zu keiner Verfolgung.

Brion, der noch innerhalb des verbliebenen Flimmerns stand, konnte sie nicht sehen, aber er wußte Bescheid. Benommen begab er sich wieder zur Mitte des Kreises, zog das in die Erde gefurchte Kreuz ein letztes Mal nach und sprach leise die Worte, die eine Aufhebung des Magie-Werkes bewirkten. Dann, als der Feuerkreis vollends erloschen war, schaute er lange hinüber zur jenseitigen Einmündung der Schlucht, bevor er sich abwandte und gemächlich zu seinen Getreuen zurückkehrte. Sie wichen, als er sie erreichte, zu den Seiten, die Männer aus Tolan ebenso wie jene aus Gwynedd.

Etwa ein Dutzend von Brions Begleitern war mit dem Leben davongekommen, zweimal zehn oder weniger waren vom Haufen des Marluks übrig, und gedrücktes, angespanntes Schweigen herrschte, während Brion durch ihre Mitte schritt. Schließlich blieb er stehen, blickte in die Runde, sah die Männer an, auch die Verwundeten, die auf ihre Schilde gelehnt saßen, Nigel und Alaric, noch auf ihren mit Blut besprengten Schlachtrössern, betrachtete das mit Blut besudelte Banner, unverändert von Nigels Faust umklammert. Er musterte das Banner für eine ausgedehnte Weile, während deren Dauer niemand es wagte, das gepreßte Schweigen zu brechen. Dann ließ Brion seinen Blick vom einen zum nächsten Mann schweifen, forderte jedem von ihnen mit seinen Haldane-Augen ungeteilte, wie gebannte Aufmerksamkeit ab.

»Wir werden außerhalb dieser Örtlichkeit über Einzelheiten des ausgestandenen Kampfes nicht sprechen«, sagte er zum Schluß mit uneingeschränkter Unumwundenheit. Seine Stimme knisterte von Herrischkeit und Nachdruck, und von allen, die lauschten, wußte Alaric Morgan am besten um die Macht hinter der schlichten Äußerung. Obschon die Mehrzahl der Anwesenden sich dieser Tatsache nie bewußt werden sollte, war ein jeder von ihnen soeben von der ganz eigentümlichen Haldane-Magie erfaßt worden.

Für etliche Herzschläge Dauer behielt Brion den ganzen Haufen unterm Einfluß seines Willens, ohne daß ein Laut oder eine Regung der Männer ungeminderte Achtsamkeit gestört hätte. Da blinzelte Brion plötzlich und lächelte, und schlagartig schwand die Überweltlichkeit von seiner Erscheinung. Im selben Augenblick sprang Nigel vom Roß, um zu seinem Bruder zu laufen und ihn in die Arme zu schließen. Alaric schwang sich mit gemäßigterer Eile von seinem Roß, indem er das eine Bein über den Sattel hob und sich auf den Untergrund gleiten ließ; mit steifen Gliedmaßen ging er zu seinem König, um ihm seinen Glückwunsch zu sagen.

»Ihr habt ruhmreich gefochten, Sire«, sprach er mit leiser Stimme; die Äußerung drang mühselig aus seinem Mund.

»Meinen Dank dafür, daß du ihn mir ermöglicht hast, Alaric«, gab der König zur Antwort, »wenngleich es mich nie nach Blutvergießen gedürstet hat.«

Er händigte sein Schwert Nigel aus und streifte sich mit einer von Blut befleckten Hand eine Strähne seines Haars aus den Brauen. Alaric schluckte und vollführte eine von Ruhelosigkeit gekennzeichnete Verbeugung.

»Euer Dank ist nicht vonnöten, Sire, da ich Euch lediglich gedient habe, wie's meine Pflicht und Schuldigkeit ist.« Erneut schluckte er, dann fiel er unvermutet auf die Knie und neigte sein Haupt.

»Sire, darf ich von Euch eine Gunst erbitten?«

»Eine Gunst? Du weißt, Alaric, du brauchst nur darum zu ersuchen. Ich bitte dich, beharre nicht auf Förmlichkeiten.«

Alaric schüttelte das Haupt und hob den Blick, um den Brions zu erwidern. »Nein, Sire, dies will und muß ich tun.« Er nahm seine Hände gefaltet an die Brust. »Sire, ich möchte meinen Treueschwur vor Euch erneuern.«

»Deinen Schwur?« meinte Brion verdutzt. »Aber du hast dich mir bereits verschworen, Alaric, und ferner hast du mir in Freundschaft deine Hand gereicht, und das weiß ich viel höher zu schätzen als jeden Eid.«

»Auch ich schätze Euren Händedruck höher, Sire.« Alaric deutete ein Nicken an. »Doch der Treueschwur, den ich Euch geleistet habe, ist von einer Art, wie jeder Vasall ihn Euch, seinem Herrn und König, geben kann. Was ich Euch nunmehr anerbiete, ist meine Treue im Hinblick auf die Kräfte, die wir miteinander teilen. Ich möchte Euch die Treue in meiner Eigenschaft als Deryni schwören.«

Ringsherum erscholl Gemurmel, und Nigel warf seinem Bruder einen Blick voller Besorgnis zu, aber weder der König noch sein auf die Knie gesunkener Knappe achteten darauf. Ein kurzes Schweigen, ein verzerrtes Lächeln, dann nahm Brion des Jünglings Hände zwischen die eigenen, von Blut beschmutzten Fäuste, und ein Paar grauer Augen bohrten ihren Blick in ein anderes, gleichartiges Paar, während er dem Eid des ersten Vasallen lauschte, der einem menschlichen König seit nahezu zwei Jahrhunderten Deryni-Treue schwor.

»Ich, Alaric Anthony Morgan, werde Euer Lehnsmann mit Leib und Leben und in weltlicher Verehrung, und ich werde Euch Treue und Wahrhaftigkeit erweisen, *mit allen Kräften, über welche ich verfüge,* solange Atem in mir ist. Das schwöre ich bei meinem Leben, meiner Ehre, bei meinem Glauben und meiner Seele. Sollte ich fälschlich schwören, mögen meine Kräfte, wann ich ihrer am dringlichsten bedarf, mich im Stich lassen.«

Brion schluckte sichtlich, hatte nicht ein einziges Mal seinen Blick von Alaric genommen. »Und ich schwöre dir für meinen Teil ebenso Treue, Alaric Anthony Morgan, ich gebe dir mein Wort, dich zu schützen und zu verteidigen, und nicht minder jene, die sich um Schutz und Beistand an dich wenden, *mit allen Kräften, über welche ich verfüge,* solange Atem in mir ist. Das schwöre ich bei meinem Leben, meinem Thron und meiner Mannesehre. Und hätte ich falsch geschworen, mag ich der grausigsten Vernichtung anheimfallen. Das ist das Wort Brion Donal Cinhil Urien Haldanes, des Königs von Gwynedd und Herrn der Finsternmark sowie Freundes Alaric Morgans.«

Mit diesem letzten Wort lächelte Brion herzlich und drückte Alarics Hände zwischen den seinen ein wenig fester, ehe er sie freigab und sich rasch umdrehte, um sich von Nigel wieder das Schwert reichen zu lassen. Er betrachtete die blutige Klinge, als er sie vor sich hinstreckte.

»Ich hoffe, du wirst dich nicht an dem Blut stören«, sprach er mit verhaltenem Lächeln, »denn immerhin ist's durch dieses Blutes Vergießen, daß ich nun zu beginnen vermag, was ich tun werde.«

Langsam senkte er die flache Seite der Klinge auf des Jungmannen Schulter.

»Alaric Anthony Morgan ...« Er schwenkte das Schwert hinüber auf die andere Schulter. »Hiermit setze ich Euch unter Berufung aufs durch Eure Mutter vererbte Geburtsrecht zum Herzog von Corwyn ein.« Die Klinge berührte sachte des Jünglings Scheitel und verblieb dort. »In diese Eure Würde seid erhoben und darin bestätigt, solange Ihr lebt auf Erden und solange Euer Leib auf Erden ruht, solange das Geschlecht der Morgans auf Erden weilt.« Brion hob das Schwert an seine königlichen Lippen, dann kehrte er es um und stemmte es in den Untergrund. »Ich, Brion von Gwynedd, habe gesprochen. Erhebt Euch, Herzog Alaric.«

Aus: »Barbarians and Black Magicians Flashing Swords 4«
Copyright © 1977 by Lin Carter,
mit freundlicher Genehmigung der Autorin
Aus dem Amerikanischen übersetzt
von Horst Pukallus

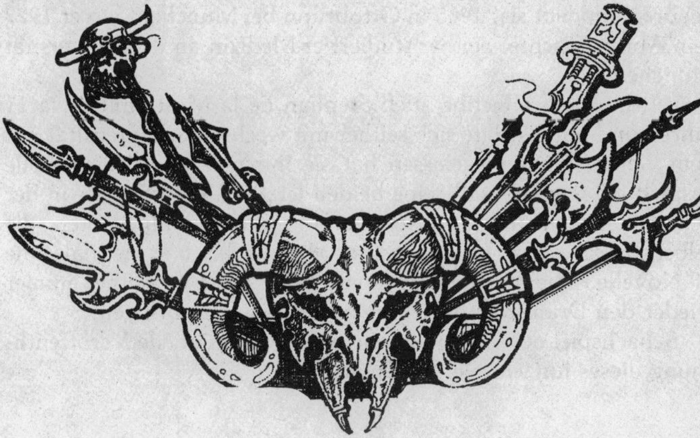

Stephan de la Motte

Stephan de la Motte gehört zur jüngeren Generation deutscher SF- und Fantasy-Autoren. Er wurde am 26. Juli 1957 in Düsseldorf geboren und lebt seit 1965 in Ottobrunn bei München, wo er 1977 sein Abitur machte. Seither studiert er Medizin an der Universität München.

Auf die Science Fiction stieß Stephan de la Motte mit etwa 11 Jahren und beschäftigte sich seither mit wechselnder Intensität mit dem Genre. Ganz losgelassen hat sie ihn nie, wobei eine Rolle gespielt haben mag, daß seine beiden letzten Deutschlehrer in der Schule F. Leiner und J. Gutsch waren, zwei Persönlichkeiten, die selbst stark in der SF engagiert sind. Mit 13 schrieb er erstmals eine SF-Novelle. Das machte ihm soviel Spaß, daß er seither immer wieder den Drang verspürte, etwas zu Papier zu bringen.

»Schachspiel der Götter« ist die erste professionelle Veröffentlichung dieses jungen talentierten Autors.

STEPHAN DE LA MOTTE

Schachspiel der Götter

Groß war die Zahl der Sagen, die sich um das Leben des letzten Abkömmlings dieser einst mächtigen Sippe rankten, und viele der Weisen behaupteten, daß seine Schritte von Göttern begleitet wurden. Die Erzähler berichteten von einer Legende, die sich zugetragen haben soll, als er und sein Gefährte auf ihrer einsamen Suche nach Onyx, der verschollenen Weißen Stadt, in ein armes, geplagtes Land kamen. Es ist ein Wunder und wohl nur der Gnade der Götter zu verdanken, daß die Kunde jener Ereignisse überliefert wurde. Denn es war eine höchst seltsame Begebenheit, an die sich die Beteiligten später niemals erinnern sollten, und das aus gutem Grund …

PROLOG

Die Stille wurde nur durch das leise Knistern des Feuers im Kamin unterbrochen. Gierig fraßen die Flammen das feuchte Holz und spendeten dafür ein flackerndes warmes Licht. Der Kamin selbst war uralt: rohes Ziegelwerk, das an einigen Stellen schon Spalten und Brüche aufwies. Der Feuerrost war verbogen, aber er tat noch immer seinen Dienst.

Weit reichte die Helligkeit nicht an diesem namenlosen Ort, denn nach kurzem Weg wurde sie von Finsternis verschlungen. Der Boden vor dem Kamin war aus kaltem, grauem Stein, glatt geschliffen zwar, ansonsten aber unbearbeitet und roh.

Ein leiser, kaum wahrnehmbarer, aber eisiger Lufthauch wehte. Nicht einmal die heißen Flammen des Feuers vermochten dagegen anzukommen. Trotz der Wärmestrahlung war dies ein kalter, ungemütlicher Ort.

Aber den beiden Gestalten, die vor dem Kamin saßen, schien das nichts auszumachen. Sie saßen sich gegenüber an einem kleinen quadratischen Tisch, und zwar so, daß jeder von ihnen dem offenen Feuer eine Flanke zuwies und das Licht ungehindert auf die Fläche zwischen ihnen fallen konnte.

Die Stühle waren aus dünnen Holzstämmen grob gezimmert, ebenso der Tisch. Es waren alte, fast schon morsche Möbel.

Die eine Gestalt trug einen pechschwarzen, jeden Lichtstrahl schluckenden Umhang, die breite Kapuze weit nach vorn gezogen, so daß das Antlitz voll im Schatten lag. Die Arme hatte sie in weitgeschnittenen Ärmeln verborgen. Der Körper und seine Kontur wurden vom faltenreichen, wallenden Stoff vollständig verhüllt.

Die andere Gestalt trug einen ebensolchen Umhang, nur war er nicht schwarz, sondern strahlend weiß. So hell und klar war diese Farbe, ohne jeden Makel, daß es schien, als leuchtete sie von selbst. Aber auch das Gesicht dieser Gestalt lag im Schatten der mächtigen Kapuze. Die Hände waren von Falten der Ärmel bedeckt.

Beide, der Schwarz- und der Weißgekleidete, saßen unbeweglich da, den Kopf leicht gesenkt, und betrachteten die kleinen, marmornen Figuren vor sich auf dem Tisch.

Schließlich bewegte sich die schwarze Gestalt. Langsam hob sie den rechten Arm, nahm eine der winzigen Statuen und stellte sie sorgfältig auf einen anderen Platz. Dann nahm sie noch eine und noch eine.

Nachdem sie die drei Figuren versetzt hatte, legte sie ihren rechten Arm über den linken.

Die Gestalt im weißen Umhang besah sich die so entstandene neue Anordnung eine Weile und begann dann langsam zu nicken. Sie machte ein kurzes Zeichen mit der rechten Hand.

Darauf nickte die schwarze Gestalt einmal, dann griffen beide schweigend nach den Figuren, räumten sie beiseite, um sie danach wieder geordnet aufzustellen.

Und sie begannen von neuem ...

1

SCHWINGEN IN DER NACHT

»Dieses Land ist verflucht.«

Es war Sawarra, der Prinz von Opal, der das sagte, ein schlanker, fast schmächtiger Mann. Masotatso N'gima, der mächtige Hüne, dessen Arme die Stärke von Hammerschlägen besaßen, ritt neben ihm.

N'gima nickte versonnen.

»Ich bezweifele, ob es klug war, hier entlang zu reiten.«

»Ich habe den silbernen Adler gesehen. Ich bin sicher. Und er flog gen Westen.«

N'gima brummte. Er hatte einen dunklen rauchigen Baß. Wenn er sprach, war es meist weit zu hören. Doch er konnte auch so leise flüstern, daß nur Sawarra mit seinem empfindlichen Gehör ihn verstand. N'gima rückte den purpurnen, golden beschlagenen Gürtel zurecht, an dem sein Schwert Abendstern hing.

»Er war sehr weit weg, der Adler«, sagte er. »Eigentlich kaum zu erkennen. Wieso bist zu überzeugt, daß es nicht ein gewöhnliches Tier war, dessen Federn in der Sonne nur metallisch glänzten?«

»Ich weiß es eben«, antwortete Sawarra. »Du weißt, wir müssen unbedingt zu Geld kommen, und wenn uns der Adler hierher gewiesen hat, dann hat das seinen Grund!«

Am Tonfall erkannte N'gima, daß der Prinz von Opal keine weitere Diskussion wünschte. Obwohl er schon als junger Mann sein Reich hatte verlassen müssen und nie auf einem Thron gesessen hatte, so war er doch mit jeder Faser seines Körpers, mit jedem Tropfen seines Blutes ein echter Prinz von Opal.

Doch die schweren Jahre der Schwarzen Ära hatten tiefe Furchen in das bleiche Gesicht gezogen. In jenen Zeiten konnte ein einzelner nur überleben, wenn er rücksichtslos und mißtrauisch war. Sawarras stechende giftgrüne Augen waren kalt und grausam geworden. Sein tiefschwarzes Haar rahmte das blaße, schmale Gesicht mit scharfem Kontrast ein. Seine Miene war unbewegt und verriet keine inneren Gefühle.

Mitten in der hohen Stirn, tief in das Gewebe von Haut und Knochen eingegraben, saß, wie das Auge eines Zyklopen, ein mächtiger Edelstein. Es war ein Opal, einer jener seltenen Steine, nach denen Sawarras Heimat benannt worden war. Narbig und runzelig war die Haut dort, wo sie sich an den leblosen Stein schmiegte, und verriet die schmerzhafte Operation, die nötig gewesen war, um den Opal da zu fixieren, wo er für den Rest von Sawarras Leben bleiben würde, ewiges Zeichen seiner königlichen Würde.

Der Stein hatte die Form eines Tautropfens, und wer ihn näher betrachtete, wurde in traurige Stimmung versetzt. In seinem Kern befanden sich milchig trübe Schwaden, die wie flüchtiger Nebel gestaltlos wogten. In der Peripherie jedoch war der Opal klar wie Quellwasser und glitzerte in grünlichblauen Funken. Man schrieb diesem Stein seltsame Kräfte zu, doch nur Sawarra selbst wußte, was an den Geschichten, die man sich erzählte, der Wahrheit entsprach.

Sawarras Kleidung war in den klassischen Farben seiner Familie gehalten. Jacke und Hose hatten die Farbe der Nacht, auch das Leder seiner silbern beschlagenen hohen Stiefel und Handschuhe glänzte schwarz. In das dicke, mehrschichtige Leder seiner Jacke waren feine metallene Platten eingearbeitet, jede einzelne mit komplizierten Ornamenten reich verziert. In der Sonne funkelten die blanken Platten wie Sterne, wenn sie das Licht tausendfach spiegelten. Aber jetzt war der Himmel hinter einer undurchdringlichen grauen Wolkendecke verborgen und der Schmuck unauffällig.

Der handbreite tiefschwarze Gürtel, der Sawarra von der linken Schulter abwärts quer über Brust und rechte Flanke lief, hielt sein kostbares Schwert Drachenwind auf dem Rücken fest. Der Griff aus fein geriffeltem Elfenbein befand sich direkt links neben Sawarras Kopf. So verschmolzen das Ziehen des Schwertes und das Zuschlagen zu einer einzigen fließenden Bewegung. Doch jetzt ruhte die leicht geschwungene einschneidige Klinge in ihrer königsblauen Scheide, die die Krümmung des Schwertes sanft nachvollzog. Die Scheide war von so dunklem Blau, daß sie beinahe schwarz wirkte, und der silberne Adler auf ihrer Außenseite blickte dem Betrachter zornig und mit ausgebreiteten Schwingen entgegen. In seinen Krallen hielt er einen stilisierten Kristall. Außer dem Wappentier Sawarras war die Scheide glatt und schmucklos. Das runde Schwertstichblatt, das beim Fechten zum Schutz der Hand diente, war schwarz und saß nun der Scheide obenauf. Den Abschluß des Elfenbeingriffs, der lang genug war für zwei Hände, bildete eine kleine Metallkugel, deren Masse dazu diente, den Schwerpunkt der Waffe ausgewogen zu halten. Dank dieser Vorrichtung lag sie leicht in den Händen und gehorchte dem geübten Fechter wie der eigene Arm. Obwohl sie nicht sehr viel wog, mußte sie mit beiden Händen gepackt werden, um schnell und treffsicher geführt werden zu können.

Drachenwind war eines der letzten echten Opal-Schwerter. Diese völlig glatten und unverzierten Klingen aus der Blauen Stadt waren weithin berühmt. Sie besaßen die Schärfe von Rasiermessern, die auch nach langjährigem Gebrauch nicht abstumpften oder schartig wurden. Der komplizierte Herstellungsprozeß war das streng gehütete Geheimnis einer kleinen, auserwählten Kaste gewesen, die mit dem Untergang Opals ausgelöscht worden war.

Prinz Sawarra besaß keinen Schild. Die Silberplatten auf seiner Jacke waren nur dünn, und sie waren in großen Abständen befestigt. Sie schützten ihn zwar vor zufälligen Treffern, doch dem gezielten Hieb einer schweren Waffe konnten sie nicht widerstehen. So waren die Schnelligkeit und das Moment der Überraschung Sawarras einziger verläßlicher Schutz. Ein vortrefflicher Schutz allerdings für einen Schwertkämpfer aus Opal.

Doch es gab Situationen, in denen körperliche Kraft sehr von Nutzen sein konnte. Und eben die ersetzte ihm Masotatso N'gima, sein Begleiter, der seinerseits auf die Beweglichkeit Sawarras vertrauen durfte. Das — und nicht so sehr die Kameradschaft — war der Grund gewesen, warum sie sich nicht getrennt, sondern beschlossen hatten, zusammen zu reiten.

Masotatso N'gima hatte diesen Vorschlag gemacht. Härteste Arbeit von Kindheit an hatte ihn, da er stets genug zu essen bekommen hatte, bärenstark werden lassen. Stählerne, mächtige Muskeln spannten sich unter seiner Kleidung. Wenn er im Kampf eineinhalb Zentner Eisen am Leib trug, schien ihn das kaum zu verlangsamen.

Niemand hätte vermutet, daß hinter der faltigen, sonnenverbrannten Stirn ein kluger und hochgebildeter Verstand wohnte. N'gima hatte es immer bedauert, wegen seiner grobschlächtigen Statur und seiner dicken Finger keine feinere Arbeit als das Schmiedehandwerk verrichten zu können. Aber das hatte ihn nicht daran gehindert, zu den Weisen zu gehen und sich Bücher zu leihen. Er hatte viel gelesen und war ein begieriger Schüler gewesen. Die Weisheit der Alten fiel auf fruchtbaren Boden, und so war es ein Zeichen N'gimas Klugheit, daß er sein Wissen und sein Verständnis der Dinge meist für sich behielt.

Damals hatte er sich — heimlich — sein Schwert Abendstern geschmiedet. Das Wissen der Alten über die Metalle, das er sich während seiner Studien angeeignet hatte, war ihm dabei sehr von Nutzen gewesen, und er hatte ständig an der Vervollkommnung seines Meisterwerkes gearbeitet, obwohl er damals nicht geahnt hatte, daß er es eines Tages auch benutzen würde.

Doch jene Zeiten waren unwiderruflich vorbei. Dieselbe Macht, die den Untergang Opals, der Blauen Stadt, verursacht hatte, hatte schließlich auch Trésan, N'gimas Heimat, ins Verderben gezogen. Das Land war verwüstet worden, und N'gima hatte nicht bleiben können. Zu jener Zeit hatte er das Fechten gelernt, eine Kunst, ohne die er trotz all seiner Kraft und all seines Wissens nicht lange überlebt hätte.

Er hatte sich einen Vollbart wachsen lassen, der ihm zusammen mit seinem struppigen braunen Haupthaar ein wildes, furchterregendes Aussehen verlieh. N'gima hatte die Erfahrung gemacht, daß er schon durch sein Äußeres seine Feinde einzuschüchtern vermochte. Und ein erschrockener Gegner war bereits halb besiegt.

N'gima trug eine feuerrote schwere Jacke, die von zwei Reihen großer goldener Knöpfe zugehalten wurde. Auf den Schultern saßen zwei gelbe breite Klappen, an den Handgelenken waren die Ärmel zu einer Art Manschette umgeschlagen und mit einer feinen dunklen Linie abgesetzt. Das dichte Gewebe bestand aus bestem Material. Die Jacke saß gut und verdeckte das braune, mit schwarzen Mustern verzierte Hemd völlig. N'gimas Hose war ebenfalls braun, mit einem leichten Schimmer ins Rötliche. Seine mächtigen Umbra-Stiefel, die ihm bis in die Kniekehlen reichten, glänzten sanft. Um die Taille hatte N'giam den purpurnen, mit goldenen Nieten roh beschlagenen Gürtel geschlungen, an dem die Scheide seines Schwertes befestigt war.

Abendstern war eine ungewöhnliche Waffe, und N'gima war auf sein Meisterwerk mit Recht stolz. Die Klinge bestand aus einem Metall, dessen Legierung er selbst entwickelt hatte. Im Licht der untergehenden Sonne glänzte es in einem unirdischen Hauch von Grün, so fein, daß nur jemand, der im richtigen Winkel zwischen Klinge und Sonne stand, ihn überhaupt wahrnehmen konnte.

Seltsam wie das Metall dieses schweren zweischneidigen Schwertes war auch seine Form. Das Ende seiner Klinge bildete nicht nur eine einfache Spitze, sondern lief in einen Dreizack aus, der in der Mitte verdickt war. Furchtbar waren die Wunden, die N'gima seinen Feinden damit beibringen konnte. Doch jetzt ruhte Abendsterns Klinge still in der dunklen violetten Scheide, und nur die lange Parierstange, die sich an beiden Enden in drei kleine Zacken teilte, und der mit schwarzem Leder umwickelte Griff waren zu sehen.

Sein spärliches Gepäck hatte N'gima ebenso wie Sawarra hinter sich an den Sattel gebunden. N'gima ritt Donner, seinen halbblütigen Fuchs. Es war eine geglückte Kreuzung, die die Schnelligkeit eines Warmblüters mit der Kraft eines Kaltblüters kombinierte. N'gima war wegen seines hohen Körpergewichts auf ein starkes Pferd angewiesen. Jetzt hatte es seine Gangart der von Sawarras Apfelschimmel Sternenschauer angeglichen, der ruhig und voll verhaltener Energie dahintrabte.

N'gima dachte nach. Seit dem Morgen ritten sie durch dieses

bedrückende Land. Alles schien still. Nur das Klappern der Hufe war zu hören. Kein Vogel zwitscherte, keine Grille zirpte. Das war höchst ungewöhnlich für diese Jahreszeit. »Dieses Schweigen«, hatte Sawarra gesagt, »ist das Schweigen des Todes.«

Und damit hatte er recht. Die Bäume knorrig, fast schon verdorrt, die Blätter teilweise verwelkt, das Gras von schmutzig gelber Farbe, die früher einmal Grün gewesen war, keine Blume, kein junger Baum. Der Himmel war von einer dichten Wolkendecke verhangen, so daß vom Licht der Sonne nur ein häßliches Grau übrig blieb. Nicht ein einziges Tier hatten sie gesehen. Das Leben selbst schien aus diesem Land geflohen zu sein.

N'gima schüttelte den Kopf. Er hielt es für unwahrscheinlich, daß Sawarra am Morgen wirklich den silbernen Adler gesehen hatte. Aber zu jenem Zeitpunkt war es ihm gleichgültig gewesen. Westen oder Osten, hatte er gedacht, eines so gut wie das andere.

Und dann waren sie in dieses seltsame Land gekommen. N'gima hatte umkehren wollen, aber Sawarra hatte darauf bestanden weiterzureiten. Eine Aura lag über dem Land, und die Männer empfanden eine unerklärliche, allgegenwärtige Bedrohung. Es war, als wären die Lebenden den Geistern der Toten gewichen. Mit seinem Verstand versuchte N'gima sich einzureden, daß es nichts Außergewöhnliches gab außer der Tatsache, daß sie den ganzen Tag kein Wild erlegt hatten und der Hunger in ihren Mägen rumorte, aber eine schleichende Furcht kroch in sein Herz und ließ ihn keinen Augenblick los.

»Da vorn! Auf der Straße!« rief Sawarra plötzlich aufgeregt, »Was ist das?« Er trieb sein Pferd zu einem kurzen Spurt an. Noch im Galopp sprang er aus dem Sattel.

»Was ist los?« rief N'gima hinter ihm her.

»Komm und sieh dir das an!«

N'gima war rasch heran. Sawarra bückte sich über einen Gegenstand, der auf der Straße lag. Er blinkte.

»Eine Feder«, sagte N'gima überrascht, »eine silberne Feder!«

»Es ist die Schwanzfeder eines Adlers. Kein Zweifel möglich. Und der Schaft zeigt genau auf die Burg dort vorn.«

In der Ferne führte der Weg, auf dem sie kamen, zu einer Stadt, die sich zu Füßen eines kleinen Berges angesiedelt hatte. Und auf diesem Berg, das erkannten sie nun, befand sich eine Burg. Groß konnte sie nicht sein, die Mauern waren nicht hoch, und sie sahen nur einen einzigen Turm. Sawarra, der an sein Wappentier glaubte, fragte sich, warum es sie wohl durch diese traurige Gegend ausgerechnet dorthin geführt hatte. Aber immerhin versprachen die Häuser am Fuß des Berges eine warme Mahlzeit.

Ohne ein weiteres Wort bestiegen sie ihre Pferde und ritten — jetzt in flottem Tempo — auf die Stadt zu.

Bald hatten sie die Stadtmauern erreicht. Es waren keine hohen Befestigungsanlagen. Sawarra schien es, als sei die Mauer in aller Eile gezogen worden. Fehler, unregelmäßig behauene Steine und der schiefe Stand mancher Teile des Walls verrieten ihm dies. Vor dem Tor begegneten sie einem Jäger, der ebenfalls in die Stadt wollte. Über der Schulter trug er Pfeil und Bogen, und an seinem Gürtel baumelten leere Fangeisen. Der Mann hatte offensichtlich genausowenig Glück gehabt wie Sawarra und N'gima. Der Hund des Jägers schlich um dessen Füße und kam dann auf die beiden Reiter zu, um die Hufe der Pferde neugierig zu beschnüffeln.

»Wolf! Zurück!« rief der Jäger.

Sawarra grüßte den Mann.

Als der Jäger den Opal in Sawarras Stirn sah, machte er große Augen. »Wo wollt Ihr hin?« fragte er. »Doch nicht etwa nach Llah-má?«

»Wir sind den ganzen Tag geritten und müde. Wir wünschen nichts als Nahrung und einen Platz für die Nacht«, antwortete Sawarra. »Wir bezahlen auch dafür«, fügte er hinzu. N'gima hielt sich bei Gesprächen mit Fremden immer zunächst im Hintergrund. Er überließ Sawarra die Rhetorik.

»Bei allen Göttern, Ihr habt Euch einen gemütlichen Ort dazu ausgesucht!« Der Jäger lachte, aber es war ein dreckiges, ironisches Lachen.

»Was meint Ihr?«

»Ich gebe Euch einen guten Rat: Wenn Ihr klug seid, verschwindet von hier. Llah-má ist eine verfluchte Stadt!«

»Wir haben die feste Absicht, hier zu übernachten.«

»Ihr seid jedenfalls gewarnt. Ich muß nach Hause.« Ohne ein Grußwort wandte sich der Jäger abrupt um und ließ die beiden verdutzten Reiter stehen. Er schritt durch den hohen Bogen des Stadttors und war im Gewirr der Gassen sofort verschwunden.

Sawarra drehte sich zu N'gima um.

»Was hältst du davon?«

N'gima lachte. »Sein seltsames Verhalten macht mich neugierig.«

»Mich auch. Llah-má ist ein Wort aus der Sprache der Alten.

Sehr merkwürdig. Diese Stadt muß uralt sein. Reiten wir hinein. Ich habe Hunger. Außerdem wird es bald dunkel.«

Schweigend ritten sie in gemächlichem Schritt auf der Hauptstraße durch die Stadt. Es herrschte eine bedrückende Stille. Nicht das bunte, fröhliche Treiben, das sie sonst anzutreffen gewohnt waren. Nicht die unvermeidlichen Geräusche, die der Pulsschlag einer jeden Stadt waren, kein Schreien der Marktfrauen — hier gab es niemanden, der seine Waren anpries —, kein helles Klingen von Metall auf Metall aus der Schmiede, kein Brodeln aus den Küchen der Seifensieder und kein Wiehern aus den Pferdeställen.

Es war grabesstill.

Wäre nicht ab und zu ein Vorhang hinter einem der Fenster beiseitegezogen worden und ein mißtrauisches Gesicht erschienen, das die Ankommenden skeptisch musterte, und hätten nicht hin und wieder Leute die Straße überquert und sich dabei alle Mühe gegeben, den Blicken der Reiter möglichst auszuweichen — N'gima hätte die Stadt für ausgestorben gehalten.

Eine alte Frau, die gebückt an einem Stock ging, wurde der beiden Reiter gewahr. Erstaunt hob sie den Kopf und blickte den beiden Männern mit runden Augen entgegen. Doch dann schien sie sich an etwas zu erinnern. Ihr Gesicht verzog sich sorgenvoll, und gesenkten Hauptes beeilte sie sich weiterzukommen.

Sawarra brach das Schweigen.

»Fällt dir nichts auf?« fragte er seinen Begleiter.

»Doch. Eine ganze Menge. Aber was meinst du?«

»Sieh dir mal die Haustüren an!«

»Oh!«

An den meisten, ja fast an allen Türen der Häuser hing ein kleines zu einem Ring gebundenes schwarzes Tuch, ein Trauerflor. In der ganzen Stadt mußten Hunderte davon hängen. Sie waren nicht groß, sondern unauffällig, manche schienen älter zu sein, Wind und Wetter hatten sie brüchig werden lassen, einige waren dreckverschmiert.

»Bei Nov-ni-gârth, dem Geflügelten«, flüsterte N'gima, »es sind entsetzlich viele. Eine Seuche?«

»Nein, das glaube ich nicht. Eine Seuche hinterläßt Spuren: Leichen und Gestank.« In Sawarras Stimme schwang kein Mitgefühl.

N'gima nickte stumm.

Sie erreichten das Gasthaus. Sie erkannten es an dem Krug, der auf ein paar Holzbretter über der Tür gemalt worden war. Auch hier war ein schwarzer Ring an die Tür genagelt worden. Von außen sah die Taverne leer aus. Kein Gast, die Räume dunkel. N'gima erkannte, daß das schwarze Tuch sehr alt war. Aber es war das einzige Gasthaus weit und breit.

Sawarra stieg vom Pferd. Mit geballter Faust hämmerte er gegen die verschlossene Tür.

»Aufmachen!«

Er vermeinte ein Geräusch im Haus zu hören, aber niemand antwortete.

»Aufmachen!« rief er und donnerte gegen die Tür, so daß die Scharniere in den Angeln und im Schloß quietschten. Der Lärm mußte im ganzen Haus zu hören sein.

»Aufmachen, oder ich trete die Tür ein!«

Da hörte er das Klappern von Holzschuhen. Jemand kam. Es dauerte noch einen Augenblick, dann wurde mit leisem Knirschen das Schloß von innen aufgesperrt. Die Tür öffnete sich einen Spalt breit. Sie ächzte. Das eingefallene runde Gesicht eines kleinen alten Mannes kam zum Vorschein.

»Was wollt Ihr?« fragte er mit heiserer Stimme. An den Tränensäcken unter den Augen und den herabhängenden Wangen erkannte Sawarra, daß dieser Mann viel mitgemacht haben mußte.

»Ich bin Sawarra«, sagte er, wobei er seinen Titel und seine Herkunft bewußt verschwieg. Er deutete auf seinen Begleiter. »Und das ist Masotatso N'gima. Wir suchen eine Unterkunft für die Nacht, eine kräftige Mahlzeit, Stall und Futter für unsere Tiere.«

»Ihr seid nicht von hier?« Die Miene des Alten entspannte sich. »Habt Ihr überhaupt Geld?«

Wortlos griff Sawarra in seinen Beutel und holte seine drei letzten Kupfermünzen hervor. Er reichte sie dem Wirt. Der nahm sie widerwillig und nickte. Er öffnete die Tür ganz und ließ Sawarra ein.

»Nehmt Platz! Ich mache Euch was zu essen. Meionora wird sich um Eure Pferde kümmern.«

N'gima betrat den Raum und setzte sich zu Sawarra an den Tisch. Der Wirt schloß die Tür und verschwand in der Küche.

»He, Wirt! Bring Wein, wir haben Durst!« rief N'gima.

Der alte Mann kam sofort. Er hatte sich eine weiße Schürze umgebunden. Er stellte einen Krug und zwei Becher auf den Tisch, murmelte »Wohl bekomm's« und verschwand wieder.

N'gima schenkte sich und Sawara von dem Rotwein ein.

»Prost!« sagte er und hob den Becher.

»Prost!« erwiderte Sawarra und nippte ein wenig von dem Wein. »Trink nicht zuviel!« sagte er. »Es ist besser, einen klaren Kopf zu behalten.«

N'gima nickte. Eine Weile saßen sie beide schweigend da und löschten ihren Durst. Sie hatten ihre Schwertgürtel abgelegt, aber aus gewohnheitsmäßiger Vorsicht, die ihnen schon oft das Leben gerettet hatte, hatten sie ihre Waffen neben sich auf der Sitzbank liegen.

Es war ruhig im Raum. Nur aus der Küche drang das Klappern von Gerätschaften zu ihnen. Bald zog der Duft von gebratenem Fleisch durch die Luft und schlich in ihre Nasen.

Der Wirt brachte das Essen. Es war eine schöne, scharf gewürzte Keule. Einen Teller mit Gemüse stellte der Wirt neben den Braten. Dann zog er sich, einen guten Appetit wünschend, zurück.

N'gima nahm sein Messer und schnitt sich ein saftiges Stück von dem Fleisch ab, das er mit großen Bissen genüßlich verschlang. Sawarra knurrte unwillig, er aß nur ungern mit den Händen, aber es blieb ihm schließlich nichts anderes übrig. Er zog seinen Handschuh aus und nahm sich, was er brauchte.

Die beiden waren allein im Haus. Jedenfalls hatten sie diesen Eindruck. Meionora, wer immer das auch sein mochte, kümmerte sich im Stall um die Pferde, und der Wirt war, nachdem er in der Küche Ordnung geschaffen hatte, aus dem Haus gegangen; Sawarra hatte das Zuschlagen der Hintertür gehört. Und nun war es, abgesehen vom Schmatzen N'gimas, totenstill im ganzen Gebäude.

Sawarra sah sich unruhig um. N'gima bemerkte den mißtrauischen Blick des anderen. »Was ist los?« fragte er.

»Die Sache gefällt mir nicht. Wir sind allein im Haus.«

»Du befürchtest einen Hinterhalt?«

»Ich weiß nicht. Aber irgendwie ist das alles sehr merkwürdig. Wir sollten lieber vorsichtig sein.«

»Da hast du recht«, antwortete N'gima und schnitt sich noch ein Stück Braten ab. Seine Finger waren schon fettig. »Aber es paßt zusammen: eine Stadt in der es viele Todesfälle gab. Ein Gasthaus, das davon nicht verschont blieb und infolgedessen keine Gehilfen und Dienerschaft mehr hat. Da wird der Laden eben geschlossen. Kundschaft scheint es hier sowieso nicht zu geben. Die Leute auf der Straße machten nicht den Eindruck, als wären sie in der Stimmung für einen Wirtshausbesuch. Und der Wirt hier — er muß eben alles allein machen, da kann er nicht dauernd im Haus sein.«

Sawarra kaute gedankenverloren.

»Ja, ja«, sagte er, »aber du wirst doch nicht behaupten wollen, das alles sei normal.«

»Nein.« N'gima schüttelte den Kopf. »Aber ich bin überzeugt, daß man uns hier nicht feindlich gesonnen ist. Vielleicht sind Fremde nicht gern gesehen, und man traut uns nicht, aber ich glaube, grundsätzlich haben sie nichts gegen uns.«

»Masotatso, hier liegt etwas in der Luft.« Sawarra senkte die Stimme. Er sprach plötzlich in ernsterem Ton. »Etwas Böses, Bedrohliches. Ich kann es fühlen.«

N'gima nickte bestätigend.

»Es liegt über diesem ganzen verfluchten Land«, fuhr der Prinz von Opal fort. »Ich weiß nicht, was es ist, aber es ist für die bedrückende Atmosphäre hier und für den düsteren Zustand des Landes verantwortlich. Sag nicht, du hättest es nicht bemerkt!«

»Die Felder, Wiesen und Wälder«, sagte N'gima, »sie sind wie die Stadt hier: tot.«

Sawarra nickte. »Das meinte ich.«

Draußen dämmerte es. Die Gassen der Stadt wurden in tiefes monotones Grau getaucht, und im Zimmer wurde es dunkel.

N'gima entdeckte in einer Ecke des Raumes einen Kamin. Daneben lag Holz. N'gima tat einige Scheite auf den Gitterrost und machte Feuer. Bald flackerte die erste Flamme auf und spendete ausreichend Licht und Wärme.

Sawarra trat ans Fenster. Niemand war mehr auf der Straße, und die Sonne war hinter den Wolken endgültig untergegangen. Es war Nacht. Eine sternenlose schwarze Nacht. Der leichte Wind sang ein klagendes Lied, und das Knistern und Knacken des verbrennenden Holzes waren das einzige Geräusch im Zimmer.

»Da kommt jemand!«

N'gima ließ den abgenagten Knochen fallen, wischte sich hastig die Hände an einem herumliegenden Tuch ab und sprang auf, sein Schwert in Reichweite. Aber Sawarra blieb ruhig am Fenster stehen. Er hörte die Schritte draußen.

»Sie kommen tatsächlich hierher«, sagte er ironisch lächelnd.

Die Tür wurde geöffnet, und zögernd betrat der Wirt sein Haus. Er hatte noch immer die — inzwischen verschmierte — weiße Schürze umgebunden. Beim Verlassen der Küche hatte er es offenbar sehr eilig gehabt. Hinter ihm kamen drei würdig aussehende Herren. Sie trugen Amtskleidung, das erkannte Sawarra sofort. Purpurner Wams und schwarze Strumpfhosen, hohe, glänzende Stiefel, ein breiter brauner Gürtel, an dem Handschuhe und eine Ledertasche — wahrscheinlich mit Dokumenten gefüllt — hingen. Der eine der drei trug eine schwere goldene Kette um den Hals, an der eine silberne Plakette hing. Das Abzeichen des Stadtoberhaupts, wie Sawarra richtig erriet.

Alle drei nahmen ihren schwarzen mit einer weißen Feder geschmückten Dreispitz vom Kopf, als sie eintraten. Als letzte Person, unauffällig, so als wollte sie nicht bemerkt werden, betrat ein junges Mädchen den Raum. Leise schloß sie die Tür. Sawarra beachtete sie nicht.

Der Wirt, unsicher und mit furchtsamem Blick, kam leicht gebeugt auf Sawarra zu.

»Verzeiht, o Herren, wenn ich beim Essen störe«, stammelte er ängstlich, »aber der Stadtmeister möchte Euch in einer — äh — dringenden — äh ...«

Sawarra sah den Mann mit der Amtskette an. Er war der älteste, sein Haar völlig ergraut und der weiße Bart dünn. Sorgenfalten zogen sich über sein Gesicht, aber die eckigen Backenknochen, das vorspringende Kinn und die buschigen Brauen sowie sein fester, gerader Blick strahlten Autorität aus. Eine Autorität allerdings, das merkte Sawarra rasch, die nicht mehr viel galt.

Der Stadtmeister trat vor.

»Ihr seid Sawarra?«

Sawarra lächelte. Offenbar kannte ihn hier niemand, denn sonst hätte der Stadtmeister ihn mit seinem Titel angesprochen.

Der Stadtmeister wertete das Lächeln als Bejahung. Er wandte sich an N'gima. »Und ich nehme an, Ihr seid Masotatso N'gima, wie man mir berichtete.«

»Ganz recht.«

»Ich bin Lord Lazur«, stellte sich der Stadtmeister vor. »Und das sind«, er wies auf seine Begleiter —, »Lord Lapis und Lord Lenox.« Die beiden deuteten eine Verbeugung an.

»Wir bedauern, Sie belästigen zu müssen.« Er sprach jetzt wieder zu Sawarra, dessen königliche Ausstrahlung den Lord unbewußt dazu veranlaßte, Sawarra als den Wortführer der Fremden anzusehen. Der schimmernde Opal in Sawarras Stirn flößte dem Stadtmeister Respekt ein. Außerdem war ihm der bärtige Riese nicht ganz geheuer.

»An Eurem Auftreten haben wir erkannt, daß Ihr Schwertkämpfer seid, und Meionora, die Eure Pferde versorgt, berichtete mir, in Eurem Gepäck befände sich allerlei Rüstzeug.«

Oho, dachte Sawarra, er hat *die* gesagt. Meionora ist also eine Frau.

Sawarra antwortete nicht, sondern sah Lord Lazur unverändert mit seinem kalten Blick an. Auch N'gima hüllte sich vorerst in Schweigen, wie immer überließ er Sawarra das Reden.

Lord Lazur sprach weiter. »Wir haben eine Arbeit für Euch.«

Sawarra horchte auf.

»Sie ist nicht ungefährlich, aber wir bezahlen gut, und Männer Eures Schlages dürften mit der Sache fertig werden.«

Sawara wurde neugierig.

»Setzen wir uns doch«, sagte er, und die Lords schienen erleichtert. Sie nahmen alle am Tisch Platz, an dem Sawarra und N'gima gegessen hatten.

»Worum geht es also?«

Der Stadtmeister holte tief Luft.

»Es begann vor einem Jahr, als dieser Zauberer zu uns kam. Er nahm die Burg auf dem Berg in Besitz. Ihr habt sie sicher gesehen.«

»Er fragte niemanden, sondern zog einfach ein«, fiel Lord Lapis, ein dürrer und nervöser Mann, ihm ins Wort. »Aber da die Burg schon seit Urzeiten verlassen war, kümmerte sich keiner in der Stadt darum.«

Lord Lazur zupfte versonnen an seinem Bart.

»Das war unser furchtbarer Fehler«, sagte er. »Kurz darauf begann die Plage, unser Land heimzusuchen.«

»Welche Plage?«

»Wir wissen es selbst nicht.« Der Lord machte ein kummervolles Gesicht. »Der Boden wurde unfruchtbar, die Blätter verwelkten an lebenden Bäumen, die Tiere verschwanden, und das große Sterben begann.«

Lord Lapis ergriff das Wort.

»Menschen sterben ohne ersichtlichen Grund. Sie werden schwach, ihre Haut wird bleich oder dunkel, und innerhalb einer Nacht sind sie tot. Es geht ziemlich schnell. Und wenn sie dann tot sind, sind sie entweder weiß oder schwarz geworden, je nachdem.«

»Je nachdem?« fragte Sawarra interessiert. »Wovon hängt das ab?«

Lord Lapis zuckte hilflos mit den Schultern.

»Die Pest ist es nicht«, sagte Lord Lazur. »Dazu gibt es zu viele Ungereimtheiten.«

»Ich höre«, entgegnete Sawarra kühl.

»Allem Anschein nach ist die Krankheit nicht ansteckend, denn unser Heiler und einige andere, die mit vielen Erkrankten in Berührung gekommen sind, leben noch immer. Das geht schon — wie gesagt — seit einem Jahr so, manchmal gab es wochenlang keine Todesfälle, manchmal viele hintereinander. Und dann ist da eben noch die Sache, daß die Haut der Erkrankten entweder bleich oder dunkel wird. Wir können uns nicht erklären, warum das so ist, aber einige der Toten sind weiß, beängstigend schneeweiß, und die anderen schwarz wie die Nacht. Das Auftreten der Farben scheint zufällig zu sein, wir konnten kein System darin erkennen.«

Einen Augenblick lang herrschte Schweigen. Die zuckenden Flammen des Feuers malten gespenstische Schatten an die Wand, die einen geisterhaften Tanz vollführten.

Sawarra wog nachdenklich den Kopf.

»Aus all dem«, fuhr Lord Lazur fort, »und der Tatsache, daß kurz zuvor dieser Zauberer aufgetaucht war, schlossen wir, daß nur Magie daran schuld sein kann. Über dem Land liegt ein grauenhafter Fluch.«

Sawarra sah zu N'gima herüber. Dieser nickte langsam, und seine Augen blitzten dabei. Sawarra erkannte, daß sich sein Begleiter eigene Gedanken zu den von Lord Lazur geschilderten Ereignissen gemacht hatte.

»Wieviel?« fragte Sawarra dann unvermittelt. Die drei Lords und der Wirt, der dem Gespräch stumm gefolgt war, blickten verdutzt. Im Hintergrund, neben dem Feuer wärmte sich das Mädchen.

»Es ist doch so, daß wir diesen Zauberer töten sollen, nicht wahr?« vergewisserte sich Sawarra. »Also, wieviel?«

Der Stadtmeister verstand. Zögernd öffnete er seine Ledertasche und holte einen grasgrünen, reich bestickten Beutel hervor. Er schnürte ihn auf und ließ den Inhalt auf den Tisch rollen. Zwanzig große goldene Münzen lagen da und blinkten im Licht des Feuers.

»Der Stadtrat hat mich ermächtigt, über das ganze Vermögen der Stadt zu verfügen«, sagte Lord Lazur leise.

Ungerührt betrachtete Sawarra den Schatz vor sich auf dem Tisch. Aus seinem steinernen Gesicht vermochten die anderen keine Regung abzulesen.

Als Sawarra keine Antwort gab, wurde der Stadtmeister unruhig. »Und dann ist da noch Meionora . . .«, sagte er leise.

Als das Mädchen, das mit ihnen gekommen war, seinen Namen hörte, verließ es den Platz neben dem Feuer und trat zum Tisch.

Das also ist Meionora, dachte Sawarra bei sich und musterte das Mädchen aufmerksam. Sie war sehr schön — und jung. Ihre langen glatten Haare waren in der Mitte gescheitelt und hingen ihr bis auf den Rücken. Sie war von schlanker, kleiner Statur und wirkte kindlich und zerbrechlich. Die Linien ihrer Figur wurden vom langen dunkelblauen Kleid, das an mehreren Stellen geflickt war, nicht verborgen. Sie hielt den Kopf leicht nach vorn gesenkt, die Augen halb geschlossen. Die zarten kleinen Hände berührten unsicher den Tisch.

Teufel! dachte Sawarra, sie ist sehr begehrenswert!

Der Blick des Stadtmeisters war unmißverständlich, und der Wirt schlug seine Augen nieder, stand auf und verließ den Raum. An seiner gebückten Haltung und dem schlurfenden Gang, der ganz im Gegensatz zum kräftigen Schritt stand, mit dem er das Haus betreten hatte, erriet Sawarra, in welchem Verhältnis der Wirt zu Meionora stand. Er fragte sich, wie oft sie wohl schon als Preis für die Rettung der Stadt angeboten worden war.

»Einverstanden«, sagte er entschlossen und sah von Meionora zum Stadtmeister. Dieser nickte.

»Gut. Dann verlassen wir Euch jetzt«, sagte Lord Lazur und sammelte dabei die Goldmünzen wieder ein. Er verstaute sie sorgfältig in seinem Beutel. »Wenn Ihr Erfolg habt« — er deutete auf seine Tasche —, »gehört das Euch.«

Er wandte sich an Lord Lapis und Lord Lenox. »Kommt!«

Mit einer scheinbar zufälligen Bewegung nahm Lord Lazur das Mädchen bei der Hand und wollte sie mit sich führen.

Sawarra sprang auf und packte Meionora so hart am Arm, daß sie stöhnte.

»Wollt Ihr mich für dumm verkaufen?« brüllte er. Die drei Lords blieben entsetzt stehen.

»Meint Ihr, ich wüßte nicht, wie viele Männer schon auf den Berg gestiegen sind und nicht wieder zurückkamen?« Das war ein Bluff, aber an den erschrockenen Mienen der Lords sah Sawarra, daß er wirkte.

»Wenn ich schon sterben muß«, er grinste hämisch —, »dann will ich wenigstens vorher noch etwas vom Leben haben.« Sein Grinsen machte dem alten steinernen Ausdruck Platz.

»Das Mädchen bleibt hier!« befahl er.

»Aber ...«, stotterte der Stadtmeister, »woher sollen wir wissen, ob Ihr morgen auch wirklich zur Burg steigt und nicht einfach verschwindet?«

»Das müßt Ihr eben riskieren«, entgegnete Sawarra. »Wir können die Sache natürlich auch bleiben lassen und das Ganze vergessen.«

»Nein, nein, schon gut«, beschwichtigte der Stadtmeister. Er schien keine andere Reaktion erwartet zu haben, aber er hatte dennoch versucht, das Mädchen vor dem Fremden zu bewahren. Die drei Lords wandten sich zum Gehen. In der Tür blickte Lazur sich noch einmal um. »Möge Nov-ni-gârth, der Geflügelte, mit Euch sein«, sagte er, und Sawarra hob die Hand zum Gruß. Lord Lazur schloß die Tür hinter sich und ging.

Im Raum war es wieder still. Sawarra und N'gima waren mit dem Mädchen allein. N'gima, der die ganze Zeit schweigend zugehört hatte, rief nach dem Wirt. Der kam hereingeeilt.

»Zeig uns die Zimmer!« befahl N'gima.

»Sofort«, antwortete der Wirt und beeilte sich, eine Verbeugung zu machen, mit einem traurigen Seitenblick auf Meionora. Er nahm zwei Kerzenhalter vom Kaminsims und zündete den Docht am Feuer an. Eine der flackernden Kerzen reichte er Meionora.

»Ich darf vorausgehen«, sagte er und führte die anderen eine knarrende Holztreppe hinauf in den ersten Stock. Sawarras und N'gimas Zimmer lagen Tür an Tür. Der Wirt zündete in jedem der Zimmer eine dort bereitstehende Kerze an, dann wünschte er eine gute Nacht und ging.

Sawarra war mit dem Mädchen allein. Durch die Wand ertönte N'gimas Klopfzeichen aus dem anderen Zimmer. Sawarra erwiderte das Zeichen. Es bedeutete, daß alles in Ordnung war. Dann zog er seine Stiefel aus, legte die schwere schwarze Jacke ab und ließ sich rückwärts aufs Bett fallen. Er sah Meionora auffordernd an. Sie wich seinem Blick aus, aber sie wußte, was sie zu tun hatte. Ohne Hast entkleidete sie sich, legte ihre Sachen sorgsam auf einen Stuhl und kam zu Sawarra ins Bett. Dabei vermied sie es ständig, ihm in die Augen zu sehen.

Der sanfte Hauch ihres Atems strich Sawarra über die Wange, und die Wärme ihres Körpers drang durch seine Kleidung. Er bewunderte die Makellosigkeit ihrer Haut und die Schönheit ihrer Formen. Begierde erfüllte ihn, doch rührte er sich nicht.

Wie sie so neben ihm lag und begann, mit feinfühligen Fingern ihm das schwarze Hemd aufzuknöpfen, da spürte Sawarra, wie nur einer der Edlen von Opal spüren konnte, was das Mädchen in diesem Augenblick empfand. Ein Geringerer hätte ihr Bemühen, ihm nicht in die Augen zu sehen, als Abscheu, ja sogar Ekel, gewertet, aber Sawarra, dem der Widerwillen des Mädchens durchaus nicht entging, wußte, daß Furcht die Ursache war.

Meionora verstand es wie viele Frauen in ihrer Lage, ihre Gefühle zu verbergen. Einem Fremden ihren Körper zur Verfügung zu stellen, das war nicht einmal das Schlimmste. Daß diese Fremden sie nahmen wie ein Stück Vieh, in ihr nicht mehr sahen als einen Gegenstand zur Vergnügung, das war das Furchtbare. Grausamer als die bohrende Scham, auf immer als Hure zu gelten, war die Furcht, sie könnte verlernen, einen Mann wirklich zu lieben. Was mußte dieses schweigsame Mädchen, das Sawarra noch nicht ein einziges Mal hatte sprechen hören, in ihrem jungen Leben schon gelitten haben!

All dessen wurde Prinz Sawarra von Opal gewahr, während Meionora ihn des Hemdes entledigte. Sawarra brauchte nicht lange zu überlegen. Dieses Mädchen kam nicht um seinetwillen zu ihm. Möglicherweise empfand sie nicht einmal Sympathie. Anfangs hatte er geglaubt oder wenigstens gehofft, sie hätte, gleich ihm, gegen ein bißchen Freude, ein bißchen Abwechslung nichs einzuwenden und hätte den Wunsch nach Genuß vor den Lords und dem Wirt, ihrem Vater, geschickt verborgen. Er hatte damit gerechnet, daß sie sich, wie viele Menschen während der Schwarzen Ära, mit vordergründigem Glück zufriedengab. Aber er stellte fest, daß er sich geirrt hatte.

Für sie war er so etwas wie eine Pflicht, ein Opfer, das sie auf sich nahm.

Aber die Edlen von Opal waren die stolzesten Männer eines einst mächtigen Reiches, und königliches Blut bestimmte Sawarras Handeln.

Er packte Meionora beim Handgelenk, setzte sich auf und zog sie hoch. Sie ahnte nicht, was er wollte, sondern sah ihn nur völlig überrascht an. Zum erstenmal blickte sie ihm direkt ins Gesicht. Sawarra erwiderte den Blick nur kurz. Er veränderte den harten, gefühllosen Ausdruck seiner Miene nicht, sondern deutete nur mit einem herrischen Wink auf den Stuhl, auf dem Meionoras Kleider lagen.

Sie verstand noch immer nicht, sondern starrte Sawarra an. Ihr Gesicht verriet Verwunderung und Verwirrtheit. Sawarra schwieg. Er war es gewohnt, seine Befehle in manchen Situationen nicht auszusprechen, sondern sie in Form von Gesten zu geben, wie sie in derart charakteristischer Weise nur ein Opal-Geborener ausführte. Aber da das Mädchen nicht reagierte, wurde er ungeduldig. Kurzerhand gab er ihr einen kräftigen Schubs, der sie in Richtung des Stuhls warf. Sie stolperte, und ihre Fußsohlen klatschten auf dem Holzboden.

Endlich begriff sie!

Zögernd und verständnislos zog sie sich an. Erleichterung vermischte sich mit Erstaunen. Sie wußte nicht, was sie von dem Fremden halten sollte, der sie erst zwang zu bleiben und dann so plötzlich und unerwartet seine Meinung änderte und auf sie verzichtete. Ein solches Verhalten hatte sie noch nie erlebt. In der Schwarzen Ära nahm jeder, was er kriegen konnte. Dieser schmächtige Fremde war kein gewöhnlicher Mann!

Als sie sich fertig angekleidet hatte, blieb sie unsicher stehen. Sie wagte es nicht, unaufgefordert das Zimmer zu verlassen.

»Setz dich!« sagte Sawarra, und Meionora gehorchte.

»Erzähl mir von dir!« forderte Sawarra sie auf.

»Da gibt es nicht viel zu erzählen«, erwiderte sie schüchtern. Sawarra stellte erfreut fest, daß sie eine angenehme helle Stimme hatte.

»Wo ist deine Mutter?«

»Meine Mutter ist tot. Sie war eine der ersten, die vom Weißen Tod geholt wurden. Dann mein Bruder und meine ältere Schwester. Seitdem führen Vater und ich die Wirtschaft allein . . .« Ihre Stimme erstarb.

»Habt ihr keine Angestellten?«

»Die hatten wir, aber wir mußten sie entlassen. Das Geschäft ging sehr schlecht in der letzten Zeit.«

Kein Wunder! dachte Sawarra. Er fühlte, wie Meionora ihre Furcht vor ihm zu verlieren begann. Er sah sie scharf an.

»Dieser Lord Lazur, der Stadtmeister«, — Sawarra achtete genau auf jede Regung des Mädchens —, »hat der eigentlich die Wahrheit gesagt?«

Meionora war betroffen. Ihr wäre es nie in den Sinn gekommen, an der Aufrichtigkeit eines Lords zu zweifeln.

»Doch«, sagte sie ehrlich, »das hat er. Warum fragt Ihr?«

Sawarra ignorierte die Gegenfrage.

»Und dieser Magier, der angeblich an allem schuld ist, was weißt du von ihm?«

»Nichts. Nur, daß er vor einem Jahr in die Burg zog. Drei Tage danach verwelkten die ersten Blumen.«

»Hast du ihn gesehen?«

»Nur einmal, ganz flüchtig. Damals, als er kam. Er ritt durch die Stadt.«

»Gut«, sagte Sawarra und lächelte, zum erstenmal ein warmes, freundliches Lächeln. Meionora erwiderte es.

»Geh jetzt!«

»Und Ihr Begleiter . . .?«

»N'gima? Der schläft«, sagte Sawarra und schüttelte den Kopf. Er wies zur Tür. Das Mädchen wandte sich zögernd um.

»Und noch etwas . . .«, hielt Sawarra sie auf. »Zu niemandem ein Wort! Verstanden? Zu keinem!«

An seinem kalten Blick erkannte Meionora, wie bitter ernst es ihm damit war. Sawarra hatte ihr diesen Befehl aus gutem Grund gegeben: Eine Frau unverrichteter Dinge gehen zu lassen, galt bei manchen Männern als unverzeihliche Schwäche, und Sawarra wollte diese Blöße nicht riskieren, zu seiner eigenen Sicherheit nicht. Denn oft war es der Ruf eines Mannes, der seine Feinde von einem hinterlistigen Angriff abhielt.

Meionora, die dies alles in ihrer Arglosigkeit nicht begriff, nickte ergeben. Dann ging sie und schloß die Tür hinter sich. Sawarra grinste ihr nach. Was sie jetzt wohl dachte?

Dann zog er sich aus und ging zu Bett.

Es war eine beängstigend stille Nacht. Kein menschliches Geräusch war zu hören. Nur der leise Wind, der über die Dächer pfiff und durch Fugen und Ritzen drang und im Dachstuhl ein klagendes Lied sang. Kein Lebewesen regte sich. Kein schreiender Nachtvogel, kein Hufgetrappel von Pferden, kein Ruf des Nachtwächters. Nur jede Stunde einmal erklang die Glocke im großen Turm der Stadt. Es war ein tiefer, dumpfer Ton, der lange in der Luft nachhallte.

Sämtliche Lichter in Llah-má waren verloschen. Wie ein Leichentuch hatte sich Dunkelheit über die Häuser gelegt. Der Himmel war noch immer wolkenbedeckt, so daß weder die Sterne noch die beiden Monde Yaudur und Luna der Stadt ihre Strahlen spenden konnten.

Sawarra lag ruhig und schlief tief. Seine langsamen, kräftigen Atemzüge waren der einzige Laut im Zimmer. Die Fenster waren geschlossen, doch da gab es einen allmählich an Stärke zunehmenden Luftzug. Er kam aus dem Nichts und war außerhalb des Raumes nicht vorhanden. Er kroch unter das Bett, durch den Türspalt in den Schrank, in jede Ecke und jeden Winkel und hatte das Zimmer bald ganz erfüllt. Was der Wind mit sich brachte, war die Botschaft des Todes: Ein fauliger, ekelhafter Geruch breitete sich aus. Es war der Gestank der Verwesung.

Sawarra schlief noch immer. Noch hatte er nichts von der seltsamen und geheimnisvollen Veränderung bemerkt, aber bald stach und biß ihn der Geruch so heftig in der Nase, daß er schnüffelnd aufwachte.

Schlaftrunken begriff er zunächst nicht, was ihn mitten in der Nacht geweckt hatte, er hatte nämlich sonst einen sehr gesunden Schlaf. Doch dann nahm er den widerlichen Geruch bewußt war, und mit einem Schlag war er hellwach. Blitzschnell sprang er aus dem Bett, schlüpfte in seine Hose und griff nach seinem Schwert. Der Gestank würgte ihn in der Kehle, und er meinte, sich übergeben zu müssen, aber standhaft unterdrückte er den Brechreiz und lauschte in die Finsternis. Die linke Hand umklammerte Drachenwinds Scheide, während die rechte den Griff gepackt hatte, bereit, jederzeit zu ziehen.

Plötzlich war ein Zischen zu hören, und das Fenster wurde von außen gewalttätig aufgestoßen. Es krachte und klirrte, als die beiden Flügel gegen die Wand prallten, aber das Glas blieb heil, nur die Verriegelung war zerstört.

Auf dem Fenstersims hockte ein scheußliches Ungeheuer. Es hatte Kopf und Körper einer großen Raubkatze. Das Fell strahlte ein eigentümliches, goldgelbes Licht aus, das den Raum schwach erhellte. Zwei mächtige Reißzähne standen aus dem Maul und ragten senkrecht nach unten bis über den Unterkiefer. Glühende gelbe Augen fixierten Sawarra. Geschickt krallte sich das Tier mit seinen scharfen Klauen in das Holz des schmalen Simses. Auf dem Rücken trug es zwei riesenhafte ledrige Flügel, die Sawarra an Fledermäuse erinnerten. Das Ungeheuer legte die Flügel an, wobei sie knarrende, morsche Geräusche von sich gaben.

Sawarra bewegte sich nicht. Sprungbereit stand er da und ließ den Eindringling keinen Moment aus den Augen. Er achtete genau auf jedes verräterische Zucken der Muskeln, auf das Blitzen der Augen, das einem Angriff für den Bruchteil einer Sekunde vorausging. Doch das Ungeheuer öffnete das Maul und sprach. Seine Stimme krächzte heiser und klang wie aus höllischen Tiefen.

»Verschwinde von hier, Sawarra von Opal!«

»Du kennst meinen Namen?« fragte Sawarra verblüfft.

»Seid verflucht, du und dieser elende Masotatso N'gima!«

Diese Worte brachten Sawarra in Wut. Zornig machte er einen

Satz nach vorn. Drachenwind zu ziehen und zuzuschlagen, war eine einzige geschmeidige Bewegung. Doch das Ungeheuer hatte den Angriff erwartet und war vom Fensterbrett ins Zimmer gesprungen. Sawarras Klinge verfehlte ihr Ziel knapp und hieb eine Scharte in das Holz des Fensters.

Sawarra wirbelte herum und stand seinem Gegner gegenüber. Böse funkelte das Tier ihn an. Er schlug noch ein paarmal nach dem Ungeheuer, aber es war jedesmal schneller. Mit kurzen Sätzen sprang es im Zimmer herum und wich Drachenwind geschickt aus. Dabei lachte es hämisch und verspottete Sawarra.

»Bleib stehen und kämpfe!« schrie Sawarra zornig.

Das Tier hielt inne und fletschte knurrend die Zähne. »Stirb, Sawarra! Stirb!«

Aus den gelben Augen schoß ein Blitz, der Sawarras rechte Schulter traf. Ein glühender Schmerz jagte wie flüssiges Blei durch seine Adern. Mit einem Schmerzensschrei ließ er sein Schwert fallen, der Arm war taub geworden. Schwindel befiel ihn.

Das Tier verzog sein Maul zu einem schiefen Grinsen und sprang Sawarra an. Der konnte sich gerade noch bücken, und die Kraft des Sprunges trug das Ungeheuer über Sawarra hinweg. Hastig griff er mit der linken Hand nach seinem Schwert, doch das Ungeheuer fiel ihn von hinten an und preßte ihn bäuchlings auf den Boden. Seine scharfen Krallen zerschnitten Sawarra den Rükken. Blut floß. Das Gewicht des Tieres war zu groß. Sawarra konnte es in dieser Lage nicht abschütteln. Er verdrehte seinen linken Arm und renkte ihn sich beinahe selber aus bei dem Versuch, das Ungeheuer auf seinem Rücken mit der Schwertklinge zu treffen. In dieser Situation war die Länge Drachenwinds ein entscheidender Nachteil. Ein Prankenhieb schmetterte seinen Arm zu Boden.

In diesem Augenblick wurde die Tür von außen mit gewaltigem Donnern aufgebrochen, und N'gima stürzte ins Zimmer. Blitzschnell erfaßte er die Situation, sah, wie das Ungeheuer seine Fänge in Sawarras Nacken schlagen wollte, und schleuderte sein Schwert nach dem Tier.

Dieses brüllte auf, als der spitze Dreizack in seine Flanke drang. Mit verzerrtem Gesicht drehte das Ungeheuer den Kopf, um zu sehen, wer der unerwartete Angreifer war. Mit einem Ruck seines Körpers schüttelte es die Schmerz verursachende Waffe ab. Aus der Wunde floß kein Blut, statt dessen sickerte eine weißlich-trübe Flüssigkeit daraus hervor.

N'gima war entsetzt vom Anblick des Ungeheuers, doch er zögerte nicht länger. Mit aller Kraft seines schweren, massigen Körpers warf er sich auf das Tier. Die Wucht des Aufpralls brachte es aus dem Gleichgewicht.

Diesen Augenblick nutzte Sawarra, um langsam unter der Bestie hervorzukriechen. Er fuchtelte wild mit seinem Schwert herum, um das Ungeheuer von N'gima abzulenken. Es gelang. Das Tier richtete seine Aufmerksamkeit auf die scharfe Klinge Sawarras. Es schlug nach dem Prinzen von Opal, doch da dieser sich herumgedreht hatte und den Oberkörper frei bewegen konnte, schaffte er es, den Klauen des Tieres auszuweichen, wobei er Drachenwind immer wieder schützend vor sich hielt.

N'gima bekam indessen die Bestie bei deren schwacher Stelle zu fassen: den zusammengefalteten Flügeln auf dem Rücken. N'gima wußte zwar nicht, daß es sich um Flügel handelte, aber das spielte keine Rolle, die Knochen zeichneten sich deutlich unter der Lederhaut ab. Sie waren dünn und nur von wenig Muskeln überzogen. N'gima packte zu, rammte dem Tier das Knie in den Rücken und spannte seine mächtigen Armmuskeln an. Er keuchte, und Schweiß trat ihm auf die Stirn. Dann gab es ein häßliches Knacken.

Mit einem gräßlichen unirdischen Schrei bäumte sich die Bestie auf. N'gima konnte sich nicht auf ihrem Rücken halten und glitt ab. Sawarra aber befreite sich endgültig. Schweratmend stand er auf. Drachenwind in der linken Hand vor sich haltend, wartete er einen neuerlichen Angriff ab. Sein rechter Arm hing schlaff am Körper herab.

Doch das Ungeheuer hatte die Lust zum Kämpfen verloren. Mit einem hastigen Satz sprang es an Sawarra vorbei auf das Fensterbrett. Vorsichtig, den gebrochenen Flügel schonend, entfaltete es seine Schwingen. Es schnaufte heiser, und Schaum stand ihm vor dem Maul.

N'gima, der sich wieder aufgerafft hatte, wollte sich auf das Ungeheuer stürzen, aber Sawarra hielt ihn zurück.

»Ihr seid gewarnt«, stieß das Tier keuchend hervor. »Verlaßt die Stadt, solange Ihr noch könnt!«

Dann drehte es sich um, und seine klatschenden Flügel trugen es in die Nacht hinaus. Der verletzte Knochen war offenbar kein tragender gewesen, denn von einer leichten Schräglage abgesehen, schien es normal fliegen zu können. Bald war es im Dunkeln verschwunden, und die gewohnte Stille kehrte wieder ein.

Sawarra senkte seine Klinge. »Danke«, sagte er zu N'gima.

»Schon gut. Ich hörte den Lärm und kam sofort.«

N'gima ging zum Fenster und schloß es. Abgesehen von einigen abgesplitterten Stellen im Holz erinnerte nun nichts mehr an den vorangegangenen Kampf. Sogar der Fäulnisgestank war völlig verschwunden.

Sie hörten, wie hastig trappelnde Schritte die Treppe heraufeilten. Der Wirt und seine Tochter waren ebenfalls von dem Lärm geweckt worden.

»Was ist denn hier los?« fragte der Wirt, halb erbost über die nächtliche Ruhestörung, halb erstaunt darüber, die beiden nur mit einer Hose bekleideten Fremden vorzufinden.

»Wir hatten einen ungebetenen — Besucher«, sagte Sawarra, und seiner verschlossenen Miene sah der Wirt an, daß er nicht mehr erfahren würde. Obwohl er sehr neugierig war, war es ihm letzten Endes doch egal, solange die Einrichtung nicht beschädigt wurde.

»Mein Freund ist verletzt«, sagte N'gima. »Ich brauche Gingiva-Blätter, zwei Schüsseln mit heißem Wasser und ein paar saubere Tücher. Und Schnaps, aber möglichst scharfen!«

Als Meionora Sawarras blutigen Rücken sah, erschrak sie.

»Ich hole alles, was Ihr wünscht«, flüsterte sie und verließ eilig das Zimmer.

Der Wirt stand verlegen da. Er wußte nicht, wie er sich verhalten sollte.

»Wenn Ihr nichts zu tun habt«, sprach N'gima ihn an, »dann seid bitte so nett, und bringt noch ein paar Kerzen. Ich benötige mehr Licht.«

Der Wirt, froh, gehen zu dürfen, nickte gehorsam und verschwand.

Sawarra reichte N'gima sein Schwert mit der linken Hand. Würdest du es bitte wegstecken«, bat Sawarra. »Mein rechter Arm — er ist gelähmt.«

»Gelähmt?« fragte N'gima, während er Drachenwind und seine eigene Waffe verstaute. Sawarra berichtete ihm von dem Blitz, den das Ungeheuer mit seinen Augen verschossen hatte.

»Leg dich hin!« bat N'gima. »Ich muß dich untersuchen.« Und schweigend legte sich Sawarra bäuchlings auf sein Bett.

Der Wirt kam und stellte einige Kandelaber, alle mit schlanken weißen Kerzen bestückt, im Zimmer auf. Es wurde deutlich heller, als der Wirt sie anzündete.

»Danke. Ihr könnt gehen«, sagte N'gima. Doch der Wirt antwortete, sehr zu N'gimas Überraschung: »Wenn es Euch recht ist, bleibe ich noch ein wenig.«

Meionora brachte, was N'gima ihr aufgetragen hatte.

»Schnaps war keiner mehr da«, sagte sie, »nur noch Branntwein.«

»Das ist in Ordnung.«

»Kann ich sonst irgendwie behilflich sein?« fragte sie, aber ihre Frage klang mehr wie eine Bitte. N'gima grinste. Er ahnte, was sich abgespielt hatte, als Sawarra und Meionora allein gewesen waren.

»Ihr könnt mir assistieren.«

Sie nickte freudig, und während der Wirt vom Hintergrund des Zimmers aus zusah, behandelte N'gima Sawarras Verletzungen.

Doch zuerst hielt er seinem Kameraden die Branntweinflasche hin.

»Trink! Und nicht zu knapp«, ordnete er an. Sawarra gehorchte und leerte ein Viertel in einem Zug.

»Brrr! Ein Teufelszeug!« rief er, als er die Flasche absetzte.

N'gima wusch sich in der ersten der beiden Schüsseln mit heißem Wasser die Hände. Dann ließ er sich eines der sauberen weißen Leinentücher geben und durchtränkte es mit dem Branntwein, bis der süßlich-scharfe Geruch das ganze Zimmer erfüllte. Damit reinigte er die Verletzungen und deren blutverschmierte Umgebung. Wie Feuer brannte der Alkohol in Sawarras Wunden, denn N'gima ging nicht sparsam damit um. Sawarra biß die Zähne aufeinander, kniff die Augen zu, und seine linke Hand verkrampfte sich um den Bettpfosten, aber er gab außer einem leisen Ächzen keinen Laut von sich.

»Das wär's. Das Schlimmste hast du überstanden.« Und N'gima klopfte Sawarra auf die Schulter.

Er nahm die langen breiten Gingiva-Blätter entgegen, hielt sie in die zweite Schüssel mit heißem Wasser, knetete die Blätter, bis sie weich und schmiegsam geworden waren und die ersten Tropfen ihres Saftes aus den Poren traten, und legte sie dann sorgfältig auf die Wunden. Danach ließ er Meionora den Verband aus anderen Tüchern anlegen, wobei er Anweisungen gab, wie sie den Wickel über Schulter, Brust und Rücken zu legen hatte, während er Sawarra sanft hochhob, damit sie ihm die Tücher um den Bauch binden konnte.

»Es ist nicht weiter schlimm«, sagte N'gima abschließend. »Nur die oberen Hautschichten sind betroffen. Knochen, Muskeln und deren Bindegewebshüllen blieben unverletzt.«

Meionora vermochte ihre Erleichterung nur schwer zu verbergen. Doch N'gima untersuchte schon Sawarras rechten Arm. Er fühlte seinen Puls. Dann kniff er ihn und benetzte ihn mit heißem Wasser. Sawarra reagierte beide Male. Er packte den gelähmten Arm und drückte zu. Auch das spürte Sawarra. Als N'gima losließ, sah er einen hellen weißen Fleck, der in groben Zügen seinen Handabdruck darstellte, doch nach wenigen Augenblicken wurde die blutleere Stelle wieder dunkler.

»Gut. Die Sensibilität ist nicht beeinträchtigt, und die Durchblutungsregulation funktioniert auch. Also keine unmittelbare Gefahr für den Arm«, erklärte N'gima. »Versuch deine Finger zu bewegen!«

Sawarra nickte.

»Es ... es geht nicht«, murmelte er.

»Doch! Du mußt dich konzentrieren. Reiß dich zusammen!«

Und Sawarra tat es. Die Anstrengung war ihm vom verkniffenen Gesicht abzulesen. Aber er schaffte es.

»Bravo! Ausgezeichnet!« rief N'gima. »Bis morgen ist der Arm wieder in Ordnung.«

Sawarra richtete seinen Oberkörper auf.

»Danke«, sagte er zu N'gima und hielt ihm seine linke Hand hin. N'gima ergriff und schüttelte sie kurz. Dann wandte sich Sawarra an Meionora. Er sah ihr in die Augen. »Habt Dank.«

Schlaff ließ er sich nach vorn fallen. Die Erschöpfung forderte ihr Recht.

N'gima flüsterte: »Er braucht jetzt Ruhe. Und ich könnte auch eine Mütze voll Schlaf vertragen.«

»Ich bleibe bei ihm«, entschied Meionora und setzte sich auf einen Stuhl neben Sawarras Bett.

Gar nicht so schlecht, dachte N'gima. Sollte das Ungeheuer zurückkommen, wird sie mich rechtzeitig warnen.

Obwohl er nicht ernsthaft damit rechnete, konnte diese kleine Versicherung doch nicht schaden. »Gut«, sagte er und verließ mit dem Wirt das Zimmer, der kopfschüttelnd seine Tochter ansah.

Der Rest der Nacht verlief ungestört.

2

SPIEGLEIN, SPIEGLEIN AN DER WAND . . .

Am nächsten Morgen, nach einer kleinen, kräftigen Mahlzeit, machten sie sich auf den Weg zur Burg. Sawarra konnte, wie N'gima es vorausgesagt hatte, seinen rechten Arm wieder normal bewegen. Der Verband um seinen Körper saß zwar stramm, doch behinderte er ihn nicht.

Die Pferde hatten sie am Fuß des Berges stehen lassen, denn der Weg war steil und uneben, und sie kamen daher zu Fuß schneller voran. Außerdem waren sie dadurch wendiger und konnten sich in dem unwegsamen Gelände rascher bewegen.

Steinig war der Pfad, links und rechts lagen moosbewachsene kleine Felsen. Bäume gab es nicht, nur Gras, Unkraut und kleinere Büsche. Der Kies knirschte unter den Stiefeln der beiden Kämpfer. Ein leichter Wind wehte und ließ die Blätter der Büsche rascheln. Der Himmel war noch immer zugezogen. Tiere waren nicht zu sehen, nicht einmal Insekten.

Sawarra ging voraus. Sein Gesicht war hart und entschlossen. Drachenwind steckte in seiner tiefblauen Scheide, der silberne Adler, der auf dem stilisierten Kristall thronte, schien vor Spannung zu vibrieren. Der schwarze Gürtel hing schräg über der Brust. Sawarra trug Drachenwind wie immer auf dem Rücken. Der Elfenbeingriff befand sich daher direkt hinter seinem Kopf. Er brauchte nur die Arme zu heben, und die Bewegungen des Ziehens und Zuschlagens bildeten eine Einheit.

Aufmerksam spähte er nach allen Seiten, auf jedes Geräusch, jede Bewegung und jede Auffälligkeit achtend, die ein Zeichen von Gefahr sein könnte.

Hinter ihm kam Masotatso N'gima, der sich immer wieder umdrehte und nach hinten sicherte. Wie Sawarra trug auch er seine Kleidung vom Vortag, die erdfarbene Hose, die feuerrote Jacke und darunter das braune Hemd mit dem feinen schwarzen Muster. Um die Taille hatte er den purpurnen, mit goldenen Nieten besetzten Gürtel gebunden, an dem in der violett glänzenden Scheide sein mächtiges dreizackiges Schwert hing.

N'gimas Blick war ernst. Er war sich darüber im klaren, daß sie beide in Gefahr schwebten.

Während des Aufstiegs berichtete Sawarra im einzelnen, was in der Nacht vorgefallen war. Er beschrieb vor allem den Fäulnisgeruch. Dann fragte er N'gima nach dessen Meinung zu den Vorfällen.

»Ich glaube, daß mehr dahintersteckt als nur ein einzelner Magier«, antwortete N'gima. »Es gibt zu viele Unstimmigkeiten. Daß die Toten eine von zwei möglichen Farben annehmen, ist doch sehr ungewöhnlich. Ein Einzelner hätte die Pest geschickt, die bei allen gleichermaßen schnell wirkt. In ein paar Wochen hätte der Zauberer sein Ziel erreicht. Warum aber zieht sich die Sache über Monate hin? Das sieht nicht danach aus, als wollte jemand einfach nur die Stadt vernichten. Und vor allem, welches Interesse sollte ein Magier daran haben, dieses nicht gerade reiche Land mit einem Fluch zu belegen? Ich bin überzeugt, da spielen andere Dinge eine Rolle.«

Sawarra nickte nachdenklich.

»Etwas Ähnliches hatte ich mir auch überlegt. So einfach wie der Stadtmeister die Sache sieht, ist sie nicht.«

»Sagtest du nicht, bereits bevor dich die Bestie überfiel, habe sich ein Verwesungsgestank im Zimmer ausgebreitet, der nachher verschwunden war?« vergewisserte sich N'gima, und Sawarra grinste.

»Das war mir auch schon aufgefallen«, erklärte er. »Das paßt einfach nicht zu einem Magier. Ein Zauberwesen hinterläßt Gestank, es kündigt sich nicht damit an. So etwas ist völlig unmöglich. Es sei denn, andere Kräfte, die wir nicht kennen, spielen mit.«

»Hast du bemerkt, daß der Wirt und seine Tochter über den nächtlichen Angriff überrascht schienen?«

»Ja. Ganz offensichtlich sind wir die ersten, denen so etwas passiert ist. Die Bestie kannte übrigens unsere Namen.«

»Was!?«

»Das Biest konnte sprechen.«

N'gima erschreckte und verblüffte diese Nachricht zugleich. Aber er faßte sich schnell.

»Das ist ein böses Omen«, sagte er nach kurzem Schweigen. »Es läßt nur einen Schluß zu: Der Urheber des ganzen Übels beobachtet uns, er kennt uns, und er hält uns für gefährlich.«

»Zweifellos. Unser unbekannter Gegner muß sehr mächtig sein. Mächtiger als ein Magier.«

Sawarras Augen blickten einen Moment lang in weite Ferne. »In Opal hatten wir einen Magier. Er diente meinem Vater, er nahm mich öfter mit und erklärte mir viele Dinge.« Sawarra verharrte einen Augenblick. Die Erinnerungen schmerzten ihn, und dennoch fühlte er sich seltsam zu ihnen hingezogen.

Aber dann riß er sich abrupt aus seinen Gedanken.

»So mächtig«, sagte er zornig und machte eine Geste, mit der er Land, Stadt und Burg erfaßte, »ist kein Zauberer.«

Sawarra verstummte.

Wind kam plötzlich auf und nahm an Stärke zu. Er fuhr durch die Sträucher und Büsche und ließ Blätter und Zweige heftig rascheln. Trockenes Laub wurde losgerissen und durch die Luft gewirbelt, auch Staub nahm der beginnende Sturm mit sich und trieb ihn den beiden Männern ins Gesicht. Sie kniffen die Augen zusammen und hielten die Hände schützend vors Gesicht. Der Sturm zerrte an ihren Kleidern, die ihnen am Leib flatterten. Sawarras schwarze Haare peitschten ihm ins Genick, aber sie waren zu kurz, um ihm in die Augen zu schlagen und die Sicht zu rauben. Das Heulen des Windes schwoll immer mehr an, und in der Ferne hörten sie das Krachen von Donner.

»Die Götter zürnen uns!« schrie N'gima. Er mußte brüllen, um den Sturm zu übertönen. »Sieh dort!«

Sein ausgestreckter Arm wies auf den Himmel über der Burg. Schwarze Wolken tummelten sich hoch über den Mauern. Von allen Seiten jagten riesige graue Berge am Himmelsgewölbe heran und verdunkelten das Tageslicht zu einer zwielichtigen, unheimlichen Dämmerung. Es war ein wildes Wogen und Treiben. Die Natur selbst war in Aufruhr. Die Wolken drehten sich über der Burg im Kreis, einen wahnsinnigen, unkontrollierten Tanz aufführend. Schaumartig quollen die riesigen Massen auf, bizarre Formen bildeten sich, um danach gleich wieder andere Gestalt anzunehmen. So klar war die Luft und so plastisch diese abstrakten Himmelsgebilde, daß es den Männern schien, sie müßten nur die Hände ausstrecken, um sie zu berühren. Drohend hingen die in ständiger Bewegung begriffenen Wolken über ihren Köpfen und spannten sich wie ein gigantisches Zeltdach über das Land. Das Tageslicht war endgültig verbannt, Grau und Schwarz waren die beherrschenden Farben.

Sawarra stand breitbeinig da, dem reglosen Sturm trotzend. Er hob wild lachend beide Fäuste in die Luft und drohte in Richtung der Burg.

»Ja, die Götter zürnen!« schrie er. »Es fragt sich nur, wem!« Und er brüllte dabei vor Lachen. Ein verzerrter, beinahe irrer Ausdruck stand auf seinem Gesicht, und N'gima schauderte. Wie zur Antwort auf Sawarras Herausforderung zuckte ein Blitz aus den dunklen Wolken und tauchte für den Bruchteil einer Sekunde die Burg in blendende Helligkeit. Ein ohrenbetäubender, krachender Donner folgte.

Aber Sawarra blieb unbeeindruckt. Er packte N'gima bei den Schultern.

»Los! Komm weiter!«

Das Getöse des Sturms war inzwischen so laut, daß Sawarra kaum noch dagegen anschreien konnte.

N'gima, dem der Wind die Haar völlig zerzaust hatte, verzichtete auf eine Antwort und nickte.

Die Gewalt des Sturmes erschwerte ihren weiteren Aufstieg beträchtlich. Wirbel von Staub und Laub behinderten ihre Sicht. Harte, mächtige Böen machten ein gleichmäßiges Marschieren unmöglich. Einmal, als der Wind vollkommen unerwartet drehte, traf ein kräftiger Windstoß Sawarra von hinten und warf ihn beinahe um, er konnte sich gerade noch am Fels abstützen. Er fluchte.

Selbst Masotatso N'gimas Kräften machte der Sturm zu schaffen. Seltsam, dachte er bei sich, bei einem Unwetter dieser Stärke müßte es längst in Strömen regnen.

Aber nichts dergleichen geschah. Kein Tropfen fiel vom Himmel.

Zweifel beschlich N'gima, und er begann sich zu fragen, ob es klug gewesen war, sich auf dieses Abenteuer einzulassen. Was mochte sie in der Burg erwarten? Vielleicht hatten sie Kräfte herausgefordert, denen sie nicht gewachsen waren. Aber zur Umkehr war es zu spät, und so drängte er die unangenehmen Gedanken beiseite. Sawarras ungezähmte Entschlossenheit, mit der er sich Schritt für Schritt vorkämpfte, steckte N'gima an.

Unbehelligt — das heißt, ohne angegriffen zu werden — gelangten sie schließlich zum Gipfelplateau des Berges. Der Weg führte direkt durch das große Tor in den Hof der Burg.

Zögernd blieben die beiden Männer stehen. Dunkel drohend ragten die Zinnen der mächtigen Mauer in den blitzerhellten Himmel. Die linke Ecke des Mauerwalls bildete ein hoch aufragender dicker Turm, den sie schon von weitem gesehen hatten. Er war genauso stark befestigt wie der übrige Wall. Ihn krönte ein rundes Spitzdach, dessen Schindeln sich an einigen Stellen gelöst hatten und heruntergefallen waren. Die anderen drei Ecken der quadratisch angelegten Festung waren mit unauffälligen kleineren Wachtürmen besetzt. In dem Mauerwerk vor den beiden Schwertkämpfern spannte sich der Bogen des Tors, das die Höhe von drei Männern hatte. Zu beiden Seiten stand eine kurze dicke Säule, auf der ein aus Stein gemeißelter Totenschädel thronte. Diese Standbilder waren alt. An vielen Stellen war das Gestein schon abgebröckelt, aber die leeren Augenhöhlen der Schädel hatten nichts von ihrem furchteinflößenden Ausdruck verloren.

Das Tor gab den Weg in den Burghof ungehindert frei. Das Fallgitter, dessen Spitzen aus dem oberen Rand des Torbogens ragten, war hochgezogen. Dies war anscheinend der einzige Zugang zur Festung, und er stand ihnen einladend offen. Eine Falle?

Mißtrauisch musterten Sawarra und N'gima den Eingang. Sawarra hob seinen Arm, griff hinter seinen Kopf und zog langsam sein Schwert aus der Scheide. Er hielt es, bereit zu Angriff und Verteidigung, in Grundstellung vor sich. N'gima tat es ihm nach.

Lauernd standen sie da. Doch nichts regte sich. Die Burg schien verlassen.

Sawarra beschloß zu handeln. Mit einem kurzen Blick verständigte er sich mit seinem Begleiter. Vorsichtig traten sie an das Tor heran und spähten voller Skepsis nach dem Fallgitter, dessen Spitzen drohend über ihren Häuptern schwebten. Sie sprangen gleichzeitig und hatten die tödliche Grenze überwunden. Sie hatten erwartet, daß das Gitter hinter ihnen fallen würde, und so waren sie beide zusammen gesprungen, um nicht getrennt zu werden. Doch nichts geschah. Das Gitter blieb oben.

Voll innerer Unruhe betraten sie den Burghof. Hier war es verhältnismäßig still. Der Sturm tobte über die Zinnen hinweg, aber im Hof war es windgeschützt. Diese plötzliche Ruhe nach dem Lärm des Unwetters tat gut. Es war still genug, um in normaler Lautstärke sprechen zu können, doch Worte waren jetzt fehl am Platze.

Im Burghof, eng an die Mauer gelehnt, befanden sich mehrere Gebäude. Eines davon, an der gegenüberliegenden Seite, war offenbar ein Vorratshaus. Es besaß eine schwere gepanzerte Eisentür, aber keine Fenster. Die anderen Häuser waren mehrstöckig, ihre schmalen spitzbogenförmigen Fenster größtenteils noch erhalten. Auch Ställe aus Holzpfählen und Reisigdach für Vieh und Pferde gab es. Doch fehlte auch hier jegliches Zeichen von Leben. Alles wirkte tot und verlassen, nichts deutete darauf hin, daß diese Burg oder ein Teil davon bewohnt wurde.

Hatte der Zauberer ihr Eindringen nicht bemerkt?

N'gima fühlte sich in seiner Haut äußerst unwohl, und auch Sawarra war der Angriff des Ungeheuers in der vergangenen Nacht lieber gewesen als dieses undurchdringliche Schweigen.

Aber nichts rührte sich.

Plötzlich begann ein dichter schwerer Nebel ihre Füße zu umwabern. Zuerst bemerkten Sawarra und N'gima das Phänomen nicht. Doch als die dunklen, leicht violett schimmernden Schwaden um ihre Knie wogten, wurden sie ihrer gewahr.

Sawarra wirbelte herum.

»Verdammt! Was soll das?«

Der Nebel, der von einer unsichtbaren Kraft getrieben wurde denn hier im Burghof war es windstill —, hatte innerhalb kurzer Zeit die beiden Männer völlig eingehüllt. Zu Sawarras großer Erleichterung waren es keine giftigen Dämpfe. Wie normaler Frühnebel war er völlig geruchlos. Nur das sanfte violette Licht, das er verbreitete, verriet, daß es sich um Zauberwerk handelte. Diese dichten Schleier waren vollkommen undurchdringlich, die Burg und sogar der Sturm schienen hinter den violetten Schwaden im Nichts versunken. Nur wenige Schritte weit vermochten die Augen im Nebel zu sehen.

»Masotatso! Wir müssen zusammenbleiben!« rief Sawarra.

Doch N'gima hatte sich schon zum Prinzen von Opal gesellt. Schulter an Schulter horchten sie in den alles verschlingenden Nebel und warteten ab.

»Verdammt! Wir sollten nicht stehenbleiben«, sagte N'gima. »Hier sind wir jedem Angriff schutzlos ausgeliefert!«

Vorsichtig, Schritt für Schritt, gingen sie auf gut Glück vorwärts. Vor ihnen gaben die Schwaden den Blick auf neuen Boden frei, während der Weg hinter ihnen in wogenden Schleiern versank.

Plötzlich tauchte in der violetten Masse eine dunkle schattenhafte Gestalt auf. Sawarra vermochte nicht zu sagen, ob sie dort gewartet oder ob sie sich aus dem Nichts materialisiert hatte. Die Männer hielten inne. Nur schemenhaft konnten sie Form und Umriß ausmachen.

Es war zweifellos eine menschliche Gestalt. Sie trug einen langen schweren Mantel, der bis auf den Boden reichte und dessen Ärmel weit ausgeschnitten waren. Auf dem Kopf saß ein hoher runder Spitzhut. Mehr vermochten die beiden Schwertkämpfer nicht zu erkennen. Das Gesicht der Gestalt war hinter violett leuchtenden Nebeln verborgen.

»Der Zauberer. Das muß er sein«, flüsterte Sawarra. Er faßte sein Schwert fester.

Die finstere Gestalt begann in tiefem, hohlem Ton zu lachen. Es war ein unheimliches Geräusch, wie aus dem Abgrund des Grabes. Ein unterirdisches, totes Lachen, dessen Echo vervielfacht widerhallte.

»Wer bist du?« rief Sawarra die Gestalt zornig an.

Diese unterbrach ihr Lachen abrupt. Sie hob langsam den linken Arm.

»Mein Name tut nichts zur Sache«, sagte sie mit dumpfer Stimme.

Sawarra setzte zum Angriff an. Doch in diesem Augenblick senkte die Gestalt mit einer raschen Bewegung den Arm, und Sawarra befiel ein heftiger Schwindel. Die Welt drehte sich um ihn, und ein nagender Schmerz bohrte in seinem Kopf. Er schloß die Augen und hatte das Gefühl, haltlos in einen endlosen Schacht zu stürzen.

Als Sawarra nach unmeßbarer Zeit die Augen wieder öffnete, war sein Erstaunen groß.

Er lag auf einer anmutigen Wiese, sein Schwert neben sich im Gras. Die Sonne schien vom strahlend blauen Himmel, eine milde Brise wehte über das Land und kühlte die Sonnenhitze zu angenehmer Wärme ab. Vögel zwitscherten, und ihr vielstimmiges Konzert erfüllte die Luft. Summende Insekten schwebten von Blüte zu Blüte der in großer Zahl und reicher Pracht auf der Wiese wachsenden Blumen. Etwas entfernt standen Bäume, deren mächtige Kronen sanft im Wind schaukelten. Die grünen Blätter raschelten leise, und Sawarra sah, wie Vögel in den Ästen ihre Nester bauten.

Er lag an einem sanften Abhang, so daß sich sein Kopf etwas höher als die Beine befand. Nahe seinen Füßen plätscherte ein Bach über Schlamm und Gestein dahin. Kleine Fische tummelten sich im kristallklaren Wasser.

Die wohltuend warme Luft und der weiche Boden luden Sawarra zur Erholung ein. In der Tat war eine Erschöpfung in ihm gewachsen, die er nun freiließ. Die extreme geistige und körperliche Anspannung der letzten Stunden löste sich allmählich, und Sawarra gab sich der Ruhe und dem Frieden der Landschaft hin.

Leise waren die Schritte, doch als Sawarra sie hörte, sprang er auf. Aber es drohte keine Gefahr.

Das Mädchen, das sich ihm beinahe lautlos genähert hatte, war wunderschön. Um den geschmeidigen Körper schlang sich nichts als ein weißes durchsichtiges Seidentuch, das locker um Brust und Hüften flatterte.

Sawarra sah sie in voller Schönheit, die festen Schenkel, die sanft geschwungenen Hüften und den schwarzen Schatten ihres Schoßes. Der rosige Hof an den Spitzen ihrer zarten Brüste schimmerte leicht durch das feine Gewebe des Schleiers. Zart wirkte sie, die schmalen Schultern und der lange dünne Hals betonten diesen Eindruck. Der Wind spielte in ihren schneeweißen Haaren, und Strähnen wehten ihr über das anmutige Gesicht, dessen verträumte Augen Wärme und Zuneigung ausstrahlten. Die weichen Lippen formten ein Lächeln, und ihre feingliedrigen, geradezu kindlichen Hände streckte sie Sawarra entgegen.

»Jaôné«, hauchte er.

Tausend vergessene Empfindungen schossen ihm wie Nadeln durchs Herz. Totgeglaubte Erinnerungen erwachten und überfluteten Sawarras Seele. Jaôné — die Frau, die er einst für ganz kurze Zeit besessen hatte, die Frau, die er in jener Zeit, die ihm später wie eine Ewigkeit vorgekommen war, so leidenschaftlich geliebt hatte. Ihr Anblick rief alle seine verschütteten Gefühle mit unwiderstehlicher Gewalt wieder an die Oberfläche. Diese Erinnerungen brachten Schmerz mit sich, doch wurde er überschattet von der gewaltigen Freude, die sich in Sawarra ausbreitete: sie vor sich zu haben, die für immer entschwunden schien.

Jaôné verlangsamte ihre Schritte. Sie gab Sawarra Gelegenheit, sie zu betrachten. Völlig überwältigt von der Flut seiner Empfindungen, brachte er keinen Ton hervor.

Sie sah ihn mit einem Augenaufschlag an, den Sawarra so gut kannte. Ohne auf den Schleier zu achten, der ihr langsam von der Schulter glitt und zu Boden fiel, schmiegte sie sich an den Prinzen von Opal. Da er größer war als sie, sah sie zu ihm auf, und ihr Schneehaar fiel über ihren Rücken. Sie schlang die Arme um seinen Hals, streichelte seinen Nacken und zog seinen Kopf mit sanftem Druck nach unten, die Augen geschlossen, den Mund halb geöffnet.

Sawarras Wille war gelähmt, sein Verstand betäubt. Rein äußerlich schien er sich dem Mädchen hinzugeben. Er umarmte sie, aber in den vergessenen Bereichen seines Bewußtseins regte sich etwas und zwang ihn zu handeln. Immer deutlicher drängte sich dieses Etwas nach vorn, schob sich langsam zwischen seine Gefühle, und eine grauenvolle Ahnung beschlich Sawarra.

Er hielt das Mädchen immer noch im Arm. Sein Gesicht jedoch, eben noch entspannt, glücklich, verzog sich zu einer schmerzlichen, gequälten Grimasse. Hier und jetzt hielt er die Frau in den Armen, nach der er sich so lange unbewußt gesehnt hatte, und obwohl sein Herz in ihm tobte, obwohl es ihm die Seele verbrannte, wußte ein bestimmter Teil seiner Gedanken, ein Teil, den er gar nicht richtig wahrnahm, was zu tun war. Mit einer langsamen, mechanischen Bewegung glitt sein rechter Arm zur Hüfte, wo sein Messer am Gürtel seiner Hose hing. Halb wehrte er sich gegen das, was kommen würde; widerspenstig wandte er den Kopf von Jaôné ab, deren verlangende Lippen sich ihm anboten und die ihren Schoß mit kreisenden Bewegungen an dem seinen rieb.

Mit einer kurzen, schnellen Bewegung stach er zu.

Es gab ein dumpfes Geräusch, als sich die Klinge des Messers tief zwischen die Rippen unter der linken Brust des Mädchens bohrte. Ungläubig weiteten sich ihre Augen. Sie brachte keinen Laut hervor, sondern blickte Sawarra mit einer Mischung aus Furcht und Enttäuschung an.

Der Bann war gebrochen.

Sawarra wurde schwindelig. Die Wiese, der Bach, Jaôné — alles verschwamm und versank in bodenloser Dunkelheit.

Sawarra schlug die Augen auf. Er befand sich in einem dunklen, feuchten Kellergewölbe. In regelmäßigen Abständen erhoben sich dicke Pfeiler aus dem Boden, teilten sich und liefen nach vier Seiten im Bogen aus, um auf den nächsten Pfeiler zu treffen und so die Decke des Gewölbes zu stützen. Der Boden war steinig und staubig. Einige Pfützen breiteten sich aus, die aus kleinen Rinnsalen von den Wänden und Tropfen von der Decke gespeist wurden. In unregelmäßigen Abständen befanden sich Eisenhalterungen in Wänden und Pfeilern. Fackeln waren in diesen Gestellen befestigt, und die flackernden Flammen verbreiteten ein schummriges Licht. Verwirrend war das Schattenspiel der Pfeiler, doch Sawarra konnte die dürre, nur entfernt menschenähnliche Gestalt zu seinen Füßen erkennen. Das Wesen trug keine Kleidung, seine Haut war ledrig schwarz und völlig haarlos. Statt Händen und Füßen besaß es Krallen, im geöffneten Mund waren zwei Reihen scharfer Zähne zu sehen. Der Kopf lag zur Seite geneigt, und die toten Augen blickten in unendliche Ferne. Aus einer schmalen Wunde in der Brust blutete das Wesen heftig.

Sawarra keuchte. Jetzt erst bemerkte er den brennenden

Schmerz der Kratzer, die ihm die Krallen des Wesens im Genick und an den Armen beigebracht hatten. Er wischte sich den Schweiß aus dem Gesicht. Der Opal in seiner Stirn leuchtete im Zwielicht wie ein drittes Auge.

Hölle und Teufel! Beinahe hätte er sich von den Trugbildern dieser Bestie verführen lassen. Und dennoch: Auch jetzt schien ihm noch immer, als hätte er Jaôné leibhaftig vor sich gehabt — und sie kaltblütig ermordet. Dieser Gedanke, die Erinnerung an sie, quälte ihn, und er wünschte sich beinahe die vergangenen Sekunden zurück, so wirklich, so echt schienen sie gewesen zu sein.

Mit aller Kraft redete sein Verstand ihm ein, daß es nur eine Illusion gewesen war, eine tödliche, teuflische Illusion.

Mit einer automatischen Geste wischte er sein Messer an der Haut des Wesens ab und steckte es wieder ein.

Es sind eben doch die eigenen Gefühle, die einem am schwersten zu schaffen machen, dachte er.

Auf dem Boden lag Drachenwind. Sawarra bückte sich und hob sein Schwert auf. Das unendlich vertraute Gefühl des Elfenbeingriffs, das er sogar durch seine schwarzen Handschuhe spürte, überzeugte ihn vollends, daß er nicht länger von Trugbildern genarrt wurde.

Er war nur knapp dem Tod entronnen, hätte sich beinahe den Träumen hingegeben. Hätte sein Verstand normal gearbeitet, er hätte die Täuschung innerhalb von Sekunden durchschaut. Zweifellos hatte der fremde Zauber sein Denkvermögen und die Widerstandskraft beeinträchtigt. Eine gefährliche Macht, wenn sie solch einen Einfluß ausüben konnte! Aber zu ausgeprägt war die Persönlichkeit, zu stolz der Charakter eines Prinzen von Opal, als daß Sawarra von bloßer Magie überwältigt werden konnte.

Sawarra sah sich im Gewölbe um. Mit Entsetzen erblickte er die vielen menschlichen Skelette, die in einer Ecke auf einem Haufen lagen. Die meisten von ihnen steckten noch immer in Rüstungen. Seltsam und vielfältig waren die Waffen, die sie bei sich trugen, manche davon hatte Sawarra noch nie gesehen. Einige der Gebeine konnten nicht alt sein, Fetzen von Kleidungsstücken hingen ihnen über die Gliedmaßen. Die Schädel der Unglücklichen grinsten ihn mit ihren fleischlosen Zahnreihen an.

Arme Teufel, dachte Sawarra, welcher Spuk mochte sie wohl mit offenen Augen ins Verderben gelockt haben? Beim Gedenken an die tapferen Männer, die es gewagt hatten, den Zauberer dieser

Burg herauszufordern und die dabei ihr Leben lassen mußten, schoß es ihm wie ein Blitz durch den Kopf: N'gima!

Verdammt! Hoffentlich war es nicht zu spät!

Hastig suchte Sawarra das Gewölbe ab. Er rannte fast und stolperte mehrmals, aber das hielt ihn nicht auf. Er begriff bald, daß es sich nicht nur um ein einzelnes Gewölbe handelte, sondern daß es Teil einer großen katakombenartigen Anlage war, deren Gänge und Hallen in der verwirrenden Form eines Labyrinths angeordnet waren.

Sawarra hätte in seiner Eile fast die Orientierung verloren. Aber da er sowieso nicht wußte, wo der Ausgang war, kümmerte ihn das vorerst nicht.

Plötzlich hörte er ein Geräusch.

Sofort blieb er stehen und lauschte gezogenen Schwertes in die Dämmerung.

Da war es wieder!

Leise nur, klang es wie eine menschliche Stimme. N'gima?

Es war aus dem Gang neben Sawarra gekommen. Er selbst befand sich in einer Art Halle, die durch Fackeln an den Wänden in unruhig zitterndes Licht getaucht wurde. Der Gang jedoch lag in völliger Dunkelheit.

Ein Hinterhalt?

Sawarra blieb keine Zeit zum Nachdenken. Wenn es N'gima war, dann schwebte er möglicherweise in Lebensgefahr. Sawarra durfte keine Zeit verlieren.

Entschlossen nahm er eine der Fackeln aus dem Gestell und betrat eiligen Schrittes den Gang. Zu rennen wagte er nicht, denn seine eigene Fackel blendete ihn, und wenn ihn ein Hindernis am Boden stolpern und fallen ließe, hätte er sich einem Angriff kaum zur Wehr setzen können.

Nach kurzer Zeit erreichte er das Ende des Gangs. Dieser führte in eine kleine niedrige Kammer, die Sawarra unangenehm an eine Grabkammer erinnerte. Sie war völlig dunkel, erst Sawarras Fackel erhellte sie ein wenig.

In der Mitte des Raumes stand N'gima, die Augen geschlossen, und murmelte unverständliche Worte. Umklammert wurde er von einem schwarzhäutigen Wesen derselben Art wie jenes, das Sawarra getötet hatte. Die Krallen der Bestie bohrten sich in N'gimas Fleisch, und Blut floß aus Hals und Armen, aber er wehrte sich nicht. Sein Gesichtsausdruck verriet höchste Glücksgefühle.

Bei allen Göttern! Wie viele dieser Bestien mochten hier noch ihr

Unwesen treiben? dachte Sawarra. Die Bestie hatte ihn in ihrer Gier nach Blut noch nicht bemerkt.

Sawarra zog sein Schwert und schlug dem Wesen mit einem kräftigen, sauber gezielten Hieb den Kopf ab. Eine Fontäne schwarzen Bluts schoß aus dem Hals des Untiers. Lautlos brach es zusammen. Der Strom aus dem Stumpf des Halses ließ nach und versickerte langsam im Boden.

N'gima, der sich an das Wesen gelehnt hatte und nun seiner Stütze beraubt war, schwankte. Er öffnete die Augen, und eine Sekunde lang schien es, als schauten sie unendliche Schönheit. Doch sofort veränderte sich sein Blick. Zuerst verriet er Schrecken und Enttäuschung, gleich darauf Schmerz, Qual und schließlich Zorn. Wütend starrte er Sawarra an. Dieser erkannte, daß N'gima noch nicht völlig bei Sinnen war, noch nicht begriff, was wirklich geschehen war.

Zornig knurrend wollte N'gima sein Schwert ziehen.

Sawarra führte rasch sein Schwert in die Scheide und hob erschrocken den Arm. Er machte eine beschwichtigende Geste. Zum erstenmal empfand er echte Furcht.

»He! Halt! Ich bin's — Sawarra!« rief er.

Der vertraute Klang der Stimme brachte N'gima vollends zu Bewußtsein. Die Wut in seinem Blick verschwand und machte einem erschöpften Ausdruck Platz. N'gima atmete schwer.

»Was . . . was ist passiert?« stammelte er, aber als er die Leiche des Lederhäutigen zu seinen Füßen sah, verstand er. Er schüttelte hilflos den Kopf.

Hing da nicht eine Träne in den Wimpern des rauhen, bärenstarken Hünen? Sawarra vermochte es nicht sicher zu sagen, denn das Licht war nur schummerig, und N'gima wandte sein Gesicht für einen Augenblick ab.

Für wen mochte er die Bestie gehalten haben? Sawarras Takt verbot ihm, seinen Begleiter danach zu fragen.

Wortlos und ohne sich umzusehen, verließen die Gefährten die Kammer. Sawarra ging mit seiner Fackel voraus. In der Halle blieben sie stehen.

N'gima, der keine Vorstellung über Größe und Ausmaß der Gewölbe hatte, ließ sie sich von Sawarra beschreiben. Dann dachte er eine Weile nach, wobei seine Stirn ein paar zusätzliche Falten bekam. Schließlich deutete er in eine bestimmte Richtung.

»Ich schätze, daß dort der Ausgang zu finden ist«, sagte er.

»Jedenfalls müßte er dort sein, bedenkt man, daß die Burg nur eine begrenzte Größe aufweist.«

»In Ordnung. Versuchen wir's«, antwortete Sawarra.

Vorsichtig, Schritt für Schritt, suchten sie sich ihren Weg. Sawarra behielt vorsichtshalber die Fackel, obwohl es hier genug in den Wandhalterungen ab. N'gima folgte ihm, wobei er sich immer wieder umdrehte. Nach der Heimtücke, die er soeben zu spüren bekommen hatte, war er auf alles gefaßt.

Sie kamen an einer Treppe vorbei, die, von einem Tonnengewölbe überspannt, tiefer in die Erde führte. Die ersten der Stufen konnten sie noch sehen, aber das Ende der Treppe verlor sich in einem schwarzen Loch.

»Die Verliese?« fragte N'gima.

»Möglich«, gab Sawarra zu. Er hielt seine Fackel in den Gang. Einige Ratten wurden von der bebenden Flamme aufgeschreckt und jagten leise pfeifend die Stufen hinunter.

»Lichtscheue Kreaturen!« fluchte N'gima.

Sawarra glaubte, das Ende der Treppe in der Düsternis ausmachen zu können. Zweifellos führte sie zu einem Stockwerk, das sich noch unterhalb der Ebene befand, in der sie jetzt waren. Was mochte sich in jenen Tiefen verborgen halten? Wie viele Unglückliche wurden schon in diesen Kerker verschleppt, um nie wieder das Licht der Sonne zu erblicken?

Sawarra schauderte bei diesem Gedanken, und N'gima sprach es aus: »Ich habe keine Lust, da hinabzusteigen.«

»Komm weiter!« erwiderte Sawarra.

Beide waren erleichtert, als sie die Treppe hinter sich ließen. Nach einem kurzen Weg um mehrere Ecken war der Gang zu Ende.

Sie betraten eine kreisrunde Halle, die mindestens dreimal so hoch war wie die anderen Gewölbe. Die Wand bestand aus mächtigen quadratischen Steinen. Die Fugen zwischen den Blöcken zeigten im Licht der vielen Fackeln bizarre Schattenformen. So groß war die Zahl der in mehreren Reihen angeordneten Lichtquellen, daß Sawarra und N'gima, deren Augen noch an die dunklen Gewölbe gewöhnt waren, unwillkürlich blinzelten.

Höhe und Form der Halle waren hier unten einmalig. Die anderen Gewölbe hatten einen eher quadratischen Grundriß, und Sawarra vermutete, daß diese Halle sich nach oben in den mächtigen dicken Turm fortsetzte, den sie schon von weitem über der Burg hatten thronen sehen.

Aber viel mehr fesselte etwas anderes die Aufmerksamkeit der beiden Schwertkämpfer. An der gegenüberliegenden Seite begann eine breite Treppe und zog sich, an die Wand geschmiegt, spiralig gewunden nach oben. Sie besaß kein Geländer und führte bis unter die Decke der Halle. An ihrem Ende befand sich eine schwere eisenbeschlagene Tür.

Der Ausgang! Daran zweifelten N'gima und Sawarra keine Sekunde.

N'gima wollte voller Erwartung losstürmen, aber Sawarra hielt ihn zurück.

»Dort«, flüsterte er und deutete auf den Fuß der Treppe.

Wegen seiner rötlichbraunen Farbe, die sich völlig der Umgebung anpaßte, war das Bündel auf den ersten Blick nicht von Gemäuer und Boden zu unterscheiden. Erst bei genauem Hinsehen erkannte N'gima voller Mißtrauen die pelzige Oberfläche — die Form war nicht zu erraten —, und er nahm wahr, wie sich das Fell langsam, fast unmerklich hob und wieder senkte.

Was immer es war, es atmete!

Sawarra flüsterte N'gima zu: »Sicher ein Wächter. Ich dachte mir schon, daß der Ausgang bewacht ist.«

»Da kommen wir nicht vorbei, jedenfalls nicht ohne Kampf«, antwortete N'gima leise. »Er scheint zwar klein zu sein, aber wir sollten ihn nicht unterschätzen. Wenn dies wirklich der Ausgang ist, dann muß dieses Wesen gefährlicher sein als es aussieht.«

Sawarra nickte zustimmend.

»Wir haben kein Wahl. Wir müssen es riskieren«, murmelte er. »Aber wenn wir schon kämpfen müssen, dann sollten wir uns die bestmögliche Ausgangsposition verschaffen. Greif du von links an, ich komme von rechts!«

Sawarra legte seine Fackel auf den Boden. Lautlos zogen sie ihre Schwerter, und ebenso lautlos schlichen sie sich an das Wesen heran, die Waffen zum Hieb erhoben.

Es war so still, daß sie das leise Keuchen ihres Atems hörten, ja sogar glaubten, den eigenen Herzschlag wie Paukenschläge wahrzunehmen. Doch das Knirschen von Steinen und Sand unter ihren Stiefeln und das Knistern der brennenden Fackeln waren die einzig wirklichen Geräusche.

Als sie noch wenige Schritte von dem Wesen entfernt waren, hoben sie ihre Klingen bis über den Kopf, um mit voller Wucht zuschlagen zu können, N'gima von links, Sawarra von rechts.

Genau gleichzeitig stießen sie einen grellen Kampfschrei aus und hieben mit aller Kraft und Schnelligkeit zu. Wie der Blitz sausten die Schwerter nieder, pfeifend durchschnitten sie die Luft.

Hell war das Klingen, als Metall auf Stein schlug.

Verfehlt!

Erschrocken hoben Sawarra und N'gima den Kopf.

Mit einem Satz, der so rasch erfolgt war, daß ihn das menschliche Auge nicht wahrzunehmen vermochte, hatte sich das Wesen die Treppe hinauf in Sicherheit gebracht.

Da saß es und glotzte Sawarra und N'gima mit großen runden Augen an, den schmalen boshaften Mund verzogen, was Sawarra als eine Art Grinsen deutete.

Das Wesen war klein. Sawarra vermutete, daß es ihm in aufgerichteter Haltung nicht einmal bis zur Hüfte reichte. Der runde Kopf mit den kurzen dreieckigen Ohren schien groß im Verhältnis zum stämmigen, gedrungenen Körper. Die beiden Arme waren kurz und dünn; an ihren Enden saßen winzige knochige Hände. Ganz im Gegensatz dazu besaß das Wesen kräftige, gut entwickelte Beine. Es hatte sie momentan in einer Hockstellung an den Körper gezogen, aber die mächtigen Sprungmuskeln der Oberschenkel zeichneten sich deutlich ab.

Der Körper des Wesens war von feinem rötlichem Pelz bedeckt, bis auf den dünnen Schwanz, der die Länge zweier ausgewachsener Männer übertraf. Die Schuppen, die den Schwanz vollkommen bedeckten, glänzten schwach, und daran erkannte Sawarra, daß es sich um ein sehr hartes Material handeln mußte. Am Ende saß eine scharfe nadelfein zulaufende Spitze aus derselben harten Substanz, lang genug, um einen Mann zu durchbohren.

Hölle und Teufel! Damit hat das Biest eine Reichweite von fünf Armlängen! dachte Sawarra.

Noch ehe er den Gedanken zu Ende geführt hatte, schoß die Schwanzspitze pfeilgerade auf ihn zu. Reflexartig warf er seinen Kopf zur Seite, und das rettete ihm das Leben. Haarscharf sauste die tödliche Spitze neben seinem Kopf vorbei, und Sawarra hörte das leise Klappern der Schuppen, die bei der Bewegung des Schwanzes gegeneinander verschoben wurden.

N'gima nutzte die Gelegenheit und schlug zu. Doch mit einer peitschenartigen Bewegung des Schwanzes lenkte das Wesen den Hieb rechtzeitig ab. Sofort konterte es und stieß nach. N'gima sprang zur Seite und holte zum neuerlichen Schlag aus, aber der Schwanz des Wesens geriet in eine wellenartige Schwingung, die hart gegen N'gimas Waffe traf und sie ihm beinahe aus der Hand schlug.

Sawarra, der sich wieder aufgerafft hatte, unternahm einen Verzweiflungsversuch. Urplötzlich warf er sich vor, legte alle Kraft in den Sprung, streckte dabei den Arm und stach mit Drachenwind direkt nach dem Wesen.

Aber gegen die Reichweite des Schwanzes kam auch die ungewöhnliche Länge Drachenwinds nicht an. Das Wesen machte einen kleinen Satz eine Stufe hinauf, und Sawarras Schwert prallte mit häßlichem Klirren gegen Gestein. Schnell bewegte das Wesen seinen Schwanz pendelartig von N'gima zu Sawarra und schlug ihn Sawarra auf den Kopf.

Sawarra stöhnte auf vor Schmerz. Er taumelte rückwärts und hielt sich mit der linken Hand den Scheitel, so als wollte er durch bloßen Druck das stechende rote Glühen löschen, das sich wie flüssiges Metall in seinem Kopf ausbreitete. Schwarze Punkte tanzten ihm vor den Augen, aber sein Schwert ließ er nicht los.

Das Wesen erkannte blitzartig seine Chance, und wieder jagte die gefährliche Schwanzspitze genau auf Sawarras Schädel zu. Er war noch zu benommen, um ausweichen zu können. Aber N'gima reagierte. Ohne nachzudenken, schlug er mit seinem Schwert nach dem Schwanz.

Und traf!

Der Hieb war gedankenschnell ausgeführt worden und daher nicht sehr genau gewesen. Er vermochte nicht, den Schuppenpanzer des Schwanzes zu durchdringen, aber seine Kraft genügte, um die Richtung der tödlichen Bewegung so weit abzulenken, daß die Spitze Sawarra knapp verfehlte.

Zu einem zweiten Versuch kam das Wesen nicht mehr, Sawarra hatte sich zur gegenüberliegenden Seite der Halle zurückgezogen und war damit außerhalb des Aktionsradius des Schwanzes geraten. Sawarra betrat den Gang und lehnte sich erschöpft gegen die Wand. Er wartete, daß das Hämmern in seinem Schädel endlich nachließ. Er rang schwer nach Luft und konnte kaum sprechen, aber er rief nach N'gima.

»Masotatso — so — geht — es — nicht!« Keuchend stieß er die Worte einzeln zwischen den hastigen Atemzügen hervor. Zwar trübte der Feuerball in seinem Kopf das Bewußtsein, aber die Gefahr, in der sich sein Kamerad und er befanden, vergaß er nicht.

Auch N'gima hatte sich inzwischen in den Gang zurückgezogen und wartete jetzt, bis sich Sawarra etwas erholt hatte.

N'gima überzeugte sich davon, daß das Wesen seinen Posten nicht verließ. Es sprang die Stufen hinunter, blieb aber am Fuß der

Treppe sitzen. Haßerfüllt starrte es in die Richtung auf die beiden Schwertkämpfer, der lange Schwanz in bedrohlichen wellenartigen Bewegungen. Aber das Tier durfte seinen Platz nicht aufgeben, und offenbar war Töten nicht seine eigentliche Aufgabe, das wichtigste war, die Treppe zu bewachen und keine der Kreaturen aus dem Verlies entkommen zu lassen.

Gut. Einen Angriff brauchen wir nicht zu befürchten, dachte N'gima. Im Gang sind wir wenigstens für den Augenblick sicher.

Sawarras Atem ging langsamer. Die schwarzen Schwaden vor seinen Augen hoben sich, und sein Blick wurde klarer. Er entspannte sich. Das Pochen im Kopf verschwand und hinterließ nur einen unangenehmen schmerzenden Druck, den er ignorierte.

»So schaffen wir es nicht. Wir müssen unsere Aktionen besser abstimmen«, murmelte er.

N'gima nickte schwer. Auch er keuchte.

»Du hast recht. Aber das ist nicht alles«, sagte er, und in seiner dunklen, rauchigen Stimme schwang ein düsterer Ton. »Dieses Biest ist ein Qoak. Mein Großvater hat mir früher einmal davon erzählt. Auf der ganzen Welt gibt es höchstens ein Dutzend davon. Wo sie hergekommen sind, weiß niemand. Legenden berichten, sie seien der Hölle selbst entsprungen. Aber das sind nur Gerüchte. Jedenfalls gelten sie als unbesiegbar.«

Sawarras Miene blieb steinern und ausdruckslos. Ihn schien diese Nachricht nicht zu beeindrucken.

»Ob unbesiegbar oder nicht«, fuhr N'gima fort, »uns fehlen Pfeil und Bogen. Anders geht es nicht. Wir kommen einfach nicht nahe genug heran. Ohne ein Geschoß können wir das Biest nicht außer Gefecht setzen.«

Sie schwiegen. N'gima sah ein wenig ratlos drein, und Sawarra wiegte nachdenklich den Kopf. Eine Idee zeichnete sich ab.

»Du magst recht haben«, antwortete Sawarra schließlich. Er sprach leise, weil er fürchtete, der Qoak könne ihn verstehen. Bei diesen Zauberwesen mußte man mit allem rechnen, auch damit, daß sie der menschlichen Sprache mächtig waren!

Sawarra fuhr fort: »Aber wir haben doch Geschosse . . .«

Er beugte sich zu N'gima und flüsterte ihm ins Ohr. In knappen Worten setzte er ihm seinen Plan auseinander.

Nachdem Sawarra geendet und sich wieder an die Wand gelehnt hatte, verzog N'gima düster das Gesicht.

»Das ist sehr riskant«, sagte er. »Wenn es schiefgeht, sind wir verloren.«

»Was soll's? Siehst du eine andere Möglichkeit?«

N'gima schüttelte den Kopf.

»Nein. Vielleicht haben wir Glück.«

Entschlossen packten sie ihre Schwerter und betraten erneut die Halle.

Der Qoak gab furchterregende Zischlaute von sich, als er die beiden Männer näherkommen sah. Die unruhigen Bewegungen des Schwanzes wurden schneller. Die todbringende Spitze richtete sich abwechselnd auf Sawarra und N'gima.

Sie teilten sich und kamen wieder von zwei Seiten. Noch außerhalb der Reichweite des Schwanzes begannen sie einen wahnwitzigen, verdrehten Tanz aufzuführen. Sie hüpften seitwärts, vor und wieder zurück und drehten sich wie Kreisel. Dabei machten ihre Arme schlangenartige Bewegungen wie die Tentakel eines Polypen. Ziellos schwangen sie hierhin und dorthin. Sogar ihre Köpfe wackelten hin und her. Völlig systemlos schlugen sie Löcher in die Luft, sprangen über nicht vorhandene Hindernisse und traten nach unsichtbaren Gegnern.

Der Qoak wurde unruhig. Aufgeregt zuckten die großen runden Augen im verzweifelten Bemühen, keinen der beiden Gegner auch nur einen Moment unbeobachtet zu lassen.

Allmählich, fast unmerklich kamen Sawarra und N'gima näher. Immer schneller, immer irrwitziger wurden ihre Bewegungen. Der unvorhersehbare Zufall regierte. Ohne Ziel hieben ihre Schwerter zu. Und war ein Schlag geführt, ein Sprung vollzogen, so war es unmöglich zu erraten, in welche Richtung, welchem unsichtbaren Ziel der nächste galt.

Nicht ein Teil ihrer Körper blieb auch nur eine Sekunde am selben Punkt. Jeder Muskel wechselte ständig zwischen Anspannung und Erschlaffung. Schon nach kurzer Zeit stand Sawarra und N'gima der Schweiß auf der Stirn. Die rasenden, verwirrenden Verrenkungen und Verdrehungen des ganzen Körpers waren extrem anstrengend und forderten die letzten Reserven der beiden. Laut zischte die Atemluft durch ihre Münder, aber sie ließen in ihrem Bemühen nicht nach.

Sie befanden sich bereits in Reichweite des mörderischen Schwanzes. Aber ihr verrückter Tanz hatte Erfolg. Der Qoak wagte nicht anzugreifen. Er konnte sein Ziel nicht sicher ausmachen. Erhob Sawarra den Kopf in einem Moment, so war er im nächsten zur Seite geneigt, nach hinten geworfen oder nach vorn gebeugt. Mit N'gima war es nicht anders. Das Wesen konnte nicht erraten, wo sich seine Gegner im nächsten Augenblick befinden und wo ihre verwundbaren Punkte bloßliegen würden. Es mußte auf gut Glück schießen! Das Risiko wollte es aber offenbar nicht eingehen. Und dann: Auf wen von den beiden sollte es zuerst zielen?

Schritt für Schritt näherten sich die beiden Männer ihrem Feind, dessen Schwanz unentschlossen von einem zum anderen strich. Es waren noch keine echten Angriffe, nur eine Art Tasten, und so wehrten N'gima und Sawarra den Schwanz mit ihren Schwertern in spielerischer Weise ab. Sie gaben sich sogar für Bruchteile von Sekunden Blößen, um den Qoak herauszufordern.

Dieser sah die schwachen Stellen sehr wohl und wollte voller Gier zustechen, aber immer war die Deckung rechtzeitig wieder vorhanden, noch ehe das Wesen reagiert hatte. Dafür gab es einen anderen Angriffspunkt, aber sowie der Qoak dessen gewahr wurde, war er schon wieder gedeckt.

Die blutlechzende Angriffslust in den runden Augen des Wesens wich einer ahnungsvollen Furcht. Wie gelähmt verfolgte es die Bewegungen der Männer, die noch dazu aus zwei verschiedenen Richtungen kamen. Gespannt und nervös beobachtete es, aber noch konnte es sich zu einem Angriff nicht entschließen. Aber Sawarra und N'gima rückten näher, und der Qoak empfand die Bedrohung immer deutlicher.

Dann ging alles sehr schnell.

Plötzlich, ohne Vorwarnung stieß N'gima einen gellenden Schrei aus, das Wesen zuckte zusammen. Gleichzeitig warf er, ohne erkennbaren Ansatz der Bewegung, sein Schwert Abendstern pfeilgerade auf die Bestie zu.

Daneben!

Der Qoak hatte sich rechtzeitig geduckt, und Abendsterns dreizackige Spitze traf klirrend auf Stein.

Doch noch ehe N'gima sich seiner Schutzlosigkeit klar werden konnte, noch ehe sich der Qoak bewußt wurde, daß einer seiner Gegner keine Waffe mehr besaß, schleuderte Sawarra seine Klinge nach dem Feind.

Wieder daneben!

Kaum war das Wesen N'gimas Waffe ausgewichen, hatte es Sawarras Schwert aus den Augenwinkeln heranfliegen sehen und rettete mit einem Überschlag sein Leben. Schleppend prallte Drachenwind gegen die Treppe, fiel die Stufen herab und blieb am Boden liegen.

N'gima hatte schon mit dem Leben abgeschlossen, da sah er, wie der Qoak sich überschlug, um Sawarras Klinge zu entgehen, und dabei für eine Sekunde aus dem Gleichgewicht geriet. N'gima erkannte sofort, daß das Biest in diesem Augenblick keine Kontrolle über seinen Schwanz hatte.

Sehen und handeln war für N'gima ein und dasselbe. Mit einem mörderischen Wutschrei und grausam verzerrtem Gesicht stürzte er sich auf den Schwanz des Wesens. Und er bekam ihn zu fassen — knapp unterhalb der tödlich scharfen Spitze! Er schrie »Sawarra!«, um seinem Kampfgefährten ein Zeichen zu geben. Seine mächtigen Fäuste schlossen sich wie Stahlklammern um den Schwanz, die Knöchel traten weiß hervor. Er warf sich mit der ganzen Masse seines Körpers zu Boden und begrub dabei den Schwanz unter sich. Noch im Fall versuchte er ihn mit seinen muskulösen Beinen zusätzlich zu umklammern. Und es gelang!

Erschrocken erkannte der Qoak, daß er seiner einzigen Waffe beraubt wurde. Kreischend unternahm er den verzweifelten Versuch, den Schwanz zurückzuziehen, und N'gima spürte, wie die glatten Schuppen ihm langsam durch die Hände glitten.

Das Wesen hatte Sawarra völlig vergessen; es verwendete seine ganze Kraft darauf, seinen Schwanz so schnell wie möglich zu befreien.

Und Sawarra reagierte richtig!

Mit zwei, drei Sätzen sprang er blitzschnell vor und die Treppe hoch. Zu spät erkannte das Wesen die Gefahr, da rammte ihm Sawarra schon mit ausgestreckten Armen beide Fäuste in den Leib.

Ächzend brach der Qoak zusammen.

N'gima spürte, wie die Kraft im Schwanz schlagartig nachließ und die tödliche Waffe erschlaffte. Mit unterdrücktem Stöhnen richtete sich der Schwertkämpfer auf. Er rieb sich die rechte Hüfte. Bald würde sich da ein riesiger blauer Fleck bilden, er hatte sich mit voller Wucht auf den steinharten Boden fallen lassen.

»Das war verflucht knapp«, sagte er.

Sawarra atmete tief durch und wischte sich mit einer beiläufigen Geste den Schweiß von der Stirn. Er antwortete nicht, sondern sah nur nachdenklich auf das bewußtlose Wesen zu seinen Füßen herab. Wie friedlich es dalag, wie leicht verwundbar, wie unschuldig, und dabei hatte es eben noch blutgierig töten wollen.

N'gima kam heran, bückte sich und hob die beiden Schwerter auf. Abendstern schob er in seine Scheide, und Drachenwind reichte er seinem Gefährten. Scheinbar achtlos nahm Sawarra seine Waffe entgegen.

»Sollen wir es töten?« fragte N'gima.

Sawarra erwachte aus seiner kurzen Lethargie.

»Nein!« sagte er entschieden. »Dieser Qoak hat die Aufgabe, die Kreaturen, die hier hausen, am Verlassen der Katakomben zu hindern. Und das soll er auch weiterhin tun.«

Er sah N'gima an und deutete auf die schwere eisenbeschlagene Tür am oberen Ende der Treppe.

»Sieh nach, ob sie offen ist! Ich bleibe hier und passe auf, daß unser Freund nicht zu früh erwacht.«

N'gima nickte und rannte die Stufen hinauf. Er vermochte seine fieberhafte Erregung kaum zu bremsen.

Kurz besah er sich die Tür. Auf dieser Seite besaß sie weder Schloß noch Griff. Das Holz war dunkel, an vielen Stellen abgesplittert und wurde durch mehrere Reihen von fingerdicken gußeisernen Bändern verstärkt.

N'gima drückte vorsichtig gegen die Tür. Sie gab nicht nach, auch dann nicht, als er die ganze Kraft seiner Arme einsetzte. Grimmig lehnte er sich mit der Schulter gegen das Holz und suchte mit seinen Füßen einen festen Stand. Er holte Luft und spannte die Muskeln seines mächtigen Körpers an. Ein leises Stöhnen kam über seine Lippen, das Gesicht verzerrt vor Anstrengung.

Die faustdicken Angeln der Tür knirschten, und dann öffnete sie sich langsam, ganz langsam. Der Widerstand ließ allmählich nach, und N'gima konnte sie mühelos vollständig öffnen. Quietschend schwang sie auf.

N'gima winkte Sawarra, und dieser eilte sogleich herauf.

Zögernd traten sie hinaus — in die Nacht. Es war dunkel, der Hof der Burg lag in völliger Finsternis vor ihnen. Der Himmel jedoch war wolkenlos, die Luft klar und ruhig, und so vermochten die ungezählten funkelnden Sterne und die beiden strahlenden Sicheln der Monde Yaudur und Luna den Hof so weit zu erhellen, daß Sawarra und N'gima die wichtigsten Konturen ausmachen konnten.

Sawarra hatte richtig vermutet, die Halle war ein Teil des mächtigen runden Eckturms der Burg. Die Nacht war vollkommen still, es gab keinen Laut, und kein Wind wehte.

N'gima fluchte leise.

»Hölle und Teufel! Es war Tag, und ein Sturm wütete! So lange waren wir doch gar nicht da unten!«

»Offenbar gelten hier auch für die Zeit andere Gesetze«, erwiderte Sawarra flüsternd.

Besorgt schüttelte N'gima den Kopf. Er drehte sich um und schloß die Tür, so leise er konnte. Ein leises Quietschen ließ sich aber nicht vermeiden. Als sie zu war, sah N'gima die drei schweren, armdicken Riegel. Er stieß Sawarra an.

»Wenn die zu gewesen wären . . .« Er vollendete den Satz nicht.

Sawarra nickte nur, und N'gima schob alle drei Riegel bis zum Anschlag vor.

Links und rechts neben der Tür waren zwei L-förmige Haken in die Mauer getrieben, und daneben lehnte ein schwerer, klobiger Balken.

»Hilf mir mal!« forderte N'gima seinen Begleiter auf, und zusammen legten sie den Balken auf die Haken, so daß er die Tür endgültig blockierte.

»Da kommt keiner mehr raus«, murmelte N'gima und klopfte sich die Hände ab.

Sawarra sah sich im Hof um. Seine Augen hatten sich erst an die Dunkelheit gewöhnen müssen, aber jetzt fiel ihm das schwache Licht aus einem der Fenster im ersten Stock des gegenüberliegenden Gebäudes auf.

Er machte N'gima darauf aufmerksam.

»Da muß er sein.«

»Was für eine Teufelei mag er jetzt wohl ausbrüten?« sagte N'gima.

»Immerhin scheint er nicht damit zu rechnen, daß wir dem Verlies entkommen«, flüsterte Sawarra. »Ich bin sicher, er hält uns für tot. Und das ist unser Vorteil. Komm!«

Lautlos schlichen sie quer über den Hof zu besagtem Gebäude. Sawarra deutete nach oben. Dort verlief ein Sims quer über die ganze Frontwand, ein wenig unterhalb des erleuchteten Fensters. Er war breit genug, um einem Mann Halt zu bieten.

»Am besten wir kommen durchs Fenster«, flüsterte Sawarra, »dann ist die Überraschung am größten.«

N'gima nickte.

»Aber wie kommen wir da rauf?«

»Wenn du auf meine Schultern steigst, kannst du den Sims erreichen«, sagte Sawarra. »Wirst du es schaffen, mich hochzuziehen?«

Kritisch schätzte N'gima die Breite des Mauervorsprungs und den Halt ab, den er dort hätte.

»Es könnte klappen«, antwortete er, »aber wir brauchen ein Seil oder etwas Ähnliches.«

»Meinen Schwertgürtel«, schlug Sawarra vor und legte ihn ab. Er drückte den Gürtel, an dem Drachenwind hing, seinem Gefährten in die Hand. Dann stellte er sich mit dem Rücken zur Mauer und verschränkte die Hände zu einer Trittfläche vor dem Körper.

N'gima zögerte nicht. Er hing sich Sawarras schwarzen Schwertgürtel um den Hals und kletterte auf die Schultern seines Gefährten. Sawarra ächzte unter der Last. N'gimas Gewicht schien ihn in den Boden zu drücken, aber er blieb standhaft.

N'gima streckte die Arme aus, suchte nach einem festen Griff, packte zu, als er ihn gefunden hatte, und zog sich mit einem Klimmzug nach oben. Sawarra spürte erleichtert, wie die Last auf seinen Schultern abnahm. N'gima stützte sich mit den Fußspitzen an der Mauer ab und kroch schließlich über die Kante des Simses.

Oben angekommen, kniete er nieder und ließ den offenen Schwertgürtel Sawarras nach unten hängen. Sawarra griff zu und hangelte sich mit kräftigen Zügen nach oben. Als er den Sims erreicht hatte, packte ihn N'gima mit unter dem Arm und half ihm hoch.

Dann legte Sawarra seinen Schwertgürtel wieder an. Er überzeugte sich, daß die Waffe genauso saß, wie er es gewohnt war.

Lautlos schlichen die Männer den Sims entlang. Äußerlich ruhig, doch voll innerer Spannung beobachtete Sawarra den Hof von oben. Nichts rührte sich. Yaudur mit seinem bronzenen und Luna mit ihrem kalten weißen Licht beschienen die beiden schattenhaften Gestalten, die sich langsam auf dem Mauervorsprung vorwärts bewegten.

Sawarra zwang sich, den Blick vom Hof abzuwenden. Er mußte sich auf das konzentrieren, was käme. Sie befanden sich hier oben wie auf dem Präsentierteller, ein hilfloses, ungedecktes Ziel, leicht zu treffen, selbst von einem schlechten Schützen.

Trotzdem ruhig bleiben! Jetzt nicht die Nerven verlieren!

Sawarras und auch N'gimas Spannung wuchs.

Der Magier schien sich seiner Sache sehr sicher zu sein, da er die Tür zum Verließ nicht einmal verriegelt und nur den Qoak als Wächter der Treppe zurückgelassen hatte. Spielte er Katz und Maus mit ihnen?

Es gab nur eine Möglichkeit, die Wahrheit herauszufinden. Und beide Schwertkämpfer brannten darauf, des Magiers Geheimnis endlich zu erfahren.

Als sie das Fenster mit dem Lichtschein erreicht hatten, bückte sich Sawarra und kroch unterhalb des Fensterbretts auf die andere Seite. Dort richtete er sich auf. Er konnte sich mit N'gima nur noch mit Blicken verständigen. Aber das reichte.

Ohne ein Geräusch zogen beide ihre Schwerter, wobei sie sorgsam darauf achteten, sich so eng wie möglich an der Mauer zu halten, um nicht in das Blickfeld des Zauberers zu geraten.

Sie waren bereit.

Doch da bedeutete Sawarra N'gima mit einer Handbewegung, zu warten. Er wollte es riskieren, einen Blick in den Raum zu werfen. Vorsichtig neigte er seinen Kopf zum Fensterrahmen und spähte hinein.

Sie hatten Glück. Der Zauberer hatte dem Fenster den Rücken zugewandt und war völlig mit sich selbst beschäftigt. Er hielt die Arme in einer beschwörenden Geste nach oben, so daß die weitgeschnittenen Ärmel des königsblauen Mantels heruntergerutscht waren. Der Mantel war schwer und kostbar, mit feinen dunkelvioletten Stickereien am Saum und an den Ärmeln. An den Handgelenken trug er dicke, mit gravierten Mustern verzierte goldene Reifen. Dieser Schmuck war wertvoll, und die knochigen Hände, an denen die Adern wie dicke blaue Würmer hervortraten, paßten nicht zu der Schönheit des Goldes. Die Fingernägel waren grau. Unter dem hohen Spitzhut, der vom gleichen tiefdunklen Blau war wie der Mantel, ragten schwarze, strähnige Haare hervor.

Links und rechts neben dem Zauberer stand je eine brennende Kerze auf einem mächtigen, reich verzierten Ständer. Ihr flakkerndes Licht war es, das dem Raum mäßige Helligkeit spendete und das die beiden Schwertkämpfer angelockt hatte.

Der Zauberer selbst stand vor einem trogartigen metallenen Gefäß, aus dem grauer nebliger Rauch stieg. Der Raum war groß und hoch, fast schon eine Halle. Der Rauch verdichtete sich auf seinem Weg zur Decke unter den beschwörenden Handbewegungen des Zauberers zu einer dicken, wogenden Masse. Sawarra konnte seinen Blick kaum davon abwenden. Unter der Decke des Raumes begannen die Schwaden, feste Konturen anzunehmen und sich allmählich vom schemenhaften Grau zu einer erkennbaren Gestalt zu formen. Dabei entstand im Kern des Nebels ein zartes Licht, das an Intensität zunahm und dessen Farbe langsam wechselte. Zuerst Gelb, dann Grün, dann Blau. Alle Farben des Spektrums erschienen und breiteten sich im Nebel aus, wobei sie gleichsam zu wissen schienen, wo ihr Platz war, denn es war eine geordnete Bewegung. Jede Farbe floß zu einer scheinbar vorbestimmten Stelle.

Die unwirkliche, überirdische Schönheit des Schauspiels nahm Sawarra gefangen. Er beachtete nicht die seltsamen und fremdartigen Gegenstände, die sich im Raum befanden. Auch der riesige Spiegel, der bis unter die Decke reichte und von einem schwarzen Tuch halb verhüllt wurde, fiel ihm nicht auf.

Sawarra riß sich zusammen. Er durfte nicht länger zögern. Er gab N'gima ein Zeichen, hob den linken Arm schützend vor den Kopf und warf sich gegen das Fenster.

Die Stille im Raum wurde vom Klirren des Glases gesprengt. Erschrocken drehte sich der Zauberer um. Aber Sawarra hatte seinen Sprung schon aufgefangen, machte einen Satz nach vorn und führte einen hastigen, schlecht gezielten Hieb gegen den Magier. Dieser duckte sich rechtzeitig, und so schnitt Drachenwind mit sausendem Geräusch nur durch den Spitzhut und fegte ihn dem Zauberer vom Kopf.

Aber der Beherrscher der Schwarzen Künste achtete nicht darauf, sondern begann mit den Händen wilde, kreisende Bewegungen auszuführen und wollte Sawarra soeben einen grauenhaften Fluch entgegenschleudern, als dieser ihm die geballte linke Faust gegen das Kinn schmetterte. Der Zauberer taumelte rückwärts und stieß einen der beiden Kerzenständer um, der klappernd zu Boden stürzte. Sawarras Gesicht war wutverzerrt. Er packte den Zauberer am Mantel und rammte ihm das Knie gegen die Brust. Stöhend brach der Magier zusammen. Er wand sich am Boden, verzweifelt nach Luft schnappend.

Gleich hinter Sawarra war Masotatso N'gima durch das Fenster gesprungen. »Sawarra! Sieh! Sein Hut!« rief er.

Der tiefblaue Spitzhut des Zauberers lag am Boden, quer in zwei Teile zerschnitten. An den Schnitträndern aber leuchtete eine kalte grüne Flamme, die zuerst nur schwach flackerte, dann aber immer stärker loderte und langsam beide Teile des Huts verzehrte. Nichts, nicht einmal Asche, blieb von dem Hut übrig, nur eisiger grüner Rauch.

»Sein Mantel!« schrie Sawarra, und N'gima begriff sofort. Die Ähnlichkeit war nicht zu übersehen. Diese beiden Dinge mußten es sein, die dem Zauberer seine übersinnlichen Kräfte verliehen.

N'gima faßte den am Boden liegenden Magier von hinten und zog ihn mit einem Ruck hoch.

Das war er. Der Mann, der sie in das Verlies gebracht hatte, um sie dort elend umkommen zu lassen. Sein Gesicht war mager und eingefallen, die Backenknochen traten scharf hervor. Die stechenden schmalen Augen glühten haßerfüllt, und der schwarze Spitzbart unter seinem Kinn zitterte leicht. In den kalten faltigen Zügen war keine Spur eines menschlichen Gefühls, allenfalls ohnmächtige Wut, kein Mitleid mit den Toten von Llah-má.

Er fluchte.

»Ihr verdammten, elenden Hunde!« schrie er und holte zu einem Faustschlag aus, aber N'gima drehte ihm mit Gewalt die Arme auf den Rücken.

Der Zauberer stöhnte vor Schmerz auf. Er zappelte und versuchte sich N'gimas eisernem Griff zu entringen, aber gegen die Kraft des Hünen kam er nicht an.

»Ihr räudigen Kojoten, ich verfluche euch! Ich verfluche euch!«

Sawarra stieß vor Abscheu die Luft aus den Lungen, als er daran dachte, wieviel Leid dieser Mann den Bewohnern von Llah-má zugefügt hatte. Entschlossen steckte er Drachenwind in die Scheide, zückte sein Messer und richtete die scharfe Spitze genau auf den Kehlkopf des Zauberers. Als dieser das kalte Metall an seinem Hals spürte, verstummte er. Er atmete schwer, aber er wagte nicht, sich zu bewegen.

Die Schnitte kamen schnell und genau. Sie verletzten den Zauberer nicht, aber sie rissen tiefe Wunden in das Gewebe seines Mantels.

»Nein! Das könnt ihr nicht tun!« schrie er, aber es war umsonst. Dort, wo die Klinge das blaue Gewebe mit den violetten Ornamenten durchtrennt hatte, glomm es grünlich auf, zuerst nur vereinzelt und schwach, dann aber an vielen Stellen und mit zunehmender Helligkeit.

Das kalte Feuer entfachte sich. Die Flammen loderten empor und fraßen den Mantel gierig auf. Langsam breiteten sie sich aus und krochen am Leib des Magiers vorwärts. Sie schickten Wolken grünen Rauchs in die Luft.

Das unirdische magische Feuer, das den Zaubermantel völlig verschlang und den ganzen Raum in blendend grüne Helligkeit tauchte, tat seinem Träger und N'gima, der ihn wie in einem Schraubstock festhielt, kein Leid an. Sie spürten keinerlei Hitze, nur einen eisigen Hauch, der N'gima leise frösteln ließ.

Und dann war der Spuk vorbei.

Der Zauberer trug nur noch sein ärmelloses orangefarbenes

Adelsgewand mit großer Rubinbrosche und juwelenbesetztem breiten Gürtel.

Jetzt erkannte er die beiden Schwertkämpfer wieder, die er für tot gehalten hatte, und das Glühen in seinen Augen wich einem fassungslosen Blick. Sawarra glaubte, Furcht darin zu lesen.

»Ihr? Wie seid ihr dem Verlies entkommen?« Die heisere Stimme des Zauberers klang ungläubig. »Wer seid Ihr? Ihr könnt keine gewöhnlichen Menschen sein.«

In Sawarras Kopf klingelte es! Der Zauberer fragte, wer sie waren? Stand er nicht mit der geflügelten Raubkatze in Verbindung, die sie in der vorangegangenen Nacht im Gasthaus überfallen hatte und die Sawarras Herkunft kannte?

Er ließ sich nichts anmerken, aber er wußte, daß N'gima dasselbe argwöhnte.

»Die Fragen stelle ich!« fuhr er den Zauberer an. »Ich will wissen, was hier vorgeht! Und wenn du mir nicht sofort die Wahrheit sagst, ist dein Leben beendet!«

Für einen Augenblick herrschte tödliches Schweigen im Raum. Der farbige Nebel an der Decke hatte sich verflüchtigt, die Kerzenflamme zitterte, und die Schatten der Männer tanzten an den Wänden.

Der Zauberer zog eine verächtliche Miene.

»Von mir erfährst du nichts!« sagte er und spuckte Sawarra direkt ins Gesicht.

Der Prinz schlug zu, und der Zauberer stöhnte auf.

Betont langsam wischte sich Sawarra den Speichel von der Wange. Seine Augen blitzten vor Zorn, sogar der Opal in seiner Stirn schien aufgebracht zu funkeln. Er hielt dem Zauberer das Messer an die Kehle und knurrte drohend:

»Ich weiß wirklich nicht, was mich davon abhält, dich zu . . .«

»Töte ihn nicht!«

Ärgerlich blickte Sawarra zu N'gima.

»Ich habe nichts gesagt«, bekannte dieser, und an dessen verblüfftem Gesichtsausdruck merkte Sawarra, daß er die Wahrheit sprach.

Beide sahen sich um.

Aus einer der Ecken des Raumes trat langsam eine dunkle, verhüllte Gestalt.

War sie die ganze Zeit hier gewesen? Sawarra hatte sie bislang nicht bemerkt.

Es war eine Frau!

Es herrschte Zwielicht im Raum, und ihre Figur wurde fast ganz von einem langen Umhang verborgen. Die Kapuze hatte sie tief ins Gesicht gezogen, so daß weder ihre Haare noch ihre Augen zu sehen waren, aber Sawarra erkannte an den breiten Hüften, der sich schattenhaft abzeichnenden Brust und dem weichen, schmalen Kinn, daß sie eine Frau war.

Instinktiv spürte der Prinz, daß von der geheimnisvollen Fremden keine Gefahr ausging, aber er ließ sie dennoch nicht aus den Augen und musterte sie scharf.

»Fessle ihn!« befahl er seinem Begleiter und deutete mit einer abfälligen Geste auf den Zauberer. »Wir befassen uns noch mit ihm.«

N'gima gehorchte. Mit einem Ruck riß er die Vorhangschnur herunter, hieß den Zauberer, sich hinzusetzen, und band ihm Hände und Füße. Er schnürte die Fesseln eng, so eng, daß sie schmerzen mußten. Aber N'gima empfand kein Mitleid. Er machte mehrere feste Knoten. Ohne fremde Hilfe würde sich der Zauberer nicht befreien können.

Sawarra ging auf die unbekannte Frau zu.

»Wer seid Ihr?« fragte er, aber die Frau schwieg.

Der Prinz von Opal bückte sich und hob die umgestürzte erloschene Kerze auf. Er entflammte sie an der noch brennenden und hielt sie der merkwürdigen Frau vors Gesicht. Sie wich nicht zurück und ließ zu, daß das Licht der Flamme auf ihr Antlitz fiel, so daß die Züge nicht länger vom Schatten der Kapuze verborgen wurden.

Die Haut leuchtete weiß, beängstigend weiß. Jede Farbe des Lebens schien von ihr gewichen, übriggeblieben war nur die Farbe des Schnees, die ihr einen seltsam unwirklichen Ausdruck verlieh.

Sawarras Augen weiteten sich, als er ihr Gesicht erkannte.

»Meionora!«

Die Frau lächelte milde.

»Ich bin nicht Meionora«, sagte sie freundlich, und da erkannte Sawarra, daß er sich geirrt hatte. Es bestand nur eine verblüffende Ähnlichkeit, die auf den ersten Blick über die feinen Unterschiede hinwegtäuschte. Das weiße Gesicht dieser Frau hatte Falten. Winzige Runzeln durchzogen die Haut, dunkle Ringe umschatteten die Augen. Der schmale Bogen der Augenbrauen war nur noch unregelmäßig dicht.

Diese Frau war wesentlich älter als Meionora, aber dennoch

hatte ihr bleiches Gesicht nichts von den kindlichen Zügen eines Mädchens verloren. Ihre Augen leuchteten wie die einer Zwanzigjährigen, und ihre rauhen Lippen lächelten wie die einer jungen Verliebten.

Sawarra beschlich eine leise Ahnung, wer diese Frau war. Eine solche Ähnlichkeit konnte kein Zufall sein! Ein Schauer lief ihm über den Rücken, und er erinnerte sich an Meionoras Worte: ›Sie war eine der ersten . . .‹

Seine Ahnung wurde zur Gewißheit, als die Frau mit heller und sanfter Stimme, aus der eine tiefe Traurigkeit emporklang, zu sprechen begann:

»Sehr lange schon warte ich hier. Ich konnte keine Ruhe finden. Ich sah das unendliche Leid, das über Llah-má kam, sah viele sterben, fühlte ihre Verzweiflung. Aber ich konnte die Hoffnung nicht aufgeben und wartete. Etliche kamen, um den Fluch von diesem Land zu nehmen, aber vergebens. Der Mut der Verzweiflung trieb sie her, die meisten aus Llah-má selbst, aber auch edle Fremde, die helfen wollten. Doch zu gering war ihre Kraft, zu schwach ihr Geist. Umsonst gingen sie unter.

Aber als ich Euch in Llah-má sah, wußte ich, Ihr seid anders. Ich begriff zuerst nicht warum. Doch als ich erfuhr, wie Ihr, Sawarra, Euch Meionora gegenüber des Nachts zuvor verhalten hattet, verstand ich, daß nur Ihr in der Lage wart, die tückische Illusion im Verlies zu durchschauen.«

Nachdem die Frau verstummt war, herrschte Stille. Sawarra senkte die brennende Kerze vor ihrem Gesicht und stellte sie neben die andere. Das Gesicht der Frau war jetzt wieder im Schatten verborgen. Ruhig flackerten die beiden Kerzen, zwei Lichtpunkte in der Dunkelheit.

Am Boden saß der Zauberer, die Lippen krampfhaft zusammengepreßt, die Stirn in Falten gezogen, wegen der starken Fesselung unfähig, sich zu rühren. Der Schlüssel seiner Macht, Zauberhut und Zaubermantel, war vernichtet. Er begriff, daß er verloren hatte.

Sawarra brach das Schweigen. Äußerlich war ihm nichts anzumerken. Sein Gesicht mit dem schimmernden Opal blieb steinern.

»Ihr habt die Riegel von der Tür des Verlieses aufgeschoben, nicht wahr?« fragte er.

Die Frau nickte schwer.

»Mehr konnte ich nicht tun. Meine Möglichkeiten sind sehr begrenzt.«

»Ich verstehe. Aber eines müßt Ihr mir erklären. Warum wolltet Ihr nicht, daß ich den Zauberer töte, ihn, der für alles verantwortlich ist? Warum nahmt Ihr ihn in Schutz?«

Ein scharfer Unterton lag in Sawarras Stimme.

»Er ist nicht der wahre Schuldige.«

Atemlose Stille breitete sich einen Moment lang aus. Sawarra hob seine Brauen, und N'gimas Augen blitzten vor Erwartung.

Also doch! dachten beide.

Sawarra blickte von N'gima zu dem Zauberer. Der bärtige Hüne trat zu dem gefesselten Magier und stellte sich breitbeinig über ihn. Er packte ihn mit beiden Händen am Kragen seines Gewands und schüttelte ihn heftig.

»Sprich!« schrie ihm N'gima ins Gesicht. »Wer ist es? Rede!«

Der Kopf des Zauberers wurde hin und her gebeutelt, aber nichts als ein Ächzen kam über seine Lippen. N'gima hielt inne, und der Zauberer blickte stumm zur Seite.

Sawarra bat: »Laß ihn!« N'gima stieß den Zauberer wutschnaubend zu Boden.

Der Prinz von Opal wandte sich an die Frau.

»Du weißt es«, sagte er in autoritärem, befehlsgewohntem Tonfall. »Gib mir die Antwort!«

Die Frau zuckte zusammen, und ein unruhiges, furchtsames Zittern schwang in ihren Worten, als sie sprach.

»Der Zauberer ist nur Werkzeug der Dunklen Mächte. Sie brauchen ihn, einen Kontaktmann, um in dieser Welt wirken zu können. Dafür gaben sie ihm magische Kräfte.«

»Dunkle Mächte?«

Die Frau antwortete nicht. Sie deutete auf den hohen Spiegel an einer Wand, der bis unter die Decke reichte. Ein schwarzes Tuch verdeckte ihn nur unordentlich, und so erkannten Sawarra und N'gima einen Teil der spiegelnden Fläche und des mächtigen goldenen Rahmens.

»Durch den Spiegel könnt Ihr sie erreichen. Es ist die einzige Verbindung. Mehr darf ich nicht sagen.«

N'gima trat hinzu und riß mit kräftigem Ruck das schwere schwarze Tuch herab. Raschlend fiel es zu Boden.

Der Spiegel offenbarte ihnen seine ganze Schönheit. Er war ein Meisterwerk der Goldschmiedekunst. Aus dem Rahmen traten reliefartig winzige Figuren hervor, die im ganzen aufs kunstvollste eine Jagd darstellten. Jäger, Pferde, Hunde, Rehe, Füchse und der Wald, alles sorgsam bis ins Detail ausgearbeitet. Aber auch das

Glas und das Silber waren mit größter Sorgfalt gefertigt, so daß der Spiegel nicht die kleinste Unebenheit aufwies, nicht den winzigsten Reflex warf. Die Abbildung des Raumes war vollkommen echt, die Illusion eines zweiten perfekt.

Sawarra trat zu N'gima. Mißtrauisch und unsicher begutachtete er den Spiegel. Er stand an der Schwelle zur Wahrheit. Aber die dunklen Mächte waren gefährlich. Konnte ein Sterblicher es wagen, sie herauszufordern? Sollte er nicht einfach den Spiegel zerstören und hoffen, die geheimnisumwobenen Kräfte würden diese Welt nie wieder erreichen? Nein! Das wäre keine Lösung. Ein sicheres Gefühl verriet ihm, daß das Unheil dann ein andermal und anderswo losbrechen würde.

Sie mußten dem ein Ende machen! Die Toten von Llah-má waren genug! Die Toten von Llah-má sollten gerächt werden!

Entschlossen packte Sawarra sein Schwert, und N'gima, den ähnliche Gedanken leiteten, tat es ihm nach. Sie verständigten sich mit einem kurzen, ernsten Kopfnicken.

»Nov-ni-gâth wird mit Euch sein«, flüsterte die Frau. Gleichzeitig machten die beiden Schwertkämpfer einen Schritt vorwärts, direkt in den Spiegel hinein — und waren aus den Bereichen des irdischen Daseins verschwunden!

3

BETRUG UND BLINDHEIT

Sie befanden sich an einem Ort absoluter Dunkelheit. Nacht, schwärzer als sie sich eines Menschen Hirn auszumalen vermag, umgab die beiden Helden. Es war vollkommen still, nicht der leiseste Laut drang an ihre Ohren.

»Masotatso!«

»Ich bin hier.«

Die Worte hallten nicht, es gab kein Echo, keinen Nachklang, der auf einen Raum oder irgendein Hindernis schließen ließ. Es schien, als würde außer Sawarra und N'gima nichts existieren. Und dennoch — Sawarra spürte festen Boden unter seinen Stiefeln, und er atmete kühle Luft. Von irgendwoher kam eine leichte, kaum wahrnehmbare Brise.

Sawarra tastete im Dunkeln und orientierte sich an N'gimas

Stimme. Schließlich fühlte er das vertraute Gewebe der Jacke seines Begleiters. Erleichtert schüttelten sie die Hände.

»Was nun?« fragte N'gima.

»Wir gehen einfach geradeaus«, entgegnete Sawarra bestimmt. Ein Gefühl sagte ihm, dies sei richtig.

Schweigend marschierten sie eine Weile in jene Richtung, die ihr subjektives Orientierungsvermögen für geradeaus hielt, wobei sie den Kontakt aufrecht erhielten, um sich nicht zu verlieren.

Plötzlich blieb Sawarra stehen.

»Still!« raunte er. Seine empfindlichen Ohren hatten ein Geräusch vernommen. Aber er vermochte es nicht zu identifizieren, und es wiederholte sich nicht.

»Da vorn«, flüsterte N'gima, und instinktiv deutete er in eine bestimmte Richtung.

Sawarra begriff sofort, was N'gima meinte. Zuerst hatte er es für eine Sinnestäuschung gehalten, aber jetzt erkannte er, daß der schwache Lichtschimmer vor ihnen Wirklichkeit war.

»Komm!«

Seine Stimme klang aufgeregt. Endlich würden sie das Rätsel von Llah-má lösen, würden der Dunklen Macht gegenüberstehen.

Sie beschleunigten ihre Schritte. Und dann hatten sie die Quelle des Lichts erreicht.

Es war ein Kamin. Aus rohen, geschwärzten Ziegeln gebaut, ragte der Schornstein in die Dunkelheit empor. Wo er endete, vermochten Sawarra und N'gima nicht zu sagen. Dies war kein irdischer Ort, und hier galten keine irdischen Gesetze.

Im Zentrum des Kamins, der ohne weiteres Mauerwerk völlig frei dastand und dessen Schornstein in namenlose Höhen reichte, loderte ein kräftiges Feuer. Es verbreitete einen Lichtkreis, eine Insel der Helligkeit inmitten undurchdringlicher Nacht.

Es war ein unheimlicher, merkwürdiger Ort.

Vor dem Kamin befand sich ein kleiner quadratischer Tisch, auf ihm ein bemaltes Brett, und auf dem Brett, säuberlich in Reih und Glied geordnet, schwarze und weiße Figuren. Wie zwei feindliche Heere in ihren Lagern waren die schwarzen und weißen Figuren in je einer Ecke des Bretts zusammengestellt. Zwei rohe Stühle standen zu seiten des Tischs.

Als Sawarra dieses Arrangement erblickte, das bereitgestellte Brettspiel und die Sitzplätze der Spieler, begann er die ungeheuerliche Wahrheit zu ahnen.

Zwei hohe Gestalten traten aus dem Dunkel hinter dem Kamin

hervor. Sie waren schlank und groß und trugen das gleiche Gewand, nur von verschiedener Farbe. Es waren schwere faltenreiche Umhänge mit weitausgeschnittenen langen Ärmeln und mächtigen, über das Gesicht reichenden Kapuzen, die so groß waren, daß ihr Schatten das Antlitz der Gestalten völlig verbarg. Der Umhang des einen war von samtig schimmerndem Schwarz, der des anderen von strahlendem Weiß.

Langsam kamen sie auf die beiden Schwertkämpfer zu, wobei sich die Bewegung ihrer Beine unter dem wallenden Stoff nur undeutlich abzeichnete.

Der Schwarze hob grüßend seinen rechten Arm.

»Seid willkommen, Sawarra von Opal und Masotatso N'gima!«

»Wir haben Euch erwartet«, fuhr der Weiße mit tiefer Stimme fort.

Jetzt erst bemerkten Sawarra und N'gima die gewaltige goldgelbe Raubkatze, die hinter den beiden Gestalten herschlich. Sawarra erkannte das Tier sofort, die mächtigen Reißzähne, die glühenden gelben Augen und die ledrigen, angelegten Fledermausflügel auf dem Rücken. Es war das Ungeheuer, das sie im Gasthaus angegriffen hatte!

Als Reaktion zu Sawarras aufgerissenen Augen beugte sich die weiße Gestalt zu der böse blickenden Bestie herunter und tätschelte ihr sanft den Rücken.

»Wir sahen Euch kommen, und wir erkannten sofort, daß Ihr außergewöhnlich seid. Also schickten wir einen unserer Diener«, erklärte der Weiße.

»Es war eine Art — Test«, setzte der Schwarze hinzu.

Sawarras Überraschung war gewichen. Zorn gewann die Oberhand.

»Wer seid Ihr?« Er sprach absichtlich laut. »Ich will eine Erklärung für die Vorgänge in Llah-má!« In seiner Stimme schwang unverhohlene Drohung. »Sprecht! Oder ich . . .«

Sawarra trat einen Schritt vor, die geballte Faust wütend auf die beiden Gestalten gerichtet.

Der Weiße hob beschwichtigend den Arm.

»Du sollst haben, was du wünschst.«

Einen Augenblick herrschte erwartungsvolles, gespanntes Schweigen.

»Die Sterblichen nennen uns den Schwarzen und den Weißen Tod.«

Sawarra und N'gima erstarrten zu Steinsäulen.

»Der Tod selbst?« flüsterte N'gima entsetzt und wurde blaß. »Aber ist nicht jeder Tod derselbe?«

»Für Euch Sterbliche mag dies so scheinen, bedenkt aber, daß auch für Euch der Tod viele Gestalten hat. Wenn wir auf Erden wirken, so können wir dies nur in einer ganz bestimmten, uns eigenen Weise tun«, sagte der Schwarze, und N'gima erinnerte sich an die Schilderungen des Stadtmeisters, der von schneeweißen und nachtschwarzen Verstorbenen gesprochen hatte.

Unbewußt blickte N'gima auf seine Hände. Sie besaßen die frische Farbe des Lebens. So unglaublich es war, aber er stand tatsächlich zwei Totengöttern gegenüber — und lebte!

»Mehr können wir Euch nicht sagen«, fuhr der Schwarze fort. »Wir besitzen zwar die Macht von Göttern, aber auch wir sind höheren Prinzipien untergeordnet und dürfen die Letzten Geheimnisse nicht preisgeben.«

Sawarra starrte fassungslos auf den Tisch. Seine Gedanken überschlugen sich. Schwarzer und Weißer Tod . . . schwarze und weiße Spielfiguren . . . schwarze und weiße Verstorbene in unregelmäßiger Folge . . .

»Ihr spielt«, flüsterte er atemlos, »Ihr spielt um das Leben der Menschen!«

Der Weiße Tod schüttelte den Kopf.

»Nicht um das Leben. Um den Tod. Auf diese Weise entscheiden wir, wer von uns ihn geben darf.«

»Bestien!« schrie Sawarra, das Gesicht vor Zorn verzerrt. Mit einem mächtigen Sprung griff er den Schwarzen Tod an, aber er prallte an einer unsichtbaren Mauer zurück. Benommen taumelte er, und N'gima stützte den heißblütigen Prinzen. Aber auch Masotatso war voller Abscheu und konnte seine Wut und Angriffslust nur schwer bezähmen.

»Ihr Teufel! Teufel!« rief Sawarra mit kalter, haßerfüllter Stimme. »Ich glaube Euch kein Wort! Es sind nicht göttliche Prinzipien, die Euch unzählige Unschuldige sinnlos morden lassen. Es ist Eure maßlose Arroganz, es ist Eure Lust zu töten! Ihr spielt um die Menschen, weil es Euch Spaß macht, zum bloßen Vergnügen!«

N'gima konnte den aufgebrachten Prinzen kaum halten.

»Womöglich seid Ihr aus der Hölle selbst ausgebrochen, um Euer Unwesen auf der Erde zu treiben!«

Einen Moment lang schwiegen der Schwarze und der Weiße Tod, und es schien Sawarra, als geschähe dies aus Verblüffung. Dann aber begannen beide, lauthals zu lachen. Es war ein dröhnendes Geräusch, häßlich und schadenfroh. Sawarra und N'gima lief es kalt den Rücken hinunter.

Der Weiße Tod fing sich als erster. Er unterbrach sein Gelächter.

»Was weißt du schon von göttlichen Prinzipien, Sterblicher?« fragte er höhnisch. »Aber du magst recht haben. Doch was macht das für einen Unterschied? Worte beschreiben stets nur einen Teil der Dinge, die Letzte Wahrheit bleibt ewig im Dunkel.«

Sawarra hatte sich wieder beruhigt. Mit einem Kopfnicken gab er N'gima zu verstehen, daß dieser ihn loslassen konnte. War die unsichtbare Mauer zwischen ihnen und den beiden Todesgestalten noch vorhanden? Er überlegte fieberhaft, wie man Göttern wohl Einhalt gebieten könne. Es mußte einfach einen Weg geben!

Langsam begann er zu sprechen. Er wählte seine Worte mit Bedacht.

»Ihr spracht davon, daß auch Ihr höheren Gesetzen unterworfen seid. Nun gut. Darauf berufe ich mich, denn ich fordere hiermit einen Kampf!

»Habt Ihr gehört?« Sawarra unterbrach sich kurz. »Ich verlange, daß wir um die Menschen von Llah-má und alle anderen Wesen kämpfen, die Ihr noch zu nehmen die Absicht habt.«

Mit einem Schlag verstummten die schwarze und die weiße Gestalt. Sogar N'gima hatte es die Sprache verschlagen. Die Götter selbst herauszufordern! Wie konnte ein Sterblicher solche Unverfrorenheit besitzen? Der Prinz von Opal mit der Kühnheit des Adlers und dem klaren Geist einer Quelle wagte es.

N'gima fürchtete, auf der Stelle tot umzufallen, sein Respekt vor überirdischen Mächten war groß. Aber Sawarra schien Demut nicht zu kennen. Ein Prinz von Opal beugte sich vor niemandem, ob menschlicher oder göttlicher Herkunft.

Der Schwarze Tod wandte sich an den Weißen Tod und sprach: »Da es ihm gelungen ist, hier einzudringen, und da er von edlem Blute ist, steht es ihm zu. Wir können es ihm nicht verweigern.«

Der Weiße Tod nickte stumm, und Sawarra triumphierte innerlich.

»Du sollst deinen Willen haben«, sprach der Schwarze wieder zu Sawarra. »Aber da Ihr zu zweit gekommen seid, müßt Ihr beide kämpfen. Jeder von Euch wird sich mit einem von uns messen. Aber bedenkt: Ihr müßt beide siegen! Verliert der eine, so ist auch der andere zum Untergang verurteilt!«

»Das ist nicht gerecht!« rief N'gima erbost. »Ich bin bereit zu kämpfen, aber zu gleichen Bedingungen!«

»Sterblicher!« Die Stimme des Schwarzen rollte wie Donner über sie hinweg und ließ den Boden unter ihren Füßen erzittern. »Du sprichst mit dem Tod selbst! Wie kannst du es wagen, vor dem Tod von Gerechtigkeit zu sprechen!«

Er machte eine herrische, wegwerfende Geste. »Die Regeln können nicht geändert werden. Euer Leben gegen das von Tausenden.«

»Wir sind einverstanden«, sagte Sawarra hastig. Er wußte, es gab jetzt kein Zurück mehr. Sie mußten sich in ihr Schicksal ergeben. Eine Entscheidung würde fallen. So oder so.

Nun erhob der Weiße Tod seine Stimme.

»Ihr besitzt außergewöhnliche Fähigkeiten. Eure Schnelligkeit, Sawarra, und Eure Kraft, N'gima, hat unser Diener bereits erfahren. Es gibt wenige, die ihm widerstanden hätten. Nun aber sollen andere Bereiche Eures Könnens geprüft werden.«

»Halt!« protestierte Sawarra. »Mögen wir auch ungewöhnliche Fähigkeiten besitzen, so sind wir doch nur Menschen. Wie könnten wir Göttern trotzen?«

»Wir werden menschliche Gestalt annehmen, und wir werden mit den Mitteln von Menschen kämpfen. So sei es!«

Der Weiße Tod winkte N'gima zu sich.

Dieser gehorchte und kam zögernd näher. Die unsichtbare Mauer, die Sawarra in seinem Wutausbruch gestoppt hatte, schien nicht mehr da zu sein.

N'gima trat zum Tisch und betrachtete die nach Spielregeln aufgestellten Figuren. Es war ein besonders schönes und wertvolles Brett: die weißen Felder aus Perlmuttscheiben, die schwarzen aus dem Gestein des einzigen noch tätigen Vulkans. Die Figuren selbst stellten Meisterstücke aus edelstem Marmor dar. Die Weißen besaßen die geheimnisvoll schimmernde Farbe des Nebels, die Schwarzen glänzten wie die Pupille einer schönen Frau, unergründlich und verführerisch. So kunstvoll waren die Figuren gearbeitet, als trachteten sie danach zu leben und den Kampf auf dem Brett aus eigenem Antrieb auszufechten. Wild und ungebändigt hatte der Himmelsdrache seine Schwingen entfaltet, feldbeherrschend stand er in der Mitte, zu beiden Seiten die geflügelten Rösser, ungezähmte Kreaturen, die nur darauf warteten, endlich loszupreschen. Bunt war die Vielfalt der Gestalten, kühne Ritter, düstere Magier, Burgherren; sogar die Gestirne, Sonne und Monde, waren vertreten.

»Du beherrschst dieses Spiel?« fragte der Weiße Tod.

N'gima nickte versonnen. Wie lange war es wohl her, daß er, tief in Konzentration versunken, in die Geheimnisse dieses Spiels eingedrungen war?

»Du kannst Ta'an-Gor!?« Sawarra meinte es mehr als Feststellung denn als Frage. Sein Ausruf entsprang der Verblüffung darüber, daß sein Begleiter mit dem überaus komplizierten Spiel der Fürsten und Könige vertraut war. Es dauerte über ein Jahr, allein die Regeln vollständig zu lernen, und normalerweise vermochten es sich nur Reiche Adlige zu leisten, soviel Zeit dafür aufzuwenden. Doch nur in der Blütezeit Opals vor der Schwarzen Ära war dies möglich gewesen. Damals traf man in jeder großen Stadt einen Ta'an-Gor-Meister. Jetzt aber waren diese Künste in Vergessenheit geraten. Auch Sawarra kannte das Spiel nur vom Zuschauen. Der Hofzauberer seines Vaters, einer von Sawarras weisesten Lehrern, hatte ihm einmal in groben Umrissen einige der Prinzipien erklärt, die Ta'an-Gor zugrunde lagen.

»Gut. Dann ist alles geklärt«, sagte der Weiße Tod und schnitt damit Sawarras Gedankenfaden ab. Er deutete auf den Stuhl, der den schwarzen Figuren zugeordnet war, und befahl N'gima:

»Du nimmst die Schwarzen, ich die Weißen!«

N'gima blickte überrascht auf. Der Weiße Tod gab ihm einen Vorteil, denn der Führer der Schwarzen hatte den ersten Zug!

Der Weiße Tod verständigte sich mit einer kurzen Geste mit dem Schwarzen. Dieser nickte und hob den linken Arm. Es gab einen kurzen, blendenden Lichtblitz, Rauch hüllte Sawarra und den Schwarzen Tod ein, und dann, als sich der Rauch verzog, waren die beiden Kontrahenten verschwunden, fort zum Austragungsort ihres Duells.

Nun begann der Kampf!

Zwei Menschen gegen zwei der mächtigen Herrscher des Todes! Jeder auf sich allein gestellt, mußten sie ihre Überlegenheit auf einem ganz bestimmten Gebiet beweisen. Und beide mußten gewinnen!

Schweigend nahm N'gima auf dem ihm zugewiesenen Stuhl Platz. Er fragte sich, welche Art Duell Sawarra wohl zu bestehen hatte. Aber gleichzeitig wurde ihm klar, daß er solche Gedanken verdrängen mußte. Er durfte sich durch nichts in seiner Konzentration stören lassen! Grübelei über Sawarras oder sein eigenes Schicksal, über den möglichen Ausgang dieser Ta'an-Gor-Partie konnte tödlich sein!

Respektvoll erinnerte sich N'gima an den Bericht eines der

berühmtesten Ta'an-Gor-Spieler, der die entscheidende Partie seines Lebens verloren hatte, als er, siegesgewiß, sich Triumphgefühlen hingegeben hatte — und schon hatte die Aufmerksamkeit nachgelassen! Ta'an-Gor war ein Spiel, das schier übermenschliche Selbstdisziplin forderte.

Der Weiße Tod saß N'gima gegenüber. Seine Unterarme lagen gekreuzt auf dem Tisch, er saß leicht nach vorn gebeugt, schien in Meditation versunken und schwieg. Obwohl die Flammen im Kamin hell genug flackerten, um das Spielfeld ausreichend zu beleuchten, lag das Antlitz des Weißen Todes im Dunkeln. War das wirklich nur der Schatten der Kapuze? Eher schien es, als würde jeder Lichtstrahl wie ein lebendes Wesen das Gesicht des Todes meiden.

N'gima betrachtete abwägend die kampfbereiten Heere vor sich auf dem Brett. Welche Eröffnung sollte er wählen? Er machte sich keine Illusionen darüber, daß dieser Vorteil allzu groß wäre. Einem erfahrenen Spieler fiel es nicht schwer, ihn zu kompensieren.

Nach kurzem Zögern entschied sich N'gima für die ›Magische Drei‹. Es war eine selten gespielte Eröffnung, die gegen sämtliche strategischen Prinzipien einer guten Ta'an-Gor-Eröffnung verstieß, wie jahrhundertealte Erfahrung lehrte. Konnte N'gima den Weißen Tod überraschen? Konnte überhaupt ein Mensch auf die Stimmung des Todes bauen?

N'gima bewegte seine drei Magier-Figuren und beobachtete seinen Gegner. Dieser zeigte — wie schon die ganze Zeit über — keinerlei Regung. Wie eine Statue saß er da, und N'gima vermochte nicht zu erraten, was in seinem Gegenüber vorging.

War es die Zeit eines Lidschlags, eines fallenden Blatts oder eines Sonnenlaufs? N'gima spürte das Pochen seines Pulses an den Schläfen. Das Blut stieg ihm zu Kopf. Und schließlich führte der Weiße Tod seinen Gegenzug aus!

N'gima dachte sorgfältig nach, ehe er erwiderte. Er war sich seiner Sache alles andere als sicher. Es war schon viele Jahre her, seit er das letzte Mal Ta'an-Gor gespielt hatte. Er war völlig aus der Übung und nicht mehr sicher, erkennen zu können, was hinter einem guten Zug steckte. Besaß er überhaupt noch jenes traumwandlerische Gefühl der Sicherheit, das die Wahl seiner Strategie stets begleitet hatte?

Es war absolut still an diesem geisterhaften Ort. Außerhalb des Lichtkreises, den das Kaminfeuer warf, breitete sich unendliches schwarzes Nichts aus. Leise knackten die Scheite auf dem Feuerrost. Winzige rote Funken trieben nach oben in den Abzug, gelbe Flammenzungen leckten ihnen hinterher. Die Götter mochten wissen, wohin der Schornstein führte!

Der Weiße Tod, in wallendem schweren Umhang, wie aus Marmor gehauen — war er nun zu einem Menschen geworden? Er bewegte sich nur, um die Soldaten seiner Armee zu verschieben.

Masotatso N'gima machte sich über die Stärke seines Gegners und über seine eigene Schwäche keine falsche Vorstellung. Er hatte es mit jemandem zu tun, der — vielleicht schon seit Jahrhunderten — nichts anderes tat als Ta'an-Gor zu spielen und der, auf der Höhe seines Könnens und seiner Erfahrung, zweifellos mit allen Raffinessen und Tücken gewappnet war. N'gima plante daher mit seiner Strategie, den Gegner auf Neuland zu führen, ungewöhnliche Positionen der Figuren zu erreichen. Er hoffte, so die längere Erfahrung des anderen zu neutralisieren, indem er einen Stil anstrebte, wo die Übung in konventioneller Spielweise wenig fruchtete.

Aber war der Weiße Tod jemand, der überwiegend den Stil der Alten pflegte? N'gima wußte, daß davon alles abhing, aber es blieb ihm nichts anderes übrig als darauf zu setzen.

Die Stellung der Heere zueinander wurde immer komplizierter. Noch war kein einziger Kämpfer gefallen. Angriffslustig standen sich die feindlichen Ritter gegenüber. Jeden Augenblick konnte die Schlacht beginnen. Aber noch hielten ihre Feldherren es für unnötig, sie fechten zu lassen. Über die Köpfe aller Figuren hinweg funkelten sich die Himmelsdrachen haßerfüllt an. Wer von beiden würde überleben? Die Magier — bereit, Zaubersprüche zu sagen, die die Situation schlagartig veränderten — standen abseits, doch nichtsdestoweniger gefährlich.

Immer näher rückten die Heere, immer verwickelter wurde die Lage, denn die Zahl der Gefechtspunkte nahm stetig zu, die Variationen eines möglichen Schlagabtauschs wurden immer größer.

N'gimas Hände wurden feucht, die Spitzen der mächtigen, fast grobschlächtigen Finger zitterten leicht. Sein Herz klopfte heftig in der Brust. Die Aufregung der Partie, die Spannung, wann die auf der Kippe stehende Position geklärt würde, zerrten an N'gimas Nerven. So vollständig war seine Konzentration auf das Geschehen, so stark war er eins mit seinen Figuren, daß er alles um sich herum vergaß. Die Dunkelheit, Sawarras ungewisses Schicksal, sogar die Geisterhaftigkeit seines Gegners existierten nicht mehr. In seinen Schläfen hämmerte es, jeder Atemzug kam ihm wie das Pfeifen eines Orkans vor, jeder Pulsschlag rollte wie Donner durch seinen Körper. Allmählich begann sein Kopf zu schmerzen. Erst war es nur ein feiner, unauffälliger Druck, der langsam stärker wurde, dann ein Pochen und schließlich jenes schmerzhafte Ziehen hinter der Stirn und im Nacken, die Folge übermäßiger Konzentration und Anspannung. N'gimas Wachsamkeit drohte nachzulassen.

Und da geschah es!

Ganz langsam streckte der Weiße Tod einen Arm aus, der Stoff des weiten Ärmels strich leicht über die Köpfe der Figuren, und versetzte nur eine einzige Figur um ein einziges Feld!

Es war ein unauffälliger, aber tödlicher Zug!

Als N'gima ihn sah, begriff er sofort, was geschehen würde. Aber jetzt war es zu spät, die Ereignisse in eine andere Bahn zu lenken. Er mußte sich auf die Absicht seines Gegners einlassen. Er hatte keine Wahl. Die Weiße Armee vermochte nun ohne größere Verluste, in wenigen Zügen die Schwarze Armee völlig zu überrennen. Es gab nur einen Ausweg: N'gima mußte dem zuvorkommen, indem er selber den Sturm begann, und zwar sofort!

N'gima rückte mit seinem Schwarzen Heer vor. Seine Soldaten schlugen, was ihnen im Weg stand. Figur um Figur der Weißen fiel und wurde vom Brett genommen. N'gima hatte die beste Form des Präventivkrieges gewählt, groß war die Bresche, die er mitten in das Kraftzentrum der Weißen geschlagen hatte. Dennoch blieben die vorgepreschten Schwarzen Kämpfer im Wirkungsbereich einiger hinten gebliebener Gefährten und waren somit nicht völlig ungedeckt dem Gegner ausgeliefert.

Nun aber hatte das Weiße Heer seine große Stunde!

Der Gegenschlag war fürchterlich. Vernichtend zogen die Weißen über das Spielfeld. Der Widerstand der Schwarzen war gering, ihre Verluste hoch. Zwei der mächtigsten Krieger wurden getötet. Der schwarze Himmelsdrache stand auf verlorenem Posten.

Das Spielfeld war leergefegt. Wenige Schwarze blieben übrig, um die frechsten der Weißen zu bestrafen. N'gima tat, was getan werden mußte. Mit den letzten seiner Streiter räumte er so viele Feinde vom Brett wie möglich. Die Züge waren klar und lagen auf der Hand, es kam nichts anderes in Frage.

Am Ende der grauenvollen Schlacht standen auf beiden Seiten nur noch wenige Figuren. Die Mehrzahl war gefallen und lag neben dem Spielbrett. Die Toten sahen zu, wie die Lebenden den Krieg beendeten.

N'gima hatte seinen Zug getan, und das Ergebnis lag offen zutage. Die Reste beider Armeen waren etwa gleich stark, was Anzahl und Kraft der Krieger betraf. Doch durch den gnadenlosen Schlagabtausch, durch den Verlust der meisten Figuren entstand eine Endkampfsituation, wie sie nur mit meisterlicher Erfahrung zu bewältigen war.

Und genau dies hatte der Weiße Tod von Anfang an geplant! Es passierte das, was N'gima unter allen Umständen vermeiden wollte: Aufgrund der hohen Beweglichkeit weniger Figuren auf dem Brett war die Zahl möglicher Zugvariationen ungeheuer groß, zu groß, um in einem Menschenleben bewältigt zu werden. Nur Erfahrung und bloßes Fingerspitzengefühl konnten noch weiterhelfen.

N'gima wußte, daß er verloren hatte. Einem Endkampf mit wenigen Figuren fühlte er sich nicht gewachsen, dazu war er zu lange aus der Übung. Resignation und Apathie drohten ihn zu übermannen, die Anstrengung beim Kombinieren ließ merklich nach. Aber er durfte nicht aufgeben! Er durfte sich nicht gehen lassen! Zuviel stand auf dem Spiel.

N'gima riß sich zusammen. Verzweifelt suchte er nach Rettung, während die Weißen Soldaten ganz langsam, fast unmerklich die bessere Stellung erreichten. Bei jedem einzelnen Zug war der Vorteil unsichtbar, aber mit der Zeit summierte er sich und wurde immer deutlicher, immer offensichtlicher.

Die endgültige Vernichtung würde noch dauern, aber schon bald würde N'gimas Lage hoffnungslos und aufgabereif sein. Dann noch weiterzuspielen, wäre sinnlose Quälerei.

Aber was konnte der Mann aus Trésan tun? Er mußte den Weißen Tod besiegen, um jeden Preis! Sein Leben zählte nicht, aber das seines Begleiters und das der tausend anderen, der zukünftigen Opfer des Schwarzen oder Weißen Todes, waren eine zu schwere Last.

Sein Herz raste, seine Gedanken überschlugen sich. N'gima faßte einen Entschluß. Ihm schwindelte, als er versuchte, die Konsequenzen abzuschätzen. Er wußte nicht, ob sein Plan mit den überirdischen Regeln, nach denen Sawarra und er dieses Duell ausfochten, in Einklang zu bringen war. Doch er mußte es riskieren.

Was er tat, war ihm zutiefst zuwider, aber auf Ehrenhaftigkeit konnte er keine Rücksicht mehr nehmen.

Er stand auf, stieß seinen Stuhl um, zog mit rascher Bewegung sein Schwert Abendstern aus der Scheide und rammte dem Weißen Tod blitzschnell die dreizackige Spitze hart in die Brust.

Der Weiße Tod schrie auf. Die Wucht des Aufpralls warf ihn nach hinten, und er fiel polternd zu Boden. Mit beiden Händen umfaßte er Abendsterns Klinge und versuchte, die Waffe aus seinem Leib zu ziehen, aber sie saß fest. Die Wunde blutete heftig, und der weinrote Kranz auf dem weißen Gewand wurde rasch größer. Der Weiße Tod stöhnte. Auf dem Boden bildete sich eine dunkle Lache und breitete sich langsam aus.

»Betrüger! Ihr habt betrogen!« röchelte er mit letzter Kraft, und N'gima konnte nicht sehen, ob der Sterbende verächtlich oder verzweifelt das Gesicht verzog.

»Ihr habt Euch selbst betrogen; seit Ihr willkürlich unter den Menschen zu wüten begannt, seit Ihr Euch auf einen Kampf mit Menschen einließt!« rief N'gima zornig. »Ihr habt gegen die göttlichen Prinzipien verstoßen, nicht ich!«

Aber er war nicht überzeugt von dem, was er sagte ...

Sawarra konnte nichts sehen. Dunkelheit, abgrundtiefe, undurchdringliche Dunkelheit umgab ihn. Lag dieser Ort so weit vom Licht der Sonne entfernt, daß kein Strahl den Weg herfand, oder ließen ihn die Todesgötter durch einen Zauberspruch erblinden?

Sei es, wie es sei! dachte er.

Seine anderen Sinne funktionierten jedenfalls. Er hörte seine eigenen, langsamen Atemzüge, spürte den harten Griff seines Schwertes, den er mit beiden Händen umklammerte, und fühlte einen kühlen Lufthauch auf seinem Gesicht.

Angespannt lauschte er in die Finsternis. Es war nicht das erstemal, daß er im Dunkeln kämpfte, aber noch nie mußte er beim Schwertfechten vollkommen auf die unerläßliche Hilfe seiner Augen verzichten. Nicht einmal durch einen Schatten in der Dämmerung würde sich sein Gegner ankündigen. Wie konnte er ein Ziel treffen, das er nicht sah?

Langsam tasteten sich seine Füße voraus, ständig auf der Hut vor Unebenheiten und Hindernissen. Besser nicht zu lange an einer Stelle bleiben!

Wie eine Schlange wand sich Sawarra durch die Dunkelheit. Nur kein leichtes Ziel bieten! Er wußte nicht, ob der Schwarze Tod ihn sehen konnte oder ob er mit derselben Blindheit geschlagen war wie Sawarra.

Mit seinem Schwert, das er zwar nicht sah, das er aber fühlte wie seinen eigenen Arm, vollführte Sawarra hiebartige Bewegungen. Die scharfe Klinge Drachenwinds durchschnitt die Luft und schützte ihn abwechselnd von verschiedenen Seiten, von links, rechts, von vorn, von hinten, manchmal sogar gegen einen Angriff von oben.

Es war unmöglich, sich überall gleichzeitig zu decken, aber er wollte es seinem unsichtbaren Gegner so schwer wie möglich machen. Denn nicht nur sein eigenes Leben hing davon ab! N'gima verließ sich auf ihn, und ihn schauderte, als er an die zahllosen Menschen dachte, die sinnlos stürben, wenn er versagte.

Aber er schob die bedrückenden Gedanken beiseite. Er mußte sich scharf konzentrieren, sich auf jeden einzelnen seiner verbliebenen Sinne konzentrieren!

Da! Ein Rascheln!

Blitzschnell duckte Sawarra sich und riß sein Schwert schräg nach oben. Metall klirrte auf Metall. Sawarra blieb nicht stehen. Er machte einen Satz zur Seite und hieb, so schnell er konnte, in großen Halbkreisen auf die Stelle, wo er den Schwarzen Tod vermutete. Er hoffte auf einen Glückstreffer, aber außer dem Pfeifen der Luft, die Drachenwind zerteilte, gab es kein Geräusch, und Sawarras Schwert traf auf keinen Widerstand.

Sawarra sprang vor, wild in die Luft schlagend, doch sein Gegner schien verschwunden. Er hielt inne. Helle Punkte tanzten ihm vor den Augen und gaukelten ihm Licht vor, wo keines war. Sein Atem ging hastig, Schweißperlen rannen ihm über die Stirn, und er fürchtete, sich durch sein Keuchen zu verraten.

Aber alles blieb still.

Nein! Es war zwecklos!

Er rieb sich die schmerzenden Augäpfel. Unbewußt hatte er ununterbrochen versucht, einen Lichtschimmer aufzufangen, und dabei seine Augen überanstrengt. Wenn er so weitermachte, würde der Schwarze Tod ihn bald überwältigen. Doch was konnte er tun? Der Verlust des Augenlichts war ein zu großer Nachteil. Nicht einmal seine Raubtierinstinkte vermochten ihn nun zu retten.

In diesem Augenblick wurde er sich einer merkwürdigen Wärme bewußt, die ihn schon eine ganze Weile durchströmte, auf die er aber bis jetzt vor Aufregung nicht geachtet hatte. Sie nahm ihren Ursprung in der Stirn und begann sich langsam im ganzen Körper auszubreiten. Gleichmäßig pulsierte eine immer stärker werdende Kraft im Kopf und glich sich allmählich dem Rhythmus des Herzschlags an.

Der Opal!

Sawarra durchzuckte es wie ein Blitz. Das Wahrzeichen der Blauen Stadt, der Edelstein mit den unergründeten mystischen Kräften, der Letzte seiner geheimnisvollen Art!

Sawarra wußte, daß er sich stets auf seine Instinkte verlassen konnte. Wenn ihm sein Opal jetzt half, hatte er eine Chance!

Er schloß die Augen, atmete tief durch und löste seine innere Verkrampfung. Zunächst widerstrebend, dann aber immer williger gab er sich der Macht des Opals hin.

Er mußte Vertrauen haben!

Er durfte sich nicht von den Eindrücken seiner übrigen Sinne ablenken lassen. Sie arbeiteten bei weitem nicht so genau, wie er es jetzt benötigte, und sie konnten ihn täuschen! Auch den störenden Einfluß seines Verstandes mußte er ausschalten. Das denkende Bewußtsein: fähig der Analyse und der Entscheidung, der Urteilsbildung und der Planung, der Unterschied zwischen Mensch und Tier.

Aber es war viel zu langsam!

Er mußte handeln, ohne zu denken. Die Trägheit des Verstandes mußte er umgehen. Er durfte nur — fühlen. Eins werden mit der alles durchströmenden Energie des Opals, eins werden mit der Klinge seines Schwertes. Es gab nicht mehr Sawarra, den Prinzen von Opal, es gab nur noch ein allesumfassendes, wohliges Gefühl.

Sawarra befand sich in einem tranceartigen Zustand. Er war willenlos geworden wie ein meditierender Bergmönch, war Ebbe und Flut zugleich, Ruhe und Sturm in einem. Das zielstrebige und daher zwangsläufig eingeengte Bewußtsein des Prinzen, das — wie bei allen Menschen — stets nur in der Lage war, sich auf ein Ding, einen Eindruck zu konzentrieren, wurde überlagert von der großen All-Einheit. Gespeist von der sagenumwobenen Energie des Opals, nahm Sawarra seine Umgebung völlig in sich auf.

Und er begann zu sehen!

Es war kein Sehen im herkömmlichen Sinn. Es war viel mehr. Es war Gewißheit. Gefühle, sonst nur als Ahnungen empfunden, wurden zu gesicherter Erkenntnis. Sawarras Instinkt, wie ihn nur ein Opal-Geborener besaß, blühte auf.

Diese Richtung!

Zielgerichtet bewegte sich Sawarra vorwärts, Drachenwind ständig vor sich her schwingend, bemüht, so gut wie möglich gedeckt zu sein. Er ging langsam, besaß stets sicheren Kontakt mit dem Boden, blieb immer im Gleichgewicht, nicht mehr tastend und suchend, sondern aufrecht, als wäre ihm jeder Fußbreit Boden bekannt. Läge ein Stein im Weg, drohte ein Loch, ihn stolpern zu lassen — seine Schritte würden ihn sicher daran vorbeiführen.

Ducken!

Sawarra bückte sich plötzlich und riß gleichzeitig sein Schwert hoch. Hell klang die Waffe seines Gegners auf die stumpfe Seite von Drachenwinds Klinge.

Aufrichten und Schwertblock nach unten!

Ohne zu überlegen, schwang Sawarra seine Waffe in kleinem Bogen nach unten. Wieder klirrte es metallisch.

Jetzt springen!

Das Schwert seines Gegners kratzte über den Steinboden, wo Sawarra noch eben gestanden hatte.

Abrollen! Schnell!

Sawarra landete sicher auf beiden Beinen, aber er warf sich ohne Unterbrechung der Bewegung sofort hin und überschlug sich. Die scharfe Waffe seines Gegners verfehlte seinen Kopf nur knapp. Er hörte, wie die Schneide neben seinem Ohr vorbeipfiff.

Noch eine Rolle! Schneller!

Sawarras Herz klopfte, er atmete heftig, aber die Geschwindigkeit seiner Reaktion war groß wie nie. Übergangslos überschlug er sich ein zweitesmal, und wieder verfehlte ihn sein Gegner.

Auf! Schwert nach links!

Mit einer gewaltigen Anstrengung seiner Beine sprang Sawarra hoch und blockte gleichzeitig mit seinem Schwert den Angriff nach links. Die Waffe seines Gegners glitt ab.

Jetzt!

Sawarra machte einen Satz nach vorn, beugte sich dabei so weit wie möglich vor, streckte seinen rechten Arm aus und zielte mit dem Schwert nach der Brust des Feindes. Das Geräusch von reißendem Stoff war zu hören. Hatte er seinen Gegner verletzt oder nur dessen Gewand geritzt?

Zurück!

Rasch tat Sawarra einen Schritt rückwärts.

Achtung! Zur Seite drehen!

Ohne innezuhalten, wirbelte Sawarra herum und bot seinem unsichtbaren und doch sichtbaren Gegner nur die rechte Flanke, geschützt vom senkrecht gehaltenen Schwert.

Gleichzeitig stieß der Schwarze Tod zu.

»Ah!«

Sawarra hatte aufgeschrien, als die Waffe seines Gegners ihn in den linken Oberarm schnitt. Wie eine glühende Nadel jagte der Schmerz durch sein Bewußtsein. Schwindel befiel ihn und drohte ihn zu übermannen.

Greif zu!

Willenlos und unbewußt jagte seine linke Hand pfeilgleich in das Dunkel. Und es gelang! Sie bekam den Schwertarm des Gegners am Handgelenk zu fassen und krallte sich fest.

Schlag zu!

Ohne zu zögern, ohne Befehl des Verstandes handelte der rechte Arm gleichzeitig mit dem linken. Sawarra stieß einen gellenden Kampfschrei aus, sein rechter Arm, mit dem er Drachenwind hielt, beschrieb einen horizontalen Halbkreis, und er hieb mit aller Kraft dorthin, wo er den Hals seines Gegners wußte!

Schlagartig wurde es hell, Sawarra konnte wieder sehen. Vor ihm auf dem Boden lag der Schwarze Tod, in der rechten Hand ein langes, schweres Schwert. Vom Halsansatz der linken Schulter bis zur Mitte der Brust zog sich eine tiefe, klaffende Wunde. Die Ränder waren mit dem zerfetzten Stoff des dunklen Umhangs verklebt, der sich allmählich mit Blut vollsaugte.

Sawarras linker Arm schmerzte höllisch, aber er achtete nicht darauf, denn keine dreißig Schritt von ihm entfernt erblickte er N'gima, der sich über den erschlagenen Weißen Tod beugte. So nahe beieinander hatten sie ihren schweigenden Kampf ausgefochten, ohne voneinander zu merken!

Als Sawarra das Schwert in der blutenden Brust des Weißen Todes sah, durchfuhr ihn ein eisiger Schreck. Einen Herzschlag lang fürchtete er, N'gima hätte gegen die Regeln gehandelt, und sie wären verloren!

Aber dann wurde ihm bewußt, was geschehen war: Die beiden Totengötter waren tot, Sawarra und N'gima lebten noch immer!

Die Helligkeit nahm stetig zu. Sie war überall und kam aus keiner bestimmten Richtung. Immer greller wurde sie und blendete Sawarra und N'gima schließlich so sehr, daß sie die Augen zukneifen mußten. Aber alles, was sie sehen konnten, war ein stechendes Gelb von schmerzender Intensität.

Sawarra wollte etwas rufen, aber sphärische Klänge wie von klagenden Steinen ertönten und machten jede Verständigung unmöglich. Es war ein Singen, so hoch, daß Sawarra nicht sicher war, ob er diese Laute wirklich hörte oder ob sie nur in seiner

Einbildung bestanden. Noch nie hatte er etwas Vergleichbares vernommen.

Unvermittelt brachen die Laute ab, für einen Augenblick wurde es totenstill, und dann rollte eine gewaltige Stimme wie Donner über Sawarra und N'gima hinweg und ließ den Boden erbeben:

»Die Entscheidung ist gefallen!

Götter können nicht sterben. So sei ihr Schicksal Verbannung ins Nichts bis zum Ende aller Zeiten! Auf ewig sollen sie in Vergessenheit versinken und jener, der ihnen auf Erden diente, mit ihnen!

Menschen aber sind für das Wissen um Götter nicht geschaffen. Die Begegnung hätte nicht stattfinden dürfen, und daher wird sie niemals stattgefunden haben! Die Zeiten werden geändert, Vergangenes wird nicht Zukunft, Gewesenes nie gewesen sein.

So sei es!«

Und so geschah es . . .

EPILOG

Die wärmenden Strahlen der Morgensonne fielen durch das Fenster auf Sawarras Gesicht und weckten ihn. Er gähnte und reckte sich. Er hatte tief und fest geschlafen. Ein wohliges Gefühl von wiedergewonnener Kraft und Frische nach dem anstrengenden Ritt des vergangenen Tages breitete sich in ihm aus.

Er stand auf und warf einen Blick aus dem Fenster. Die Sonne schien von einem klaren, freundlichen Himmel herab. Die Hauptstraße von Llah-má lag friedlich vor ihm. Ein paar Hunde spielten. War das nicht in der Ferne ein Vogel, der da gezwitschert hatte?

Seltsam, dachte Sawarra, die Stimmung dieses Morgens paßte überhaupt nicht zu der bedrückten Atmosphäre, die diese Stadt gestern noch beherrscht hatte.

Sawarra vermochte nicht zu sagen, was den Unterschied ausmachte, aber er spürte deutlich, daß etwas geschehen war, daß eine tiefgreifende Veränderung stattgefunden hatte.

War in der Nacht etwas gewesen? Sawarra überlegte. Nein. Das letzte, woran er sich erinnerte, waren Meionoras große Augen, als er sie so plötzlich weggeschickt hatte. Sawarra lächelte beim Gedanken an sie. Danach war er zu Bett gegangen und hatte sich dem Schlaf hingegeben.

Aber egal. Es gab jetzt Wichtigeres. Heute würde er gegen einen

Magier kämpfen müssen, dessen Macht er nur erraten konnte. Er würde all seine Kraft brauchen, und Sawarra war froh, daß ihn der Schlaf der letzten Nacht so gut gestärkt hatte. Er fühlte Energie durch seinen Körper strömen. Welchen Gefahren er auch begegnen mochte, er war bereit.

Sawarra wusch sich mit eiskaltem Wasser, wobei er auch den bloßen Oberkörper gründlich abrieb. Dann legte er seine schwarze Kleidung an, schob die ebenso schwarzen, mit silbernen Nieten besetzten Handschuhe in den Gürtel, hing sich den dunklen Gurt mit seinem Schwert Drachenwind über die Schulter und ging hinunter zum Frühstück.

N'gima erwartete ihn schon. Er trug seine feuerrote Jacke mit den goldenen Knöpfen. Der purpurne Schwertgürtel mit der violetten Scheide Abendsterns aber lag vor ihm auf dem Tisch. Mit einer kurzen Geste begrüßten sich die Gefährten.

Sawarra setzte sich auf die Bank seinem Begleiter gegenüber und legte seine Sachen neben sich.

Das Feuer im Kamin war längst erloschen, und im Raum war es kühl, aber die hellen Strahlen der Sonne, die in schrägem Winkel einen Teil des Holzbodens beleuchteten, begannen eine angenehme Wärme zu verbreiten.

»He, Wirt! Noch eine Portion!« rief Sawarra. Der Wirt kam aus der Küche brachte einen Krug mit heißer dampfender Fleischbrühe und stellte dazu einen Teller mit großen Brot- und Wurststükken.

»Einen guten Morgen, der Herr«, wünschte der Wirt, machte eine Verbeugung und verschwand wieder in seiner Küche. Sawarra sah ihm kopfschüttelnd nach. Er wußte nicht, was er von diesem Mann halten sollte, aber der wußte mit Sawarra anscheinend auch nichts anzufangen. Der Wirt, so kam es Sawarra vor, schien dauernd zwischen Zuneigung und Abneigung hin- und hergerissen zu sein.

N'gima war mit seinem Frühstück schon fast fertig, als Sawarra den Krug ansetzte und die heiße Fleischbrühe in großen Schlucken trank. Er griff zu seinem Messer, schnitt sich Brot ab und nahm auch von der Wurst.

N'gima kaute genüßlich den Rest seines Essens. Er grinste Sawarra an, ein Grinsen, das bei seinem bärtigen Gesicht mit dem wilden Haupthaar und den buschigen Brauen fast furchterregend wirkte.

Sawarra wußte genau, was N'gima dachte. Sein Begleiter erriet, warum Meionora ihn in der Nacht nicht aufgesucht hatte, denn er ahnte, daß Sawarra auf sie verzichtet hatte. Ein wenig dümmlich grinste Sawarra zurück.

Kurz vor dem Ende der Mahlzeit hörten sie draußen laute Stimmen und Schritte.

Die Tür öffnete sich, und Stadtmeister Lord Lazur mit Lord Lenox und Lord Lapis trat ein. Die Männer trugen nicht ihre offiziellen Gewänder, sondern einfache, bäuerliche Hosen und lederne Jacken. Nur durch die goldene Kette mit dem Siegel der Stadt hatte sich Lord Lazur als Stadtmeister kenntlich gemacht. Zusätzlich hing ihm die braune Tasche, die er am vorigen Abend dabeigehabt hatte und die das Stadtvermögen enthielt, über der Schulter. Die Regierenden von Llah-má waren an diesem Morgen offensichtlich gänzlich unerwartet zusammengetreten.

Erregung zeichnete sich auf ihren Gesichtern ab. Etwas Unglaubliches mußte geschehen sein.

Mißtrauisch legte Sawarra sein Brot beiseite, und auch N'gima beobachtete die drei Besucher mit wachsender Skepsis.

Lord Lazur trat mit leicht fahriger Bewegung vor, sein graues Haupthaar war unordentlich, auch der weiße Bart zerzaust und ungekämmt. Aber furchtlose Entschlossenheit leuchtete in den alten Augen.

Als der Stadtmeister auf ihn zukam, erhob sich Sawarra, und auch N'gima stand auf.

Lord Lazur räusperte sich, ehe er zu sprechen begann.

»Meine Herren, Ihre Dienste werden nicht mehr benötigt.«

Die Worte trafen Sawarra wie ein Pfeil.

»Wir wissen nicht wie es geschehen ist, und warum«, erklärte Lord Lazur. »Aber der Fluch, der ein Jahr über unserer Stadt lag, ist von ihr gekommen.

Zum erstenmal seit einem Jahr scheint wieder die Sonne, die Blumen blühen in großer Pracht, und auf den Feldern beginnt das Getreide in üppigem Grün zu sprießen.«

Lord Lazur hielt inne. Er war sehr aufgeregt.

Natürlich, dachte Sawarra, die Sonne! Das war's, was ihm beim Aufstehen so ungewöhnlich vorgekommen war.

Der Stadtmeister fuhr fort.

»Zuerst begriffen wir nicht, was geschah, aber plötzlich wußten wir, was das alles zu bedeuten hat. Soeben wurde mir berichtet, daß die Burg leer und verlassen, der Magier, der unserer Stadt den schrecklichen Fluch brachte, nicht auffindbar ist.

Wie gesagt, wir können uns all das nicht erklären, aber wir sind froh, daß es so gekommen ist.«

Lord Lazur räusperte sich.

»Ihre Aufgabe hat sich dadurch erledigt.« Und mit einem kurzen Seitenblick auf den hünenhaften N'gima, setzte er hinzu: »Selbstverständlich kommen wir für die Übernachtung hier auf, aber dann muß ich Sie bitten, Llah-má zu verlassen.«

Seine Stimme war deutlicher geworden, und der Klang schärfer, befehlender.

Der Stadtmeister klappte seine braune Tasche auf, griff hinein, holte ein paar Münzen heraus und warf sie mit einer leicht verächtlichen Geste vor Sawarra und N'gima auf den Tisch.

Es ist immer wieder dasselbe, dachte N'gima. Diese braven Bürger! Wenn es ihnen schlecht geht, kommen sie gekrochen, aber sobald sich ihre Lage gebessert hat, werfen sie die hinaus, die sie an ihre Abhängigkeit erinnern!

»Das wäre eigentlich alles«, meinte Lord Lazur abschließend. Er wartete eine Antwort Sawarras nicht ab und wandte sich zum Gehen.

N'gima blickte ob dieser etwas rüden Abspeisung finster drein. Nicht einmal ein Wort des Dankes hatten sie übrig!

Sawarra hatte sich alles mit äußerst unterschiedlichen Gefühlen angehört, aber nun mischte sich zur Enttäuschung über das entgangene Geld noch die Wut über das Verhalten des Stadtmeisters.

»Halt!«

Sein Ruf war zornig. Blitzartig zog er sein Schwert und hieb mit einer wirbelnden Bewegung nach dem Stadtmeister. Dieser erstarrte wie vom Donner gerührt, als er die Klinge nur fingerbreit an seiner Kehle vorbeisausen spürte und das Pfeifen der Luft hörte. Lord Lazur erbleichte. Aber die scharfe Schneide Drachenwinds bewirkte lediglich, daß die braune Tasche vom schmalen Lederband getrennt wurde, an dem sie hing. Polternd fiel sie auf den Boden.

»Das Geld bleibt hier!« Sawarras Stimme klang eiskalt, sein Gesicht wirkte steinern und unbewegt. Die drei Lords verharrten regungslos, weiße Angst stand ihnen im Antlitz.

Sawarra gab N'gima ein Zeichen, ohne die drei Männer aus den Augen zu lassen. Er hatte Drachenwind drohend auf Lord Lazurs Brust gerichtet. Dieser stand da mit schreckgeweiteten Augen, aus denen hilflose Wut blitzte.

»Die Abmachung lautete: Geld für die Beseitigung des Zauberers«, sagte Sawarra mit spöttischer Stimme. Seine Mundwinkel verzogen sich zu einem höhnischen Grinsen. »Der Zauberer ist weg, also gehört das Geld uns, nicht wahr?«

Lord Lazur schwieg, aber sein düsterer Gesichtsausdruck sprach Bände, als N'gima hinter dem Tisch hervorkam, sich nach der Tasche bückte und den grünen Beutel mit den zwanzig Goldmünzen herausnahm.

Sawarra sah N'gimas Kopfnicken zum Zeichen, daß er fertig war. Was er nicht sah, war Meionora, die lautlos in der Tür zur Küche stand und die Szene mit leerem Gesicht beobachtete. Ihre Augen verrieten keinen Zorn über das, was geschah, eher Enttäuschung, das Gefühl, etwas verloren zu haben, was sie nie besaß. Was hatte sie von dem schmächtigen Fremden mit dem schwarzen Haar und dem Opal in der Stirn erwartet?

Rasch hängte sich Sawarra den schwarzen Schwertgürtel über die Schulter und schob sein Schwert mit sicherer Hand wieder in die Scheide. Auch N'gima hatte seinen purpurnen Gürtel angelegt, die violette Scheide Abendsterns hing an seiner linken Hüfte.

Ohne ein weiteres Wort verließen sie eiligen Schritts den Raum durch die Hintertür. Als Sawarra Meionoras Blick begegnete, hielt er für einen winzigen Moment inne. Er las in ihren Augen ihre Gedanken, aber der Weg des Prinzen von Opal war vorgegeben. Er schob Meionora beiseite, und hastig liefen er und N'gima durch die Küche zu den Pferdeställen.

Sie fanden ihre Tiere sofort, gestriegelt und gesattelt. N'gima band die Pferde los, während Sawarra durch den Stall rannte und das breite Flügeltor öffnete.

N'gima kam auf seinem Fuchs angeritten und führte Sawarras Apfelschimmel mit sich. Der Prinz von Opal sprang auf sein Pferd Sternenschauer, und die beiden Gefährten trieben ihre Tiere durch kräftigen Schenkeldruck und laute Rufe zu schnellem Galopp an. In rasendem Stakkato hämmerten die Hufe auf den harten Boden, als die Pferde über die Hauptstraße von Llah-má und durch das Stadttor preschten.

Die Einwohner, die sich außerhalb ihrer Häuser befanden, um das Wunder ihrer Befreiung zu feiern, und die noch nichts davon wußten, daß die Stadt soeben ihres Vermögens beraubt worden war, blickten den Davonstürmenden verwundert nach.

In scharfem Galopp jagten Sawarra und N'gima über das weite aufblühende Land. Der Wind pfiff ihnen ins Gesicht, und das laute

Donnern der Hufe dröhnte in ihren Ohren. Sie gönnten ihren Tieren erst eine Pause, als sie so weit von Llah-má entfernt waren, daß sie nur noch die Silhouette des hohen, mächtigen Turms der Burg ausmachen konnten.

Das Fell der Pferde war schweißnaß, als sie nun langsam dahintrabten. In der warmen Sonne würden sie sich rasch von der Anstrengung des rasenden Ritts erholen.

Zweifellos, das Land blüht auf, dachte Sawarra, als er sich umsah. Frisches, saftiges Grün überall, die Blätter an den Bäumen raschelten im sanften Wind. Vielstimmiger Vogelgesang erfüllte die Luft.

Sawarra streckte die Hand aus, und N'gima, der neben ihm ritt, zählte zehn Münzen hinein. Sawarra steckte das Geld weg, und auch N'gima verwahrte seinen Anteil sorgfältig.

»Der silberne Adler hat uns gut geführt!« lachte Sawarra. »Wir haben ohne viel Mühe bekommen, wonach wir suchten.«

»Ja. Es war leichtsinnig vom Stadtmeister, das ganze Geld mit sich herumzutragen.«

Aber die Stimme des Mannes aus Trésan klang nicht schadenfroh. In den leicht verdüsterten Augen war eine Spur von Reue zu lesen.

Doch Sawarra plagte kein schlechtes Gewissen. Sie brauchten das Geld dringend, und Llah-má würde den Verlust bald verschmerzen, jetzt, da es wieder aufwärts ging. Und im übrigen: Llah-má war nicht die erste Stadt, deren Einwohner nur mit Haß an Sawarra, den Prinzen von Opal, dachten!

Copyright © 1982 by Stephan de la Motte

Alan Burt Akers

Alan Burt Akers ist das Pseudonym des britischen SF- und Fantasy-Autors H. Kenneth Bulmer, einem Vertreter der leichteren SF-Abenteuerliteratur, das dieser speziell für seine in den USA bei DAW BOOKS geschriebene Saga um Dray Prescott entworfen hat — mittlerweile wird auf dem Umschlag der US-Ausgabe der Protagonist selbst als Verfasser genannt. Die abenteuerliche Serie um den napoleonischen Seeoffizier, der auf dem Planeten Kregen zu höchsten Würden aufsteigt und ein Königreich nebst Prinzessin erringt (und diese Errungenschaften dann auch verteidigen muß), ist in den USA und auch in Deutschland überaus populär.

Die Kurzgeschichte »Wizard of Scorpio« wurde dem 200. Taschenbuch der DAW SF-Reihe entnommen, dem *DAW Science Fiction Reader*. Bulmer schrieb diese Geschichte, die erste und einzige Erzählung um Dray Prescott, die nicht Romanlänge aufweist, speziell für diesen Jubiläumsband. Chronologisch ist sie zwischen dem zweiten und dritten Zyklus der Saga einzuordnen, also zwischen Band 11 und Band 12.

Von Alan Burt Akers erschienen folgende Titel in der Reihe HEYNE SCIENCE FICTION & FANTASY:

SAGA VON DRAY PRESCOT:

DER DELIAN-ZYKLUS:
Band 1: Transit nach Scorpio (06/3459)
Band 2: Die Sonnen von Scorpio (06/3476)
Band 3: Der Schwertkämpfer von Scorpio (06/3488)
Band 4: Die Armada von Scorpio (06/3496)
Band 5: Der Prinz von Scorpio (06/3504)
DER HAVILFAR-ZYKLUS:
Band 6: Die Menschenjäger von Antares (06/3512)
Band 7: In der Arena von Antares (06/3534)
Band 8: Die Flieger von Antares (06/3547)
Band 9: Die Waffenbrüder von Antares (06/3567)
Band 10: Die Rächer von Antares (06/3585)
Band 11: Die fliegenden Städte von Antares (06/3607)
DER KROZAIR-ZYKLUS:
Band 12: Die Gezeiten von Kregen (06/3634)
Band 13: Die Abtrünnigen von Kregen (06/3661)
Band 14: Krozair von Kregen (06/3697)
DER VALLIANISCHE ZYKLUS:
Band 15: Geheimnisvolles Scorpio (06/3746)
Band 16: Wildes Scorpio (06/3788)

Alan Burt Akers

Der Zauberer von Scorpio

Delia ist die vollkommenste Frau auf zwei Welten. Wäre sie an jenem Tag nicht so vollkommen gewesen, während wir im warmen Sonnenschein in Foke Lyrsmins Garten warteten, um an seiner Hochzeit mit Lady Merle teilzunehmen, hätte es die nachfolgenden haarsträubenden Abenteuer unter den Monden Kregens nie gegeben. Andererseits wäre mir etwas entgangen, hätte ich jene Mühen und Kämpfe nicht durchgemacht.

Ganz in der Nähe stand eine fröhliche Gruppe von Edelleuten und lachte und plauderte so laut, daß die Schreie und das Gebrüll aus dem kleinen Marmorpavillon, an dem eben ein Flugboot gelandet war, nur schwach zu mir drangen und keine Gefahr verhießen. Es war ein Tag zum Feiern, und alle Anwesenden waren entschlossen, das Beste aus der Gelegenheit zu machen. Die Braut stand im Kreis ihrer aufgeregten Freundinnen, die sie um die Heirat mit einem *Kov* beneideten, und ich führte den Lärm auf ihre gute Laune zurück.

Das Flugboot stieg wieder auf und verschwand in schnellem Flug über den Bäumen. An seiner Flanke funkelten polierte Metallbeschläge in kunstvollen Verzierungen. Im nächsten Augenblick war das Gebilde aus meiner Sicht verschwunden, denn ich unterhielt mich mit Foke Lyrsmin in seinem Arbeitszimmer, dessen Fenster weit geöffnet waren.

Foke hatte mir sein neuestes Rapier vorgeführt, ein Stück, auf das er zu Recht stolz war und das er bei der Zeremonie zu tragen gedachte. Jetzt wandte er sich vom Fenster ab.

»Diese jungen Leute«, sagte er und breitete die Hände aus. Er war ein gutgelaunter kleiner Bursche, ein wenig zu kurz geraten, aber drahtig und lebhaft, und ich fand, daß er kein verkehrter Mann war, obwohl wir uns hier zum erstenmal gegenüberstanden. »Dein Schwiegervater erweist mir eine große Ehre, Prinz«, fuhr er fort. »Aber ...«

»Der Herrscher trifft ein, wenn es ihm paßt, Kov.«

Der alte Teufel, Herrscher von Vallia, Vater meiner Delia, war noch nicht erschienen, und wir alle warteten auf ihn. Es mag zwar das Privileg eines Herrschers sein, zu spät zu kommen, doch ich

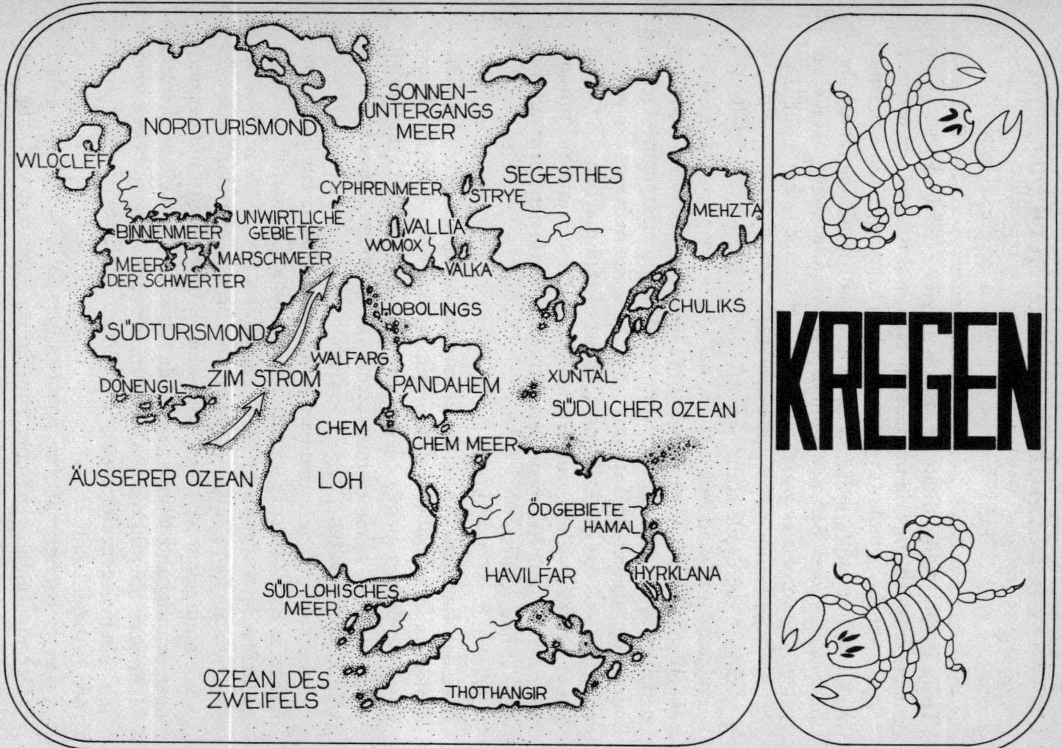
KREGEN
NORDTURISMOND
WLOCLEF
SONNEN-
UNTERGANGS
MEER
SEGESTHES
CYPHRENMEER
STRYE
MEHZTA
UNWIRTLICHE
GEBIETE
BINNENMEER
VALLIA
WOMOX
MARSCHMEER
MEER
DER SCHWERTER
VALKA
HOBOLINGS
CHULIKS
SÜDTURISMOND
WALFARG
ZIM STROM
DONENGIL
PANDAHEM
XUNTAL
SÜDLICHER OZEAN
CHEM
CHEM MEER
ÄUSSERER OZEAN
LOH
ÖDGEBIETE
HAMAL
HAVILFAR
HYRKLANA
SÜD-LOHISCHES
MEER
OZEAN DES
ZWEIFELS
THOTHANGIR

habe den Enkeln des Herrschers beigebracht, daß es nur höflich ist, wenn man zu offiziellen Anlässen pünktlich erscheint.

Foke Lyrsmin war der Kov von Vyborg, einer Kovnat-Provinz im Westen Vallias. Durch seine Heirat mit Lady Merle, der Tochter Trylon Jefan Werdens, verstärkte er die Bindungen zu dem Terrain an seiner Nordgrenze. Der mächtige Herrscher von Vallia war mit der Ehe einverstanden, und da sich Merle und Delia seit ihrer Kindheit kannten, hatten wir unsere Nachkommen in Valka gelassen, das fern im Osten lag, und waren zur Hochzeit angereist, in der Hoffnung, einige angenehme Tage zu verbringen.

Hinter uns sprang die Tür auf, und Jefan Werden humpelte herein. Auf seinem zerfurchten, ausgemergelten Gesicht malte sich die Qual eines Mannes, dem soeben ein schwerer Wagen über den Fuß gefahren ist.

»Meine Tochter!« brüllte er. Er war ehrlich aufgebracht und besorgt, und sein Gesicht zeigte sich schlaff vor Schock. »Merle! Merle! Sie ist fort!«

»Merle! Fort?« Kov Foke streckte dem Ankömmling eine Hand entgegen. Er schien weniger bestürzt als verwundert zu sein. »Was meinst du?«

»Na, was ich sage! Merle — ist fortgebracht worden — entführt!«

Die beiden starrten sich mit gerunzelter Stirn an; meine Gegenwart war vergessen. Diese Entwicklung war mir nur recht. Wenn jemand Lady Merle entführt hatte und später erwischt wurde, mußte er einen Kopf kürzer gemacht werden. Soviel stand fest. Natürlich würde ich alles tun, was in meinen Kräften stand, um zu helfen. Auch das war selbstverständlich.

Draußen verstärkte sich der Lärm. Schreiend liefen die Leute durcheinander. Wir mußten auf der Stelle feststellen, was geschehen war.

»Vier Männer!« rief Merles Vater. »Ganz in Schwarz gekleidet — diese Cramphs! Sie haben meine Tochter entführt — und sie ...«

»Wer? Wer?« rief Kov Foke dazwischen. Sein Gesicht war zuerst grün angelaufen und rötete sich nun.

»Sie trugen Metallmasken. Aber ich weiß, wer diese Kerle angeheuert hat. Ich weiß, wer sie bezahlt hat, dieser Rast! Vangar Riurik! Er ist schon seit etwa fünf Jahren hinter meiner Tochter her. Ich habe ihn aus dem Kovnat verwiesen — und das tut er mir jetzt an! Was der Herrscher dazu sagen wird ...«

Ich trat vor. Plötzlich hatte diese Angelegenheit eine neue Dimension bekommen.

»Du behauptest, Vangar Riurik steckt dahinter? Woher weißt du das so genau? Er ist Strom von Quivir!«

»Das weiß ich, Prinz, das weiß ich!« Der Aufschrei von Merles Vater ging beinahe in dem Lärm unter, der von draußen hereindrang und kein Ende nehmen wollte. »Und Quivir ist ein Stromnat der Insel Zamra, deren Kov du bist, Prinz Majister. Riurik ist dein Lehnsmann.« Er starrte mich an, und ich sah das plötzliche abschätzende Funkeln seiner Augen.

Wenn er unterstellen wollte, daß ich mit dieser Auseinandersetzung unter Liebenden zu tun hatte, mit dieser romantischen Entführung der Braut unmittelbar vor der Hochzeit, war er an den Falschen geraten. Er kannte mich gut genug, um seine Zunge im Zaum zu halten. Diese Angelegenheit ging mich nur insoweit etwas an, als ich einen aufmüpfigen Gefolgsmann maßregeln mußte, der für mich das Stromnat Quivir verwaltete. Ich kannte den jungen Vangar Riurik als Heißsporn und vorzüglichen Kämpfer und wußte auch, daß ihm eine solche Tat zuzutrauen war.

»Zweifellos fliegt er mit Merle nach Zamara zurück«, sagte ich und legte Fokes Rapier auf den Tisch, wobei ich ein Tintenfaß umstieß. Die hellrote Flüssigkeit spritzte auf den Teppich, der zum Glück nicht aus Walfarg stammte. »Wir werden sofort die Verfolgung aufnehmen. Deinen Teppich ersetze ich dir, Kov.«

Ich marschierte zur Tür.

Eine ganze Horde von Leuten drängte sich aus dem Korridor herein und machte einen Lärm, daß man sein eigenes Wort nicht mehr verstehen konnte. Der ganze Haushalt war in Aufruhr wie ein Ameisenhaufen, in den man kochendes Wasser geschüttet hatte. Ich sah, daß der junge Oby sich nach vorn zu drängen versuchte. Sein Gesicht war verzogen vor Anstrengung, während er versuchte, seinen geschmeidigen jungen Körper zwischen einer dicken Stromni-Witwe und einer gleichermaßen rundlichen Kotera hindurchzuzwängen, deren violettes Kleid sich Oby um die Ohren legte. Er zerrte daran und legte dabei einen Zorn an den Tag, der mir unangemessen zu sein schien. Ein quirliger Bursche, ein Kobold des Satans war dieser Oby; doch seine Handlungsweise stimmte mich neugierig.

Trylon Jefan Werden erschien unsicheren Schrittes hinter mir. Er atmete noch immer heftig vor Anstrengung und Wut, und ich drehte mich halb zur Seite, um mir anzuhören, was er wollte.

»Prinz . . .«, begann er.

Diesen Tonfall kannte ich.

»Prinz, meine Tochter unterhielt sich mit ihren Freundinnen — sie lachten und scherzten, und . . .«

»Na und? Heraus damit!«

»Die Prinzessin Majestrix . . .«

Er brauchte nicht weiterzusprechen. Mit der Zunge fuhr er sich über die Lippen. Er sah meinen Gesichtsausdruck und schien kleiner zu werden.

Die Menschenmenge, die sich im Korridor drängte und große Verwirrung stiftete, teilte sich vor mir wie Butter unter einem heißen Messer. Ich glaube nicht, daß ich jemanden zu Boden stieß. Allerdings erinnere ich mich nur, wie ich auf den Rasen hinausstürmte, in den herrlichen warmen Sonnenschein der beiden Sonnen Zim und Genodras. Oby hielt sich brüllend neben mir. Einige der Worte, die er mir zurief, bekam ich mit. Bei den Zierfischteichen wartete ein Flugboot. Die Blütenblattform des mit Leinen bespannten Gestells und die schimmernde Windschutzscheibe verrieten mir, daß es sich um einen Viersitzer handelte. Der Voller mußte für meine Zwecke genügen. Ich sprang hinein und schob heftig die Flughebel nach vorn.

Das Flugboot ruckte vorwärts, erhob sich etwa vier Fuß in die Luft, wobei es beinahe Oby umgestoßen hätte, und landete dann mit gewaltigem Platschen mitten im Fischteich. Wasser spritzte mir ins Gesicht, und die Blätter von Wasserlilien zierten meinen Nacken.

Ich fluchte nicht.

Brüllend eilte Oby herbei. Er nahm die Abdeckung von den Silberkästen, die das Flugboot steuerten. Dann hob er den Kopf. »Aus und vorbei! Die Kästen sind erschöpft!« Seit Oby den Ehrgeiz aufgegeben hatte, in der Arena zu kämpfen, hatte er sich immer mehr mit Flubooten beschäftigt und machte sich auf diesem Gebiet sehr nützlich. Wenn er behauptete, die Silberkästen taugten nichts mehr, stimmte das. Nach unterschiedlicher Lebensdauer neigten diese Kästen dazu, eine bleigraue Färbung anzunehmen, woraufhin man neue erstehen mußte, wenn man das Flugboot weiter benutzen wollte.

»Einen neuen Voller, Oby! Bei deiner Liebe zur Prinzessin!«

»Aye, mein Prinz!« Im nächsten Augenblick war Oby verschwunden, ein beweglicher junger Mann voller Feuer, Energie und Schabernack.

Bitte wundern Sie sich nicht, daß ich mir den Voller von Oby besorgen ließ. Wir waren in kleiner Gruppe mit einem winzigen Flugboot von Valka herübergeflogen, und ich hatte Vangar ti Valkanium, meinen Kommandeur der Flugboote, dazu überredet, Oby als Piloten für uns zu bestimmen. So wußte er bestimmt, wo die Flugboote geparkt waren und wem sie gehörten. Seine natürliche Schläue würde ihn zum schnellsten Voller führen, egal, wem er gehörte.

In wenigen Sekunden, in denen ich mich zur Ruhe zwang — Zair allein weiß, wie mir das gelang! —, hatte ich Gelegenheit, mich in Gedanken mit den Geschehnissen zu befassen.

Wie gesagt, ist meine Delia die vollkommenste Frau auf zwei Welten. Sie ist außerdem die schönste Frau auf Kregen und auf der Erde — eine Feststellung, die ich in aller Bescheidenheit treffe. Außerdem verfügt sie über einen unbeschreiblichen Mut, wie ihn nur eine Mutter-Zhantil aufbringt, die ihre Jungen bis zum letzten Atemzug verteidigt. Ich konnte mir also deutlich die Szene vorstellen, die sich ergab, als die Entführer aus ihrem Flugboot sprangen, um Merle zu ergreifen: Als sie sie, in einen Mantel gehüllt, an Bord heben wollten, war Delia auf sie losgesprungen. Ja! Der Anblick meiner Delia, die sich mit funkelndem Dolch in den Kampf stürzt, ist dazu geeignet, den mutigsten Angreifer erbleichen zu lassen. Daraus ergab sich, daß die Entführer Delia gleich mitgenommen hatten — in einem ungeplanten, wirren Durcheinander hatten sie Delia überwältigt und in ihrem Flugboot entführt.

Meine Delia! Meine Delia aus Delphond, meine Delia aus den Blauen Bergen, flog in diesem Augenblick durch den strahlenden Himmel Kregens und war in der Gewalt von Entführern, die eigentlich kein Interesse an ihr hatten. Was sich aus dieser Situation ergeben konnte, ließ mir das Herz schwer werden, ließ meine Faust zum Rapier zucken, machte mich noch mehr zum tobenden Teufel, als ich es normalerweise schon bin, wenn man mir auf die Zehen tritt.

Und schon steuerte Oby den Voller herbei. In einem wagemutigen Manöver ließ er das Gefährt neben mir landen; er verschwendete keine Sekunde. Er stieg aus und reichte mir das geschützte Langschwert und einen schimmernden schwarzen Flugumhang aus Foburf-Fell. Ich sprang an Bord.

Er hüpfte zur anderen Seite herum. »Mein Prinz!« rief er. »Ich komme mit!«

»Nein, junger Oby! Du alarmierst ganz Valka und Zamra und

Delphond, und natürlich die Blauen Berge! Gib dem Herrscher Bescheid! Riurik wird vermutlich versuchen, seewärts an Rahartdrin vorbeizufliegen. Ich verlasse mich auf dich, Oby!«

»Aye, mein Prinz.« Doch er schien bedrückt zu sein.

Als ich in der Luft war, sah ich, daß andere Voller ebenfalls mit Männern beladen waren und zu starten begannen. Oby aber hatte eine gute Wahl getroffen. Ich wußte nicht, wem mein Voller gehörte; er war schnell und flog wie im Traum. Wenn Vangar Riurik auf einem Kurs zwischen dem Festland und der Insel Rahartdrin nach Zamra zurückkehren wollte, würde ich ihn verfehlen. Doch ich vermutete, daß er den Verfolgern aus dem Weg gehen wollte, indem er über das Meer auswich. So schob ich die Kontrollen des Vollers auf volle Leistung, und das kleine Fluggebilde raste in das vermengte Licht der Sonnen von Scorpio hinaus.

Unter mir funkelte das blaue, blaue Meer Kregens.

Rahartdrin war ein brauner Fleck am südlichen Horizont. In der gleichen Richtung machte ich die zahlreichen kleinen Punkte anderer Flugboote aus. Wenn Riurik diesen Kurs gewählt hatte, waren ihm die Verfolger dicht auf den Fersen. Ich richtete mein häßliches Gesicht aufs Meer. Ich mußte mich auf Oxkalin den Blinden Geist verlassen.

Unaufhörlich raste ich durch die dünne Luft, und der Flugwind pfiff mir um die Ohren, immer weiter ging es! Vor mir zwei schwarze Punkte — Voller! Zwei ... hatte sich Riurik mit den Entführern Merles hier verabredet, um sie zu bezahlen und das Mädchen triumphierend nach Quivir zu bringen? Der Plan erschien mir denkbar.

Einer der Voller vor mir sackte plötzlich ab und stürzte kreiselnd ins Meer. Unwillkürlich riß ich die Augen auf. Ein seltsamer Schmerz fuhr mir durch die Brust, drohte mir die Kraft zu rauben. Punkte mit winzigen ausgebreiteten Armen und Beinen lösten sich aus dem abstürzenden Gefährt. Sinnloserweise drückte ich die Hebel weiter nach vorn, verlangte ich dem Voller das Äußerste ab. Der zweite Voller raste davon — auf geradem Kurs, direkt auf das Meer hinaus. Ein absonderlicher Kurs für einen Mann, der eigentlich nach Osten wollte, nach Quivir. Vielleicht hatte er mich gesehen. Wenn Delia abgestürzt war — und das glaubte ich eigentlich nicht —, hatte der Cramph nicht mehr lange zu leben, wenn ich ihn erwischte.

Eine solche Handlungsweise traute ich Vangar Riurik nicht zu.

Eher nahm ich an, daß er in dem Augenblick, da er den schrecklichen Fehler erkannte, den die von ihm angeworbenen Männer gemacht hatte, kehrtmachen und Delia, die Prinzessin Majestrix des Vallianischen Reiches, ergeben zu ihrem häßlichen Leemtöter-Ehemann zurückbringen würde. Unverzüglich!

Die beiden herrlichen Sonnen Scorpios, das Rot und das Grün von Antares, gingen im Ozean unter und machten den fremden und zugleich so vertrauten Sternenkonstellationen Platz. Nach kurzer Zeit erschien der erste kregische Mond, die Jungfrau mit dem vielfältigen Lächeln, und verbreitete sein verschwommenes rosagoldenes Licht, und ich ließ den fernen Lichtpunkt des von mir verfolgten Vollers nicht aus den Augen.

Einholen konnte ich den anderen nicht; dazu war sein Flugboot zu gut. Ich fluchte und raufte mir das Haar, oder schwieg und betastete mein Rapier und den linkshändigen Dolch, ich hämmerte auf die Kontrollen ein und fluchte von neuem — aber es nützte alles nichts. Wir rasten durch die mondhelle Nacht über Kregen, und der Wind schlug mir ins Gesicht.

Die Zeit verging, und ich holte noch immer nicht sichtbar auf. Kregens vierter Mond, die Frau der Schleier, ging auf und verstärkte das Licht, so daß ich den verdammten Voller nun in qualvoller Klarheit ausmachen konnte. Meine Delia *mußte* an Bord sein, lebendig und bei Gesundheit, und ich würde sie auf jeden Fall erreichen! Unbedingt!

Wenn wir unseren Kurs lange genug beibehielten, mußten wir bald die Hoboling-Inseln erreichen, die die Nordspitze des Kontinents Loh säumten. Die Piratin Viridia befand sich irgendwo dort unten. Östlich der Hobolings gab es andere einzelne Inseln, die ich noch nicht so gut kannte. Lange vor Anbruch der Morgendämmerung verlor das Flugboot vor mir an Höhe und näherte sich einer schwarzen Masse auf dem Meer, die nur wenige Lichter zeigte.

Wir hatten einen weiten Weg zurückgelegt, denn beide Boote waren sehr schnell. Als ich die Hebel langsam zurückstellte und mein Flugboot auf Verfolgungskurs brachte, fühlte ich mich zum Kampf bereit.

Mein Voller war nicht defekt, wie es viele hamelische Flugboote noch immer sind; es war allein mein Fehler. Das Boot vor mir raste einer Gruppe von Lichtern entgegen. Ich erhaschte Blicke auf Steinmauern und Kuppeln und Türme, rosa leuchtend im Licht der Monde. Wolken ragten vor mir auf; sie machten sich als Schwärze bemerkbar und als Flächen, auf denen keine Sterne zu sehen waren. Der Voller raste hindurch, und ich folgte. Die Lichter verschwanden. Ich bewegte mich durch eine Dunkelheit, die so undurchdringlich war wie der Mantel des Notor Zan. Wind zupfte an mir, ich spürte die Masse der Bäume vor mir mehr, als ich sie sah, und versuchte den Voller hochzureißen. Das Boot stieg auf, gewann ein wenig an Höhe, brach dann aber krachend durch die stacheligen Äste mächtiger Bäume.

Im nächsten Augenblick hüllte mich der echte Mantel des Notor Zan ein, und ich wirbelte in die Schwärze hinaus.

»Es geht dir gut, Dom. Du hast nur einen Schlag auf den Kopf erhalten.« Die Stimme flüsterte mir die Worte ins Ohr; im Hintergrund rauschte ein unsichtbares Meer. »Bei Opaz! Du mußt einen wahren Voskschädel haben!«

Ich öffnete die Augen. Der Schmerz raste mir durch den Kopf, und ich hob die Finger in mein braunes Haar. Sie tasteten herum, fanden aber keine Wunde, und als ich sie zurückzog, zeigte sich kein Blut daran. Doch in meinem Schädel dröhnten die sagenhaften Glocken des Beng Kishi.

Ringsum raschelte der dunkle Wald im nächtlichen Wind. Ich lag auf einer primitiv aus Ästen gearbeiteten Trage, deren Kissen und Kopfkissen aus Ästen bestanden. Der kleine Bursche, der im Licht der Monde auf mich herabschaute, war ein Apim, ein *Homo sapiens* wie ich, mit struppigem braunen Haar, einem Nußknakkergesicht und ascheverschmierten Lumpen am Leib. Es machte mir keine Mühe zu erraten, was für ein Zeitgenosse das war, und als ich mich ächzend auf einen Arm hochstemmte, half er mir und plapperte dabei unentwegt auf mich ein. Anscheinend geschah es nicht oft, daß Fremde aus dem Himmel herabstürzten.

»Es sieht so aus, als wäre deine Hütte zerstört, Dom.«

Diese Worte beantwortete er mit einem amüsierten Lachen. Die Hütte aus Ästen und Lehm war wie ein Loloo-Ei unter einem Löffel aufgeplatzt. Mondlicht fächerte zwischen den Blättern herab. Sein breites Grinsen offenbarte schiefstehende Zähne; anscheinend machte es ihm nichts, seine Behausung von einem Voller zerdrückt zu sehen.

»Kann schnell eine neue bauen. Geht es dir gut? Muß hier irgendwo eine Flasche Dopa haben . . .«

Er redete weiter. Er war Nath die Asche, ein Köhler, und seine Arbeit offenbarte sich überall zwischen den Bäumen. Kohle zu brennen, ist ein Handwerk, das Können erfordert. Das Zurechtschneiden der Stämme auf Mannesgröße, dann das sorgfältige Aufeinanderstapeln der dünnen und dicken Stücke im Meiler, die Bepackung mit Lehm und Rasenstücken erfordern große Konzentration. Herzstück des Berufs ist der eigentliche Brennvorgang, etwa einen Tag und eine Nacht lang, gefolgt vom geschickten Ablöschen.

»Hast du einen zweiten Voller gesehen?« fragte ich.

»Aye, Dom, aye.« Er kramte herum, schien den Dopa aber nicht finden zu können. Ich brachte es nicht übers Herz, ihm zu sagen, daß ich das Zeug sowieso nicht trinken würde. »Flog ganz tief über den Wald, ehe du kamst.« Er kicherte belustigt vor sich hin. Er würde sich irgendwo eine andere Hütte bauen und hatte folglich keinen echten Verlust erlitten. »Ist drüben bei den Ruinen gelandet.«

»Ruinen?« Ich fuhr mir mit der Zunge über die Lippen. Vielleicht doch ein kleiner Schluck ... »Wo liegen die, bei Vox?«

»Also, Dom, dies ist Ogra-gemush ...«

»Ich weiß. König Wazur — er macht dicke Gewinne mit den Chemzite-Brüchen, und ...«

»Aye«, lachte Nath die Asche und schleuderte Stücke und Erdbrocken herum, ohne den Dopa zu finden. »Und dann seine Erträge aus den Geschäften mit den Piraten ...!«

»In welcher Richtung liegen die Ruinen?«

Er zeigte mir den Weg, ohne hinzuschauen, und suchte weiter. Der Dopa ist ein scharfes Getränk, das dazu geeignet ist, jeden Mann im Nu betrunken zu machen. Ich schlenderte zum Flugboot zurück. Das Ding war durchlöchert und angebrochen und lehnte auf dem Bug stehend an den Überresten der Hütte. Vielleicht konnte man es noch benutzen. Ich holte das Langschwert aus dem Boot und schnallte es mir auf den Rücken. Dann sagte ich: »Vielen Dank für deine Gastfreundschaft Nath. Remberee.«

Er fuhr hoch wie von der Tarantel gestochen. »He! He!« rief er hinter mir her. »Hier ist er doch!« Als ich mich das letztemal zu ihm umdrehte, schwenkte er die Dopaflasche über dem Kopf.

Ich kannte König Wazur von Ogra-gemush, aber nur vom Hörensagen. Wir hatten in Vallia eine Ladung Chemzite von ihm bezogen, denn seine Bergwerke brachten eine großartige gelbbraune Variante dieses Steins hervor, die bei uns zu den Luxusgütern zählte. Außerdem bot er den Piraten insoweit Zuschlupf, als er ihnen einen Teil ihrer Breute abnahm. Er war ein reicher

Mann. Sein Insel-Königreich mochte klein sein, verfügte aber bestimmt über zahlreiche hochbezahlte Söldner. Warum hatten seine Männer den Voller mit Lady Merle und meiner Delia an sich gebracht? Das Langschwert auf meinem Rücken fühlend, wanderte ich energisch durch den Wald, bis die zersplitterten Säulen und zerschmetterten Steine der Ruinen bleich vor mir aufschimmerten, mit Ranken behangen, dunkel überwuchert im bleichen Schein der Monde.

Unbekannte Blüten schimmerten auf den Ranken, wachsartige Blumen, die sich wie abgeschlagene Köpfe bleich im Mondlicht reihten. Stille umgab die Ruinen, als hätte sich hier seit dem Untergang des Sonnenuntergangsvolks nichts mehr gerührt. Vorsichtig wie ein jagender Leem huschte ich durch die überwachsenen Straßen. Ich schaute zwischen die leichenhaften Überreste alter Gebäude, ich erkundete jeden rosa Schatten und war jeden Augenblick darauf gefaßt, daß ein echter Leem den tödlichen keilförmigen Kopf erheben und die klaffenden Fänge in meine Richtung zucken ließe. Ich verweilte an keinem Ort sehr lange, sondern näherte mich zielstrebig einer Ruine, die einmal ein mit Kuppeln bedeckter, bewehrter Palast gewesen war, der sich als bizarre Ruine vor der Scheibe der Jungfrau mit dem Vielfältigen Lächeln erhob. Der Mond war beinahe untergegangen. In Kürze würden die Zwillinge aufgehen. Die Frau der Schleier würde noch einige Burs am Tageshimmel verweilen, als Zeichen und Omen. Ich rückte immer weiter vor. Dabei hörte ich nichts, doch hatte ich zugleich das intensive, prickelnde Gefühl, daß da etwas war, nicht zu greifen, aber vorhanden, unsichtbar, aber doch hinter der nächsten Ecke lauernd.

Ein unerwartetes Geräusch ließ mich herumfahren; gleichzeitig löste sich kratzend das Langschwert aus der Scheide auf meinem Rücken. Das Licht der Monde glitt an der Schneide entlang und ließ sie rosagolden aufflammen. Wieder klirrte es, wie von einer ledernen Rüstung, die gegen Stein stieß. Ich wartete im Schatten, wie ein Raubtier geduckt, gefährlicher als jedes wilde Tier Kregens, denn ich hatte keine Geduld.

Eine Bewegung war nicht auszumachen. Die Geräusche hörten auf. Mit einem unterdrückten Makki-Grodno-Fluch schlich ich aus den Schatten und bewegte mich über gesprungenes Pflaster auf einen schwarzen Torbogen zu. Hinter dem Tor lag Düsternis, wie sie in Cottmers Höhlen nicht schlimmer sein konnte. Ich blieb stehen und machte kehrt. So vermochte ich zu den mondhellen

Schatten des fliesenbelegten Platzes hinauszuschauen. Wenn ich verfolgt wurde, mußte ich es jetzt bemerken. Aber nichts bewegte sich. Auch von dem Flugboot gab es keine Spur — hier war nichts zu finden. Wenn ich suchen mußte, bis alle Eisgletscher Sicces ins Höllenfeuer zerschmolzen waren, würde ich es tun; ich würde meine Delia, meine Delia aus Delphond, niemals aufgeben.

Wenn diese alten Ruinen tatsächlich eine Stadt darstellten, würde ich jede Gasse durchsuchen, jede zerstörte Straße. Ich schob das Langschwert wieder in die Scheide und hob den Fuß ins Mondlicht hinaus. Im gleichen Moment erstarrte ich.

Ein Flüstern wehte hinter mir herbei.

Ich fuhr herum.

Vor der Dunkelheit machte ich spiegelndes Mondlicht auf der langen schmalen Klinge eines Rapiers aus — eines Rapiers, das direkt auf mein Herz zuschnellte!

Noch als ich zur Seite sprang, sprang mir das Rapier in die Faust, und die Klingen prallten kratzend und klirrend gegeneinander, und es gelang mir, den tückischen Stich zu parieren. Im nächsten Augenblick kämpfte ich gegen einen unsichtbaren Gegner um mein Leben.

Mein Dolch wehrte die nächsten Angriffe ab. Wer immer der Angreifer war — ich vermochte ihn in der Dämmerung noch immer nicht auszumachen —, er war ein vorzüglicher Krieger. Wenn er nicht eine schwarze Maske trug, mußte er ein schwarzhäutiger Mann sein, vermutlich ein Xuntaler. Seine Main-Gauche fing meinen Vorstoß ab und drehte sich herum. Ich sprang zurück, führte einen Täuschungsstreich und hieb mit meiner Klinge zu. Sofort wußte ich, daß ich ihn erwischen würde. Ich habe einen gewissen Ruf als Schwertkämpfer; für übermäßig raffinierte Tricks hatte ich keine Zeit. Es kam darauf an, schnell und nochmals schnell zu reagieren, damit ich meine Suche nach dem Flugboot und meiner Delia fortsetzen konnte.

Aber mein Hieb ging ins Leere.

Ohne mich mit Fluchen aufzuhalten, fügte ich eine Folge von Hieben an, schlug seine Klinge zur Seite und durchbohrte ihn.

Das Rapier kam sauber und schimmernd zurück. Ich spürte kein Eindringen in einen Körper. Die beiden Klingen, die gegen die meinen kämpften, setzten ihre unermüdlichen Angriffe fort und versuchten mich zu durchbohren. Ich mußte alle meine Geschicklichkeit und all meinen Zorn aufbringen, um dem unsichtbaren Gegner eine Bewegung voraus zu bleiben. Auf dem zersprungenen

Pflaster beschrieb ich langsam einen großen Bogen, um in den Rücken des Mannes zu kommen. Auf diese Weise würde ich den Burschen mit den unheimlichen Fähigkeiten als Silhouette vor dem Mondlicht wahrnehmen. Der Fremde war sehr gut, denn er war einem Hieb und einem Stich ausgewichen, die ich beide für tödlich gehalten hatte. Vielleicht hatte ich hier auf Ogra-gemush nun doch meinen Meister gefunden und würde sterben müssen. Aber dazu durfte es nicht kommen. Ich würde kämpfen, bis man meinen Sarg zuschraubte, und auch dann wollte ich die Gegenwehr noch nicht aufgeben.

So brachte ich den Kämpfer mit dem Rücken zum offenen Torbogen, mit dem Rücken zu der mondhellen, schattendurchzogenen Ruinenlandschaft.

Dann stieß ich einen Wutschrei aus. Ja, ich brüllte los, vor Zorn, vor Angst, vor Panik.

»Bei Zim-Zair!« brüllte ich los. »Gegen dich gibt es nur noch ein Mittel!«

Ich hüpfte vorsichtig zurück und warf Rapier und Dolch zu Boden. Die Waffen rutschten klappernd über das Pflaster.

Vor dem hellen Mondlicht zeigten sich nämlich nur Rapier und Dolch meines Gegners. Keine lebendige Hand führte diese Klingen. Sie hingen frei in der Luft. Bewegt von übernatürlichen Kräften, erzeugten sie den Eindruck, als würden sie von einem hervorragenden Schwertkämpfer geführt — doch keine sterbliche Hand ließ sie gegen meine Klingen klirren, kein Fleisch und Blut trieb sie zu raffinierten Schlägen an. Kein Wunder, daß meine Klinge so mühelos durch das Nichts gestoßen war!

Schon zog ich das Langschwert, ich riß es aus der Scheide über meiner Schulter. Es handelte sich nicht um ein echtes Krozair-Langschwert, doch es war von Naghan der Mücke und mir in der Schmiede Esser Rariochs gefertigt worden — eine vernünftige Klinge. Es war die Waffe, mit der ich meine Luftflotte in der Schlacht von Jholaix zum Sieg geführt hatte. Ich verschwendete keine Zeit.

Ich wendete den tödlichen zweihändigen Krozairgriff an und ließ die Waffe nach links und rechts zucken — dann zog ich sie mit genau berechneter Kraft zurück und schlug damit, so energisch ich konnte, auf den juwelenbesetzten Griff des Rapiers. Die Rapierklinge zerbrach, und der Griff verstreute seine Edelsteine. Klappernd fiel die Klinge zu Boden, gleichzeitig hörte ich eine Art Aufkeuchen. Ohne innezuhalten, zuckte das Langschwert in kurzem, energischem Bogen herum und griff die Main-Gauche auf ähnliche Weise um.

Das wunderschöne Rapier und der dazu passende Dolch lagen zerstört am Boden.

Ich hob den Kopf. Auf meinem Gesicht zeichnete sich bestimmt die böse, häßliche Kraft ab, die all jene erstarren läßt, die ich auf diese diabolische Weise fixiere.

»Komm heraus, du elender Cramph!« brüllte ich. »Zeig dich mir, ehe ich dir das Herz aus dem Körper schneide und dir die Leber von den Eingeweiden trenne!«

Ein Scharren, ein Rutschen, das Geräusch fallender Steinbrokken — dann trat ein junger Mann ins Mondlicht, auf dessen Gesicht sich höchste Überraschung malte. Keine Angst, kein Entsetzen — nur Überraschung.

Er trug eine ordentliche weiße Robe mit einer roten Schnur an der Hüfte und an den Füßen Sandalen. Goldene Bänder lagen um seine Arme, und sein Gesicht war sehr ebenmäßig. In den bunteren Vierteln jeder havilfarischen Stadt hätte er als hochgeborener Nichtstuer durchgehen könne. Aber dann sah ich sein Haar und wußte Bescheid. Es zeigte einen ganz besonderen rotschwarzen Schimmer, und da wußte ich, wer und was er war.

»Ein verdammter Zauberer aus Loh!« brüllte ich. »Bei den Verseuchten Eingeweiden Makki-Grodnos! Was hast du mit mir vor?«

Seine Überraschung steigerte sich noch. Die berühmten Zauberer aus Loh sind es gewöhnt, mit Respekt und Angst behandelt zu werden, denn sie besitzen unheimliche übernatürliche Fähigkeiten, wie ich ja — bei Vox! — eben noch miterlebt hatte.

»Ich bin Khe-Hi-Bjanching«, sagte er, und seine Stimme klang wie gemeißelter Stahl. »Ich besitze große Fähigkeiten — das solltest du dir bewußt machen — und habe auch Gewalt über jede Waffe . . .« Im gleichen Augenblick glitt das Rapier ein Stück über den Boden.

»Ich habe von diesem verfluchten Waffenzauber gehört, Zauberer aus Loh! Hier hat er dir aber keine guten Dienste geleistet.«

»Und ich besitze die Kraft, dir die Augen im Schädel platzen zu lassen!«

»Du kriechst doch nicht umsonst in diesen Ruinen herum!« brüllte ich ihn an. Ich ließ das Langschwert erzittern, und das Mondlicht kroch am Stahl entlang. »Sag mir, wo der Voller ist, du Cramph!«

Er schüttelte erstaunt den Kopf und hob abwehrend eine Hand.

»Du bist ein seltsamer Mann, ein Mann, wie er mir noch nicht begegnet ist. Wie heißt du?«

Ich zögerte nicht.

»Ich bin Dray Prescott, Lord von Strombor, und wenn du mir nicht antwortest, wird dein Kopf gleich auf diesen Steinen herumrollen.«

»Ja, ich habe die Flugboote zur Landung gezwungen. Ich ließ eine Wolke entstehen — oh, nur eine kleine, ein Nichts ...«

Ich legte ihm die linke Hand um die Kehle, hob ihn vom Boden hoch und starrte ihn aufgebracht an. Das Langschwert ragte drohend über seinem Kopf auf.

»Wo, Zauberer? *Wo?*«

Eigentlich mußte man einem Zauberer von Loh anders begegnen; es war geboten, ihn ehrfürchtig mit San anzusprechen, dem kregischen Wort für Weiser Mann oder Meister. Er gurgelte vor sich hin und ächzte und würgte, und seine Wangen liefen im Mondschein dunkelblau an. Ich öffnete meine Finger — aber nur ein wenig.

»Beim Kupferzylinder ...«, ächzte er. Ich ließ ihn atmen. In solchen Dingen bin ich doch sehr menschlich eingestellt. »Das Boot ist zerstört — aber es landete am Kupfernen Zylinder ...«

»Dann gehen wir jetzt gemeinsam dorthin.« Ich zerrte ihn mit. So schnell ich konnte, lief ich durch die Schatten, die noch durch das letzte Mondlicht aufgelockert wurden, während sich vor mir bereits ein erster Vorbote der Morgendämmerung ankündigte, ein erster rotgrüner Hauch der aufgehenden Sonnen Zim und Genodras. Weiter vorn ragte der Kupferne Zylinder auf, etwa hundert Fuß über dem Boden schräg abgebrochen. Während wir noch über das alte Pflaster eilten, stahl sich der erste Sonnenstrahl über den östlichen Horizont, und oben an der zackigen Spitze des Kupfernen Zylinders brach ein rotgoldenes Leuchten auf wie ein Stern am dämmrigen Himmel.

Ich hatte Rapier und Main-Gauche wieder in die Scheiden gesteckt; da wir Khe-Hi-Bjanchings Waffen hatten liegen lassen, hatte ich keine Angst, daß er mich von hinten angreifen würde, während ich ihn mitzerrte.

Am Fuß des Zylinders machten sich noch dunkle Schatten breit, aber das an dem mächtigen Schaft glühende Licht wanderte langsam tiefer. Das Kupfer schimmerte rotgolden und zeigte noch keine Spur einer grünen Patina. Plötzlich entdeckte ich den zerstörten Voller. Ich schrie auf, es wurde ein angstvolles, doch zugleich freudiges Aufbrüllen: »Delia! Delia aus Strombor! Delia aus Vallia!«

Zur Antwort erhielt ich ein ohrenbetäubendes Brüllen, das zwischen den bewachsenen Steinen hervordröhnte. Der Boden unter unseren Füßen schien zu erbeben. Ich lief weiter; der Voller lag zerschmettert auf der Seite, daneben entdeckte ich einen Toten in der schwarzen Lederkleidung eines Fliegers, der Kopf eine einzige blutige Masse.

»Delia!«

Wieder ertönte das Dröhnen, und in die aufsteigende Pracht der Sonnen trat ein Tralk, dessen sechs Beine über die Steine kratzten. Der pferdegroße gepanzerte Körper schimmerte backsteinrot im zunehmenden Licht. Weit öffnete sich das breite Hornmaul, das dazu bestimmt war, Artgenossen zu zerdrücken. Vor dem flachen Kopf öffneten sich die beiden riesigen Scheren in tödlicher Drohung; ihre Reißkanten vermochten die Panzerung aller natürlichen Feinde zusammenzupressen oder zu durchstoßen. Ich wollte gegen das Tier nicht kämpfen, aber wieder ertönte das zornige Gebrüll. Die Scheren, jede so groß wie ein Küchentisch, klackten zusammen. Schon senkte sich der Kopf, die sechs Beine krampften sich zu einem Sprint zusammen, das Hornmaul öffnete sich — und mit einem letzten ohrenbetäubenden Aufschrei griff der Tralk an.

»Lauf, Mann, sonst ist es um dich geschehen!« rief der Zauberer.

Nett von ihm, sich meinetwegen Sorgen zu machen. Ich habe mich schon gegen schlimmere Ungeheuer als einen Tralk durchgesetzt und werde zweifellos noch vielen weiteren gegenüberstehen, ehe ich das wunderschöne und zugleich schreckliche Kregen verlasse, um zu den Eisgletschern Sicces einzugehen.

Das Langschwert erschien in meinen Fäusten. Der Zauberer floh kreischend. Ich wartete ab, bereit, den Tralk zu behandeln, wie er es verdiente. Ich war nicht zornig auf das Wesen; es ärgerte mich nur, daß ich in meiner Suche nach Delia aufgehalten wurde. Der Tralk handelte so, wie es ihm seine Natur vorschrieb; was er hier tat, entsprach dem, was ihm seine Instinkte und angeborenen Neigungen eingaben.

Dem ersten Angriff, der das Ziel hatte, mich mit einer Riesenschere zu packen und in das harte Maul zu stopfen, begegnete ich nach den alten barbarischen Methoden Kregens. Ich hüpfte im letzten Augenblick zur Seite. Mein großartiges Langschwert zischte durch die Luft und grub sich tief in das Gelenk hinter der Schere.

Es gelang mir nicht, das Glied abzutrennen, dazu war der Hornschutz des Tralks zu dick. Aber ich wußte, was ein echtes Krozairschwert leisten konnte; jetzt wollte ich einmal feststellen, wie gut die Waffe war, die Naghan und ich gefertigt hatten. Ich stieß ein zweitesmal zu und traf ein Auge. Eine dicke Flüssigkeit quoll heraus. Der Tralk schrie auf, doch so leid er mir auch tun mochte, ich mußte weiterkommen, denn das mögliche Schicksal meiner Delia erfüllte mich mit Entsetzen. Auf zwei Welten gibt es nichts, das für mich wichtiger ist als das Wohlergehen meiner Delia. Wie Sie wissen, bin ich dafür schon durch Blut gewatet und hätte es zugelassen, daß zwei Welten in Blut ertrinken, nur um Delia zu retten. Wenn mich das zum Sünder stempelt, bin ich einer. Aber so denke ich nun mal, ich Dray Prescot. Was diesen armen Dinosaurier anging, so hielt er nicht lange durch, nachdem ich auch sein zweites Auge aufgestochen hatte.

Das Wesen strampelte herum, seine Scheren öffneten und schlossen sich mit pathetischem Klicken. Dann schrie es auf, als begriffe es die Lage, in der es sich befand, und schleppte sich davon, wobei es immer wieder gegen Mauern und Steine prallte, denn die beiden verbleibenden Augen befanden sich auf der linken Seite des Kopfes.

»Du bist ein Teufel«, sagte der Zauberer schweratmend hinter mir. »Bei Hlo-Hli! Ein wahrer Teufel!«

»Aye!« sagte ich und riß eine Handvoll Farnkräuter aus, um das Schwert zu reinigen. Wie Sie wissen, stoße ich nicht gern ein blutiges Schwert in eine Scheide, die mir Delia geschenkt hat. »Aye, Zauberer, ich bin ein Teufel. Du hast den Voller heruntergeholt. Die Frau, die ich suche, ist nicht hier. Wenn du dich nicht auf der Stelle in Lupu begibst und mir sagst, wo sie sich aufhält, werde ich dir eine Realität zeigen — das schwöre ich dir —, neben der deine Vorstellung von einem Teufel zur Bedeutungslosigkeit verblaßt.«

Und damit prahlte ich nicht. Prahlerei ist etwas für Dummköpfe. Ich teilte diesem Zauberer aus Loh, Khe-Hi-Bjanching, lediglich mit, was ich tun würde, wenn er meine Wünsche nicht erfüllte. Und er glaubte mir. Wenn es darauf ankommt, vermag ich Menschen auf diese Weise zu beeinflussen. Wie gesagt, ich bin kein verbindlicher Typ.

Aber nachdem ich auf diese arrogante Weise meine Macht ausgespielt hatte, hörte ich das Flirren und fuhr heftig herum. Ganz Kregen brach über mir zusammen, und Notor Zan hatte nur

Zeit, seinen dunklen Mantel einmal wirbeln zu lassen, ehe ich in die Schwärze stürzte.

»Dray!« sagte meine Delia, und ihre Stimme führte dazu, daß ich mich als der größte Onker auf zwei Welten verwünschte. »Dray!«

»Verflixt!« rief ich. »Es gefällt mir nicht, Notor Zan so oft über den Weg zu laufen, bei Zair!«

Wir waren in einem Verlies angekettet — Lady Merle, Delia, der Zauberer und ich. Auf Kregen gibt es so manchen Herrscher, für den Verliese eine Weltanschauung sind, und so habe ich etliche Zeit in Gefängnissen zugebracht, die mir ausnahmslos zuwider sind. Ich drehte den Kopf zur Seite und suchte nach einem Ausweg. Die Ketten hätte ich auch nicht zerbrechen können, wenn ich zehnmal so stark gewesen wäre, wie ich es bin. Wir waren nackt bis auf Lendenschürze; Delia und ich trugen das wackere Scharlachrot, und dieser Umstand munterte mich etwas auf.

»Ich dachte schon, du kämst nie wieder zu dir — man scheint ziemlich heftig zugeschlagen zu haben.«

»Ich laufe mit einem Voskschädel durch die Welt — das hast du mir oft genug gesagt. Strom Vangar war also nicht bei den Entführern. Mit dem jungen Mann muß ich mal ein ernstes Wort reden, beim Schwarzen Chunkrah!«

Während wir abwarteten, was König Wazur mit uns vorhatte, unterhielten wir uns. Wazur war ungemein reich und herrschte mit despotischer Macht über seine Insel. Auf Kregen gibt es viele absolute Herrscher. Seinen Plänen würde sich niemand aus den eigenen Reihen entgegenstellen. Dafür würden die angeworbenen Söldner schon sorgen.

»Dein Bruder ist bei diesem wahnsinnigen König als Zauberer tätig?« fragte ich.

»Ich habe mich in Loh mit den Künsten meines Standes beschäftigt.« Khe-Hi-Bjanching war der erste junge Zauberer aus Loh, der mir über den Weg lief. Er erzählte mir, daß ihm zuweilen noch ein Zauber danebengehe — beispielsweise könne er einer Person prachtvoll die Haare zu Berge stehen lassen, während es ihm in Wirklichkeit darum gegangen war, dem anderen die Nase abfallen zu lassen. Er berichtete von diesen Dingen mit der Miene eines Menschen, der seinen Tod vor sich sieht. Er war von Loh angereist, um seinen Bruder zu besuchen und vielleicht eine Anstellung zu finden — immerhin war er noch jung. Sein Bruder aber — über den er sich geringschätzig äußerte — hatte ihn davongejagt. In den Ruinen Schutz suchend, hatte er die Flugboote abstürzen lassen, von denen er annahm, daß sie ihn verfolgten. Jedenfalls hatten König Wazurs Söldner uns gefunden, und ein Armbrustpfeil hatte mich am Kopf gestreift, und jetzt war ich hier im Verlies erwacht.

Lady Merle hielt sich wundervoll; allerdings war sie am Rande der Erschöpfung. »Ich liebe Vangar von ganzem Herzen, aber mein Vater bestand darauf, daß ich den alten Kov Foke heirate. Er ist irgendwie komisch. Der arme Vangar hat dies alles eingefädelt, ich wußte nichts davon, und der schreckliche König Wazur will uns jetzt der Prüfung unterziehen. Seht doch, was für traurige Gestalten wir ...«

»Prüfung?«

Bjanching erzeugte einen gurgelnden Laut. »Die zwei Türen.«

»Ach, *die* Prüfung«, sagte ich. »Na, bei zwei Türen stehen die Chancen fünfzig zu fünfzig. Normalerweise sind es drei Türen.«

So warteten wir denn weiter ab. Ich machte mir so meine Gedanken, was der Cramph Wazur mit seiner Prüfung wirklich im Schilde führte, wenn er uns anscheinend gleiche Chancen einräumte. Tödliche Hinterlist wäre in einem solchen Fall nicht zum erstenmal ins Spiel gekommen.

So hingen wir in der Feuchtigkeit und Kälte und der Stille, die nur durch das von der Decke tropfende Wasser unterbrochen wurde, und plötzlich sah ich, daß Lady Merles schlanke Gestalt zusammensank. Tränen stiegen ihr in die Augen, und ihre Lippen begannen zu zittern.

»Wir singen jetzt *Die Bogenschützen aus Loh*«, sagte ich. »Das ist Segs Lieblingslied. Stellt euch dabei vor, wie schön es wäre, wenn Seg und Inch und Turko jetzt durch die Tür kämen, dort drüben neben der Fackel in der Eisenhalterung. Das wäre doch toll!«

»Der gute Seg«, sagte Delia. »Und Inch. Und Turko — die Jungs würden unsere Bewacher in der Luft zerreißen.«

Ja, Turko war so etwas zuzutrauen. Und so sangen wir den Anfang von *Die Bogenschützen aus Loh* und konnten uns wünschen, daß Seg Segutorio mit seinem großen lohischen Langbogen hier wäre, und Inch mit seiner Wikingeraxt. In ihrer Gesellschaft, so bildete ich mir ein, hätten wir uns gegen die Dämonen von Gundarlo über die Eisgletscher Sicces kämpfen können, und wenn gar Hap Loder und Kyton Dorn noch bei uns gewesen wären, hätte es kein Halten gegeben ...

Der Gesang lockte unsere Bewacher an — Rapas mit aasvogelhaften Schnäbeln, stark riechend und gemein gegenüber Gefangenen. Auf Kregen hatte ich erst wenige Rapas kennengelernt, die ich wirklich mochte. Die Diffs hießen uns aufstehen, lösten die Ketten von den Wandringen und führten uns aus dem Verlies. Man wollte uns König Wazur vorführen. Bei Vox! Schon fühlte ich mich besser, denn an meiner Seite schritt Delia, ihre Schönheit zur Schau stellend, die durch das rote Lendentuch und die schweren Eisenketten betont wurde, die mich an die vielen Widrigkeiten erinnerten, die wir im barbarischen, aber doch schönen Kregen schon überwunden hatten.

König Wazurs Palast offenbarte den Reichtum, den er mit dem Verkauf von Chemzite und mit dem Piratenhandel angehäuft hatte. Die Piraten von den Hoboling-Inseln brauchten einen sicheren Hafen, in dem sie ihre Beute verkaufen konnten; Wazur machte dabei ungeheure Profite. Er beschäftigte Rapas, Ochs, Brokelsh und Womoxes als Söldner. Pachaks oder Chuliks bekam ich nicht zu Gesicht. Obwohl sie zu den teuersten Söldnern gehörten, hätte Wazur sich auch diese Rassen mühelos leisten können. Außerdem merkte ich mir den Weg, den wir geführt wurden — ich hielt die Augen offen. Der große Saal war hochgebaut und mit dem Licht der Zwillingssonne gefüllt. Es hatten sich zahlreiche Höflinge eingefunden, um dem Schauspiel beizuwohnen. Der Thron war aus einem einzigen riesigen Chemziteblock gemeißelt worden. Zhantilfelle lagen auf den Sitzen und Lehnen verstreut, und die Stufen waren mit Elfenbein aus Chem eingelegt. Edelsteine und Fächer funkelten im smaragdgrünen und rubinroten Licht von Genodras und Zim. Der alte Rast war vorsichtig; seine Wächter bildeten zum Thron hin ein Spalier und hatten die Bögen schußbereit gespannt. Was den König anging, so sah er aus wie eine Kröte, sprach wie eine rostige Türangel und roch wie eine Kloake. Er stützte sich auf einen dürren Ellenbogen und öffnete den Mund, und die Höflinge hingen förmlich an seinen Lippen.

»Du unbeschreiblicher Onker!« brüllte ich zu ihm empor. »Du ekliger Cramph! Du solltest uns schleunigst freilassen, ehe ein Schicksal dich befällt, das die ganze Welt in Angst und Schrecken versetzt!«

Der Hofstaat ächzte bestürzt wie aus einer Kehle. Das Gesicht des Königs lief zur Farbe einer Malsidge-Frucht an, ehe sie wegen Fäulnis weggeworfen werden muß.

»Rast!« kreischte er. »Deine Prüfung soll dir . . .«

»Spar dir den Atem, du Kleesh!«

Diese Worte entfachten seine Wut erst recht. Schaum sprühte um seine Lippen. Er erhob sich halb, krampfte die Hände in die Brust und atmete schwer. Leibdiener eilten herbei. Die Wächter begannen auf uns einzuschlagen. Nun ja, ich bescherte einigen Burschen unangenehme Kopfschmerzen, ehe sie uns fortzerren konnten.

Die Szene war zwar sehr interessant gewesen, aber weise hatte ich nicht gehandelt. Allerdings hatte ich eines erreicht. Meine Delia war nicht über das bereits erlittene Maß hinaus erniedrigt oder gefoltert worden. Die Wächter führten uns durch Gänge, die zuerst mit verhangenen Wänden geschmückt und mit Teppichen ausgelegt waren, dann aber in feuchte Steinmauern und schmieriges Kopfsteinpflaster wechselten. Wir wurden in einen großen quadratischen Raum geschoben. Die Tür hinter uns schloß sich mit dumpfem Laut. An der gegenüberliegenden Wand befanden sich zwei Türen. Jede unserer Bewegungen war von Kettengeklirr begleitet.

Nacheinander öffneten sich die beiden Türen. Zwei Mädchen traten heraus.

Die eine war eine Apim, eine junge Schönheit mit hellen Augen, aber geschüttelt vor Entsetzen. Die andere war eine Fristle-Fifi, deren hübsches Katzengesicht ebenfalls zu einer Fratze der Todesangst verzogen war. Die beiden Mädchen trugen riesige Schlüssel, mit denen sie unsere Ketten lösten. Dann eilten sie zu den Türen zurück. Die eisenbeschlagenen Lenkenholztüren fielen dröhnend zu, gefolgt von dem satten Klicken eiserner Schlösser.

Wir befreiten uns von den Ketten.

Aus der Wand meldete sich eine Stimme.

»Ihr Rasts! Hört euch an, was ich zu sagen habe, denn ich bin ein gnädiger König und willens, euch am Leben zu lassen, wenn ihr den Verstand dazu besitzt.«

Über der Tür, durch die wir eingetreten waren, befanden sich in der Wand zahlreiche kleine Löcher, die eine Art Gittermuster erzeugten. Dahinter bewegten sich Schatten. Der König wollte sich die Prüfung also ansehen und sich an unseren Qualen weiden.

Von der hinteren Wand verliefen gerade Schlitze im Boden geradewegs auf die Mauer mit den beiden Türen zu; diese Schlitze waren etwa faustbreit und ungefähr einen Fuß voneinander entfernt.

»Ihr dürft euch eine Tür aussuchen ...«, fuhr die körperlose Stimme fort.

»Ja, ja, du Onker!« brüllte ich. »Ich muß dir aber sagen, daß du einen katastrophalen Fehler machst! Kennst du nicht die Macht des Vallianischen Reiches? Müßtest du nicht Todesangst haben vor seinen Flugbooten, Galleonen und den vielen tausend Kämpfern, die Vallia gegen dich schicken könnte? Ja, du Onker, Angst müßte dich durchrieseln!« Ich hörte gedämpfte Laute hinter dem Gitter, eine Art Keuchen und heftiges Atmen. »Du mußt nämlich wissen, du Kleesh, daß diese Dame die Prinzessin Majestrix von Vallia ist! Es wäre ratsam, uns sofort freizulassen, uns Kleidung und Nahrung und Wein zu geben, damit nicht Verdammnis deine Insel ...«

»Cramph!« flüsterte die Stimme. »Du täuschst mich nicht. Und wenn sie die Prinzessin Majestrix von Vallia wäre — wer soll das jemals erfahren? Beantworte mir diese Frage — *wer soll je davon erfahren?*«

Lady Merle stieß einen Schrei aus, und die gesichtslose Stimme flüsterte heiser weiter: »Du willst mir also einreden, du wärst Prinz Majister von Vallia! Ho! Und selbst wenn es so wäre, möchte ich lieber sehen, daß du meine Prüfung bestehst als dich zehnfach gegen Lösegeld freizugeben! Erwähle deine Tür, dann wirst du sehen, ob Oxkalin dich anlächelt oder dir mit einem Stirnrunzeln begegnet! *Wählt!*«

Während er noch sprach, stiegen aus den hinteren Enden der Bodenschlitze dicke Eisenstäbe empor. Sie ragten bis zur Decke auf und begannen sich dann in unsere Richtung zu bewegen. Sie bildeten eine unüberwindliche Barriere. Wenn wir nicht eine Tür öffneten, würden uns die Stäbe zerdrücken. Ich starrte auf die Eisenstangen, die sich mit unheilvollem Knirschen näherten. Das Geräusch unterstrich die böse Aura dieses Ortes.

Ich ergriff ein Stück Kette; eine Kette ist mir als Waffe nicht fremd. Khe-Hi-Bjanching, der Zauberer, blickte mich an und setzte ein schiefes Lächeln auf. »Mein Bruder ist unter dem Einfluß dieses wahnsinnigen Königs zu einem schlechten Menschen geworden. Ich glaube, es kommt nicht darauf an, welche Tür wir nehmen.«

»Natürlich nicht«, sagte ich, und Delia umarmte Merle und versuchte sie flüsternd zu beruhigen. »Der König gibt uns eine Chance von fünfzig zu fünfzig. Ich glaube, ich kann das Risiko für uns noch etwas mehr herabsetzen.« Ich starrte ihn an. »Kannst du einen Zauber ...«

Er breitete die Hände aus, und ich stellte keine weiteren Fragen.

Er war ein sehr junger Zauberer aus Loh. Wenn er diese Situation überlebte, würde er dazulernen ...

Erbarmungslos rückten die knirschenden Eisenstäbe durch die Schlitze. Ich durfte keine Zeit mehr verschwenden. Der Zauberer sah mich auf die nächste Tür zugehen und fragte: »Was meinst du? Ein Leem? Ein Chavonth? Ein Wersting? Ein Tralk? Eine amüsante Vorstellung! Bei den Sieben dunklen Künsten, ich hätte mir nie vorgestellt, daß mein Leben einmal so zu Ende ginge.« Er starrte bekümmert zu Boden. Er schien keine Angst zu haben, er schien lediglich zu bedauern, daß der Tod auf ihn wartete. »Studium und Disziplin und Fleiß — alles umsonst.«

»Noch bist du nicht besiegt, Bjanching. Oder auf deinem Scheiterhaufen verbrannt, wenn dir das lieber wäre.«

»Bei Hlo-Hli, das hätte ich in der Tat lieber gesehen.«

»Stell dich an die Tür. Nimm das Schloß und halt dich bereit. Delia! Du stellst dich mit Merle zwischen den beiden Türen auf. Bjanching — auf mein Zeichen öffnest du sofort die Tür ohne zögern! Verstanden?«

Er wollte etwas sagen, bemerkte dann aber meinen Gesichtsausdruck und griff hastig nach dem Riegel. *»Jetzt!«* rief ich.

Gleichzeitig öffneten wir beide Türen, rissen sie weit auf.

Ich schwöre, ich hörte einen Schrei aus dem Gitter hinter uns.

Dann gingen alle Geräusche im Gebrüll aus den beiden Türöffnungen unter. Zu viert hockten wir zwischen den Durchgängen und preßten uns gegen die Wand. Ich hielt mein Stück Kette in der Hand, bereit, uns zu verteidigen, bis wir in Stücke gerissen worden waren.

Aus der Tür des Zauberers preschte ein Tralk auf seinen sechs Beinen — nach dem ersten Sprung rückte er langsamer vor, und seine Scheren öffneten sich klackend, als bestünden sie aus Metall.

Aus meiner Tür sprang — ein Menschenjäger!

Mit einem Blick erfaßte ich die Menschengestalt, die auf blasphemische Weise zum Umriß eines wilden Tiers verformt war, auf allen vieren dahinhuschend, mit funkelnden Reißzähnen und heraushängender roter Zunge. Ich sah den Menschenjäger, und auf der Stelle tat mir der Tralk leid.

Die beiden Geschöpfe entdeckten sich gleichzeitig. Das tierische Gebrüll und der pseudo-menschliche Schrei verschmolzen miteinander; und schon rasten beide in blinder Wut aufeinander los. Ich ergriff Delia und zog sie um den Rand der Türöffnung. »Beeilt euch, Bjanching, Merle!«

Denn die Tür begann sich von allein mit knirschenden Angeln zu schließen. Wir schafften es im letzten Augenblick, uns durch den Spalt zu schieben. In völliger Dunkelheit tasteten wir uns voran, bis eine eisenbeschlagene Lenkenholztür meinen stoßenden Händen nachgab und wir in einen Hof stolperten, der von Tierkäfigen gesäumt war.

Unsere Flucht hatte sich so schnell ereignet, daß die Wächter noch gar nichts bemerkt hatten. Ich schlug einige törichte Burschen nieder, die uns aufhalten wollten, und brachte dabei einen Clanxer an mich, das säbelähnliche Schwert der Seeleute, dann rannten wir aus dem Hof, wobei wir uns hastig mit Tuniken bekleideten. Unser Ziel war das kunstvoll verzierte Tor am Ende der Gasse. Und hindurch, einen toten Rapa im Staub zurücklassend, dann eine gepflasterte Straße entlang, die von Büschen gesäumt war, dahinter Bäume, immer weiter, und ...

Der Schmerz zuckte mir wie ein Risslaca-Biß durch das Bein. Ich schrie auf. Doch ich mühte mich noch zwischen die Bäume, wo ich mir den Armbrustpfeil anschaute, der in meinem Bein steckte. Die Blutung mußte sofort zum Stillstand gebracht werden; Delia befreite den Pfeil entschlossen von seiner Lederhülle und schob ihn durch, dann verband sie mich mit Streifen, die sie von ihrer Tunika abgerissen hatte, und brachte eine Art Druckverband an. Die Wunde war nicht weiter gefährlich, doch nun kam ich nicht mehr so schnell voran und war eine Last für die anderen. Wir eilten durch den Wald. Die anderen liefen. Ich humpelte fluchend hinterher.

Der Zauberer kannte den Weg.

Meine Stimmung war nicht die beste — immerhin hatte ich Schläge auf den Kopf erhalten und war außerdem verprügelt worden — und jetzt der Durchschuß am Bein!

Delia eilte leichtfüßig voraus, gefolgt von Merle und dem Zauberer. Ich bildete die Nachhut. Plötzlich verschwand Delia. Merle schrie auf, stolperte und stürzte, als der Zauberer gegen sie lief. Als ich den Rand der Grube erreicht hatte und in die Tiefe schaute, war die Katastrophe schon passiert.

»Prinz!« rief Merle. Sie bebte am ganzen Leib. »Wir sitzen in der Falle!«

Ich blickte hinab und sah meine Delia bewußtlos auf dem festgetretenen Grund der Grube liegen, umgeben von den zerbrochenen Ästen, die die Falle verdeckt hatten. Vor meine Augen legte sich jener rote Schleier, der einem Kämpfer zuweilen während eines Kampfes zu schaffen macht, ein roter Schleier, den ich eigentlich nur verurteilen kann.

Ich weiß noch, daß ich sie zärtlich in die Arme nahm. Wie ich in die Grube gekommen bin, weiß ich nicht mehr. Ich hob den Kopf. Die Wände der Grube waren steil, doch die Vorsprünge und Vertiefungen, mit deren Hilfe ich hinabgestiegen war, würden mir auch hinaushelfen — obwohl ich Delia auf dem Rücken tragen mußte, mit Streifen unserer Tuniken an mich gebunden.

Ich stieg empor. Meine Muskeln knackten, Schwindel überkam mich. Ich spürte die Hohlheit der Welt in mir und das Gewicht Kregens auf meinen Schultern; doch ich stieg aus dem Loch und lag schweratmend wie ein gestrandeter Fisch am Rand. Wie ich es geschafft hatte, wußte ich nicht. Ich hörte ein Krachen und blickte hinab. Merle und Bjanching versuchten heraufzuklettern, stürzten aber wieder ab. Delia öffnete die Augen.

»Wir müssen zum Voller fliehen, Delia. Bald sind uns die Werstings auf der Spur, wenn sie nicht sogar Menschenjäger einsetzen.«

Sie zog eine Grimasse. Sie hatte sich nichts gebrochen, wofür ich Zair dankbar war. »Wo sind Merle und der Zauberer? Ich bin gestürzt ...«

Sie blickte in die Grube. Dann wandte sie sich zu mir um.

»Nein«, sagte ich. Ich glaubte entschlossen zu sprechen, doch meine Stimme klang heiser. »Ich denke an unsere Zwillinge Drak und Leila. Und unsere jungen Zwillinge Segnik und Velia. Sie brauchen ihre Mutter. Merle ist ...«

»Merle ist Merle.«

»Aye. Und wir müssen weiter.«

Hinter meinen Worten lag kein Zögern. Merle war ein nettes Mädchen, eine Lady von Vallia, ein Mensch. Aber sie war nicht Delia.

»Dray!«

»Laß uns gehen. Die Wächter und die Werstings ...«

»Machst du dir Sorgen wegen ein paar Wächtern? Außerdem hast du in Havilfar mehr als einen Wersting getötet — hast du jedenfalls erzählt.«

Ihre Worte gefielen mir nicht. »Meine Pflichten liegen klar auf der Hand. Nur du und die Kinder sind mir wichtig. Das weißt du. Es ist keine Sünde, diese beiden zurückzulassen, das bringt uns keine Schande.« Schließlich bin ich auch nur ein Mensch.

»Dray, du würdest für mich dein Leben hergeben. Das weiß

ich. Und ich würde dasselbe auch für dich tun, das weißt du auch.«

»Darum geht es hier nicht.«

»Aber ja, mein Schatz. Genau darum!«

»Ich will verflucht sein!« entfuhr es mir. »Man hat mich auf den Kopf geschlagen, mich verprügelt und ins Bein geschossen, und jetzt wendet sich die eigene Frau gegen mich! Bei Krun! Hör zu! Wir haben es hier mit Werstings zu tun! Die gefährlichen Scheusale hört man schon auf Meilen.«

»Dann haben wir ja ein wenig Zeit.«

»Delia«, sagte ich, während ich gleichzeitig Anstalten machte, wieder ins Loch zu steigen. »Delia, meine Delia aus Delphond, meine Delia aus den Blauen Bergen!«

Bis heute weiß ich nicht genau, wie ich es geschafft habe — aber es gelang mir, die beiden aus dem Loch zu holen. Bjanching mußte Merle tragen, eine Aufgabe, die ihm nicht unangenehm war, das war deutlich zu erkennen. Aber in meinem Kopf brauste es, und der Boden wogte unter mir wie das Deck eines Ruderers oder Schwertschiffes, und ich humpelte und torkelte nur noch. Erst als wir den Voller neben Nath Asches zerstörter Hütte auf dem Kiel liegen sahen, ging mir auf, daß Delia mich auf dem letzten Stück unseres Weges gestützt hatte. Nath die Asche trug ein riesiges Bündel auf der Schulter; bei meinem Anblick begann er krächzend zu lachen.

»Wußte doch, daß du wiederkommen würdest, Dom! Die Flasche habe ich gefunden — alles ist bereit ...«

Wir wälzten uns in den Voller. Wenn das Ding nicht mehr flugtüchtig war, hatten wir keine Chance. Die Werstings waren nahe.

»Verschwinde, Nath die Asche!« krächzte ich mit letzter Kraft. »Du hast uns nicht gesehen! Sonst erlegt man dir die Prüfung auf!« Er lachte nur und begann nach seiner Dopaflasche zu kramen, und da wurde ich unhöflich.

»Schtump!« bellte ich ihn an. »*Schtump*, Nath die Asche!«

Er blickte mich bestürzt an; aber dann hörte er die Werstings. Er wußte, wozu die bösartigen Jagdhunde fähig waren, und verschwand.

Delia steuerte den Voller mit einem klaren, kraftvollen Manöver in den Himmel, das mich beruhigte. Bei Zair, wir würden es nach Vallia schaffen! Wir würden über das Sonnenuntergangsmeer nach Hause fliegen, und dann ...

Die Insel Ogra-gemush verschwand unter uns, als wir in die tiefhängenden Wolken kamen. Wir ließen König Wazur und seine Prüfung hinter uns zurück. Die Sonnen Scorpios verbreiteten ringsum ihr vermengtes Licht. Doch ich gab mir ein Versprechen ...

Ehe dieses Versprechen ausgeführt werden konnte, gelang es Delia und mir, unterstützt durch eine Bemerkung des Herrschers, das Liebesleben der Lady Merle und des heißblütigen Vangar Riurik in Ordnung zu bringen, des Strom von Quivir. Der Alte Foke, Kov von Vyberg, fand schnell eine andere reizende vallianische Dame und machte sie zu seiner Kovenva. Das Problem war also aus der Welt.

Doch was die andere Sache anging, die Erfüllung des Versprechens, das ich mir selbst gegeben hatte — so führte ich eine Flugbootflotte aus Vallia und Valka mit Regimentern meiner Valkanischen Bogenschützen und Kampfgefährten, dazu Seg und seine Bogenschützen aus Loh und Inch und seine Jungs aus den Schwarzen Bergen auf eine kleine Reise. Über uns flatterte das wackere gelbe Kreuz auf rotem Untergrund, die Schlachtfahne, die mich bei den meisten meiner kregischen Kämpfe begleitet hat. Ich muß Ihnen aber sagen, daß es bei dieser Aktion lediglich darum ging, etwas wieder zurückzuholen, das mir gehörte.

Und das ist die Wahrheit, Zair sei mein Zeuge!

Ich führte die Kriegerhorde an, um König Wazur einen Besuch abzustatten und dabei das Langschwert zurückzuholen, das Naghan die Mücke und ich geschmiedet hatten. Das ist die Wahrheit.

Es wäre mir nicht recht, wenn Sie etwas anderes vermuteten.

Zumindest weiß meine Delia, meine Delia aus den Blauen Bergen, meine Delia aus Delphond, daß dies der wahre Grund für die Expedition war — unabhängig davon, was sich ereignete, während wir das Schwert wieder an uns brachten.

Aus: »The DAW Science Fiction Reader«
Copyright © 1976 by DAW Books
Aus dem Amerikanischen übersetzt
von Thomas Schlück

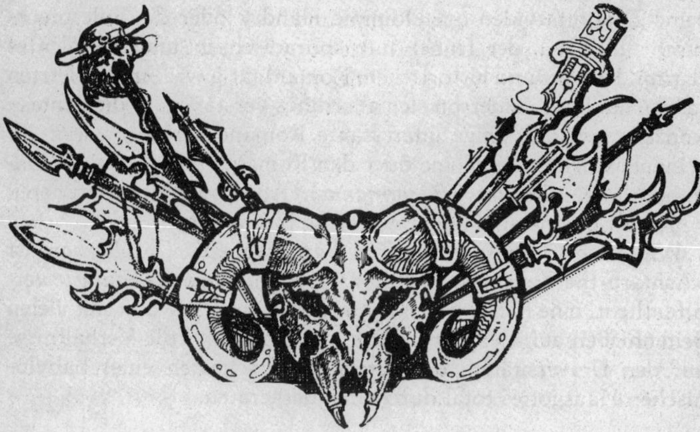

Poul Anderson

Poul Anderson, geboren am 25. November 1926 in Bristol/Pennsylvanien, ist in erster Linie ein SF-Autor — speziell bekannt durch seine Zukunftszyklen um Dominic Flandry oder die Polesotechnische Liga —, der früher nur sporadisch in anderen Genres (Krimi, Fantasy und historischem Roman) tätig war. In den letzten Jahren hat Poul Anderson sich allerdings verstärkt auf die Fantasy konzentriert und einige interessante Romane verfaßt, wie z. B. seine ›Last Viking‹-Trilogie oder den Roman *The Mermen's Children* (dt. *Kinder des Wassermanns*). Aber auch seine früheren Fantasy-Romane erlebten erfolgreiche Neuauflagen.

Wie seine Conan-Parodie *The Barbarian* (dt. *Der Barbar*) ist »Ashtaru the Terrible«, erstmals 1953 im Magazin *Fantasy* veröffentlicht, eine humorvolle, flotte Geschichte, gewürzt mit vielen Seitenhieben auf kleinbürgerliche Moralbegriffe, die Verhältnisse auf den Universitäten, die durch das Erscheinen eines babylonischen Hausgottes total durcheinandergeraten.

Von Poul Anderson erschienen folgende Titel in der Reihe HEYNE SCIENCE FICTION & FANTASY:

Macht des Geistes (06/3095)
Kontakt mit Jupiter (06/3063)
Der Sternenhändler (06/3079)
Korridore der Zeit (06/3115)
Das letzte Sternenschiff (06/3169)
Das Horn der Zeit (06/3222)
Rebellion auf Alpha Crucis (06/3253)
Siegeszug im All (06/3281)
Universum ohne Ende (06/3306)
Jenseits der Unendlichkeit (06/3316)
Operation Chaos (06/3329)
Der Außenweltler (06/3338)
Höllenzirkus (06/3350)
Die Tänzerin von Atlantis (06/3404)
Zeit des Feuers (06/3599)
Das Erdenbuch von Sturmtor — in Vorbereitung

Poul Anderson

Ashtaru der Schreckliche

»Holzwolle! Puh!« ächzte der Gott.

Henry Martinmas ließ ihn fallen, als wäre er plötzlich glühend heiß.

»Du solltest wissen, daß es Zeiten gab, da man mich in Seide hüllte«, fuhr der Gott fort und befreite sich von den letzten Verpackungsresten. In seiner Sitzstellung mit untergeschlagenen Beinen war er etwa zwanzig Zentimeter hoch und ähnelte einem schmollenden Buddha. »Klebestreifen, igitt!«

Henry Martinmas sah im Geist Flaggen mit seltsamen Wappen und murmelte mit matter Stimme: »Das ist unmöglich. Das geht auf keinen Fall. Du kannst nicht sprechen.«

»Und warum nicht?« fragte der Gott streitsüchtig.

»Weil du nichts als eine Terrakottafigur bist und die letzten zweitausendsechshundert Jahre in Mesopotamien vergraben warst«, meinte Henry beleidigt. »Du hast nicht den geringsten Anlaß, lebendig zu sein. Hör sofort damit auf.«

»Wärst du die letzten sechsundzwanzig Jahrhunderte im Sand vergraben gewesen, würdest du auch gern ein paar Worte sagen«, antwortete der Gott. »Und ich werde nicht aufhören, weil ich ein zürnender Gott bin, Beherrscher des Himmels und der Erde!«

Er stand in seiner Schachtel auf, balancierte auf spindeldürren Beinen eine schmerbäuchige Figur und starrte den Archäologen an.

»Du bist nichts dergleichen«, beharrte Henry und besann sich verzweifelt auf seinen gesunden Menschenverstand. »Du bist eine typische lokale Gottheit, und das weißt du. Wenn du nicht den Mund hältst, werde ich — ich werde Marduk von dir erzählen.«

»Marduk!« höhnte der Gott. »Dieser Angeber!« Nichtsdestoweniger gab er seine drohende Haltung auf.

Allmählich sickerte die Tatsache durch Henrys umnebeltes Gehirn, daß er sich wirklich mit einer antiken Tonfigur stritt. »Nein«, stöhnte er. »Als ob ich nicht genug Ärger hätte.«

»Wieso, was ist los?« erkundigte sich der Gott, plötzlich teilnahmsvoll. Er hatte eine Stimme wie ein rostiges Baßnebelhorn.

»Ich werde verrückt, das ist es«, sagte Henry. Er setzte sich auf den Boden und vergrub sein Gesicht in den Händen.

Der Gott ging zum Rand der Schachtel, sprang auf die Kante und ließ die Beine herunterbaumeln. »Das ist schlimm«, murmelte er. »Wann hat es angefangen?«

»Eben jetzt«, sagte Henry. »Ich dachte, eine Statuette hätte sich bewegt und zu mir gesprochen.«

»Hmmmm.« Der Gott streichelte seinen Bart. »Merkwürdiges Symptom.«

»Es hat mir nicht gefallen«, murmelte Henry. »Es hat mich zu Tode erschreckt.«

»Verfolgungswahn.« Der Gott nickte. »Sag mal, hast du deinen Vater gehaßt, als du ein Kind warst?«

»Nein. Ich habe auch meine Mutter gern gehabt. Überhaupt komme ich mit jedermann gut aus, außer ... nun, Richard Macalester mag ich nicht.«

»Ah! Symbolismus.« Der Gott rieb sich die Hände. »Hat es zu Hause eine Statue gegeben, als du jung warst? Vielleicht hast du einmal zu ihr gesprochen, und sie hat nicht geantwortet. Das kann ein Trauma hervorrufen.«

»Ich kann mich nicht erinnern — oh!« Henry wurde klar, zu wem er sprach, und er rappelte sich hoch.

Der Gott sprang auf den Boden, watschelte zu Henry herüber und tätschelte sein Schienbein. »Aber, aber! Keine Angst! Ich weiß, daß ich ein furchterregender Gott bin. Aber glaub mir, ich werde dich nicht verletzen.«

Henry wankte zu seinem Schreibtisch, entnahm ihm eine Flasche Bourbon und führte sie an die Lippen.

»Willst du mir kein Trankopfer einschenken?« jammerte die Gottheit.

»Doch«, japste Henry und träufelte ein paar Tropfen Whisky auf den Boden.

»Nicht auf diese Art!« Der Gott hüpfte vor Wut, und seine Fäuste bebten. »In einem Glas, Ungläubiger!«

Sprachlos ergriff Henry einen Schwenker und schwenkte zwei Finger hoch ein. Der Gott kippte den Drink und seufzte. »Ahhhhhh! Das ist schon besser! Einen schrecklichen Durst bekommt man, wenn man sechsundzwanzig Jahrhunderte im Sand liegt.«

Henry begann die Situation zu akzeptieren. Es gab kaum eine andere Möglichkeit, und den anfänglichen Schock hatte er überwunden. Der Whisky half. Er lehnte sich in seinem Stuhl zurück, legte die Füße auf den Schreibtisch und blickte auf die Figur hinab.

»Okay«, sagte er etwas zittrig. »Aber wie konnte das überhaupt geschehen? Ich will dich als real betrachten, vorläufig zumindest ...«

»Du würdest verdammt gut daran tun«, grollte der Gott, »oder ich zerschmettere dich mit einem Blitzstrahl.«

Henry seufzte. Er war ein großer, magerer junger Mann mit randloser Brille und einem Gesicht, das dem eines schulmeisterlichen Pferdes ähnelte. »Alles was ich weiß: Unser College — das Barron College in Southmeadow, Minnesota — schickte Craigie, den Chef der archäologischen Abteilung, mit einer Expedition nach Mesopotamien. Ich bin stellvertretender Direktor, während er fort ist; daher hat er eine Kiste mit Fundstücken an mich adressiert. Du warst darin. Als ich begann, dich auszupacken, setztest du dich auf und sprachst zu mir. Das ist alles.« Ihn fröstelte. »Das reicht auch!«

»Mein Name«, sagte der Gott förmlich und steif, »ist Ashtarulalekbenetiltorglatannesarmishkidu, der Schreckliche. Aber du darfst mich Ashtaru nennen«, fügte er gütig hinzu. »Ich war ein mächtiger Gott im heiligen Babylon. Man pflegte zu zittern, wenn mein Name erwähnt wurde.«

»Niemand wagte es, mich zu beleidigen«, fuhr Ashtaru fort. »Man brachte mir die Schätze des Landes. Man tanzte vor meinem Altar, verbrannte Myrrhe und flehte um Gnade, auf daß ich den Menschen meinen Willen kundtun möge. Wenn meine Stimme wie Donnerhall erklang, bebten Euphrat und Tigris. Das Volk verehrte auch andere Gottheiten, aber nur, weil meine Gnade es zuließ.«

»Nett von dir«, sagte Henry.

Sarkasmus war an Ashtaru verschwendet. Er leierte weiter: »Oh, von weither sandten sie, um meinen Schrein zu schmücken, Zedern aus dem Libanon und phönizisches Sandelholz, Gewürze aus mystischen östlichen Landen, Gold und Elefanten und die lieblichsten Mädchen der Welt. Prinzessinnen war es eine Ehre, mich bedienen zu dürfen, denn ich war Herrscher über Blitz und Erdbeben, der furchtbare Anführer gewappneter Männer und gepanzerter Streitwagen, der das Land zittern machte und die Städte stürzte, glorreich in Macht und Schönheit, ich, Ashtaru, der Schreckliche!«

»Und was geschah dann?« unterbrach ihn Henry.

»Als sich Babylon gegen das Joch Sennacheribs erhob, fielen die Assyrer ein, wie ... wie ...«

»... reißende Wölfe in die Schafherde?«

»Danke, wie Wölfe in die Herde. Ihre Heerzüge verdunkelten das Land. Ihre Pfeile verfinsterten den Himmel. Bei Tag zogen sie wie eine Säule von Rauch und bei Nacht wie ein Turm von Feuer. Männer erbebten, wenn sie die Faust Assurs auf sich herabkommen sahen. Aber dann erhob ich mich in meinem Zorn, ich entfesselte meine Blitze gegen die lästerlichen Eindringlinge, ich zerschmetterte sie mit Mann und Maus ...«

»Was geschah?« fragte Henry interessiert.

»Niemand beachtete es«, seufzte Ashtaru. »Die Assyrer verheerten die Stadt. Ich wurde unter einer umstürzenden Mauer begraben. Später kam die Wüste und deckte mich zu.« Er war äußerst empört. »Nette Art, mit einem Gott umzugehen.«

»Ist dir nicht langweilig geworden, während du dort zweitausendsechshundert Jahre gelegen hast?« fragte Henry und neigte die Flasche.

»Es war schon irgendwie langweilig«, gestand Ashtaru. »Wie wär's mit einem weiteren Trankopfer?«

Henry reichte ihm eins. »Als Craigie dich dann ausgrub — warum hast du nicht mit ihm gesprochen?«

»Ringsumher nichts als Wüste. Keine Chance, angemessen behandelt zu werden. Aber ich spürte, daß er vom reichsten Land der Erde kam, vom neuen Babylon, und daher ließ ich mir Zeit. Jetzt bin ich da.« Ashtaru blickte auf seinen Terrakotta-Leib und seufzte abermals herzzerreißend. Eine Träne tropfte aus einem Obsidian-Auge. »Meine liebliche Bemalung, alles Gold, alle Seide — verloren. Weh! Unverhüllt und bloß bin ich!«

Henry schüttelte den Kopf und wunderte sich. Ein richtiger Gott! Ein echter, unverfälschter, lebendiger, hundertprozentiger babylonischer Gott! Obwohl Ashtaru ein sehr unbedeutender Gott war, so unbedeutend, daß in den Aufzeichnungen nichts über ihn zu finden war, so war er doch ein beachtlicher Fund. Henry überlegte, wie man das in den Fachzeitschriften herausstellen könnte.

»Nun sitz bloß nicht so da!« dröhnte Ashtaru. »Verehre mich!«

»Tut mir leid«, sagte Henry. »Du bist ein Götzenbild.«

Der Gott gluckste gramerfüllt. »Kein Respekt!« rief er. »Kein Gefühl für Anstand. Diese jungen Leute!«

Henry kratzte sich am Kopf. Es würde nicht einfach sein, seine Entdeckung bekanntzugeben. Wie zum Teufel überzeugte man den Redakteur einer Gelehrtenzeitschrift, daß man einen lebenden Gott in seinem Büro sitzen hatte?

»Kannst du wirklich Wunder wirken?« fragte er, von plötzlicher Hoffnung beseelt.

»Das kommt darauf an«, meinte Ashtaru vorsichtig. »Was möchtest du?«

»Nun, ich habe Schwierigkeiten«, sagte Henry. »Es müßte schon ein Wunder geschehen, um sie zu beseitigen.«

Ashtaru setzte sich mit untergeschlagenen Beinen. »Erzähl mir alles«, bat er gönnerhaft. »Ich könnte zwar deine Gedanken lesen, aber das macht zuviel Mühe.«

Henry nahm seine Brille ab und rieb sich die müden Augen. »Es dreht sich um folgendes«, begann er. »Das Barron College ist nicht übermäßig groß. Einen Lehrstuhl für Archäologie gibt es nur wegen Craigie. Ein berühmter Mann, verstehst du, der bedeutendste lebende Experte für das antike Mesopotamien.«

»Bäh! Niemand, der mich — MICH — in Holzwolle einpackt, ist ein Experte für irgend etwas. Aber weiter!«

»Präsident Hammelkopf — äh, ich meine Dr. Wilkens richtete die Abteilung nur ein, damit Craigie kam. Das geschah dann auch. Ich wurde vor etwa einem Jahr assistierender Professor, nachdem ich meinen Doktortitel erlangt hatte. Man sagt, meine These über die Herkunft der Havasupai war gute Arbeit.«

»Wer auf der ganzen Welt«, wunderte sich Ashtaru, »mag schon über eine Horde Indianer schreiben, wenn er doch über mich schreiben könnte?«

»Damals habe ich von dir noch nichts gewußt«, lenkte Henry diplomatisch ein. »Nun — auf jeden Fall gefällt es mir hier. Ich habe — ähm — abgesehen davon, daß es für einen Archäologen nicht ganz leicht ist, eine Stellung zu finden, habe ich . . .« Er errötete. »Ich habe persönliche Gründe, in Southmeadow zu bleiben.«

»Eine Frau«, nickte Ashtaru. »Immer dasselbe.«

»Eher ein Engel«, murmelte Henry ehrfurchtsvoll. »Eileen Wilkes, die Tochter des Präsidenten. Sie ist göttlich. Sie ist so schön, daß es mich schmerzt, sie anzusehen.«

»Du hast keine Chance«, sagte Ashtaru. »Niemand mit dieser Einstellung hat jemals eine Chance. Aber das macht nichts. Du hast ja mich. Ich bin göttlich und erhaben schön.«

Henry ignorierte die Bemerkung. »Sie scheint nicht — ansprechbar zu sein, wenn du das meinst«, gab er zu. »Oh, nicht, daß sie unfreundlich wäre, aber sie ist ziemlich fest mit Richard Macalester liiert. Er ist assistierender Professor für Physik. Robuster, extrovertierter Typ. Ehemaliger Flügelstürmer. Gutaussehend. Starke Persönlichkeit. Dynamisch. Er wird es weit bringen. Ich kann ihn nicht ausstehen.«

»Ich brauche dringend ein weiteres Trankopfer«, forderte Ashtaru.

Henry schenkte ein. Der Gott rülpste. »Starkes Zeug«, grunzte er und rieb sich den Bauch. »Aber gut, gut! Was wohl Marduk dafür gäbe, wenn er Gelegenheit zu solch einem Schluck hätte? Der Lümmel!«

»Wie Craigies Vertrag läuft auch meiner in zwei Monaten ab«, fuhr Henry fort. »Er könnte ihn erneuern, klar, aber er hat gesagt, er will nicht. Er hat ein besseres Angebot von der Universität Istanbul. Daher kein Craigie. Und so stelle ich die gesamte archäologische Fakultät dar, wenn sie bestehen bleibt. Wenn Wilkes — er regelt alles, das Kollegium besteht nur aus Ja-Sagern — meinen Vertrag verlängert, bin ich der neue Chef der Abteilung und bekomme ein höheres Gehalt. Genug, um zu heiraten.«

»Hicks!« machte Ashtaru.

»Das heißt, wenn sie mich heiratet«, ergänzte Henry mißmutig. »Aber weiter im Text. Wilkes ist nicht besonders interessiert daran, die Abteilung weiterzuführen, jetzt wo er Craigies großen Namen nicht mehr im Vorlesungsverzeichnis anführen kann. Er hat mir ziemlich deutlich gesagt, daß ich mich nach einem neuen Job umsehen soll. Noch etwas beeinflußt ihn außerdem in dieser Richtung. Macalester treibt sich dauernd in seinem Haus rum, umwirbt Eileen und seift den Alten ein. Er möchte, daß Wilkes meine Abteilung auflöst und das Geld in die physikalische Abteilung steckt. Besonders, damit dort jeder eine Gehaltserhöhung bekommt, so daß ein amtierender Physikprofessor genug hat, um heiraten zu können.«

Henry breitete die Hände aus. »Okay, das ist also mein Problem. Wenn du ein Gott bist, dann los — sag mir doch die Lösung.«

»Bruder«, erwiderte Ashtaru, »es ist unlösbar. Du bist schon erledigt, bevor du anfängst.«

»Ein feiner Gott bist du!« murrte Henry.

»Macht nichts«, meinte Ashtaru trostreich. »Es gibt viele Frauen. Ich kann dir so viele Sklavenmädchen herbeischaffen, wie du möchtest. Holst sie dir einfach aus der Zeit, verstehst du? Vierzig fabelhafte Phönizierinnen!« Er grinste dreckig und rülpste abermals.

»Das ist ungesetzlich«, sagte Henry. »Und außerdem möchte ich nur ein Mädchen. DAS Mädchen.«

»Wa-hick-rum bist du auf diesen lausigen Job so versessen?« schnaubte Ashtaru. »Auf dem Weg hierher habe ich ein wenig Gedanken gelesen. Ich habe von einer Stadt gehört, weiter im Westen, die Ellay heißt. Wir gehen nach Ellay und bringen meinen Kult wieder auf Touren. Du darfst Hoher Priester sein. Opferungen! Gaben! Fruchtbarkeitsriten! Juhu! Gib mir noch 'n Trankopfer.«

»Du hast schon zuviel intus«, sagte Henry. Er stand auf und hob Ashtaru vom Boden auf.

»Laß mich!« heulte der Gott, trat um sich und hämmerte mit seinen winzigen Fäusten auf den Arm des Mannes. »Laß mich runter, bevor ich dich mit Blitzen zerschmettere. Du — du — Lästerer!«

»Jetzt hör gut zu«, sagte Henry. Er hielt die Götterfigur fest, bis das Baßgedröhn verstummte. »Halt die Klappe und hör zu! Möglich, daß du ein Gott bist, ich weiß es nicht. Ich bin bald bereit, alles zu glauben. Bloß mußt du es beweisen. Wir haben jetzt ein skeptisches Zeitalter, weißt du? Die Leute besitzen keinen Glauben mehr. Man muß ihnen etwas zeigen. Du bist also ein Gott. Okay. Du kannst Wunder wirken. Okay, beweis es! Zeig mir ein Wunder.«

Ein heimtückisches Glitzern trat in Ashtarus Knopfaugen. »Ich kann es sehr wohl tun. Ich kann bewirken, daß sich dieses Mädchen richtiggehend um dich rauft. Ich vermag diese schäbige Macalester-Type zu einem jämmerlichen Aschenhaufen zerfallen zu lassen.«

»Nein, nein, das ist gegen das Gesetz!« rief Henry hastig.

»Ich kann jedes herkömmliche Wunder aus dem Ärmel schütteln, wenn du willst«, sagte der Gott. »Bloß arbeite ich nicht umsonst, verstehst du? Ich würde die Erde in ihrer Bahn anhalten — aber zum entsprechenden Preis.«

»Was möchtest du?« fragte Henry resigniert. »Alles, nur keine Menschenopfer, ja?«

»Verschaff mir einen Tempel«, verlangte Ashtaru, »wie ich ihn im heiligen Babylon hatte. Ich war ein bedeutender Gott, ja, das war ich.«

»Wieso kommt es dann, daß niemals jemand etwas von dir gehört hat?«

»Ich war so bedeutend, daß sie Angst hatten, meinen Namen

niederzuschreiben. Aber ich besaß einen Tempel, und so einen möchte ich jetzt auch haben. Einen Hof mit Terrassen, mit Gärten, singenden Vögeln und Springbrunnen. Whiskyfontänen. Der Tempel besaß Säulen aus Malachit, Wände aus Jade und Balken aus Zedernholz, überzogen mit Plattgold. Mein Altar war mit Diamanten ausgelegt. Ich hatte fünfhundert — nein, fünftausend Priester und Sklaven, fünfzig Elefanten und tausend Pferde. Jedes Jahr wurde eine Tonne Weihrauch für mich verbrannt, ein Widder täglich geopfert . . .«

»Wenn ich all das beschaffen könnte«, seufzte Henry erschöpft, »würde ich dich nicht brauchen.«

»Kein Tempel — keine Wunder«, beharrte Ashtaru selbstgefällig.

Henry setzte den Gott auf seinen Schreibtisch. »Sieh mal, ich muß jetzt eine Weile weg«, sagte er. »Sei ein netter Gott und wart hier auf mich, ja? Lauf nicht draußen rum. Wir — sagen wir, dies ist dein Tempel, bis ich einen besseren auftreibe, okay?«

»Naja, von mir aus.« Ashtaru watschelte an den Rand des Schreibtischs und legte sich auf den Bauch, um die darunter befindliche Schublade aufzuziehen. Er griff hinein und holte eine der Havanna-Zigarren hervor, Henrys einziges kostspieliges Laster. »Ah, Myrrhe!«

»Weg da!« schnappte Henry.

Ashtaru biß das Ende der Zigarre ab. Ein fast unsichtbarer, bläulicher gezackter kleiner Blitz knisterte von nirgendwoher und entzündete sie. Ein weiterer nadeldünner Blitzstrahl holte eine vorbeisurrende Fliege herunter. Der Gott inhalierte genüßlich und lehnte sich gegen das Tintenfaß.

»In Ordnung«, meinte er. »Nun, da mein Tempel vorschriftsgemäß mit Myrrhe und einem Opfer eingeweiht wurde, geht es vorläufig so. Du kannst abtreten, Priester.«

»Danke«, knurrte Henry. Er verließ das Büro und knallte die Tür hinter sich zu.

Ashtaru grinste feist und machte mit der Zigarre eine Geste. Die vergessene Flasche schwebte vom Tisch empor und senkte sich in seine Hände.

Es war einer jener unglaublichen Tage mitten im April, mit denen Minnesota jedes zweite Jahr sein Klima wiedergutzumachen versuchte. Der Himmel am frühen Nachmittag war mild und klar, Federwölkchen segelten faul auf einer leichten Brise, die süße

Trunkenheit des Frühlings hing in der Luft. Der Park der Universität erstreckte sich grün und freundlich, eine Oase aus Gras und Bäumen zwischen alten Ziegelmauern, bis hinunter zu den kleinen Seen, wo ein paar Boote trieben. Studenten lagerten auf dem Rasen, einige taten, als läsen sie, die meisten aber aalten sich in der Sonne und genossen den Frühling und den Anblick vorbeischlendernder Kolleginnen. Barron war ein College für gehobene Kreise und zog daher mehr als den üblichen Anteil gutaussehender Studentinnen an; was wiederum der Grund war — wie manche Zyniker behaupteten —, daß bereits promovierte Herren eine rührende Treue zu dem alten Haus an den Tag legten und Jahr um Jahr wiederholten.

Henry ging gesenkten Kopfes die Wege entlang, die Hände in den Taschen vergraben. Ungehört verklangen die Grüße seiner Kollegen: Er war hergekommen, um nachzudenken, eine Tätigkeit, die in Ashtarus Gegenwart unmöglich schien.

Er mußte sich jetzt also mit einem Gott abgeben. Einem authentischen, lebenden, waschechten babylonischen Gott. Was zum Teufel sollte er bloß mit so etwas anfangen?

Das wäre ihm mit einem der großen Götter nicht passiert, mit Shamash, Nabu oder einem anderen, deren Angewohnheiten halbwegs bekannt und verläßlich waren, dachte er bitter. Aber nein, ihm mußte Ashtaru über den Weg laufen, das unfähigste Plappermaul auf dieser Seite des Styx. Ein Schnorrer, der ihn um Zigarren anging und ohne Vorauszahlung nicht das kleinste Wunder wirken wollte. Ein Lüstling, der offensichtlich wüste Orgien zu feiern beabsichtigte. Das alles hatte ihm keine seiner zahlreichen Sorgen abgenommen, höchstens ein paar zusätzliche beschert.

Nicht genug damit, daß man ihn rausschmisse. Er mußte auch noch Ashtarus Hoher Priester werden! Nun, sein Vater hatte schon immer gewollt, daß er ein Geistlicher würde, obwohl Henry bezweifelte, ob er sich das in dieser Form vorgestellt hatte. Er grinste bei dieser Vorstellung, blieb stehen und fischte eine Zigarre aus dem Sakko. Der Rauch, vermischt mit dem sanften Vibrieren des Whiskys in seinem Blutkreislauf, beruhigte ihn und brachte ihm einen gewissen Frieden. Ashtaru hatte ihn so sehr gereizt, daß er nicht mehr klar zu denken imstande gewesen war, aber jetzt erkannte er langsam einige Möglichkeiten.

Henry setzte sich unter einen Baum, rauchte die Zigarre zu Ende und sammelte seine Gedanken. Wenn Ashtaru auch von keinem besonderen Nutzen war, so war er doch eine bedeutende Entdeckung. Allein die Tatsache seiner Existenz als lebendes Wesen würde große Veränderungen für die Archäologie bewirken — und ebenso auf allen anderen Gebieten der Wissenschaft, überlegte Henry vage. Der Mensch, der lückenlose Informationen über Ashtaru vorlegen könnte, würde als Kapazität gelten.

Und ich, dachte er mit dem aufkommenden Prickeln der Erregung, ich sitze an der Quelle!

Bei Nergal! Er schlug sich mit der Faust in die offene Handfläche. Warum saß er eigentlich hier und betrauerte sich? Er mußte dem alten Hammelkopf seinen Gott zeigen. Ein sprechender babylonischer Gott dürfte schließlich für eine Vertragsverlängerung ausreichen.

Er sah auf die Uhr: Eine Stunde war vergangen — Mann! Jetzt wollte er sich aber schnellstens daranmachen, den alten Wilkes aufzutreiben. Henry stand auf, klopfte seine Hose ab und eilte mit langen Storchenschritten zum Verwaltungsgebäude.

Leute kamen ihm entgegen, näherten sich rasch, eine Gesellschaft von drei Personen. Er blieb stehen und fühlte, wie sein Herz heftig in der Brust zu hämmern begann.

Eileen Wilkes war groß, ihr buntbedrucktes Kleid umschmiegte eine Figur, die den Neid jeder Studentin im College erwecken mußte. Ihr Haar unter einem breiten weißen Hut hatte die Farbe von mattem Gold, und ihre Augen waren intensiver und strahlender blau als der Aprilhimmel; ihre Stimme bildete eine leise, lachende Melodie. Sie ging mit der Grazie einer jungen Waldnymphe am ersten Erdenmorgen, das Kinn stolz erhoben; sie besaß einen unbeugsamen Willen, aber auch Humor, Temperament und Intelligenz. Allerdings war Henry nicht übermäßig objektiv in dieser Hinsicht . . .

Wie es leider oft der Fall ist, setzte der Anblick ihrer Familie seiner Begeisterung einen kleinen Dämpfer auf. Präsident Wilkes ging links von ihr, eine rundliche aufgeblasene Erscheinung mit gesundem rotbackigen Gesicht und Manieren, die durch jahrelanges Training bei Eröffnungsfeiern und Tischreden die Grenzen des Erträglichen überschritten. Eileen pflegte ihm zu sagen, was er zu tun und zu lassen hatte, aber sie war auch das einzige lebende Wesen, das dazu imstande war.

Henrys Freude wurde mächtig getrübt durch den Anblick von Richard Macalester. Der Physiker sah ekelhaft kühl und distinguiert aus. Er war in weißes Flanell gekleidet, und Eileen hing an seinem Arm.

»Hi, Hank!« dröhnte er. Den Archäologen überlief ein Schauer. »Was gibt's Neues im alten Rom?«

»Guten Tag, Dr. Martinmas«, grüßte Wilkes ziemlich steif.

»Hallo, Henry«, sagte Eileen. Sie lächelte ihn an, aber ihre kühle Stimme war herzzerreißend freundlich — nur freundlich. Er wechselte von einem Fuß auf den anderen und war sich seiner Magerkeit und seines zerknautschten Anzugs quälend bewußt.

Sehnsüchtig dachte er daran zurück, wie er hier angefangen hatte. Eileen war kameradschaftlicher gewesen, als es die bloße Höflichkeit erfordert hatte. Sie war ab und zu in sein Büro gekommen, hatte sich auf seinen Schreibtisch gesetzt, die eleganten Beine baumeln lassen und zugehört, wie er über die Entwicklung der Steinarbeiten bei den Havasupai sprach. Sie war mit ihm tanzen und ins Kino gegangen, hatte ihn zum Essen eingeladen. Oh, er hatte sich Hoffnungen gemacht, Pläne geschmiedet! Nie hatte er etwas getan oder gesagt, was sie hätte kränken können, immer der perfekte Gentleman; er fragte sie, was sie gern tun wollte, beugte sich ihren Launen — sogar nach dieser traumhaften Nacht ... Tanz im Pavillon unten am See. Trunken vom Mondlicht und von ihr, hatte er ihr vorsichtig an ihrer Tür die Hand geschüttelt und sich erlaubt, sie etwas länger als notwendig festzuhalten.

Nun, sie ging jetzt mit Macalester, und er konnte nicht viel dagegen tun. Außer vielleicht mit Hilfe Ashtarus ...

»Dr. Wilkes«, sagte er und zwang seine Stimme zur Ruhe, »ich habe Craigies letzte Sendung durchgesehen und einen wirklich erstaunlichen Fund gemacht. Möchten Sie vielleicht mitkommen und ihn sich ansehen?«

»Nun, danke sehr, danke, aber ich bin augenblicklich wirklich sehr beschäftigt«, antwortete der Präsident. »Wenn Sie mit meiner Sekretärin einen Termin festlegen wollen ...«

»Oh, gehen wir und sehen uns es an, Daddy«, bat Eileen. »Es wird nur ein paar Minuten dauern, und ich war immer schon an alten Fundstücken interessiert.«

»Sicherlich«, stimmte Macalester zu. Er grinste Henry an, mit einem offenen männlichen Lächeln. »Allzuviel Zeit haben wir nicht, alter Knabe. Eileen und ich wollen raus zum See, weißt du. Wirklich, Martinmas, wenn du heute keine Vorlesungen hast, solltest du einen Tag wie diesen nicht mit dem Abstauben von zerbrochenem alten Geschirr vertun.«

Henry fletschte die Zähne. »Ich dachte, du bist mit wichtigen Forschungen beschäftigt«, knirschte er. »Letzte Woche beim Tee mit Misses Wilkes hast du den ganzen Nachmittag davon erzählt.«

»Natürlich, natürlich.« Macalester machte eine leichtfertige Geste. »Die Feldtheorie, angewandt auf Atomkerne. Ich glaube wirklich, ich habe da etwas Bedeutendes erwischt. Kann die Geschichte ändern, wenn es einmal technisch anwendbar ist. Aber wir sind trotzdem Menschen, findest du nicht, Eileen?«

Sie gingen jetzt auf Henrys Büro zu. Das Mädchen wandte sich dem Archäologen zu. »Was hast du da eigentlich entdeckt?« fragte sie.

Er lächelte, dehnte den Moment hinaus, genoß seinen Triumph. »Wart ab«, kicherte er. »Wart ab. Diese Entdeckung wird eine Reihe von Theorien ändern, auf vielen Gebieten. Und du laß lieber deine, äh, Kerntheorie ruhen, bis du die Informationen hast, Macalester.«

Der Physiker lachte und drückte belustigt Eileens Arm. »Also bist du jetzt der Meinung, die alten Chaldäer wußten mehr über das Atom als wir, hä?« Er lachte. »Vermutlich bezogen sie ihr Wissen aus Atlantis.«

»Atlantis«, dozierte Henry steif, »wurde von Plato in seinen ›Kritias‹ erfunden. Ich habe ein paar handfeste Tatsachen, die ich dir zeigen kann.«

»Hmm — es ist also wirklich revolutionierend, eh?« Wilkes strich sein reichlich vorhandenes Kinn. »Hm, äußerst interessant, wenn Sie recht haben, äußerst interessant. Ah — es ist vielleicht möglich, bald einen vorläufigen Bericht herauszugeben? Der Jahresbericht geht bald in Druck, und es würde gar nicht schaden, wissen Sie, es würde gar nicht schaden, hahaha!« Er zwinkerte Henry zu, so wie ein ›Mann von Welt‹ einem anderen zuzwinkert.

»Hahaha«, echote Henry pflichtschuldigst.

Sie betraten das kühle Dämmerlicht der Stockton Hall und stiegen über die Innentreppe in den Keller hinunter, wohin man Henry verbannt hatte.

»Bereiten Sie sich auf eine Überraschung vor«, sagte dieser hastig. »Sie werden es anfangs nicht glauben wollen.«

»Wir vertrauen auf unsere eigenen Sinne, Dr. Martinmas«, sagte Wilkes. Es war nicht klar, ob er den Plural verwendete oder das königliche *wir*, den Pluralis majestatis.

»Auch wenn Sie einen lebenden babylonischen Gott sehen?« forderte ihn Henry heraus.

»Gewiß doch! Ich weiß, wenn — was?«

Er blieb wie angewurzelt stehen und sah ihn mit verständnislosen Augen an.

»Ich wußte, daß Sie es nicht glauben würden«, lachte Henry. »Sie denken, ich bin ein siebzehnfacher grüngetupfter Lügner!« Sein Selbstvertrauen wuchs. »Eileen, meine Herren, ich bin der Hohe Priester von Ashtaru, dem Schrecklichen!«

»Das sind Sie nicht!« Wilkes kochte. »Mitglieder der Fakultät dürfen ohne Genehmigung keine anderen Posten annehmen.«

»Sag mal, alter Knabe«, meinte Macalester in aufreizend beruhigendem Tonfall, »fühlst du dich okay? Bist du sicher?« Er schob Eileen mit einem Arm nach hinten und murmelte dramatisch: »Bleib lieber hinter mir.«

»Kommt weiter, Herrschaften. Ich stelle euch einem Gott vor.« Henry verneigte sich. Er fühlte sich etwas schwindelig im Kopf.

Eileen stieß Macalester zur Seite und eilte an die Seite des Archäologen. Ein Leuchten war um sie, das er vorher nie bemerkt hatte. »Henry«, flüsterte sie, »Henry, ist es wahr? Es kann doch nicht sein!«

»Komm und sieh selbst«, forderte er sie großspurig auf.

Sie wich einen Schritt zurück, eine kleine erstaunte Falte zwischen den Brauen. Ihm wurde plötzlich klar, daß es für eine empfindliche Nase kein Problem war, seinen Whiskyatem zu riechen. Oh, egal — wartet nur!

Sie gingen den Korridor entlang zu seiner Bürotür. Wilkes keuchte.

»Das ist äußerst ungewöhnlich«, sagte er, »äußerst ungewöhnlich! Wie tituliert man einen Gott? Wo sitzt er bei Tisch? Wie bedankt man sich bei ihm? Muß er sich als Ausländer registrieren lassen?« Er hielt inne und schnaubte. »Dr. Martinmas, wir wissen Ihren kleinen Scherz zu schätzen, aber ich bin ein beschäftiger Mann — was soll das?«

Henry erstarrte vor seiner Tür. Und dann hörten sie es. Es kam aus dem Büro und dem Lagerraum dahinter.

Jemand bearbeitete einen Gong. Ein ganzes Orchester von Flöten spielte die lüsternste, aufreizendste Musik, die man seit Nero gehört hatte. Tamburine rasselten, Glöckchen klingelten, Lyren klimperten, und Trommelgedröhn bildete einen anzüglichen Hintergrund zum Gedudel der Flöten. Und dann war da noch ein ganzer Chor weiblichen Gekichers zu hören, und eine männliche Stimme sang nach Art eines besoffenen Nebelhornes das unabdruckbar unanständige ›Cathusalem‹ in Tönen, bei denen die Wände erzitterten.

»O nein!« kreischte Henry. »Ich vergaß den Whisky! Er ist völlig blau!«

Er öffnete die Tür und spähte hinein. Die Wirklichkeit war noch schlimmer als seine üblen Vorahnungen. Ashtaru inszenierte eine babylonische Orgie.

Er saß auf dem Schreibtisch, bekrönt mit Weinlaub, übergossen mit geschmolzener Butter, schwang in einer Hand die vermaledeite Flasche, während die andere die anatonischen Besonderheiten einer Tänzerin erforschte. Weinfässer standen zuhauf herum, einige waren umgestürzt, und ihr Inhalt ergoß sich auf den Boden. Eine Horde Sklaven machte Musik, ab und zu hielten sie inne, um sich an einem Schluck Wein oder an einem Mädchen zu erfrischen. Die Tänzerinnen hatten bis auf ein paar Perlen so ziemlich alle Hüllen abgelegt; sie vollführten Verrenkungen, von denen Henry bisher gedacht hatte, sie seien pyhsisch unmöglich. Es war wie ein Fiebertraum aus Hollywoods Glanzzeit.

»Komm rein, komm rein!« röhrte Ashtaru. »Ich hab' dir eine aufgehoben!«

»Du Lump!« heulte der Archäologe. »Du Spielverderber! Du Säufer, du!«

Der Gott erstarrte vor Wut. »Ein Lump bin ich?« brüllte er. »In Ordnung, in Ordnung! Dann kümmre du dich um das alles hier, wenn du so auf Draht bist!« Er verstummte beleidigt. Das Sortiment an Sklaven und Sklavinnen wich in stummem Entsetzen zurück.

Macalester schob Henry zur Seite und stürzte vor. Dann blieb er stehen, sprachlos vor Staunen, während Wilkes nebst Tochter hinter ihm eintraten. Eileen kreischte. Wilkes faßte nach seinem Herzen.

»Es ist dieser verdammte Gott«, jammerte Henry. »Er ist verantwortlich!« Er eilte hinüber zu der Figur. »Ashtaru, bring dieses ganze Brimborium dorthin zurück, wo du's hergeholt hast!«

»Mag nicht«, sagte der Gott, ohne die Lippen zu bewegen.

Macalester pfiff und schüttelte den Kopf. »Mann, Mann«, seufzte er, »wenn diese ruhigen Typen mal losgehen, gehen sie gleich aufs Ganze, was?«

Wilkes bekam wieder Luft. »Martinmas«, dröhnte er, »schaffen Sie diese Kreaturen weg! Augenblicklich!«

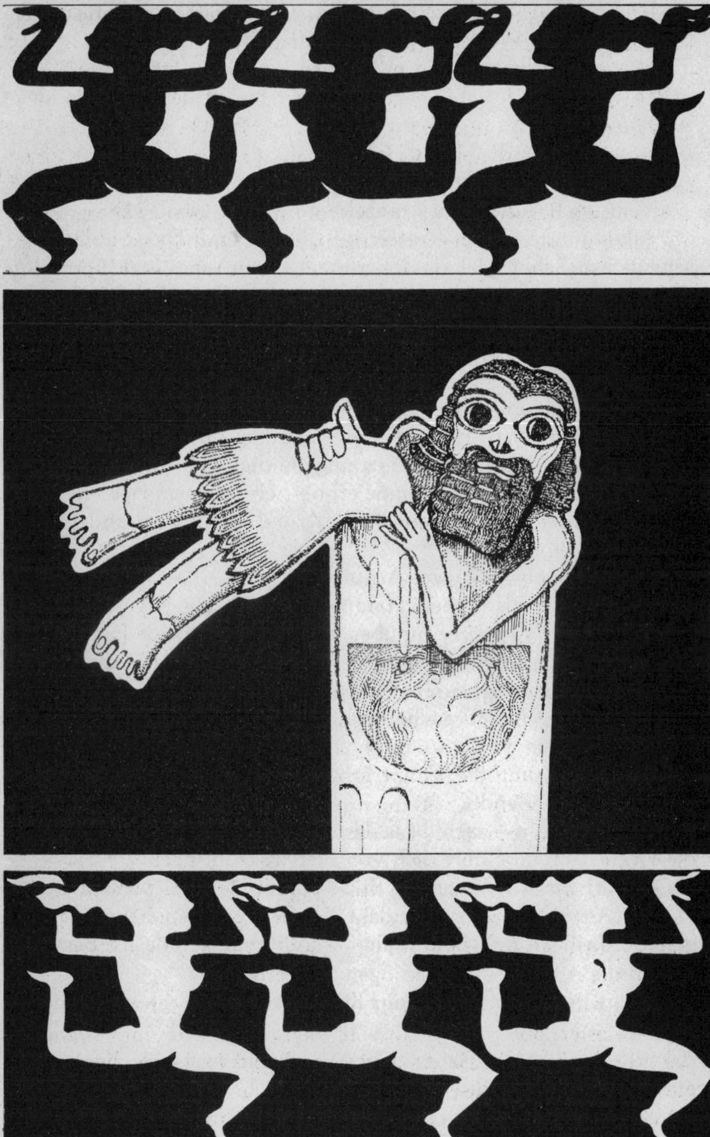

»Ich kann nicht«, lamentierte Henry verzweifelt. »Ashtaru hat sie hergebracht. Wenn ich gewußt hätte, Sir ...«

»Henry«, schluchzte Eileen, »Henry, wie konntest du nur?«

»Es war ganz leicht«, sagte Ashtaru hinter dem Rücken des Archäologen.

»Halt den Mund!« schrie Henry.

»Oh!« Eileen wich an die Wand zurück.

»Nein, nicht du!« Henry tänzelte vor lauter Qual. »Du!«

Wilkes führte seinen Kneifer an die Augen. »Das ist das abscheulichste Schauspiel, das ich mir als Traum eines verkrüppelten Gehirns vorstellen kann«, preßte er hervor. Noch immer gelang es ihm irgendwie, seine Stimme sonor klingen zu lassen. »Daß man überhaupt vorschlagen kann, so etwas Abstoßendes anzusehen ...« Sein Blick blieb an der geschmeidigsten der Tänzerinnen hängen. »Unglaublich.«

»Ach, brems dich, Hammelkopf! Schnapp dir eine, und weiter geht die Party«, meinte Ashtaru ungeduldig.

»Martinmas!« Wilkes' Stimme erhob sich zu einem Heulen. »Sie wagen es, Ihrer Unverfrorenheit die Krone aufzusetzen, indem Sie mich einen — einen ...«

»Hammelkopf«, ergänzte Ashtaru hilfreich.

»Danke vielmals. Einen Hammelkopf — was sage ich da?« Wilkes stürmte zu Henry hinüber und schüttelte beide Fäuste vor dem qualvoll verzerrten Gesicht des jungen Mannes. »Das reicht!« schrie er. Mit ungeheurer Willensanstrengung setzte er etwas ruhiger hinzu: »Ich brauche wohl nicht zu erwähnen, daß die Polizei hier sein wird, so rasch ich sie herbeordern kann.« Er blickte zurück auf die Tänzerinnen und rückte seinen Kneifer zurecht. »Abstoßend!«

»Komm, Eileen«, sagte Macalester und faßte das Mädchen um die Hüfte. »Erlaube mir, dich von hier wegzubringen.«

Sie warf ihren strahlenden Blick zurück zu dem versteinerten Henry. Ashtaru mußte irgendein Zeichen gegeben haben, denn eine dunkelhaarige babylonische Sklavin war gerade im Begriff, sich in die Arme des Archäologen zu werfen.

Mit einem kleinen Schrei fuhr Eileen herum und rannte aus dem Zimmer.

Wilkes verließ den Raum zuletzt, rückwärts gehend, die Augen auf die Tänzerinnen geheftet, wahrscheinlich, um nicht von hinten angefallen zu werden. »Guten Tag, Martinmas!« bellte er und stapfte hinaus. Einen Augenblick später steckte er nochmals seinen

Kopf durch die Tür und überflog den Raum mit einem letzten Blick. »Widerlich!« murmelte er.

Henry ließ sich in seinen Schreibtischsessel fallen und vergrub das Gesicht in den Armen.

»Also, kann ich Wunder wirken oder nicht?« fragte Ashtaru kampflustig.

»Ich sehe ein, daß du meine Karriere und mein Leben ruinieren kannst«, stöhnte Henry.

»Bin ein Gott!« Ashtaru schlug dumpf an seine Brust. »Ich bin Ashtaru der Schreckliche, und ich kann tun, was ich will, jawohl, das kann ich.«

Er hustete scharf.

Henry setzte sich auf und stieß die hartnäckige Tänzerin zur Seite. »Du bist ein Angeber!« knurrte er verbittert. »Du taugst bloß zu einem: alles zu verpatzen. Du wärst besser vergraben geblieben. Ashtaru, der Armleuchter!«

Der Gott richtete sich zu seiner vollen Größe von fünfundvierzig Zentimeter auf. »Gib acht!« polterte er. »Hüte deine Zunge, Sterblicher, sonst wird dich dasch-Feu-Feuer von — hick-Astharus Blitzschesschtrahl ver-verzehren.«

Henry schnappte die Flasche aus seinen Händen. »Gib das her!« kreischte Ashtaru.

»Angeber!« Henry machte einen langen Zug. »Jahrmarkts-Gott! Hinterhof-Figur! Wenn du für Babylon gekämpft hast, ist es kein Wunder, daß Sennacherib gewonnen hat.«

Das verliebte Sklavenmädchen machte sich von links an ihn heran. Er stieß sie zurück. »Geh weg«, brummte er mürrisch. »Laß mich in Ruhe.«

»Gib acht, was du sagst, Sterblicher«, grollte Ashtaru. »Meine Geduld iss groß, aber — aber mein Tschorn iss fürch-ter-lich. Hick!«

»Wenn du so auf Draht bist, warum hast du in der Wüste keine Orgie hergezaubert, um dir die Zeit zu vertreiben?« fragte Henry.

Ashtaru sah verlegen drein. »Nun, ich brauche einen Altar und einen Hohenpriester, oder ich habe fascht überhaupt keine Kraft«, gab er zu. Dann setzte er düster fort: »Aber ich sehe jetscht keinen Grund, warum ich nicht meinen Hohenpriester er-schlagen und mir einen anderen suchen soll.«

»Na los«, höhnte Henry. »Ich bitte darum.«

»Die ganze Schtadt könnte dabei draufgehen«, ließ Ashtaru durchblicken. »Ich könnte die ganze Nation, ja die ganze Erde verschlingen laschen. Wenn ich wild werde, kenne ich meine eigene Kraft nicht.«

»Pferdesch-Pferdesch-sch-Pf-, ach, egal!«

»Iss in Ordnung!« bellte Ashtaru blitzeblau und zornig. Er stampfte mit dem Fuß auf. »In Ordnung, du willst es nicht anders! Jetzt wird dich der entfeschelte Zorn von Ashtaru, dem Schreckhick-lichen, völlig vernichten und dich mit Feuer versche-verzehren, und deines Lebens Werke werden in deine Asche nie-niedersinken. Blitz, Regen und Wind! Die Erde scholl erbeben, zer-zerstört ihn! Hick!«

Ein Miniaturdonnergrollen grummelte über ihm, und Henry verspürte einen milden elektrischen Schlag, als kleine bläuliche Blitze durch das Zimmer zuckten. Der Fußboden vibrierte ein wenig. Eine winzige schwarze Wolke bildete sich über dem Schreibtisch und vergoß etwa einen halben Eimer Regen.

Die Sklaven kreischten in panischer Angst und drängten sich in der entferntesten Ecke des Zimmers zusammen. Henry grinste freudlos und setzte die Flasche abermals an. »Weiter«, forderte er auf. »Wann kommt das Gewitter?«

»Da, hier isses doch!« schnatterte Ashataru. »Kannst du nicht sehen?«

»Gewiß doch. Ein paar Volt vielleicht. Das könnte ich mit einer Autobatterie besser. Ich habe es dir gesagt, Ashtaru: Du bist ein sehr kleiner Gott.«

Plötzlich brach die Figur auf dem Schreibtisch zusammen, kreischte, hämmerte mit den Fäusten darauf herum und trat um sich. Henry nahm noch einen kräftigen Schluck Bourbon.

»Es war von vornherein klar«, sagte er. »Das Altertum war voll von kleinen lokalen Gottheiten wie dir. Götter für eine bestimmte Stadt, eine Straße, ein Haus, halbwegs hilfreich oder schädlich, und deshalb mußte man ab und zu spaßeshalber ein Ritual abhalten und ein bißchen was opfern. Kein Wunder, daß dein Name nirgends zu finden ist. Niemand hörte außerhalb des Hauses deines Eigentümers je etwas von dir!«

»Das ist nicht wahr«, schluckte Ashtaru und wischte sich die Tränen aus den Augen. »Ich habe eine ganze Stadt gehabt. Wirklich.«

»Du Witz von einem Gott«, grollte Henry bitter. »Alles was du tun konntest, war, mich ins Unglück zu stürzen. Du — du Marktplatz-Gott.«

Ashtaru fing erneut zu heulen an. »Nun los«, schluchzte er.

»Schlag mich. Mißbrauche mich. Ich bin bloß ein kleiner Basar-Gott. Ich habe nichts zu sagen. Jeder hackt auf mir rum. Genier dich nicht.«

»Du bist blau«, sagte Henry. »Du bist voll wie ein Haus.« Er nahm wieder einen langen Schluck.

Das Mädchen trat von hinten zu ihm und schlang die Arme um seinen Nacken. Ihn schauderte. »Ashtaru, schaff dieses Beweismaterial hier weg, bevor die Bullen da sind!«

»Du bist vielleicht ein Spielverderber!« maulte Ashtaru.

»Schön, heb einen Schluck auf«, sagte Henry. »Wir werden ihn brauchen.«

Ashtaru machte ein paar Handbewegungen, es knallte einige Male, als die Luft in das Vakuum zurückfiel, und die Sklaven waren verschwunden. Einige Flöten, Schleier und Blüten verstreut zwischen den Weinpfützen.

»Damit«, sagte Henry, »hast du wohl meine Verhaftung verhindert, nehme ich an. Aber so bekomme ich meine Stellung nicht wieder. Und das Mädchen, das ich liebe, ist noch nicht überzeugt, daß ich kein Taugenichts bin. Was gedenkst du zu tun, ha? Was?«

»Ich kann nichts tun«, schluchzte Ashtaru. »Nur los, schimpf mit mir. Tritt mich. Mir geschieht es schon recht. Und ich bin hilflos. Du kannst mich ruhig strafen.«

Er schneuzte sich. »Und ich hab' mir so viel erhofft«, greinte er. »Ich hab' ja gar nicht wirklich erwartet, diesen Tempel zu bekommen, Dr. Martinmas. Ehrlich nicht. Ich habe bloß gedacht, es macht nichts, wenn ich es versuche. Aber er ist so kalt und einsam draußen in der Wüste, Hoherpriester, Euer Ehren. Alles, was ich möchte, ist wirklich nur ein kleiner Schrein und vielleicht ab und zu ein paar Opferungen, Blumen und so. Ich brauche nicht viel. Aber ein Gott muß ein Heim haben wie jeder andere auch.«

Henry begann den Alkohol zu spüren. Zum Teufel — er hatte eine echte Chance bei Eileen gehabt, und Southmeadow war ein Kaff. Er würde froh sein, die Tapeten zu wechseln. Sicher, Ashtaru war ein Fremder in einem fremden Land, einsam und verschreckt. Er hatte bloß für seinen einzigen Freund eine Party geben wollen, und es war nicht seine Schuld, daß sich die Moralbegriffe geändert hatten. Er klopfte dem Gott auf die Schulter.

»Kopf hoch«, sagte er. »Es ist nicht so schlimm. Wir werden das schon hinkriegen.«

»Mein Freund«, murmelte Ashtaru sentimental. »Mein lieber alter Kamerad.«

Draußen heulten Sirenen. Die gesamten Polizeistreitkräfte von Southmeadow, verstärkt durch den Sheriff und die Feuerwehr, stürmten lärmend ins Büro.

»Wo sind sie?« bellte der Sheriff.

»Wo ist wer?« fragte Henry unschuldig.

»Wo sind diese Tänzerinnen?« rief der Sheriff.

»Tänzerinnen?« Henry runzelte die Stirn. »Tänzerinnen?« Er blickte die Tonfigur an. »Kennen wir irgendwelche Tänzerinnen, Ashtaru?«

»Was für ein Gedanke!« Ashtaru hob seine Hände in frommem Entsetzen.

»Sie haben sie versteckt«, befand der Feuerwehrchef.

»Alle Tänzerinnen, die ihr findet, könnt ihr haben«, sagte Henry.

»Das ist schon besser«, meinte der Sheriff. »Beginnt zu suchen, Leute!«

Eine halbe Stunde später mußten sie gehen. Ein paar Fetzen durchsichtiger Seide sind noch kein Beweismaterial.

»Der arme Dr. Wilkes«, seufzte Henry, zum Polizeichef gewandt. »Aber mir scheint, daß superintelligente Männer immer als erste überschnappen.« Er reichte einen der tönernen Weinkrüge herum, die Ashtaru zurückbehalten hatte. »Nehmen Sie ein Schlückchen.«

Sie nahmen mehrere Schlückchen, bevor sie gingen. Dann ließen sich Mensch und Gott nieder, um ihre Sorgen gänzlich zu ersäufen.

Stunden später war die Party in vollem Schwung. Noch immer wurden Tänzerinnen von Henry strikt abgelehnt, aber es schadete nichts, einige freundliche Babylonier, Ägypter und Kreter aus der Vergangenheit zu holen, sie Geschichten erzählen und Lieder singen zu lassen (Henry ließ sich von der Hypothese überzeugen, daß die populärsten unanständigen Witze prähistorischen Ursprungs sind). Und dabei vergaß er, daß es jemals einen Alltag und Eileen gegeben hatte.

Gerade brachte er Pharao Amenhotep III. den Refrain von ›Sam Hall‹ bei, als ihm ein Gedanke kam. Er beugte sich vor und schüttelte Ashtaru.

»He!« rief er.

»Oh, mein Name ist Sam Hall, ist Sam Hall, ist Sam Hall«, gröhlte Ashtaru.

»He! Wach auf! Hör zu!«

»Ja, mein Name ist Sam Hall, ist Sam Hall, ist Sam Hall.«
»Ashtaru!«
»Oh, mein Name ist Sam Hall,
Und ich hasse dich auf jeden Fall ...
He, was ist los? Was — gibt's?«
»Ashtaru, diese Leute stammen aus verschiedenen Zeitaltern, sprechen verschiedene Sprachen ... wie zum Teufel können wir uns verständigen?«
»Ja, ich hasse dich auf jeden Fall ...«
»Ashtaru!«
»Hm? Oh, hm — wasisslos? Hab's euch gelehrt, klar. Bin ich nicht ein Gott? Ashtaru, der Schreckliche. Ich kann alles. Oh, mein Name ist Sam Hall, ist Sam Hall ...«
»Du hast es uns gelehrt? Wie, was?«
»Magie, mein Sohn, Magie.« Ashtaru verbeugte sich schwankend und schüttelte sich die Hände über dem Kopf. »Ich kann alle Sprachen, aus allen Zeiten, die jemals gesprochen wurden, kann ich. Hab' nichts zu tun gehabt — zweitausendsechshundert Jahre in der Wü-Wüschte. Hab' alle Sprachen gelernt, die jemals gesprochen wurden — Gedankenlesen!« Ashtaru blinzelte ihn eulenhaft an. »Woher glaubst du, daß ich Englisch kann, ha?«
»Ihre Alphabete, Ashtaru? Ihre Alphabete?« Er hob die Figur auf. »Ashtaru!« schrie er. »Ashtaru, wir haben es geschafft!«
»Spielverderber«, brummte Ashtaru. Aber er entließ seine Gäste.

Henry schüttelte den Kopf. Er konnte klar sehen. Er war plötzlich durch die Erregung ernüchtert. Aber die Fröhlichkeit blieb.
»Archäologie«, flüsterte er. »Die Rätsel, die nie jemand lösen konnte. Der ganze Sagenschatz der Vergangenheit! Ja, ich kann das kretische Alphabet lösen — entschlüsseln, das etruskische, das der Majas ...«
»Werden sie es dir glauben?« erkundigte sich Ashtaru.
»Gewiß. Ich veröffentliche den Schlüssel, sie probieren es; sehen, daß es funktioniert, ich bin berühmt! Ich bin reich!« Henry küßte das Terrakotta-Gesicht.
Der Gott wischte sich angewidert ab. »Tänzerinnen können das besser«, sagte er mürrisch.
»Komm, Ashtaru, los!« Henry klemmte sich den Gott unter den Arm und raste aus dem Haus, glücklich vor sich hin redend.

Eileen saß mit Macalaster unten am See. Sie blickten etwas verwirrt auf, als die wild dreinblickende Gestalt auf sie zu stolperte, und standen unsicher auf.

»Eileen!« rief Henry. »Eileen, ich habe es geschafft!«

»Das finde ich auch«, schnappte Macalaster. »Hör mal, Martinmas ...«

Henry schob ihn beiseite, packte das Mädchen und küßte es innig. »Eileen«, sprach er, »Eileen, mein Liebling. Ich habe alle unbekannten Alphabete der Welt enträtselt! Ich bin ein neuer Champollion!«

»Du bist ein neuer Irrer!« Macalester packte ihn bei der Schulter und drehte ihn herum. »Hör zu, Martinmas ...«

Macalester wurde von einer unsichtbaren Kraft gepackt, gründlich durchgeschüttelt und unsanft ins Gras geworfen.

»Er ist verrückt!« kreischte Macalaster und begann zu laufen.

»Wenn ich meine Kraft nicht für Erdbeben vergeude«, sagte Ashtaru, der durch seinen wilden Ritt etwas ernüchtert zu sein schien, »produziere ich auch bessere Blitze. Mal sehen ...«

Ein langer dünner, gezackter blauer Strahl wurde sichtbar und versengte Macalesters Hosenboden. Der heulte auf und verdoppelte sein Tempo. Ein kleines Gewitter bildete sich über seinem Kopf und folgte ihm, bis er außer Sicht war.

Henry wandte sich der zurückweichenden Eileen zu und hielt sie sanft, aber fest.

Ashtaru kletterte an seinen Hosen entlang zu Boden.

»Ich bin nicht verrückt, Eileen«, sagte Henry ernst. »Ich würde dich um nichts in der Welt — oh, Liebling, ich habe gerade die Entdeckung des Jahrhunderts gemacht, und das hat mich aufgeregt. Das ist alles. Wenn mich dein Vater nicht rehabilitiert, macht das nichts. Ich werde Angebote aus Harvard erhalten, aus Princeton, Oxford, Istanbul. Und ich liebe dich. Willst du meine Frau werden?«

Sie betrachtete Ashtaru zweifelnd. »Du meinst, es war die Wahrheit? Du hast wirklich einen babylonischen Gott?«

Sie sah ihn scharf an. Ihre Stimme begann zweifelnd und steigerte sich zu langsamer Wut: »Das war eine ziemlich wilde Party, die er gestern für dich gegeben hat. Henry Martinmas, wenn du so etwas jemals wieder versuchst ...«

Henry öffnete den Mund. Ashtaru knurrte ihn auf Kretisch an: »Wenn du dir jemals die Mühe nimmst, ihr das zu erklären, Mann, dann bist du wirklich verrückt!«

Henry schloß seinen Mund wieder und zog Eileen an sich. Sie wehrte sich heftig, aber nicht lange.

Ashtaru wandte sich höflich ab. Er war jetzt sicher, daß er einen Schrein auf dem Kaminsims bekommen würde, mit Weihrauch und reichlich Trankopfern.

Aus: »Fantasy Magazine«, März 1953
Copyright © 1953 by Future Publications
Aus dem Amerikanischen übersetzt von Walter Praxl

Heyne Science Fiction und Fantasy:

Ausgezeichnet auf dem Eurocon in Stresa
mit dem »Premio Europa 1980« als beste SF-Reihe.

Von der nunmehr 850 Bände umfassenden Reihe sind folgende Titel der Science Fiction Classics derzeit lieferbar und besonders zu empfehlen:

Karin Boye
Kallocain
(06/3619 - DM 3,80)

Otto Willi Gail
Der Schuß ins All
(06/3665 - DM 4,80)

Gordon R. Dickson
Uralt, mein Feind
(06/3682 - DM 4,80)

Ben Bova/Wolfgang Jeschke (Hrsg.)
Titan 13
(06/3691 - DM 4,80)

Edward E. Smith
Die Planetenbasis
(06/3704 - DM 4,80)
Die ersten Lensmen
(06/3705 - DM 4,80)
Galaktische Patrouille
(06/3708 - DM 5,80)
Die grauen Herrscher
(06/3710 - DM 5,80)
Das zweite Imperium
(06/3713 - DM 4,80)

Conan Doyle
Die vergessene Welt
(06/3715 - DM 5,80)

Edward E. Smith
Das Erbe der Lens
(06/3716 - DM 5,80)

Edward E. Smith
Wächter des Mahlstroms
(06/3717 - DM 4,80)

L. Sprague de Camp
Ein Yankee bei Aristoteles
(06/3719 - DM 4,80)
Neu-Arkadien
(06/3728 - DM 4,80)

Ben Bova/Wolfgang Jeschke (Hrsg.)
Titan 14
(06/3734 - DM 4,80)

Hans Dominik u.a.
Als der Welt Kohle und Eisen ausging
(06/3754 - DM 6,80)

Ward Moore
Der große Süden
(06/3760 - DM 5,80)

Edmond Hamilton
Die Sternenkönige
(06/3774 - DM 5,80)

Edmond Hamilton
Rückkehr zu den Sternen
(06/3781 - DM 4,80)

Robert Silverberg/Wolfgang Jeschke (Hrsg.)
Titan 15
(06/3787 - DM 4,80)

Phyllis Gotlieb
Die Geißel des Lichts
(06/3794 - DM 4,80)

Ben Bova/Wolfgang Jeschke (Hrsg.)
Titan 16
(06/3827 - DM 4,80)

Ronald M. Hahn/Wolfgang Jeschke (Hrsg.)
Titan 17
(06/3847 - DM 5,80)

M. P. Shiel
Die purpurne Wolke
(06/3859 - DM 6,80)

C. L. Moore
Der Kuß des schwarzen Gottes
(06/3874 - DM 7,80)

Preisänderungen vorbehalten.

HEYNE BÜCHER

Wilhelm Heyne Verlag
München

Heyne Science Fiction und Fantasy:

Ausgezeichnet auf dem Eurocon in Stresa mit dem »Premio Europa 1980« als beste SF-Reihe.

Von der nunmehr 850 Bände umfassenden Reihe sind folgende Fantasy-Titel derzeit lieferbar und besonders zu empfehlen:

John Norman
Gor – die Gegenerde
(06/3355 - DM 4,80)

Michael Moorcock
Elric von Melniboné
(06/3643 - DM 4,80)

Katherine Kurtz
Camber von Culdi
(06/3666 - DM 5,80)

Fletcher Pratt
Die Einhornquelle
(06/3671 - DM 7,80)

Tanith Lee
Die weiße Hexe
(06/3687 - DM 6,80)

Michael Moorcock
Der Zauber des weißen Wolfs
(06/3692 - DM 4,80)

H. Warner Munn
Ein König am Rande der Welt
(06/3696 - DM 5,80)

Katherine Kurtz
Sankt Camber
(06/3720 - DM 7,80)

Henry Rider Haggard
Nada die Lilie
(06/3733 - DM 6,80)

Stephen R. Donaldson
Lord Fouls Fluch
(06/3740 - DM 8,80)

H. Warner Munn
Das Schiff von Atlantis
(06/3741 - DM 4,80)

Michael Moorcock
Im Banne des schwarzen Schwertes
(06/3753 - DM 4,80)

Tanith Lee
Herr des Sturms
(06/3759 - DM 7,80)

Gordon R. Dickson
Die Nacht der Drachen
(06/3769 - DM 5,80)

Fritz Leiber
Herrin der Dunkelheit
(06/3775 - DM 4,80)

Stephen R. Donaldson
Die Macht des Steins
(06/3795 - DM 9,80)

Tanith Lee
Herr der Nacht
(06/3802 - DM 5,80)

Michael Moorcock
Gloriana
(06/3808 - DM 7,80)

L. Sprague de Camp/
Fletcher Pratt
Die Kunst der Mathemagie
(06/3814 - DM 4,80)

Larry Niven
Der Flug des Pferdes
(06/3817 - DM 5,80)

Fritz Leiber
Schwerter und Eiszauber
(06/3819 - DM 5,80)

Hugh C. Rae
Harkfast
(06/3820 - DM 5,80)

H. Warner Munn
Merlins Ring
(06/3826 - DM 7,80)

E. R. Eddison
Der Wurm Ouroboros
(06/3833 - DM 8,80)

Stephen R. Donaldson
Die letzte Walstatt
(06/3839 - DM 9,80)

Andrew J. Offut
Valeron der Barbar
(06/3868 - DM 4,80)

C. L. Moore
Der Kuß des schwarzen Gottes
(06/3874 - DM 7,80)

John Norman
Die Bestien von Gor
(06/3875 - DM 6,80)

L. Sprague de Camp/
Fletcher Pratt
Die Mauer der Schlangen
(06/3881 - DM 4,80)

Patricia A. McKillip
Die vergessenen Tiere von Eld
(06/3882 - DM 5,80)

Preisänderungen vorbehalten.

HEYNE BÜCHER

Wilhelm Heyne Verlag
München

Heyne Science Fiction und Fantasy:

Ausgezeichnet auf dem Eurocon in Stresa
mit dem »Premio Europa 1980« als beste SF-Reihe.

Von der nunmehr 850 Bände umfassenden Reihe sind folgende Science Fiction-Titel derzeit lieferbar und besonders zu empfehlen:

Brian W. Aldiss
Am Vorabend der Ewigkeit
(06/3030 - DM 4,80)

Robert A. Heinlein
Weltraum-Mollusken erobern die Erde
(06/3043 - DM 4,80)

Isaac Asimov
Geliebter Roboter
(06/3066 - DM 4,80)

Harry Harrison
Die Todeswelt
(06/3067 - DM 3,80)

Harry Harrison
Die Sklavenwelt
(06/3069 - DM 3,80)

Harry Harrison
Die Barbarenwelt
(06/3136 - DM 4,80)

Anne McCaffrey
Die Welt der Drachen
(06/3291 - DM 4,80)

Frank Herbert
Der letzte Caleban
(06/3317 - DM 4,80)

Frank Herbert
Ein Cyborg fällt aus
(06/3384 - DM 4,80)

Ray Bradbury
Die Mars-Chroniken
(06/3410 - DM 6,80)

Jack Vance
Der Kampf um Durdane
(06/3463 - DM 4,80)

Larry Niven / Jerry Pournelle
Der Splitter im Auge Gottes
(06/3531 - DM 8,80)

Alan Dean Foster
Die Eissegler von Tran-ky-ky
(06/3591 - DM 5,80)

John Brunner
Der ganze Mensch
(06/3609 - DM 4,80)

John Brunner
Schafe blicken auf
(06/3617 - DM 6,80)

Isaac Asimov
Der Zweihundertjährige
(06/3621 - DM 5,80)

Arthur C. Clarke
Makenzie kehrt zur Erde heim
(06/3645 - DM 5,80)

Alan Dean Foster
Die denkenden Wälder
(06/3660 - DM 4,80)

Michael Coney
Der Sommer geht
(06/3673 - DM 4,80)

Algis Budrys
Michaelmas
(06/3683 - DM 5,80)

John Crowley
Geschöpfe
(06/3684 - DM 4,80)

Michel Grimaud
Sonne auf Kredit
(06/3689 - DM 3,80)

Ronald Hahn (Hrsg.)
Die Tage sind gezählt
(06/3694 - DM 4,80)

Jack Vance
Showboot-Welt
(06/3724 - DM 4,80)

Michael Bishop
Die Cygnus Delegation
(06/3743 - DM 5,80)

Konrad Fialkowski
Homo Divisus
(06/3752 - DM 4,80)

Gregory Benford
Im Meer der Nacht
(06/3770 - DM 7,80)

Arnold Federbush
Eis!
(06/3771 - DM 6,80)

Preisänderungen vorbehalten.

HEYNE BÜCHER

Wilhelm Heyne Verlag
München

Heyne Science Fiction und Fantasy:

Ausgezeichnet auf dem Eurocon in Stresa mit dem »Premio Europa 1980« als beste SF-Reihe.

Von der nunmehr 850 Bände umfassenden Reihe sind folgende Science Fiction-Titel deutscher Autoren derzeit lieferbar und besonders zu empfehlen:

David Chippers
Zeit der Wanderungen
(06/3797 - DM 4,80)

Reinmar Cunis
Zeitsturm
(06/3668 - DM 4,80)
Der Mols-Zwischenfall
(06/3786 - DM 4,80)

Hans Dominik
Die Spur des Dschingis Khan
(06/3271 - DM 4,80)
Himmelskräfte
(06/3279 - DM 4,80)
Lebensstrahlen
(06/3287 - DM 4,80)
Der Brand der Cheopspyramide
(06/3375 - DM 4,80)
Das Erbe der Uraniden
(06/3395 - DM 4,80)
Flug in den Weltraum
(06/3411 - DM 4,80)
Die Macht der Drei
(06/3420 - DM 4,80)
Kautschuk
(06/3429 - DM 4,80)
Atomgewicht 500
(06/3438 - DM 5,80)
Atlantis
(06/3447 - DM 5,80)
Das stählerne Geheimnis
(06/3456 - DM 5,80)
Ein neues Paradies
(06/3562 - DM 4,80)
Der Wettflug der Nationen
(06/3701 - DM 4,80)
Ein Stern fiel vom Himmel
(06/3702 - DM 4,80)
Land aus Feuer und Wasser
(06/3703 - DM 4,80)

Hans Dominik u.a.
Als der Welt Kohle und Eisen ausging
(06/3754 - DM 6,80)

Otto Willi Gail
Der Schuß ins All
(06/3665 - DM 4,80)

Ulrich Harbecke
Invasion
(06/3632 - DM 3,80)

Wolfgang Jeschke
Science Fiction Story-Reader 13
(06/3685 - DM 5,80)
Science Fiction Story-Reader 14
(06/3737 - DM 5,80)
Science Fiction Story-Reader 15
(06/3780 - DM 6,80)
Science Fiction Story-Reader 16
(06/3818 - DM 7,80)
Science Fiction Story-Reader 17
(06/3860 - DM 7,80)

Bernhard Kellermann
Der Tunnel
(06/3111 - DM 6,80)

Barbara Meck
Das Gitter
(06/3758 - DM 4,80)

Thomas R. P. Mielke
Grand Orientale 3301
(06/3773 - DM 4,80)
Der Pflanzen Heiland
(06/3842 - DM 5,80)

Gert Prokop
Der Tod der Unsterblichen
(06/3851 - DM 5,80)

Roland Rosenbauer
Computerspiele
(06/3745 - DM 5,80)

Georg Zauner
Die Enkel der Raketenbauer
(06/3751 - DM 4,80)

HEYNE BÜCHER

Preisänderungen vorbehalten.

Wilhelm Heyne Verlag München

HEYNE BÜCHER

Jeden Monat mehr als vierzig neue Heyne Taschenbücher.

Allgemeine Reihe
mit großen Romanen
und Erzählungen
berühmter Autoren

Heyne Sachbuch
Heyne Reisebücher
Heyne-Jahrgangsbücher
Religion und Glaube

Heyne Jugend-
Taschenbücher
Das besondere Bilderbuch

Heyne Ex Libris
Cartoon & Satire

Das besondere
Taschenbuch
Neue Literatur
Heyne Lyrik

Heyne Biographien
Heyne Geschichte

Heyne Filmbibliothek
Heyne Discothek

Heyne Ratgeber
Heyne-Kochbücher
kompaktwissen

Der große Liebesroman
Blaue Krimis/Crime Classic
Romantic Thriller
Heyne Western

Heyne Science Fiction
und Fantasy

Bibliothek der SF-Literatur

Ausführlich informiert Sie das Gesamtverzeichnis der Heyne-Taschenbücher. Bitte mit diesem Coupon oder mit Postkarte anfordern.

Senden Sie mir bitte kostenlos das neue Gesamtverzeichnis

Name

Straße

PLZ/Ort

An den Wilhelm Heyne Verlag
Postfach 201204 · 8000 München 2